刀锋

〔英〕毛姆 著
刘勇军 译

W. Somerset Maugham

The Razor's Edge

南海出版公司

剃刀边缘无比锋利，欲通过者无不艰辛；

是故圣者常言，救赎之道难行。

——《羯陀奥义书》

第一章

一

我从未像如今这般惶恐地动笔写一本小说。我将之称为小说，仅是因为除了小说外，我不知该管它叫什么。本人实在没有多少故事可讲，故事的结局既不是悲戚的死亡，也不是完美的婚姻。死亡是一切的终结，当然是每一个故事的结局，但用婚姻作为故事的结束也极为合适，故事即便是皆大欢喜的大团圆结局，那些精于世故的人也大可不必嗤之以鼻。普通人本能地认为，倘若这样结尾，一切皆会尘埃落定。不管是男人也好，女人也罢，无论经过怎样的悲欢离合，最终都会结合在一起，生儿育女，再将兴趣转移到下一代身上。但我的故事不会给读者留下结局。在这本书里，我只会追忆我过去认识的一个人，我虽然跟他近距离接触过，但每每要隔很长一段时间才会碰面，因此，中间的这段经历我几乎一无所知。虽然我也可以杜撰某些情节来填补这段空白，令故事更加合理，这样叙述起来也会更加连贯，但我没打算这么做。我只想把我知道的事情写下来。

多年前我写过一本叫《月亮与六便士》的小说，故事的主人公是一位叫保罗·高更[①]的著名画家，其实我对这位法国艺术家的生平知之甚少，但我凭借他的些许事迹，再加上小说家的一点特权，塑造了这么一个人物。而在这本书里，我却不想用这样的方法，也不想杜撰任何情节。为了不让活着的人难堪，书中的角色全都采用化名，还用了别的方法，务必不让人认出他们。我写的这个人并不出名。也许将来永远不会出名。也许在他寿终正寝之时，他留在世上的痕迹不会比一枚石子扔进湖中在水面留下的涟漪明显。到那时，倘若这本书还有人读的话，那他们也是对书本身感兴趣。不过，主人公选择的生活方式，他性格中特有的坚忍和善良带给同辈人的影响兴许会越发强烈，也许在他辞世许久之后，人们才会意识到这个时代曾经有这么一个了不起的人物。届时，人们就会明白我在书中写的这个人是谁了，而那些想稍稍了解他早年身世的人，兴许能在书中看出端倪。虽然我觉得这本书定会有诸多不足，但如若要为我的朋友作传，本人觉得里面的信息还是可供参考的。

---

① 保罗·高更（Paul Gauguin，1848—1903），法国后印象派画家、雕塑家，与梵高、塞尚并称为后印象派三大巨匠。本书作者毛姆以他为原型创作了《月亮与六便士》（*The Moon and Sixpence*）。

书中的谈话，我不会假装是逐字逐句记录下来的，无论在何种情况下，我都不会记录别人的谈话，不过那些跟我相关的事情我都记得非常清楚。虽然这些话是用我自己的语言写下来的，但我敢打包票定能如实地反映谈话内容。方才我说过书中绝无可能杜撰，但我现在须澄清一点，就像希罗多德[①]那个时代的史学家一样，我也擅自增加了部分谈话内容，书中有些角色的谈话我并非亲耳听闻，也不可能听得到。而我这么做的理由跟史学家的理由别无二致，如若有些场景仅仅是叙述一遍，实在平淡无奇，加入对话才会生动、逼真。我希望本书能被人传阅，而这种增强可读性的做法也无可指摘。聪明的读者自然会明白我的用意，若要略过不读，也完全在于读者本人。

写这本书还有一个原因令我惴惴不安：书中角色多为美国人。了解别人本就并非易事，我认为除了自己的同胞之外，真的很难了解异国他乡的人。因为无论男女，并非了解他们本身就够了，还需要了解他们出生的地方，他们蹒跚学步的城市公寓、乡村居所，他们孩童时玩的游戏，私底下听到的奇闻怪谈，吃的食物、上的学校、喜欢的运动、诵读的诗歌、信仰的神祇，所有这一切因素拼凑起来，一个人才算完整。

---

① 希罗多德（Herodotus，约前 480 —约前 425），古希腊作家、历史学家，因著《历史》（*The Histories*）一书，被尊称为“历史之父”。这部巨著以希波战争为主线，取材广泛、规模宏大、史料充实、内容丰富，是一部“通史”之作。但由于历史局限性，书中也有一些不符合史实的情景描述，故而本书作者有此一说。

这些东西都不是道听途说能够了解的，只有跟他们住在一起才行。只有跟他们成为一样的人才行。好比你想了解一个外国人，单凭观察肯定不行，所以，要将书中的角色刻画得入木三分难度委实不小。即便像亨利·詹姆斯[1]这种细致入微的观察家，在英国生活了四十年之久，也没能创作出一个彻头彻尾的英国人。就拿我本人来说，除了几篇短篇小说外，我从来没想过尝试写外国人，之所以敢在短篇小说中一试，是因为故事角色可以交代得更加简明扼要，让读者了解个大概便可，细节可以交给读者自己去添枝加叶。有人可能要问，既然我把保罗·高更变成了一个英国人，为何不能在本书中如法炮制。我的回答很简单：不可以。如果真这么做，那些人物也就失去了本来面貌。我没想假装他们是美国人眼中的美国人，而只是我这个英国人眼中的美国人。我甚至没打算效仿他们的语言特点。英国作家在模仿美国人说话时闹了不少笑话，美国作家同样捅了不少娄子。俚语中的陷阱不少。亨利·詹姆斯在他的英国小说里写了不少俚语，却不怎么像英国人写的，他本想追求通俗易懂的效果，结果英国人读起来常常觉得十分突兀。

---

① 希亨利·詹姆斯（Henry James，1843—1916），美国小说家、文学批评家、剧作家和散文家。亨利·詹姆斯把“真实”当作现实主义的基本原则，认为生活是小说创作的源泉，经验构成了小说的素材。他的作品对20世纪崛起的现代派及后现代派文学有着非常巨大的影响。

二

一九一九年，我前往远东时途经芝加哥，在那里待了两三个礼拜，个中缘由跟本书无关。因为不久前我出版了一本畅销小说，当时也算小有名气，所以我刚到那里就有人来采访我。第二天早上，电话铃响，我便去接。

“我是艾略特·坦普尔顿。”

“艾略特？我以为你在巴黎呢。”

“没有，我在这里探望我姐姐，我们希望你今天一起来跟我们吃午饭。”

“太好了。”

他把时间和地点告诉了我。

我认识艾略特·坦普尔顿十五年了。当时他年近六旬，身材高大，仪表堂堂，一头浓密的黑色鬈发略显花白，恰好衬托他出众的外表。他一向穿着考究，普通的服饰一般是在夏尔凡购买的，西服、鞋帽则会在伦敦购买。他在巴黎塞纳河左岸的高档之所圣纪尧姆街有间公寓。不喜欢他的人称他为古董贩子，面对这样的“指控”，他往往会表现得极为愤慨。艾略特品位不错，又满腹经纶，当然，他也从不否认当年初到巴黎时，曾帮那些想买画的有钱收藏家出过主意，后来在交际中听说某些穷困潦倒的英国贵族和法国贵族想卖掉手中佳品，而他又恰巧知道美国博物馆的某位理事正在寻找这样的精品和大师作品，他当然乐意从中搭线。法国有不少家道中落的贵族，英国也有一些，他们境遇不佳，不得不将布尔[1]签名的家具或者齐本德尔[2]亲自制作的写字台悄悄转让，有这么一个知书达理的人能不露声色地把这些事情办妥，他们求之不得。有些人自然认为艾略特捞了不少油水，而有的人极有教养，自会闭口不提。那些刻薄的人则会言之凿凿地认为他公寓里所有的东西都是用来出售的，说什么他邀请完那些有钱的美国佬前来，赔上一顿美酒佳肴后，他们家就会有一两幅名贵的画不见了，或许一个镶嵌细工的衣柜会被一件漆器家具取而代之。每次有人问他上好的东西为什么不见了，他都会振振有词地解释说那东西还达不到他的要求，换了一件品质更好的。末了他还会说每次看着同样的东西好生厌烦。

“这就是我们美国人与众不同的地方[3]，”他先说了一句法语，“我们美国人喜欢玩花样，这既是我们的缺点，也是我们的优点。”

巴黎一些美国太太声称对他知根知底，说他家里本来很穷，之所以能够过这种派头十足的生活，是因为这人非常精明。我不知道他到底有多少钱，但他那个有着公爵头衔的房东确实收了他不少租金，而且公寓里的陈设又极其名贵。墙上都是些法

① 安德烈·查尔斯·布尔（André Charles Boulle，1642—1732），法国国王路易十四御用家具匠人。

② 托马斯·齐本德尔（Thomas Chippendele，1718—1779），18世纪英国家具设计大师。

③ 原文为法语 Nous autres américains。

国大画家的作品，皆是华多[1]、弗拉戈纳尔[2]、克劳德·洛兰[3]之类的名家。镶花地板上铺着萨伏内里和欧比松地毯，客厅里则摆放着路易十五时代精雕细琢的家具，据他所说，那些制作精良的家具极有可能是属于蓬帕杜夫人[4]的。反正他不用怎么赚钱，就足以过上上流社会的体面生活，至于他以前过着什么样的日子，最好不要提及，除非你想跟他老死不相往来。既然在物质上不用再劳心费神，他便一心追求平生最大的志愿，即社会交际。刚到欧洲时，他还是一个拿着介绍信四处拜访名流的年轻人，后来，他跟那些没落的法国贵族和英国贵族建立了业务往来，他的社会关系才得以稳固。他原本是弗吉尼亚一位落魄的贵族，母亲的血统可追溯至一位在《独立宣言》上签过名的人物，正是因为这层关系，他每每拿着介绍信去拜访那些美国的贵妇人时很受重视。他这人非常讨人喜欢，头脑灵活，又很会跳舞，不仅枪法不错，网球也玩得很溜，在各种宴会上都极受欢迎。他出手阔绰，从不吝啬鲜花和昂贵的巧克力。虽然很少做东，但每次请客吃饭时总是别出心裁，十分讨喜。他会把那些阔太太带到苏荷区文人聚集的餐馆或者拉丁区的小酒馆，让

---

① 让－安东尼·华多（Jean-Antoine Watteau，1684—1721），法国 18 世纪洛可可风格画家。

② 让－奥诺雷·弗拉戈纳尔（Jean-Honoré Fragonard，1732—1806），法国洛可可风格画家，作品具有含蓄的色情气氛。

③ 克劳德·洛兰（Claude Lorrain，约 1600—1682），法国风景画家。

④ 蓬帕杜夫人（Madame de Pompadour，1721—1764），法国国王路易十五情妇。

她们觉得特别有趣。要是有人求他帮忙，他总会尽力而为，从来不会感到厌烦，每次都是高高兴兴的。他会不厌其烦地讨年纪大点的女人的欢心，所以，不久他就能在那些名流面前左右逢源了，久而久之，他便成了许多豪门的座上宾。他为人亲切随和，要是有人爽约没有前来，找他临时凑数，他也从不介意。你还可以把他安排在一个无聊至极的老太太旁边，他准将对方哄得有说有笑。

也就两三年的时间，无论在伦敦还是巴黎，他将一个美国年轻人所能结交的朋友都结交了，他定居巴黎，然而每年社交季节接近尾声的时候，他都会待在伦敦，初秋时分他则会遍访乡间别墅。当时初次将他引入社交界的贵妇人惊奇地发现，他的社交圈子竟然这么大了，她们往往喜忧交加，令她们欢喜的是，她们当时介绍的毛头小伙居然取得了这么大的成就；令她们稍微恼怒的是，那些跟他私交不错的人跟她们的交情却浅得很。不过，他在她们面前倒也彬彬有礼，很乐意帮忙。但她们感觉怪不舒服的，认为他把她们当成“平步青云”的垫脚石。她们担心他是个势利小人。还真让她们说对了。他就是个不知廉耻的势利小人，要是哪家有宴会，他会恬不知耻地获得受邀的机会；要是他想跟哪位名声在外、有钱有势的老寡妇攀上关系，哪怕对方是个难缠的主儿，他也压根儿就不怕人家冷言冷语，不怕吃闭门羹。

在这种事情上，他有的是耐性。要是他盯上了某个猎物，就会像不屈不挠的植物学家为了获得一株极其名贵的兰花一样，哪怕上刀山下油锅他都非得弄到手不可。一九一四年的世界大战给他提供了最后一次机会。战争爆发时，他便加入了一个救护队，先后在佛兰德斯和阿尔贡服役过，一年后，他戴着红绶带回来了，在巴黎的红十字会谋得一职。那时候他就挺有钱的了，如果有重要的人物想做慈善，他都会慷慨解囊。任何大肆宣扬的慈善活动，他都会凭借自己卓尔不群的品位和组织方面的才能，不遗余力地帮忙。后来，他摇身一变，成了巴黎两家高级俱乐部的会员，这两家俱乐部在法国绝对称得上首屈一指，法国那些声名显赫的贵妇人提到他时，都会以“亲爱的艾略特”相称。他终于飞黄腾达。

三

初识艾略特时，我还只不过是个普普通通的年轻作家，他从来都没注意过我。此君对人脸有过目不忘的本领，无论跟我在哪里见面，他都会热情地握着我的手，但无意跟我深交。举个例子，如果我在剧院见到他，比方说他跟一名达官贵人在一起，他自会假装没瞧见我。但那时候，我的剧本获得了出乎意料的成功，不久，我就感觉艾略特逐渐对我熟络起来。一天，我收到他的一封短笺，邀我去克拉里奇参加午宴，那里也是他在伦敦的住处。那次宴会人不多，排场也不大，我总觉得他好像在试探我。但自那以后，我在写作方面取得的成就让我结识了许多新朋友，跟他见面的次数也逐渐多起来。这件事情发生后不久，当时正值秋季，我在巴黎待了几个礼拜，我们在一个双方都相识的朋友家里见了面。他问我住在哪里，一两天后，我又收到了他的午餐请柬。这次是在他的公寓。我到达时，诧异地发现那次宴会相当特别，便自顾自笑起来。我知道此君深谙社交之道，定会知道一个作家在英国并没有什么了不起的，但在法国，一个人只要是作家，就算是有些声望的人物了，我碰巧就是。自此以后，我们的交往还算密切，但从来没成为真正的朋友。我怀疑艾略特·坦普尔顿会跟任何人成为朋友。除了对别人的社会地位感兴趣外，他对其他东西不会有丝毫兴趣。每次我恰巧在巴黎或者他身处伦敦，要是宴会缺个把人，或是他迫于无奈要招待旅游的美国人时，都会邀我前往。我怀疑这些人中有他的老主顾，也有拿着介绍信前来拜见他的陌生人。这也成了他生活中的负累，他必须为他们做点什么，但又不希望他们见到他那班颇有名望的朋友。把他们打发走的最好办法就是请他们吃顿饭，再带他们去看戏，但这样的事情往往并不容易，因为他每晚都要应酬，而且早在三个礼拜前就约好了，何况他也猜得出来，即便能做到这样，那些人也未必满意。因为我是作家，身份也没那么显赫，所以他并不介意把这些烦心的事向我和盘托出。

“美国那些写介绍信的人真是有点强人所难。倒不是说我见到这些人就不高兴了，但也不能连累我的朋友啊。”

他会给他们买很大的玫瑰花篮和大盒巧克力，算是补偿，但有时候还得做点别的什么。也就是在那时候，他跟我说完这些后，居然天真地邀请我前去参加他筹办的这种宴会。

“他们很想见你。”他在写给我的短笺中奉承我，“某某太太很有文学修养，你写的每一个字她都读过。”

后来某某太太告诉我，她非常喜欢我写的那本《佩林先生和特雷尔先生》，还祝贺我的剧本《软体动物》演出成功。第一本书的作者是休·沃波尔[①]，剧本则是休伯特·亨利·戴维斯[②]写的。

四

如果我笔下的艾略特·坦普尔顿让读者认为是个卑鄙小人，那我着实冤枉他了。

从某方面来说，法国人会用“serviable”来形容他，不过据我所知，英语里找不到对应的词。词典里倒有“serviceable”这个词，这个词在古义中是“乐于助人”“友善”的意思。这正是艾略特的为人。他十分慷慨，虽然在早年他买花、买糖果给熟人的举动或被诟病为别有用心，现在继续这么做已无必要，但他仍然照做不误，而且乐此不疲。他热情好客，家里的厨子能跟巴黎任何厨师媲美，到他家吃饭保管能吃上最早的时鲜美味。他家的酒更能证明他是品酒的行家。没

---

① 休·沃波尔（Hugh Walpole，1884—1941），英国小说家。

② 休伯特·亨利·戴维斯（Hubert Herry Davies，1869—1917），英国剧作家。

错，他的客人都是根据他们的社会地位而定，并不一定得到志趣相投的伙伴，不过，他至少会邀请一两个能说会道的客人，所以他的宴会上几乎从来不缺少好玩的东西。人们总在背后笑他，说他是个龌龊的势利小人，但每次收到邀请的时候，都会屁颠屁颠地前往。他的法语非常流利，语法没问题，口音也很完美。他花了很大的气力学习像英国人一样说英语，你得有一对非常灵敏的耳朵，才能偶尔听出他的美国腔。只要你设法不让他谈论公爵和公爵夫人的话题，他绝对是个非常健谈的人，但即使谈到这类人，特别是他跟你单独在一起的时候，也能把你逗乐，反正他的地位已经不容置疑了。他说话刻薄，却能逗人发笑，那些达官贵人的流言蜚语都会传到他的耳朵里。我从他那里听来了很多八卦消息，比如某某公主最后一个孩子的父亲是谁，某某侯爵的情人又是谁。照我说就连马塞尔·普鲁斯特[1]也不如艾略特·坦普尔顿那么了解上层社会的逸闻趣事。

我在巴黎的时候，经常跟他一起吃午饭，有时在他的公寓里，有时在餐馆里。我喜欢逛古董店，偶尔也会买一两件东西，但更多时候只是看看，艾略特很喜欢陪我去。他懂行，而且真心喜欢漂亮的艺术品。我想巴黎的古玩店就没有一家他不知道的，而且他跟老板也混得很熟。这家伙喜欢讨价还

① 马塞尔·普鲁斯特（1871—1922，Marcel Proust），20世纪法国最伟大的小说家之一，创作有长篇巨著《追忆似水年华》，书中对上流社会的茶会、舞会、招待会及名门贵族生活有大量描绘。

价，我们出发的时候，他都会跟我说："如果你真想买什么东西，自己不要开口。给我使个眼色，余下的交给我就行了。"

他最开心的事情是帮我买一件我喜欢的东西，只需原价的一半。看他杀价也是件乐事。他会软硬兼施，先是争执，然后连哄带骗，发一通脾气，想办法叫卖家心软，之后还会讥讽对方，挑商品的毛病，威胁永远不会光顾，他会叹气，耸肩膀，正言相告，还会愠怒地朝门口走去，等到最后谈下他出的价钱的时候，他会伤心地直摇头，像是吃了很大的亏一样。然后他会用英语小声对我说：

"赶紧拿下，即使价钱翻倍都便宜。"

艾略特是一位狂热的天主教徒，他在巴黎住下不久后便遇见了一位神父，这位神父曾让许多异教徒皈依天主教，名头不小。此人应酬颇多，出了名的巧言善辩。不过，他的教务活动仅限于那些非富即贵的人家。虽然此人出身卑微，却被一些重门深锁的豪门府邸奉为座上宾，艾略特必然想结交这样的人。于是，他私下告诉一位最近被这名神父说服皈依天主教的美国阔太太，说虽然他的家人都是圣公会教徒，而他本人却一直对天主教很有兴趣。一天晚上，美国太太邀请艾略特吃晚饭，席间安排他跟神父见面，在场的就他们三个人。神父一番高谈阔论，女主人趁机将话题引到天主教上，神父饶有兴趣地谈及这样的话题，丝毫不见迂腐，尽管身为牧师，两个深谙世故的人却相见恨晚。艾略特发现神父对他了如指掌，不免有些受宠若惊。

“旺多姆公爵夫人上次还跟我说起过你呢，她觉得你是个特别聪明的人。”

艾略特脸都红了，特别高兴。他的确经人介绍去拜访过公爵夫人，但从没想过她会把自己记在心里。神父心胸开阔，对时事的看法跟得上潮流，态度宽容，谈论天主教的一番言辞见识卓越，却又和颜悦色。听他谈论教会，艾略特总觉得那里就像一个高级俱乐部，任何一个有教养的人都应该加入。半年后，艾略特便加入了天主教。皈依了天主教，再加上他在教会举办的慈善活动中慷慨解囊，过去那几扇对他关闭的大门也被他叩开了。

他放弃祖辈的信仰也许动机不纯，但他皈依后，对天主教极为虔诚。他每个礼拜日都会去上流人士常去的教堂做弥撒，还会定期去神父那里忏悔，每隔一段时期还会去罗马。后来，他便因为这种虔诚的行为被封为教宗侍从，又因为恪尽职守被授予圣墓勋章。他作为天主教徒所取得的成就一点也不比周旋于上流社会取得的成就少。

我时常问自己，他这么一个才华横溢、心地善良而又知书达理的人怎会被势利蒙住双眼呢。他绝不是个暴发户，他的父亲曾是南方一所大学的校长，祖父则是一位颇有威望的神学家。艾略特这么聪明，不会看不出那些接受他邀请的人只不过是为了得到一份免费的饭食，那些人有的十分愚钝，有的毫无价值。想必是他们响亮的头衔晃得他眼花缭乱，看不到他们的缺点罢了。我只能这样猜测，跟那些家世古老的人套近乎，给那些贵妇人鞍前马后地跑腿，能带给他一种永不生厌的成就感。我想这一切的根源定是狂热的浪漫主义情调，他能在那些孱弱的法国公爵身上看到当年追随圣路易[①]到圣地的十字军战士，在咋咋呼呼、猎捕狐狸的英国伯爵身上看到跟随亨利八世远赴金缕地[②]的祖先。跟这些人在一起，他觉得自己生活在过去那种广阔、雄伟的天地里。我想当他翻阅《哥达年鉴》[③]时，那里面的一个个名字定会让他梦回远古的战争，史诗般的攻城略地之战，著名的决斗，让他联想到诡谲的外交谋略、帝王的风流韵事，总之，这就是艾略特·坦普尔顿。

五

我正在洗漱，准备应艾略特之邀去参加他的午宴，这时，前台打来电话说他已在楼下。我稍感意外，但我一收拾好便下楼了。

“我觉得还是过来接比较保险一点，”我们握手的时候他

---

① 圣路易（Saint Louis，1214—1270），即法国国王路易九世，曾两次率领十字军东征。

② 1520 年，英格兰国王亨利八世和法国国王弗朗西斯一世在法国加来附近会面，希望达成一项完美的、长久的和平协议。会议期间，双方参会人员的衣物、帐篷极其奢华，金银佩饰闪闪发光，于是会面之地在历史上便被称为“金缕地”（Field of the Cloth of Gold）。

③《哥达年鉴》（*Almanach de Gotha*），1763 年创刊于哥达，早先以记录欧洲贵族世系为主。

说，“我不知道你对芝加哥熟不熟。”

我看出他的这种感觉许多在海外生活过的美国人都有，总觉得美国是个艰难之所，甚至是个危险的地方，让一个欧洲人独自去找路是会出岔子的。

“反正还早，我们可以走一段路。”他建议道。

空气中有些寒意，但天上万里无云，活动活动腿脚倒也惬意。

“我觉得在你跟我姐姐见面之前，最好还是先了解她的为人。”我们一边走，艾略特一边说，“在巴黎的时候她在我那里待过一两次，不过我记得你好像不在。今天参加宴会的人不多，只有我姐姐和她的女儿伊莎贝尔，还有格雷戈里·布拉巴宗。”

“那个室内装潢师吗？”我问。

“是的，我姐姐的房子难看得要死，我和伊莎贝尔都希望她将房子重新装一遍。我正好听说格雷戈里在芝加哥，所以今天我姐姐也叫他来吃午饭。那人虽然品行不怎么样，却很有品位。他为玛丽·奥利芬特装修过拉尼城堡，还为圣厄尔兹装修过圣克莱门特·塔尔伯特府。公爵夫人喜欢他。你亲眼去看看路易莎的房子就行了。我就不明白了，这么多年了，她怎么住得下去。既然说到这件事，我也不明白她怎么能在芝加哥待得下去。”

原来布拉德利太太是个寡妇，带着三个孩子过活：两个儿子，一个女儿。但她的两个儿子比女儿大很多，早就成家立业了。一个在菲律宾政府供职，另一个则子承父业，在布宜诺斯艾利斯的外交部门工作。布拉德利太太的丈夫过去曾在世界各地工作过，在罗马当过几年一等秘书，后来又被派往南美洲西海岸的一个共和国当公使，人也是在那边去世的。

“当年她丈夫去世的时候，我希望路易莎把房子卖掉，”艾略特继续道，“但她对那栋房子有感情。那宅子在布拉德利家族手上有些年头了。布拉德利家也是伊利诺伊州最古老的家族之一。他们是一八三九年从弗吉尼亚迁过来的，在离现今芝加哥大约六十英里的地方置下田地，现在那些地方仍然归他们所有。”艾略特犹豫了一会儿，看着我，想知道我会做出怎样的反应，“你也许会觉得当时在这里安家的布拉德利一家只是农民。我不清楚你是不是知道，大约在上个世纪中期，中西部开始开发的时候，许多弗吉尼亚人都是些殷实人家的子弟，受到未知事物的诱惑，离开了锦衣玉食的故乡。我姐夫的父亲切斯特·布拉德利发现芝加哥很有前景，便进了这里的一家律师事务所工作。反正他挣的钱足以让儿子过上富足的日子。”

尽管艾略特解释得头头是道，但从他说话的神情可以看出，那位已故的切斯特·布拉德利离开祖传的豪宅，撇下良田万顷，进入一家律师事务所肯定另有隐情。但他毕竟攒了一大笔钱，至少可以补偿他的部分家财。后来，布拉德利太太给我看了几张他们在乡下“房舍”的照片，艾略特很不高兴。我看到照片上是一间普普通通的木房子，外带一个很小的花园，但谷仓、牛棚、猪圈什么的都隔着一箭之遥，周围是一片荒芜的平地。我不由得想，切斯特·布拉德利先生舍弃这些到城里去寻找出路，心里是有数的。

过了一会儿，我们叫了一辆出租车。车子在一幢褐石房子前面把我们放了下来。房子窄窄的，很高，要爬上一段陡峭的台阶才能上到前门。那里有一排房子，房子位于通往滨湖大道的一条街上，即使在晴朗的秋日，房子的外观也极其阴郁，让你不由得想，什么人会对这种宅子有感情呢。开门的是一个身材魁梧、头发花白的黑人管家，他把我们领进客厅。进入客厅后，布拉德利太太从椅子上站了起来，艾略特把我介绍给她。她年轻的时候一定是个大美人，尽管五官稍微有点大，但长得十分端正，眼睛也很漂亮。不过那张几乎完全没有涂脂抹粉的蜡黄色脸孔皮肤松弛，看得出来，她显然是在跟中年发福的战斗中败下阵来，我估摸她并不甘心接受失败。因为落座的时候，她的腰杆在直背椅上挺得笔直，像她那样穿着硬如铠甲一样的束身内衣，坐在直背椅上显然要比坐在加软垫的椅子上舒服。她穿着一件蓝色的长袍，袍子镶了不少饰带，硬邦邦的高领是用鲸鱼骨衬着的。她一头漂亮的白发密密匝匝地烫成波浪形，头发盘得极其繁复。她的另一个客人还没到，等待的间隙，我们东拉西扯地聊着天。

“艾略特告诉我，你是打南边的路线来的，”布拉德利太太问，“你在罗马落过脚吗？”

“是啊，我在那里待了一个礼拜。”

“亲爱的玛格丽特王后好吗？”

她的问题让我惊讶，只好说我不认识她。

“噢，你没去瞧过她啊？她人挺好的。当年在罗马的时候，她对我们极好。那时布拉德利先生还在那里当一等秘书。你为什么不去看看她呢？你不会跟艾略特一样可恶吧，连奎里纳尔宫都进不去吧？”

“哪里话，”我笑道，“我本来就不认识她。”

“是吗？”布拉德利太太说，像是不敢相信自己的耳朵似的，“可这是为什么呀？”

“实话告诉你吧，作家一般不会跟王侯过密地交往。”

“可她真是个好心肠的女人。”布拉德利太太劝告我，像是我不认识皇室成员是非常傲慢的行为，“我相信你一定会喜欢她的。”这时，门开了，管家把格雷戈里·布拉巴宗领了进来。

除却他的名字外，这位格雷戈里·布拉巴宗跟浪漫可沾不上边。他又矮又胖，那个秃头活像个鸡蛋，只有耳朵旁边和脖颈后面有一圈黑发，那张光秃秃的大红脸像是马上就要生出满头大汗，灰色的眼睛骨碌碌地转动着，充满肉欲的嘴唇，厚厚的下巴耷拉着。他是英国人，我在伦敦文人骚客举办的宴会中见过他。他天性快活，有着一副热心肠，总是喜欢哈哈大笑，但你识人的本领无须多厉害，也能瞧出来他这种嘻嘻哈哈的亲热劲儿只不过是一种掩饰，内里则是一个精明的生意人。这么多年来，他在伦敦都是一个颇为成功的装潢师。格雷戈里声音洪亮，一双肥嘟嘟的小手极富表现力。他只需做出一番生动手势，再加上那番慷慨激昂的说辞，就能让一个犹豫不决的客户浮想联翩，客人几乎无法拒绝这样的交易，像是接受这样的交易等于自己受到很大的恩惠似的。

这时，管家用盘子端着鸡尾酒再次进来了。

“我们不等伊莎贝尔了。”布拉德利太太说着端了一杯鸡尾酒。

“她去哪儿了？”艾略特问。

“她去跟拉里打高尔夫了，说可能晚点过来。”

艾略特转头看着我。

“拉里的全名叫劳伦斯·达雷尔，伊莎贝尔应该跟他订婚了。”

“我不知道你喝鸡尾酒，艾略特。”我说。

“我本来就不喝，”他喝了一口酒，冷冷地答道，“但这个野蛮的国家不是禁酒了吗，你有什么办法？”他叹了口气，“巴黎有些人家也开始喝鸡尾酒了，滥交朋友只会败坏品德[①]。”

“真是胡说八道，艾略特。”布拉德利太太说。

她说这句话的时候和颜悦色，态度却很坚决，让我觉得她是个非常有个性的女子，她看艾略特的眼神有些顽皮，但也透着一丝精明，从她的眼神不难判断，她对艾略特并不迷信。我禁不住想，不知道她是怎么看待格雷戈里·布拉巴宗的。我留意到，他刚进来就用职业的眼光扫了一眼整个房间，还

① 语出《圣经》：你们不要自欺，滥交是败坏善行。

不自觉地扬了扬他那浓密的眉毛。这房子确实令人吃惊，墙纸、印花棉窗帘布，以及家具上的软垫都是同样的花饰。墙上的油画用金色的大框镶嵌，显然是布拉德利一家从罗马买回来的。拉斐尔风格和圭多·雷尼[①]风格的圣母像，祖卡雷利[②]风格的风景画和帕尼尼[③]风格的古迹。他们在北京居住时的纪念品，雕刻得十分烦琐的红木桌子，巨大的景泰蓝花瓶，还有他们在秘鲁或智利购买的纪念品，硬石刻的胖人儿和陶瓷花瓶，齐本德尔式写字台和镶嵌细工的玻璃橱窗。灯罩是用白色的绸子做的，不知哪个鲁莽的画家在上面画了身着华多式服装的牧童和牧羊女。房子设计得真是难看，但不知怎的，我却又觉得很讨喜。它透着一股居家过日子的温馨，让你觉得杂乱不堪的布置中也有特定的意义。所有的物品虽然很不协调，却能融为一体，因为那些东西都是布拉德利太太日常生活的一部分。

我们刚喝完鸡尾酒，门忽然被推开了，一个女孩走了进来，后面还跟着一个男孩。

"我们来晚了吗？"她问，"我把拉里带回来了，有他吃的东西没有？"

---

① 圭多·雷尼（Guido Reni，1575—1642），意大利人像画家。

② 弗朗西斯科·祖卡雷利（Francesco Zuccarelli，1702—1788），意大利风景画家。

③ 乔瓦尼·保罗·帕尼尼（Giovanni Paolo Panini，1691—1765），意大利地形画家。

“这是我女儿伊莎贝尔，”布拉德利太太转身对我说，“这是劳伦斯·达雷尔。”

伊莎贝尔匆匆跟我握了一下手，蓦地转向格雷戈里·布拉巴宗。

“您是布拉巴宗先生吗？我早就盼着能见见您了。我很喜欢您给克莱门汀·多默装修的房子。您也觉得这房子很难看吧？这么多年来，我一直想说服妈妈好好拾掇拾掇，既然您现在在芝加哥，我们总算逮到机会了。您跟我说实话，这房子怎么样？”

我知道布拉巴宗怎么也不会说。他很快瞥了一眼布拉德利太太，但她表情淡然，什么也看不出来。他拿定主意，伊莎贝尔才能指望得上，便哈哈大笑起来。

“我觉得这房子特别舒服，的确是这样的，”他说，“但是如果你真要我说实话，我确实觉得这房子的布局很糟糕。”

伊莎贝尔个子高挑，长着一张瓜子脸，高挺的鼻梁，生得眉清目秀，圆润的嘴唇显然是他们这个家族的特征。她长得很标致，不过有点胖，我觉得是年龄的关系，等长大一点就会苗条了。她那双强健有力的手十分好看，不过也有那么一点点胖，她短裙下露出的腿也略微粗了点。她的皮肤不错，带着红润的血色，想必是经常锻炼的结果，当然，跟刚才坐敞篷车回家也有很大的关系。整个人看起来神采奕奕，活力十足。浑身上下散发着的健康因子，喜欢玩乐的快活，对生活的喜爱，以及发自内心的幸福感，让人看了精神为之一振。

她是那样自然，尽管艾略特也是极尽文雅之风，但跟她相比，难免过于庸俗。她是那样朝气蓬勃，相形之下，布拉德利太太那张布满皱纹的煞白脸庞是那么疲惫、苍老。

我们下楼去吃午饭的时候，格雷戈里·布拉巴宗一看到餐厅,不由得眨了眨眼睛。餐厅的墙上糊的是暗红色的仿呢纸，挂着一些面色阴郁、一脸苦相的男女画像，而且画得十分糟糕，都是布拉德利先生的直系祖先。布拉德利先生的画像也在上面，他留着浓密的胡子，身子僵直，穿着双排扣长礼服，戴着浆洗过的白色领子。布拉德利太太的画出自法国一位九十年代的画家之手，挂在壁炉上方，画中的她穿着一件淡蓝色缎子晚礼服，脖子上戴着白色的珍珠项链，头发上别着星形钻石，一只戴满珠宝的手拿着一条蕾丝围巾，画得极为细致，上面的针脚都一一数得清，另一只手则心不在焉地拿着一把鸵鸟羽扇。屋子里的家具都是黑橡木做的，显得十分笨重。

"您怎么看？"大伙坐定后，伊莎贝尔问格雷戈里·布拉巴宗。

"我敢说钱肯定花了不少。"他答道。

"没错，"布拉德利太太说，"这是布拉德利先生的父亲送给我们的结婚礼物。我们带着这些东西跑遍了全世界，里斯本、北京、基多[①]和罗马，亲爱的玛格丽特王后羡慕得要死。"

"如果这些东西是您的，您会怎么处理呢？"伊莎贝尔问。

---

① 厄瓜多尔首都。

布拉巴宗还没来得及回答，艾略特替他答了。

“一把火烧了。”他说。

他们三个开始讨论如何装饰这间屋子。艾略特主张用路易十五的风格，伊莎贝尔则想要一张长餐桌和意大利式的椅子。布拉巴宗则觉得齐本德尔式的家具更符合布拉德利太太的性格。

“我总觉得这事挺重要的，”他说，“我是说人的性格，”他转头看着艾略特，“想必你一定认识奥利芬特公爵夫人吧？”

“你说玛丽吗？跟我特别熟。”

“之前她要我装饰餐厅，我一见到她本人，就说用乔治二世的风格。”

“眼光不错。上次吃饭的时候我就留意过她家的餐厅，很有品位。”

谈话继续，布拉德利太太在一旁听着，但谁也猜不出她的心思。我也极少说话，伊莎贝尔带来的那个年轻人拉里，对了，我忘记他姓什么了，一句话也没说。他坐在桌对面的布拉巴宗和艾略特之间，我时不时往他那边瞥一眼。他看上去很年轻，跟艾略特差不多高，约有六英尺，挺瘦的，四肢柔软灵活。看起来挺招人喜欢，长得不算英俊，但也不丑，相当腼腆，丝毫没有出众的地方。虽然自打他进入房间后，几乎没说过几句话，但我觉得这个人挺有意思的，他没有丝毫的局促，虽然没有说话，却表现得非常好奇，就像也在参与他们的谈话一样。我注意到他的手非常修长，但相对于他的身材，不算大，手很漂亮，但又非常强健。我想画家一准会乐意画这样的手。他稍微有点瘦，但并非弱不禁风。我反而觉得他长得挺结实的，给人一种百折不挠的感觉。他平静的脸透着一丝严肃，本来白皙的脸晒成了褐色。他五官端正，却并不出众。颧骨很高，太阳穴凹陷下去。黑褐色的头发稍微有些鬈曲。眼睛看起来比实际要大，因为深陷在眼眶中，睫毛又浓又长。他的眼睛很特别，不是伊莎贝尔和她母亲以及她舅舅那种深栗色，他眼睛的颜色很深，看起来像是虹膜跟瞳孔的颜色没什么区别了，这让他的眼睛色泽度格外饱满。他举止中带着一份引人注目的自然优雅，难怪伊莎贝尔会被他迷住。她的目光不时在他身上逡巡，我似乎察觉得出，这种举止并非仅仅出于爱，而是款款深情。他们眼神交错时，他的眼底透着一股美丽的柔情。没什么比见证年轻人的爱更让人感动的事了，虽然我已人到中年，却对他们艳羡不已。不过，不知怎的，我又为他们难过。这样的想法够蠢的，因为在我看来，没有什么能妨碍他们的幸福，两人家境殷实，他们完全可以共结连理，永远幸福地生活下去。

伊莎贝尔、艾略特和布拉巴宗仍在继续谈论重新装修房子的事，都想让布拉德利太太至少发表一下意见，说房子可以动工，但她的脸上依旧荡漾着盈盈笑意。

“你们就别逼我了。我得花时间好好想想，”她转头看着男孩道，“你怎么看，拉里？”

他的眼底透着一抹笑，环顾了一下桌旁落座的人。

“我觉得装不装修都无所谓。”他说。

“你这个蠢货，”伊莎贝尔大声叫道，“我之前还特地吩咐过了，叫你支持我们的。”

“如果伯母自己觉得很满意，为什么还要改变呢？”

他一语中的，而且通情达理，我笑了。他看了我一眼，也笑了笑。

“别以为你刚才说了句蠢话就可以咧嘴傻笑了。”伊莎贝尔嗔怪道。

但他仍然笑呵呵地咧着嘴，我发现他两排小牙又白又整齐。他瞥了一眼伊莎贝尔，不知怎的，她的脸忽的一下红了，一时忘了呼吸。要是我没猜错的话，她一定疯狂地爱上了他，但我不知道为什么会这么想，她的情爱中尚有一丝母爱的成分。在这样一个年纪轻轻的女子身上还真是有些意外。跟着，她的嘴角扬起一丝浅浅的笑，再次求助格雷戈里·布拉巴宗。

“不要理他。这人蠢得很，又没什么文化，除了飞行这档子事，他什么都不懂。”

“飞行？”我问。

“他在战争期间当过飞行员。”

“我还以为他年纪这么小，不会去打仗。”

“他本来就小，实在太小了。不过这小子坏得很，逃学后居然跑到加拿大，扯了一大堆谎话，让人误以为他真的有十八岁，就这样混进了空军。停战的时候，他还在法国打仗呢。”

“你这样说只会让妈妈的客人厌烦的，伊莎贝尔。”拉里说。

“我打小就认识他，上次他回来的时候穿着一身神气的军装，上衣戴着漂亮的绶带，我只管坐在他门前的台阶上，可以这么说，直到他答应跟我结婚，才有了片刻安静。当时的竞争可激烈啦。”

“的确如此，伊莎贝尔。”她母亲说。

拉里朝我俯身过来。

“一个字也别信她的。伊莎贝尔虽然不是什么坏女孩，但就是喜欢撒谎。”

午餐过后，我和艾略特很快告辞了。之前，我跟他说想去博物馆看画，他说带我去，其实我不大喜欢有人跟我一起去画廊，但也不能挑明说自己想一个人去，所以，我只得答应让他作陪。去博物馆的路上，我们聊到了伊莎贝尔和拉里。

“看到两个年轻人这么相爱真好。”

“他们太小了，不能结婚。”

“为什么？就是要趁年轻的时候相爱、结婚，这样才有意思。”

“别扯了。她才十九岁，他也只有二十岁。再说了，他连份工作都没有，收入微薄，路易莎告诉我他一年才三千美元。而且路易莎自己也没什么钱，所有的收入只够自己花销的。”

“那么，他可以找份工作啊。”

“问题就在这里。他压根儿就不想去找，好像就喜欢这样游手好闲。”

“要我说，他准是在战争中吃了不少苦头。可能需要休息休息。”

“他都休息一年了，时间已经够长了。”

“我觉得这孩子不错。”

“噢，我也不是针对他。他出身不错，其他方面也都可以。他父亲是巴尔的摩人，以前是耶鲁大学罗曼语助理教授，反正差不多就是这样的职务吧。他母亲以前是费城老教友派的信徒。”

“你口口声声都说以前什么的，他们过世了吗？”

“是的，他母亲是分娩的时候去世的，父亲死了大约十二年了。他是他父亲在大学里的一个旧友带大的，那人在马文当医生，路易莎和伊莎贝尔就是这样认识他的。”

“马文在什么地方？”

“布拉德利的庄园就在那里，夏天路易莎会去那里，她很同情那个孩子。尼尔森医生是个单身汉，哪里会带孩子。路易莎坚持说要把他送到圣保罗教堂去，每逢圣诞节的时候，她会把孩子接出来。”艾略特像法国人一样耸耸肩，“我想现在的结果她当年就该预见了。”

说话间我们已经到了博物馆，我们的注意力转到了画上。艾略特在画作方面的渊博知识和品位再次令我叹服。他领着我在画廊里转悠，像是把我当成游客，讲解画的时候，任何一个美术教授都没他厉害。我觉得将来独自来一趟，到时候随便怎么逛都行，反而玩得开心，这次就随便他了。过了一会儿，他看了看手表。

“走吧，”他说，“我参观画廊从来不超过一小时。一个人的艺术鉴赏力只能维持这么久，我们改天再把它看完。”

分手时，我热情地向他道谢，但我自己一个人看画也许能多学点东西，他这样的行为确实挺让人窝火的。

跟布拉德利太太道别的时候，她告诉我转天伊莎贝尔要邀请她几位年轻的朋友来家里吃饭，吃完饭后还会跳舞，如果我愿意来的话，等他们走后，我和艾略特还可以聊一聊。

“你算是帮他的忙，”她又说，“他在国外待得太久了，回国后很不习惯，似乎找不到跟他有共同爱好的人。”

我接受了她的邀请，在博物馆门前的台阶上分手时，艾略特告诉我，说我答应去那里他很高兴。

“在这么一个偌大的城市里，我如同一个孤独的灵魂，”他说，“我先前还答应路易莎要跟她待六个礼拜呢。自从一九一二年后我们就没见过了。现在我是掰着指头算什么时候再回巴黎。那座城市是文明人唯一住得下去的地方。我亲爱的朋友，你知道这里的人是怎么看我的吗？他们把我当成怪胎。他们才是野蛮人呢。”

我笑了笑，随即走了。

六

第二天傍晚，艾略特打电话说要来接我，我拒绝了他的美意，也没费什么周折就找到了布拉德利太太家。先前因为有人来看我，我有些耽搁，稍稍去晚了。我走在台阶上的时候，听见客厅传出非常嘈杂的声音，心想宴会的客人一定不少，等我进去的时候却发现包括我在内总共才十二个人。布拉德利太太穿着一件绿色的缎子衣，配着一串小粒珍珠项链，透着一种雍容华贵的气质。艾略特则穿着一件剪裁入时的晚礼服，那种高雅的气质当真卓尔不群。他跟我握手时，一股阿拉伯香水味直冲鼻孔。他将一位身材魁梧的红脸男子介绍给了我，那人穿着晚礼服，莫名地让人觉得不舒服。他就是尼尔森医生，但当时这个名字对我毫无意义。参加宴会的其他人都是伊莎贝尔的朋友，他们的名字我刚刚听到就忘了。女孩年轻、漂亮，小伙子也很英俊。但谁也没给我留下什么印象，只有一个人例外，因为他的个子相当高大，肯定有六英尺三英寸或六英尺四英寸[①]，肩膀也特别宽阔。伊莎贝尔打扮得非常漂亮，穿着一件白绸子礼服，一条窄底长裙正好可以遮住她的胖腿。从上衣的式样看，她的胸脯发育得极好。尽管她露着的香肩稍显丰腴，脖颈却很漂亮。她很兴奋，一对明眸闪着光亮。她毫无疑问是一个非常漂亮迷人的女子，但稍不留神，没准会胖得过了头。

吃饭的时候，我坐在布拉德利太太和一个腼腆且毫无生气的女孩之间，她看起来比其他人还要年轻。我们坐定后，布拉德利太太为了让我不拘谨，跟我解释说这位姑娘的祖父

① 1 英尺 =12 英寸；1 英寸 =0.0254 米。文中的“六英尺三英寸”相当于 1.9 米。

母就住在马文，她和伊莎贝尔过去曾是同学，名叫苏菲，这个名字也是我当天唯一一次听到提起过。席间，大伙尽情地开着玩笑，所有人都高声说话，屋子里一片欢声笑语。他们彼此之间似乎非常熟悉。我趁女主人没有说话的时候，试图跟邻座的女孩攀谈，却没有成功。她比其他人要安静。人不算漂亮，脸蛋却很逗趣。小小的鼻子有点翘，宽嘴巴，蓝绿色的眼睛。沙褐色的头发，发式简单，非常瘦，胸部几乎跟男孩子一样平。大伙开玩笑的时候她也会笑，但有些勉强，让人觉得她其实并不觉得那么好笑。我猜想她只是在努力迎合大家，我也猜不出她到底是有些笨还是过分腼腆，我尝试用各种话题跟她攀谈，却总是无功而返，后来实在想不出什么话题，只好问她在座的都有谁。

"呃，尼尔森医生你总认得吧。"她指着我对面，正对布拉德利太太的中年男子说，"他是拉里的监护人，我们在马文的人都找他瞧病。他很聪明，发明了许多飞机零件，可是谁也不理他，不搞发明的时候他就喝酒。"

说到这里的时候，她浅色的眼睛里闪着一道光亮，让我不由得想，她也许并没有我当初想的那样愚笨。她继续一个个地给我介绍那些年轻人，告诉我他们的父母是谁，介绍男生的时候，她还会告诉我他们以前在哪儿上的大学，做过什么工作，不过都只是点到即止。

比方说，"她人很好"，或者说，"他的高尔夫打得不错"。

"那个眉毛又粗又浓的大个子是谁？

"那个吗？噢，他叫格雷·马图林。他爸爸在马文河边有座大房子，是我们这里的百万富翁。我们都以他为荣，他给我们挣了面子。马图林、霍布斯、雷纳和史密斯是芝加哥最有钱的人，格雷是独子。"

她讲到这一连串的名字时，反讽的语气中夹杂着一丝逗乐的意味，我好奇地看了她一眼。她瞥见后，脸唰的一下红了。

"再跟我讲讲马图林先生呗。"

"没什么好说的了。他可有钱了，算是个德高望重的人。他给我们在马文修了一座新教堂，还向芝加哥大学捐了一百万美元。"

"他儿子可是个大帅哥。"

"他人不错。你绝对想不到他的祖父是个穷酸的爱尔兰人，他的祖母是个瑞典人，在一家小饭店当侍女。"

其实格雷·马图林长得不算英俊，却也引人注目。整个人看起来有些粗犷，像是未加修饰似的。鼻子又短又平，充满肉欲的嘴唇，红红的肤色像极了爱尔兰人，一头厚厚的黑发油光发亮，浓密的眉毛下面长着一双清澈的蓝眼睛。虽然块头很大，但身材比例倒是不错，如果脱光衣服，肯定有一副健美的身材。他的力气想必很大，男子汉气概十足，令人印象深刻。尽管拉里只比他矮三到四英寸，但坐在他旁边却显得十分瘦弱。

"爱慕他的人不少，"我旁边那个怯生生的女孩说，"我知道有几个女孩为了得到他，就差没置对方于死地了。不过，她们可轮不上。”

“为什么轮不上呀？”

“你还真是什么都不知道啊？”

“我怎么知道？”

“他疯狂地爱着伊莎贝尔，被她迷得神魂颠倒，但伊莎贝尔爱的是拉里。”

“那他为什么不敢横刀夺爱？”

“拉里是他最好的朋友。”

“这就不好办了。”

“要是你也跟格雷一样高风亮节的话，那是自然。”

我不是很清楚她说这话的时候是认真的，还是语带嘲讽的。她的言谈举止分寸掌握得很好，既不唐突也不冒失，但我总觉得她并不缺乏幽默感，人也很精明。我不禁在想，她跟我谈话的时候心里到底在想什么，但我知道我永远也别想弄清楚。她显然不怎么自信，我猜想她应该是个独生女，曾跟年纪比她大得多的人过着隐居的生活。她身上有种谦虚恬静的气质，让我很是喜欢，但要是我猜得没错，她的确常过着孤独的生活，我想她肯定会时常静静地观察跟她一起生活的长者，形成一套特有的看法。我们这些上了年纪的人很少会察觉年轻人对我们的判断是多么的无情，又是多么的有见地。我再次看着她那双蓝绿色的眼睛。

“你多大了？”我问。

“十七岁。”

“你经常看书吗？”我试探性地问道。

但她还没来得及回答，布拉德利太太一心要尽地主之谊，已经跟我攀谈上了，我还没来得及脱身，晚宴已经结束，年轻人立即走得不知所终，只剩下我们四人去了楼上的客厅。

今天他们居然邀请我参加宴会，这令我有些诧异，因为他们东拉西扯一阵后，很快谈到了一个在我看起来比较隐私的话题。我一时不知该起身告辞，还是做一个冷漠的旁观者，兴许能帮得上忙呢。他们争论的焦点是拉里为什么死活不愿去找工作，这可太奇怪了。后来他们还提到了马图林先生可以在他办公室给拉里一个职务，马图林正是在座的那个男孩的父亲。这可是个好机会。拉里有本事，也很勤奋，到时候肯定会挣不少钱。小格雷·马图林就盼着他能接受那份工作。

他们说的原话我记得不太清楚了，但主要意思还清楚地记在脑海里。拉里从法国回来后，他的监护人尼尔森医生建议他去念大学，但他拒绝了。其实他这段时间什么都不想干倒也正常。他在打仗的时候吃了不少苦头，还受过两次伤，虽然不是太严重。尼尔森医生认为他还没从战争的创伤中恢复过来，休息一段时间也好，等到彻底复原再说。但先是休息了几个礼拜，然后一拖就是几个月，现在从他脱掉军装算起，都一年多了。他当初在空军混得不错，回到芝加哥后算小有名气，好几位商界人士都叫他去他们那里工作，但都被他谢绝了。他也拿不出像样的理由，只是说还没想好下一步做什么，后来他跟伊莎贝尔订了婚。因为这么多年来，他们两个一直都难舍难分，所以对布拉德利太太来说并不觉得奇怪，她知道伊莎贝尔爱他。她很喜欢他,也觉得拉里能让伊莎贝尔幸福。

“她的个性比他强，正好可以弥补他的缺点。”

尽管两人都还小，布拉德利太太却非常愿意他们立即结婚，不过，拉里总得找份工作，她才会让他们结婚。他自己有笔小钱，但即使他现在的钱比这多十倍，她也会坚持让他找份工作的。根据我的推测，她和艾略特实则是希望从尼尔森医生那里打听到拉里到底想干什么。他们想让尼尔森医生给他施压，让他接受马图林先生的工作。

“你知道我从来不管拉里，”尼尔森医生说，“甚至在他很小的时候，也是想干什么就干什么。”

“我知道。你向来都是由着他的性子来，他现在变得这样好还真是个奇迹。”

尼尔森医生喝了不少酒，没好气地看了她一眼。本来就很红的脸变得更红了：“我太忙，有自己的事要做。我收养他是因为他没别的地方去，他父亲是我的朋友。这样的孩子可不容易管教。”

“我不知道你为什么这么说，”布拉德利太太尖刻地回答道，“他的性格很好啊。”

“他从来不会和你顶嘴，但每次都会想干什么就干什么，每次你气得不行的时候，他只会跟你说声对不起，任由你大发雷霆，面对这样的孩子，你会怎么办？如果他是我的亲生儿子，我可以揍他。但面对这样一个举目无亲的孩子，他父亲觉得我会对他好，才把他托付给我的，我总不能下手打他啊。”

“你说的哪儿跟哪儿呀，”艾略特有些生气地说，“现在的情况是：他游手好闲的时间够长的了，现在就有这么一份好工作摆在他面前，眼瞅着就要赚大钱，如果他想娶伊莎贝尔，就得接受。”

“现在的时局就是这样，他得明白，”布拉德利太太也插嘴道，“人在世上就得工作。现在他的身体好得很。我们都知道，美国内战过后，有些人从战场上回来，什么活儿都不干。他们只会成为家庭的负担，对社会也毫无用处。”

这时我插了一句话。

“可是这么多人给他找事做他都拒绝了，他的理由是什么？”

“哪有什么理由，就说不喜欢。”

“难道他什么都不想干吗？”

“这不明摆着的吗？”

尼尔森医生又倒了一杯掺了苏打水的威士忌，喝了一大口，看着他的两个朋友。

“我可以说说我对他的印象吗？不敢说我看一个人就一定很准，但有了三十多年行医经历，我觉得我还是了解一些情况的。战争对拉里的确带来了影响，他这次回来后像是变了一个人。不只是年纪大一点，也不知道发生了什么事情，他的性情完全变了。”

“会发生什么事情呢？”我问。

“我也不知道。他闭口不提打仗的那段经历，”尼尔森转头看着布拉德利太太，“他跟你们说过吗，路易莎？”

她摇了摇头。“没有。他刚回来的时候，我们也想让他说说那段冒险经历，但他只是跟往常一样冲我们笑，什么也没说。他甚至都没告诉伊莎贝尔。她每每想让他开口，可一句话也没从他嘴里撬出来。”

他们就这样不痛不痒地说着话，不一会儿，尼尔森医生看了看表，说要走了。我也准备跟他一起离开，但艾略特硬要我留下来。尼尔森医生走后，布拉德利太太向我道歉，说不该用私事麻烦我，还担心我已经厌烦了。

“不过，你也知道现在我心里就惦记这事。”她最后说。

“毛姆先生很有分寸，路易莎，有什么尽管跟他说。我总觉得鲍勃·尼尔森和拉里没那么亲密，我和路易莎觉得有些事情最好还是不要跟他说。”

“艾略特。”

“你已经对他说了那么多了，不妨把余下的事情也都告诉他。我不知道你有没有注意到格雷·马图林刚才也在吃饭？”

“他身材那么高大，没注意到他就怪了。”

“他喜欢伊莎贝尔。每次拉里不在的时候，他就会特别殷勤。其实她也挺喜欢他的，要是战争再持续得久一些，她还真可能嫁给他。格雷还向她求过婚。她没有接受，路易莎估摸她是想等到拉里回来再做决定。”

“格雷为什么没去打仗呢？”我问。

“他打橄榄球的时候弄伤了心脏，不过也不算严重，但部队不肯收他。反正拉里回来后，他就没机会了。伊莎贝尔跟他摊了牌。”

我不知道该怎么说，于是干脆什么都不说了。艾略特仍在继续说。他仪表堂堂，再加上一口标准的牛津口音，他要不去外交部门做名高级官员那真是屈才了。

“拉里这小伙子当然相当不错，而且他逃学去参军这事也干得漂亮，不过，我很会看人的……”他狡黠地笑了笑，说了一句他只会在艺术品交易发了大财时才会说的话，“要不然我手头上也不会有这么一大笔金边股票[①]了。我觉得拉里永远都不会有什么出息，他一没钱，二没地位，格雷·马图林就完全不同了。他的祖上在爱尔兰就很有名望，家族中出过一位主教、一个戏剧家，还有好几个声名显赫的军人和学者。”

“这些你是怎么知道的？”我问。

“这样的事情得知道啊，”他轻描淡写地答道，“事实上，那天在俱乐部里，我恰巧翻了一下《英国人物传记辞典》，碰巧看到这个姓氏的。”

我觉得还是不要重复一遍刚才邻座的女孩告诉我的情况，马图林的祖父是个穷酸的爱尔兰人，祖母只是个端盘子的侍应。艾略特仍在继续说。

“我们认识亨利·马图林很多年了。他人很好，又有万贯家财。格雷即将在芝加哥最好的证券行里做事，说前程似锦

① 指有政府担保的股票。

也不为过。他也想娶伊莎贝尔，要是真为她着想，这绝对不失为一门好亲事。我个人是完全赞同的，我知道路易莎也有此意。”

“艾略特，你离开美国太久了，”布拉德利太太不无苦涩地笑了笑，“你忘了现在在这个国家，女孩的婚事当妈的和做舅舅的可做不了主。”

“路易莎，这可不是什么值得骄傲的事。”艾略特严肃地说，“根据我这三十年的经验，我可以告诉你，通过地位、财产和门第安排的婚事哪方面都会比自由恋爱强。法国绝对是世界上唯一一个文明的国家，要是伊莎贝尔在那里，肯定会毫不犹豫地嫁给格雷。然后，过了一年后，她愿意的话，还可以让拉里当她的情人。格雷则找一个女明星，将她安置在豪华的公寓里，岂不是皆大欢喜。”

布拉德利太太可不是傻子，狡黠地看了一眼弟弟，觉得好笑。“艾略特，问题是纽约的剧团来这儿表演的时间可不长，就算格雷想在他那豪华的公寓里留住那些女明星，时间可由不得他。这样一来，大家都不满意了。”

艾略特笑了笑。

“格雷可以在纽约证券交易所买个席位嘛，如果真想住在美国，我觉得纽约是不二之选。”

不久我就离开了，但在离开之前，我也不明白艾略特为什么问我是否愿意一起吃午饭，到时候可以见见马图林父子。

“亨利在美国企业家里绝对算是个中翘楚。这么多年来，我们的投资都交给他管理。”

其实我不大愿意见他，但也拿不出拒绝的理由，于是干脆说了句乐意之至。

七

在芝加哥逗留期间，我被安排在一家俱乐部里，那里有个很好的图书馆，转天早晨，我去那里翻阅一两种大学刊物，这样的杂志除非订阅用户，否则极难买到。那天天色尚早，除了我之外，图书馆里只有一个人。他正坐在一张皮椅上聚精会神地看书。令我惊奇的是，这人居然是拉里。我真没想到能在这里碰见他。我经过他时，他抬起头，认出了我，准备起身。

“别动。”我说，然后不假思索地问道，“你在看什么？”

“一本书。”他笑着说，他的笑容非常迷人，尽管他的回答有些冷漠，但看到那样的笑容你也不会生气了。

他合上书，用那双难以捉摸的眼睛看着我，然后把书拿在手里，这样我就看不到书名了。

“昨晚玩得开心吗？”我问。

“开心啊。玩到五点钟才回家。”

“那你这么早又来这里了，还这么精神，真是勤奋。”

“我经常来这里，平常这个时候就我一个人待在这里。”

“我不会打搅你的。”

“你没有打搅我。”他说着又笑了笑，这时我才觉得他的笑是那样的好看。他笑得并不是那么灿烂，脸像是被一种发自内心的光点亮了。他坐在一个由书架围成的角落中，旁边有一把椅子，他将手搭在椅子的扶手上。“你要不要坐一会儿？”

“好的。”

他把手里的书递给我。“我看的是这本书。”

我瞥了一眼，发现是威廉·詹姆斯[①]的《心理学原理》，这当然是一本经典著作，是心理学史上一本很重要的书，可读性极强，但我没想到这样一个年纪轻轻的飞行员居然会看这样的书，他头一天晚上还跳舞到五点钟。

“你为什么看这样的书？”我问。

“我懂得太少。”

“可是你还非常年轻呢。”我笑道。

他良久没有说话，我觉得这样的沉默有些尴尬，正准备起身去寻找那些刊物，但我总觉得他有什么话要说似的。他盯着没人的地方，神情严肃、专注，像在沉思。我等在那里，好奇地想知道会发生什么事。他开始说话的时候，好像只是接着方才的话题，并没有察觉相隔许久。

“我从法国回来后，他们都希望我去念大学。可是不行，有了过去的那段经历后，我没办法再回到学校了。先前我在

---

① 威廉·詹姆斯（William James，1842—1910），美国本土第一位哲学家、心理学家，也是教育学家，其著作《心理学原理》是西方重要的哲学、心理学经典文献之一，他也被誉为“美国心理学之父”。

预备学校什么也没学到。我感觉我无法适应大学一年级的生活，他们不会喜欢我的，我不会做我不喜欢做的事情，而且我觉得我想知道的东西老师也教不了我。”

“当然啦，我知道这事跟我没什么关系，”我答道，“但我觉得你说得不对。我应该明白你的意思，我能理解，你打了两年仗后再回大学念书，在开头的一两年里，别人都会把你当成一个令人敬仰的学生，这种事的确挺无聊的。我对美国的大学不是很了解，但我觉得这里的大学跟英国的应该不会有太大的差别，美国的大学没准更吵吵闹闹一点，不过大体上应该差不多，都是些通情达理的好孩子，我想即便你不想过他们那样的生活，只要你稍微圆滑一点，他们也会让你过自己的生活。我的几个兄弟都在剑桥念过书，我却没有。我本来有机会，但被我拒绝了。我想早早地步入社会，这件事情一直是我心头的痛。我觉得如果念了大学，就会少犯很多错误了，在有经验的老师指导下，你能学得更快。要是没人指导你，你可能会浪费很多时间往死胡同里钻。”

“你也许说得对。不过，我不担心犯错。兴许我还能在某个死胡同里找到我想要的东西呢。”

“你想要什么？”

他犹豫了一会儿。

“问题就在这里，我都不晓得我想要什么。”

我没说话，因为我不知道该如何回答这个问题。作为一个从小就十分清楚自己目标的人，他的话让我有些不耐烦，但我很快自责起来，直觉告诉我，这个孩子在灵魂深处苦苦追寻某种令其困惑不解的东西，可能是自己还没想明白的念头，也可能是朦胧的感情，我说不上来，他苦苦追求的这些东西搅得他内心不得安宁，自己也不知道去哪儿寻找。我有些同情他。之前我从没听他说过这么多话，现在我才察觉他的声音是那么悦耳、动听，宛若一贴疗慰伤痛的膏药。想到这点的时候，再加上他那迷人的微笑，极富表情的黑眼珠，我总算明白伊莎贝尔为何如此钟情于他了。他身上的确有一种特别惹人怜爱的东西。这时，他转头看着我，脸上并无半点窘迫之意，那样的眼神像是在审视我，又有几分逗乐。

"昨晚我们去跳舞后，你们肯定还在谈论我，对吗？"

"有段时间的确在说你。"

"我想他们硬把鲍勃叔叔叫来吃饭肯定就是为这事，他最讨厌出门了。"

"好像他们给你找了份很好的工作。"

"工作的确不错。"

"你会接受吗？"

"不会。"

"为什么？"

"我不想去。"

这件事情跟我并无干系，我却在这里管闲事，但我觉得正因为我是一个来自异国他乡的陌生人，拉里才会觉得跟我聊聊也无妨。

“你知道，只有没别的本事的人才会去当作家。”我笑道。

“我没什么天赋。”

“那你到底想干什么？”

他对我粲然一笑。

“游荡。”

我迎合着笑了笑。

“要我说芝加哥还真不是个可以游荡的地方。”我说，“好吧，我还是不打搅你看书了。我得去找《耶鲁季刊》了。”

我起身走了。等我离开图书馆的时候，拉里还在聚精会神地看威廉·詹姆斯的书。我独自在俱乐部吃了午饭，因为图书馆里安静，我又回到那里抽雪茄，在那里打发了一两个钟头的时光，看看书、写写信什么的。我吃惊地发现拉里仍在埋头读书，像是我离开后他压根儿就没挪动过。四点钟我离开俱乐部的时候他仍然在那儿。我这样来来去去，他并没留意。下午我有很多事情要做，直到要换衣服参加宴会时我才回到布莱克斯通旅馆。回来的路上，因为好奇心驱使，我再次回到了俱乐部，去了图书馆。当时那里已经有很多人了，都在看报纸什么的打发时间。拉里仍然坐在同一把椅子上，专心致志地看着同一本书。奇怪！

八

第二天，艾略特邀请我去帕尔默饭店见马图林父子，就我们四个人。亨利·马图林是个大个子，身材跟他儿子一样高大，长着一张红通通的脸，脸上肉挺多的，大下巴。跟他儿子一样，又短又平的鼻子给人一种咄咄逼人的感觉，眼睛比他儿子的要小，也没那么蓝，但看上去非常精明。应该不到六十岁，因为花白的头发稀了不少，看起来要比实际年龄大十岁。第一印象并没有给人留下好感，他看起来像是养尊处优惯了。我觉得这个人残忍而又十分精明能干，这种人在生意上绝对不会留丝毫情面。他一开始没怎么说话，我感觉是在打量我。我当然知道他把艾略特当成一个可笑的人。格雷倒是温和可亲，很懂礼数，他几乎一句话都没说，要不是艾略特深谙社交之道，一直滔滔不绝地说着话，宴会的气氛可就尴尬了。我猜想他以前肯定跟一些中西部的商人打过交道，获得了不少经验，如若不来一番花言巧语，那些人怎会出高价买一张旧时名家的画作。不一会儿，马图林先生就觉得没那么拘谨了，发表了一两番评论，这才让人觉得他并没有表面看上去的那么呆板，的确还有些冷峻的幽默。有那么一会儿，话题转移到了证券和股票交易上。我发现艾略特讲起这些事情时知识非常渊博，不过我并没有觉得诧异，因为我早就知道尽管他有些不着调，但绝非傻子。这时，马图林先生说："今天早上我收到格雷的朋友拉里·达雷尔的一封信。"

"你可没跟我说，爸爸。"格雷说。

马图林先生转向我。

"你认识拉里，对吧？"我点点头，"之前格雷劝我把他招进公司里，他们是要好的朋友，格雷很敬重他的为人。”

“他在信上怎么说的，爸？”

“他向我表示谢意，说对于一个年轻人来说，这是个千载难逢的机会，他经过深思熟虑后，得出了一个结论，将来恐怕会令我失望，想想还是拒绝算了。”

“真是个蠢货。”艾略特说。

“的确。”马图林先生说。

“真对不起，爸爸，”格雷说，“要是我能跟他在一起工作该多好啊。”

“强扭的瓜不甜。”马图林先生说这话的时候看着儿子，精明的眼神软了下来。我这才发现这个铁石心肠的商人也有柔情的一面，想必特别溺爱这个大块头的儿子。这时，他再次转向我。

“你知道吗，这孩子礼拜天的时候在我们家的高尔夫球场上两次都以低于标准杆完成了比赛。一场赢了我七杆，另一场赢了我六杆。我真想用九号杆狠狠敲他的脑袋，想想看，他打高尔夫还是我亲自教的呢。”他说这话的时候自豪之情溢于言表，我开始喜欢上他了。

“我运气好嘛，爸爸。”

“这可不是运气的问题。你把球从沙坑里打出来的时候，就落在离洞口六英寸远的地方，难道这也叫运气？那一杆打了三十五码远。明年我想让他去参加业余高尔夫锦标赛。”

“我可没时间。”

“我是你的老板，对吧？”

“难道我不知道吗？我要是上班迟到了一分钟，就会被你骂得狗血淋头。”

马图林先生咯咯地笑了。

“这小子是想说我是个暴君。”他转身对我说，“别信他的，我家的生意全指着我呢，合伙人都不咋的，我挺为我的事业感到自豪的。我叫这孩子从底层干起，就是希望他和我公司里其他年轻人一样，一步步往上升，等将来他可以代替我的时候，他就能胜任了。像我这样的行当，责任重大。有些客户叫我帮他们料理投资上的事，一晃三十年过去了，他们非常信任我。不怕跟你说实话，我宁愿赔自己的钱，也不愿让他们赔本。”

格雷笑了。

“前几天有个老姑娘过来，想把一千美元投资在一项靠不住的计划上，说是牧师建议她这么做的，我爸没有接这份单子，但她一再坚持，他把她骂得哭哭啼啼地走了，后来又打电话给牧师，把他也臭骂了一顿。”

“别人对我们这样的经纪人，说了很多难听的话，但经纪人里面也有区别。我不希望人们赔钱，我希望他们赚钱，但见识了大部分人的做法，你会觉得他们生活的目标就是花光身上的每一个子儿。”

“对了，你觉得他这个人怎么样？”马图林父子离开我们去上班后，艾略特问我。

“我常常乐意见到一些不同类型的人。我觉得他们父子之间的感情相当感人，这种情况在英国可不多见。”

“他特别宠爱这个儿子。要说这人还真是个怪人，挺矛盾的。之前他针对那些客户的话全是肺腑之言，他手上有好几百个客户，有老太婆、退伍军人、牧师，他们的积蓄都交给他打理。换作是我，就会觉得这些全是吃力不讨好的事。但别人信任他，让他觉得挺自豪的。不过，要是碰上大买卖，他能赚一大笔钱的话，谁也没有他那样心狠手辣。那个时候他一点情面都不会讲。如果他想割下对方的一磅肉①，他非把这事办成不可。你要是把他惹毛了，他一定会让你好看，事后还会乐得屁颠屁颠的。”

艾略特一回到家就告诉布拉德利太太，拉里拒绝了亨利·马图林的工作。当时，伊莎贝尔正跟女友一起吃午饭。他们还在谈论这件事情时，她进来了，他们便告诉了她。我根据艾略特的叙述不难猜出，他定是以他那舌灿莲花的口才对这件事大谈特谈了一番。尽管他十年来什么正经事也没做，而他过去积攒下万贯家财几乎不费吹灰之力。但他却认为勤勉二字是人类进步的必要条件，并对此深信不疑。拉里是一个普通得不能再普通的年轻人，没有社会地位，没有任何理由不遵从这个国家的好习俗。在艾略特这种高瞻远瞩的人看

---

① 出自莎士比亚《威尼斯商人》的故事。

来，美国即将进入一个空前繁荣的时代。拉里有机会搭上这班车，如果他能够脚踏实地地干下去，到四十岁的时候，他很有可能赚得盆满钵满。如果届时他希望退休,过体面的日子，比方说，在巴黎的杜波依斯大街买一套公寓，再到都兰买一座城堡，他艾略特自然无话可说。但路易莎·布拉德利的话更是一语中的，让人无法辩驳。

“如果他爱你，就应该为你去工作。”我不知道伊莎贝尔对他们的轮番发难是如何回答的，但她是个聪明人，心里肯定知道长辈站在他们的角度说这些话自有其道理。她所认识的年轻人都在拼命学习，想求得一份职业，有的已经在公司里忙忙碌碌了，拉里不可能指望他在空军立下的那点战绩过一辈子。战争已经结束，所有人对这档子事都早已厌烦，只希望尽快忘记。最后，他们讨论的结果就是伊莎贝尔同意跟拉里摊牌。布拉德利太太建议伊莎贝尔叫他开车送她去马文。她要给客厅定做新窗帘，但量好的尺寸丢了，所以她想让伊莎贝尔再去量一下。

“鲍勃·尼尔森会请你们吃午饭的。”布拉德利太太说。

“我有个更好的主意，”艾略特说，“给他们准备一个午餐篮，让他们在门前露台上吃午饭，吃完饭就可以聊这事了。”

“挺好玩的。”伊莎贝尔说。

“没有什么比舒舒服服地吃一顿野餐更惬意的事了，”艾略特以说教的口吻说，“老于泽斯公爵夫人以前常跟我说，在这样的环境下，最难管教的男人也会变得言听计从。你午餐给他们准备了什么？”

“酿鸡蛋和鸡肉三明治。”

“真是胡来！野餐哪儿能少得了鹅肝酱饼。先给他们来份咖喱虾，再来一份水晶鸡胸肉，外加一份生菜心沙拉，这菜得我亲自下厨，吃过鹅肝酱饼后，按照你们美国人的习惯，可以来一份苹果派。”

“艾略特，我就给他们做酿鸡蛋和鸡肉三明治。”布拉德利太太斩钉截铁地说。

“那好，你记好了，到时候事情肯定办不成，你可别怪我。”

“拉里吃得很少，艾略特舅舅，”伊莎贝尔说，“我觉得他压根儿就不会在意吃什么。”

“但愿你不会觉得这是他的优点，傻孩子。”她舅舅答道。

但是布拉德利太太说他们应该有什么就吃什么。艾略特后来跟我说起这次出行的结果时，耸了耸肩膀，姿态像极了法国人。“我早说不行的。当时我可以说是求路易莎将一瓶我战前送给她的蒙哈榭葡萄酒放进去，但她就是不听我的。他们只是用热水瓶装了一瓶咖啡，什么都没带了。那还能指望什么？”

后来情况好像是这样的，听到车子在门口停下的时候，路易莎·布拉德利和艾略特正坐在客厅里。那时天刚黑，窗帘已经拉上。艾略特躺在壁炉旁边的靠椅上看小说，布拉德利太太正在织挂毯，用作防火帘。艾略特从眼镜上方看着姐姐。

“我想她应该是先去脱帽子了，马上就会下来。”她说。

但伊莎贝尔并没有下来。好几分钟过去了。

“也许困了，可能躺下休息了。”

“你原先不是还以为拉里也会来？”

“艾略特，犯不着生气。”

“好吧，反正是你的事情，又不是我的事情。”

然后他继续看书，布拉德利太太则继续织挂毯。但半小时后，她突然站了起来。“我想最好还是去看看她怎么样了。如果她在休息，我是不会打扰她的。”布拉德利太太离开客厅，但很快就下来了。“她在哭。拉里要去巴黎，要去两年。她答应等他。”

“他为什么要去巴黎？”

“你问我有什么用，艾略特。我也不知道。她什么都不会告诉我的。只说她理解他，不会阻止他。我对她说：‘如果他打算离开你两年，那就说明他根本不怎么爱你。’‘那我也没办法。’她说，‘问题是我非常爱他。’‘即使发生今天的事后你还爱他吗？’我问。‘发生今天的事后，我比以前更爱他了。’她答道，‘他是爱我的，妈妈，这点我非常确定。’”

艾略特思索了一会儿。“那两年之后又会怎样呢？”

“我告诉你我不知道，艾略特。”

“你难道不觉得这事非常棘手吗？”

“没错。”

“现在只能这么想了，他们两个还很年轻。再等两年对他们来说并不打紧，两年时间什么事情都可能发生。”

他们同意还是先不要去打搅伊莎贝尔。那天晚上他们出去吃的晚饭。“我也不希望搅得她心烦，”布拉德利太太说，“要是她两只眼睛都哭肿了，说不定人们还会好奇呢。”

但是，第二天他们三个吃完午饭后，布拉德利太太再次提到了这个话题，但她什么也没从伊莎贝尔嘴里问出来。

“该说的我都跟你说了，妈妈。”她说。

“问题是他去巴黎干什么呀？”

伊莎贝尔笑了，因为她知道母亲一定会觉得她的回答很荒唐。

“游荡。”

“游荡？这话什么意思？”

“这是他的原话。”

“我真是受不了，如果你还有一点点志气的话，就马上跟他解除婚约，他这不是明摆着在玩你吗？”

伊莎贝尔看了看她戴在左手的戒指。

“那我能怎么办？我爱他。”

这时艾略特也加入了这场谈话。他拿出自己扬名立万的撒手锏。“孩子，我现在不是以舅舅的身份跟你说话，而是以一个过来人的身份跟一个涉世未深的女孩交流一下。”但他的效果比她妈妈好不了多少。我听说她叫他不要管闲事，说话的语调肯定很有礼貌，但意思说得非常清楚。那天晚些时候艾略特在布莱克斯旅馆通我那间小小的起居室里，把事情原原本本都跟我说了。

“路易莎当然说得对，”他又说，“反正这事挺棘手的，不过只是根据相互之间的爱慕来安排年轻人的婚姻，就肯定会碰到这样的事情。我叫路易莎不要担心。我觉得事情会比她设想的要好。现在拉里不在，小格雷就有机会了，结果不是明摆着的嘛。十八岁的小姑娘感情非常强烈，但来得快也去得快。”

“你还真是通晓世故，艾略特。”我笑道。

“拉罗什福科[①]的那些书可不是白读的。你知道芝加哥是个什么样的地方，他们经常会见面。有个男人一心一意地爱自己，女孩总会觉得脸上有光。等她知道她的那些女朋友都想争着嫁给他的时候，我问你，真到了那时候，她是不是恨不得把所有人都挤掉？人的本性就是如此。我的意思是，你明知某个宴会无聊得要死，吃的喝的只有饼干和柠檬水，但你还是去了，因为你最好的朋友都削尖了脑袋要往宴会里钻，而他们一个个都没被邀请。”

“拉里什么时候走？”

“还不知道。我想他还没做决定吧。”艾略特从口袋里掏出一个又长又扁的东西——一个铂金和黄金制成的烟盒——从里面拿出一根埃及烟。法蒂玛、吉时、骆驼、好彩香烟都是他不抽的。他看着我，露出意味深长的笑容。“当然，这话我不会跟路易莎说，但我不介意告诉你，我暗地里对那个小

① 弗朗索瓦·德·拉罗什福科（François de La Rochefoucauld，1613—1680），法国政治家、作家，著有《箴言录》，分析人的行为品质，揭露上流社会的自私和伪善。

伙子还有些同情。他应该是在打仗的时候见识过巴黎，如果他的心被那座城市迷住，我也不怪他，那可是世界上唯一配得上文明人居住的城市。他还年轻，我敢断定他肯定想在踏踏实实结婚过日子前浪荡一段日子。这样的想法倒也合情合理，到时候我会关照他。我会把他介绍给合适的人。这小子挺懂礼貌的，事后我稍加指点，他日必成气候。我可以保证让他看到法国人生活的另一面，美国人很少有这样的机会。相信我，老伙计，普通美国人上天堂容易，要进入圣日耳曼大街可就难多了。他才二十岁，又挺有魅力的。我估摸能给他物色一个年纪大一点的女人，这会让他变得成熟。我一向认为给上了一定岁数的女人做情人对年轻人来说是再好不过的教育，当然，女的必须符合我的要求，得是上流社会的女子，这样，他在巴黎的地位马上就有了。”

“你跟布拉德利太太说了吗？”我笑着问。艾略特咯咯地笑起来。

“老兄，我别的本事不敢说，就是做什么事都很有分寸。我没有告诉她，反正她也不会理解的，这样的事情我永远没办法理解路易莎。她大半辈子都在外交界混，去过世界上半数国家的首都，但仍然是个无可救药的美国女人。”

九

那天晚上我去滨湖大道一幢石砌的大楼赴宴，那幢房子看起来就像建筑师原木打算把它盖成一幢中世纪的城堡，中途改变主意，把它盖成了瑞士式样的别墅。宴会人很多，我走进宽敞、豪华的客厅时，雕像、棕榈树、枝形吊灯、早期大师的画作尽收眼底，家具堆得满满的。不过倒也有几个认识的人。亨利·马图林把我介绍给了他那浓妆艳抹、枯瘦如柴的妻子，我还向布拉德利太太和伊莎贝尔打了招呼。伊莎贝尔身着一件红色丝质礼服，跟她那乌黑的头发和深栗色的眼睛很配，非常漂亮。她看起来兴致很高，谁也猜不到她刚刚遭遇过烦心事。这会儿，她正兴高采烈地跟围在她身边的两三个年轻人聊天，格雷亦在其中。晚餐时，她坐在另一桌，我看不见她。晚饭后，我们男人慢条斯理地喝咖啡、利口酒，抽雪茄，回到客厅后，我找到了一个和她说话的机会。因跟她不熟，我不好把艾略特跟我说的事都告诉她，不过，我觉得有些事情跟她说说，她没准很高兴听到。

“那天我在俱乐部见到你男朋友了。”我不经意地说。

“哦，是吗？”

她说话时态度也很随便，但我看得出她立即警觉起来，眼神也很戒备，我想我从她眼神里察觉出了一丝恐惧。

“当时他在图书馆看书，非常专注，给我留下了深刻的印象。我十点刚过进去的时候就发现他在看书，吃完午饭回来他仍在看，我晚上前去赴宴途经那里时他还在看，我相信他起码在那里待了十小时。”

“他看的是什么书？”

"威廉·詹姆斯的《心理学原理》。"

她垂下眼睛，我无法知道我说的这些对她有什么影响，但我觉得她可能既摸不清头脑，又松了一口气。这时，主人来找我打桥牌，等我打完牌，伊莎贝尔和她的母亲已经走了。

十

几天后，我去向布拉德利太太和艾略特辞行，发现他们坐在那里喝茶。我进去不久伊莎贝尔也回来了。我们聊了聊我即将开始的旅行，我感谢了我在芝加哥逗留期间她对我的热情款待，待了适当的一段时间后，我便起身要走。

"我送你到药店吧。"伊莎贝尔说，"刚想起来，我正要去那里买点东西。"

布拉德利太太最后叮嘱我的话是："下次你见到亲爱的玛格丽特王后的时候，一定要代我向她问候，好吗？"我不想再次承认我不认识这位尊贵的夫人，便满口答应下来。

我们走到街上后，伊莎贝尔面带微笑，斜睨了我一眼。

"你能喝冰淇淋苏打水吗？"她问我。"试试无妨。"我谨慎地答道。

我们到达药店前，伊莎贝尔始终没有说话，我本就不知道该讲什么，所以也没说话。我们进了药店，坐在桌旁的椅子上，椅子的靠背和椅腿都是由扭曲的铁丝编成的，坐上去很不舒服①。我点了两份冰淇淋苏打水。有些人在柜台旁边买东西，还有两三对男女坐在别的桌子旁边，但他们都在忙着自己的事，所以实际上就我们两个人在那里。伊莎贝尔用长长的吸管惬意地喝着饮料，我点了一支烟，等在那里。我感觉她有些紧张。

“我想跟你谈谈。”她突然说。

“猜到了。”我笑道。

有那么一瞬间，她若有所思地看着我。

“前天晚上在萨特思韦特家你为什么跟我说拉里的事？”

“我觉得你会感兴趣，觉得你可能不明白他说的‘游荡’是什么意思。”

“艾略特舅舅就爱搬弄是非，上次他说要去布莱克斯通旅馆找你谈谈，我就猜到他什么事都会跟你说。”

“我跟他认识很多年了。他这人就好这口，喜欢说人家的是非。”

“没错。”她笑了笑。但脸上的那抹笑容转瞬即逝。跟着，她目不转睛地盯着我，眼神十分严肃。“你觉得拉里这个人怎么样？”

“我总共才见过他三次，看起来是个不错的小伙子。”

“没别的啦？”她的语调带着一丝伤感。

“不是，不止这些呢。不过我说不上来，你也知道，我跟

---

① 美国的药店（drugstore）更像一个超市，除销售药品外，还售卖家庭生活所需的各种物品。

他也不太熟。当然，他挺招人喜欢的，身上有一种谦虚、友好、温文尔雅的气质，挺吸引人的。他还这么年轻，就这么有自制力。他跟我在这里见过的别的男孩子完全不同。”

我就这样含糊其词地把我脑海里对他的印象变成自己的话说出来，伊莎贝尔专注地看着我。我说完的时候，她轻轻地叹了口气，仿佛心中悬着的一块石头落了地，对我嫣然一笑，笑中带点顽皮的意味。

“艾略特舅舅经常说他很佩服你的观察力。他说什么都逃不过你的眼睛，不过，身为作家，你最大的优点就是很有常识。”

“我能想到一种更宝贵的品质。”我淡然道，“比如才华。”

“你知道的，我找不到可以商量这事的人。妈妈只会从她的角度看待这个问题，她希望我的将来能得到保障。”

“这是人之常情，对吧？”

“艾略特舅舅只会看人的社会地位。我自己的那些朋友，我是说那些跟我年纪差不多大的朋友，觉得拉里是个窝囊废。这话听着真叫人伤心。”

“没错。”

“并不是他们对他不好，谁都想对拉里好。但他们现在把他当成了笑话。不管他们怎么开他玩笑，他也不会在意，这反而让他们更加生气了。而拉里只会一笑置之，你知道现在事情弄成什么样了吗？”

“我只晓得艾略特跟我说的那些情况。”

“我可以把上次我们去马文的事一五一十地告诉你吗？”

“当然可以。”

下面有关伊莎贝尔的叙述，一部分是根据她当时跟我谈话的回忆写的，一部分是根据我的想象写的。但她跟拉里的谈话很长，绝对要比我现在的叙述长得多。按照常识推断，他们在这样的场合下肯定说了许多不相干的话，而且一些话肯定还重复了很多遍。

那天伊莎贝尔醒来，见天气不错，就打电话给拉里，跟他说她妈妈叫她去马文办点事，要拉里送她。除了她妈妈吩咐尤金在篮子里放的那瓶咖啡外，为了保险起见，她又在篮子里放了一热水瓶的马丁尼酒。拉里的那辆敞篷车刚买不久，他特别自豪。他开车的速度很快，风驰电掣的速度令两人都很兴奋。他们到达那里后，伊莎贝尔量了需要更换的窗帘的尺寸，并让拉里记下来；后来他们准备在露台上吃午饭，露台上风吹不到，正值小阳春，太阳照在身上特别舒坦。那幢房子建在一条土路边上，跟新英格兰那种别致的旧式木屋相比，那房子要逊色得多。那里顶多只能说宽敞、舒适，不过，从露台望去，景色倒也赏心悦目，那头是一个红墙黑顶的大谷仓和一片古树林，树林那边，极目之处是一片棕色的田野，景色虽然单调，但阳光和深秋鲜艳的色调给当天的风景增添了一丝怡人的美好。面前那片无际的空旷令人情绪高涨。冬日，这里定是一片荒凉、萧瑟、阴郁的景象，盛夏时分，这里肯定炙热难当，只有在这个季节才会让人兴奋莫名，因为无边的景色会将你的灵魂撩拨得痒痒的。

两个年轻人胃口不错，午饭吃得很香，伊莎贝尔倒出咖啡，拉里点上了烟斗。

“亲爱的，想说什么就说吧。”他说，眼底透着一股愉快的笑意。

伊莎贝尔吃了一惊。

“说什么呀？”她问，脸上尽可能装出无辜的表情。

他咯咯地笑了。

“宝贝，你还真以为我是个十足的傻瓜啊？要是你妈不知道客厅窗帘的尺寸，我把我的这顶帽子吃了。她叫我开车把你送到这里来，还不就是因为这个。”

这时伊莎贝尔已经恢复了镇静，冲他粲然一笑。

“也有可能我觉得咱们单独玩上一天也挺好的。”

“这也可能，不过我觉得不是这样的。我猜是艾略特舅舅已经把我拒绝亨利·马图林工作的事跟你说了。”

他说这番话的时候既轻松，又愉快。伊莎贝尔觉得不妨以同样的语调谈论余下的话题。

“格雷肯定很失望。他本来觉得能跟你一起工作特别开心，你反正也要找工作的，拖的时间越久越难找。”

他一边抽着烟斗，一边望着她，温柔地笑着，她也弄不清他有没有当真。

“你知道我这辈子不想只靠卖债券为生。”

“那行啊。你可以去律师事务所，或者去学医。”

“不，这些事情我也不想干。”

“那你到底想做什么？”

“游荡。”他平静地答道。

“噢，拉里，别开玩笑。这是件特别严肃的事情。”

她的声音有些发抖，眼里噙满了泪水。

“亲爱的，别哭。我不是存心叫你难过。”

他走过去坐在她身边，抱着她。他的声音里透着一股温柔，让她再也控制不住自己了，眼泪簌簌地往下掉。过了一会儿，她擦干眼泪，嘴角勉强挤出一丝笑来。

“你说不是存心叫我难过，说得轻巧，你现在就是在伤我的心。我爱你，这你是知道的。”

“我也爱你，伊莎贝尔。”

她重重地叹了口气，从他的臂膀里挣脱开来，坐开了一点。

“我们得理智点。男人必须工作，这牵涉男人的面子问题。我们的国家还很年轻，男人有责任参加国家的活动。那天亨利·马图林还说，我们国家正在开创一个新的纪元，跟这个时代相比，我们所取得的成就根本就微不足道。他说我们国家的未来不可限量，他相信到了一九三〇年，我们的国家将成为世界上最富裕的国家。你不觉得这是件特别令人兴奋的事吗？”

“的的确确。”

“对年轻人来说这可是千载难逢的机会。我原以为，这么好的工作摆在你面前让你做，你肯定会很自豪的。这是多么美妙的经历。”

他只是轻松地笑了笑。

“你说得一点没错。阿莫尔和斯威夫特那样的公司会做出更多、更好的肉罐头；麦考密克那样的公司会生产更多、更好的收割机；亨利·福特会生产更多、更好的汽车。所有人都会变得越来越富有。”

“那你为什么不想接受那样的工作？”

“问得好，为什么不想？因为我碰巧对钱没有兴趣。”

伊莎贝尔咯咯地笑了。

“亲爱的，别说傻话。人没有钱可不成。”

“我有一点钱，正好可以做我想做的事情。”

“游荡吗？”

“是的。”他笑着回答道。

“你真叫我为难，拉里。”她叹了一口气。

“对不起，我这也是没办法。”

“你有办法的。”

他摇摇头，陷入了沉思中，良久没有说话。等他终于开口的时候，说的话让伊莎贝尔大吃一惊。

“人死的时候还真像死人啊。”

“你什么意思呀？”她迷惑不解地问道。

“就是这个意思。”他不无苦涩地冲她笑了笑，“人在天上的时候有很多时间可以思考，就会生出些古怪的主意了。”

“什么主意？”

“挺模糊的，”他依旧面带微笑，“没什么条理，混乱得很。”

伊莎贝尔想了想。

“你难道没想过，如果你接受了这份工作，这些事情说不定就能理出头绪了，你也会清楚自己想要什么了。”

“这个我也想过。说不定我会跟一个木匠去干活，或者去修理厂做事。”

“噢，拉里。人们一准会把你当成疯子。”

“有什么关系吗？”

“对我来说当然有关系啦。”

两人再次陷入沉默。后来是伊莎贝尔先开口，她叹了口气。

“你跟去法国之前相比，完全变了个人。”

“这不奇怪，我遭遇过很多事情。”

“比如呢？”

“噢，只不过是些平常的事。我在空军中最好的朋友为了救我的命牺牲了，这件事情很难忘掉。”

“告诉我呀，拉里。”

他看着她，眼里露出非常痛楚的神情。

“还是不要说了，毕竟只是个小小的意外。”

伊莎贝尔本来就是个非常容易动感情的人，眼里再次噙满了泪水。

“你很伤心吗，亲爱的？”

“没有，”他笑着答道，“唯一让我伤心的事是我伤了你的心。”他拉着她的手，那双坚强有力的手抓住她的手时是那样的友善，伊莎贝尔能感觉到他的款款柔情，她咬着嘴唇才没让自己哭出来。“除非我对一些事情有了自己的看法，否则我内心永远也不得安宁。”他严肃地说。跟着他又迟疑了一会儿，“这些事情很难用语言表达出来。刚想讲出来，马上就会觉得尴尬。你对自己说：‘我到底怎么啦，我为什么要纠结这个、纠结那个呢？也许只因为我是个狂妄自大的小子。做什么都循规蹈矩、随遇而安会不会更好些呢？’跟着你就会想到，一小时前还是活蹦乱跳、有说有笑的人，转眼就直挺挺地躺在那里死了。生活就是这样残酷，这样无情。你没办法不问自己，人活着到底为了什么，生活到底有没有意义，还是你压根儿就控制不了自己的命运，到头来只会沦为稀里糊涂的悲剧。”

拉里说话的声音格外动听，时不时停顿一下，像是在强迫自己说出宁愿烂在肚子里的事情，但他说出来的时候，又是那样的真诚，像是非常痛苦，让你为之动容。过了一会儿，伊莎贝尔不由自主地说：“你离开一段时间会不会好些？”

她说这话的时候心中一沉，拉里半晌才回答。

“我也是这样想的。你试着不去理会公众舆论，但这事并不容易。要是舆论是敌对的，就会把你心中的敌对情绪撩拨起来，这样你内心也得不到安宁。”

“那你为什么不走呢？”

“为了你。”

“亲爱的，我们还是坦诚相对吧。现在你的生活里并没有我的一席之地。”

“你的意思是想跟我解除婚约吗？”

她嘴唇哆嗦，勉强挤出一丝笑来。

“不是的，傻瓜。我的意思是我愿意等你。”

“那可能要一年，也许要两年。”

“没关系，也许要不了这么长时间呢。你打算去哪儿？”

他全神贯注地看着她，像是要看到她的内心深处。她轻轻笑了笑，以掩饰心中的悲恸。

“我想先去巴黎。那里我一个熟人都没有，也不会有人干涉我。以前部队放假的时候我去过巴黎几次。我也说不上来，反正我总觉得到了那里后，我脑子里所有乱糟糟的想法都会慢慢得以澄清。那里是个奇怪的地方，会让你觉得你到了那里后，所有的头绪都会原原本本地理清楚。我想我在那边应该能看清自己想要走的路。”

“要是还看不清楚呢？”

他咯咯地笑了。

“那我就老老实实地按照美国人的方式生活，不再折腾了，回到芝加哥，到时候随便找份什么工作我都干。”

当时的场景对伊莎贝尔影响很大，她跟我讲这番话的时候难以控制自己的情绪。讲完后，她可怜巴巴地望着我。

“你觉得我做得对吗？”

“我觉得你做了唯一能做的事情，不仅如此，我认为你处理这件事情的方式非常贴心，也很大方，能切实理解对方。”

“我爱他，也希望他快乐。从某方面来看，我并没有因为他的离开感到难过，我也希望他摆脱这种充满敌意的气氛。不仅仅是为了他，也是为了我自己。别人说他一事无成，我也不会怪他们。但他们说这话的时候我真的恨死他们了，我内心深处一直很惶恐，觉得他们说得没错。不过你不要说我理解他，他到底在追寻什么，我还真的不了解。”

“也许你在感情上能够理解他，但在理智上没办法明白。”我笑道，“你为什么不马上同他结婚，然后跟他一起去巴黎呢？”

她眼底闪出一抹笑影。

“我当然求之不得，但我不能那样做。虽然我打死也不愿承认这点，但我真觉得没有我在身边他会过得好些。要是尼尔森医生没有猜错，他还没从战争的创伤中恢复过来，那他只有身处新的环境中，有新的兴趣才能治好他。等他的精神状态恢复正常后，会再回到芝加哥，像其他人一样干一番事业。我也不想嫁给一个游手好闲的人。”

伊莎贝尔从小接受的教养方式让她接受某些灌输给她的原则。她没有想到钱，因为她从来就没想过失去所需要的一切后会怎样，她只是本能地觉得钱很重要。钱和权势、社会地位可以画上等号。男人挣钱是天经地义的事，赚钱这档子事就是他的日常生活。

“你不理解拉里我并没有感到惊讶，”我说，“因为我敢说他自己都不理解自己。如果他对自己的目标讳莫如深，那也有可能是他自己都不清楚。听着，其实我也不怎么了解他，这些都是我瞎猜的：他有没有可能在寻找什么，但那到底是什么东西他自己也不清楚，也许他都不大清楚那东西是不是真的存在，不管他在战争中遭遇了什么事，他的内心都无法安宁。你会不会觉得他可能在追求某种虚无缥缈的理想？好比天文学家单凭数学推算知道一个星球的存在一样。”

“我感觉有什么东西在苦苦折磨他。”

“你是说折磨他的灵魂吗？可能他对自己都有些害怕。他心灵的眼睛能隐约看到真实的未来，但他对此并没有什么信心。”

“有时候我觉得他非常古怪，我觉得他就像一个梦游者，突然在一个陌生的地方醒来了，却想不起身在何方。战争开始前他是个非常正常的人。他最可取的一点是对生活充满热忱，整天糊里糊涂地过活，却也乐在其中，跟他在一起非常开心。他心肠很好，又那么有趣。到底是什么令他像换了一个人？”

“我也不知道。有时候一件很小的事情会对一个人带来特别大的影响，一般取决于环境和当时的心境。我记得有一次在万圣节的时候——法国人称为亡灵节——去一个乡村教堂做弥撒，那个村子在德国人刚进入法国的时候被袭击过。里面挤满了军人和穿着黑衣服的女人。墓地是一排排木制的小十字架。当悲戚、肃穆的仪式进行时，不仅女人，就连男人都哭了。我当时就觉得也许躺在小十字架下面的人比我们活着的人舒服。我把我当时的想法告诉了一位朋友，他问我什么意思。我没办法解释，觉得他肯定把我当成了傻蛋。我还记得，有一次战斗结束后，我看到法国士兵的尸体堆积如山，看起来就像一个破产的木偶剧团将一堆木偶堆在布满灰尘的角落里，因为再也派不上用场了。当时我想到的正是拉里跟你说的那句话：人死的时候还真像死人啊。”

我不想故弄玄虚，让读者误以为我对拉里在战争期间影响极深的遭遇闪烁其词，在适当的时候我一定会披露他的这段遭遇。我想他也没跟任何人提到过。但是，在很多年以后，拉里却把这段遭遇告诉了一个我和他都熟悉的女子——苏珊娜·鲁维埃，跟她讲了那个为了救他牺牲性命的年轻飞行员的情况。苏珊娜向我转述了这件事情，所以，我只能根据二手材料写这段经历，而且我是根据苏珊娜的法语翻译过来的。拉里显然跟他飞行中队的那名男子结下了深厚的友谊。颇具讽刺意味的是，苏珊娜只知道那名男子的绰号，因为拉里就是这么跟她说的。

“他是爱尔兰人，是个红头发的小伙子，我们都叫他疯子，”拉里说，“我从没见过那么精力充沛的人。天哪，那家伙真像是打了鸡血。他长着一张古怪的脸，笑起来也很好笑，所以你只要看着他就会忍不住发笑。他是个冒失鬼，什么疯狂的事都做得出来，常常惹得上级破口大骂。他从来不懂什么叫害怕，打仗的时候哪怕差点把小命丢了，他也会笑得合不拢嘴，就像碰到了天底下最开心的事情一样。但他天生就是当飞行员的料，在天上的时候他非常沉着，非常机警。他教给我不少本事，他比我大一点点，很照顾我。这事说来挺滑稽的，我比他足足高了六英寸，要是动起手来，我能把他干趴下。有一次在巴黎，他喝醉了，怕他惹事，我还真把他揍了。

“我参加飞行中队的时候有点不适应，担心自己不行，但他经常用开玩笑的方式鼓励我。他对战争的看法很古怪，他并不恨德国佬，就喜欢打仗，跟德国佬打仗让他快活得要命。打下一架德国飞机只会让他觉得是一件特别好玩的事情。那家伙脸皮厚，做什么都疯疯癫癫的，还没什么责任心，但他身上有一种真挚的东西，让你没办法不喜欢他。他会随便花你的钱，而他身上哪怕只剩下一个铜板了，也会给你花。如果你觉得孤独、想家，或者害怕了——我那时经常碰到这样的事情，他就会瞧出来，那张丑陋的小脸会笑得满脸起褶子，再说些安慰人的话，让你的心情恢复如初。”

拉里抽着烟斗，苏珊娜等着他继续。

“我们经常连哄带骗地打假报告，这样就能一起休假了，到了巴黎后人一下野了。我们在那里度过了一段开心的时光，计划在三月初休个假，也就是一九一八年，我们早早地制订计划，打算疯玩一番。就在我们出发的前一天，飞行中队命令我们飞过敌人的防线侦察敌情。结果突然碰上了好几架德国飞机，我们还没弄清楚怎么回事，就跟敌机缠斗起来。一架飞机紧紧地跟在我后面，但我先开的火，然后想看看对方是不是被击落了。我用眼角的余光发现另一架敌机也追了上来，我先是一个俯冲想摆脱它，但是那架飞机像闪电一样朝我冲了过来，我心想这下死定了。这时我看到疯子像一道电光一样朝敌机俯冲下来，疯了似的朝它开火，敌机招架不住，只得灰溜溜地飞走了，我们准备返航。我的飞机被打得遍体鳞伤，勉强飞了回去。疯子比我先着陆。我从机舱出来的时候，他们刚把他抬出来。他躺在地上，大家都在等救护车。他看见我时，咧着大嘴笑起来。

"'我把跟在你后面的那个讨厌的家伙干掉了'。他说。

"'你怎么啦，疯子？'我问。

"'噢，没什么。他们打伤了我的胳膊。'

"他脸色煞白，脸上突然露出一种古怪的神情。他这才意识到自己就要死了，以前他从来没想过死这样的字眼。他们还没来得及阻拦他，他突然坐起来，哈哈大笑。

"'哈哈，老子要挂了。'他说。

"说完便倒下死了。他才二十二岁。本来准备打完仗后回爱尔兰跟一个姑娘结婚的。"

我跟伊莎贝尔这次的谈话结束后，转天便动身前往旧金山，准备去那里乘船去远东。

第二章

一

直到转年六月底，艾略特来伦敦时我才跟他再次见面。我问拉里究竟有没有去巴黎。他还真去了，但艾略特提到拉里时发了一肚子火，让我暗自发笑。

“我私下里本来对这孩子还有点同情，他想在巴黎待两年，我也不怪他，而且还准备提携他。我还告诉他一到巴黎就通知我，可还是路易莎写信告诉我他已经到巴黎了，我才知道他来了。路易莎告诉我，他的地址是由美国运通公司转交的，于是我按照上面的地址给他写了一封信，叫他来我家吃饭，顺便安排几个我觉得他应该认识的朋友跟他见面。我觉得应先给他安排几个美籍法国人，比如艾米丽·德·蒙塔杜尔、格雷西亚·德·沙托·盖拉德等人。你知道他是怎么回答的吗？他说抱歉来不了，而且他来法国的时候连件晚礼服都没有带来。”

艾略特直勾勾地盯着我的脸，原以为这番话会让我错愕，但他发现我的表情依然平静，便扬了扬眉毛，一脸的不屑。

“他给我的回信写在一张很不像样的纸上，纸的抬头是拉丁区一个小咖啡馆的名字，我回信叫他把住址告诉我。我觉得为了伊莎贝尔,我也必须帮帮他。当时觉得他可能不好意思，我的意思是说任何一个神志正常的年轻人到巴黎来都不可能不带晚礼服。不过，巴黎倒也有些像样的裁缝，所以我邀他过来吃午饭，还告诉他没几个客人。只怕你不信，我叫他把地址告诉我，可这小子的信仍然由美国运通公司转交，还说他从来不吃午饭。那我就没办法帮他了。”

“也不知道他一个人在这边做什么？”

“我不知道，实话告诉你，我也不在乎了，他真是烂泥扶不上墙，伊莎贝尔若是嫁给他，那真是大错特错。要知道，如果他过着稍微正常点的生活，我在里兹酒吧或者富凯饭店这样的地方总该碰见他。”

我倒也会去这些高档的去处，但我也会去别的地方，那年初秋，我要去马赛，准备搭乘法邮公司的船前往新加坡，在巴黎逗留了几日。一天傍晚，我跟几个朋友在蒙帕纳斯吃过晚饭，又去“圆顶”[①]喝啤酒。我漫无目的地往四周望去，不久便发现拉里独自坐在一张很小的大理石桌旁，桌子置于露台上，人满为患。他慵懒地看着来来往往的人群，经历了

① 指圆顶咖啡馆（Le Dôme Café），巴黎一家餐厅，从20世纪开始成为知识分子聚集地。

闷热的一天后，那些人正在享受晚间的凉爽。我撇下朋友朝他走了过去。见到我时，他的脸顿时亮堂起来，绽放着迷人的微笑。他请我一起坐，我说我是跟朋友一起来的，恐怕不行。

“我只是过来跟你问好的。”我说。

“你现在住在巴黎吗？”他问。

“只是待几天而已。”

“你明天可以和我一起吃午饭吗？”

“我以为你不吃午饭呢。”

他咯咯笑了。

“看来你见过艾略特了。我一般不吃，没时间，就喝杯牛奶，吃块奶油蛋卷，不过，我希望能跟你一起吃午饭。”

“好的。”

我们约好转天在“圆顶”见面，先喝杯开胃酒，然后在林荫大道找个地方吃饭。而后我回到朋友那里，坐下来聊天，等我再去寻找拉里的时候，他已经走了。

二

第二天上午我过得很开心。我去卢森堡宫花了一小时看我喜欢的画。然后在公园里闲逛，回忆年轻时候的事。一切如旧。那些沿着巴黎碎石小径走着，热烈讨论令他们兴奋不已的作家的学生，可能依旧是当年的学生。那些在保姆的注视下滚着铁环的小孩，可能依旧是当年的小孩。那些沐浴在阳光下看着晨报的老人，可能依旧是当年的老人。那些穿着孝服坐在公园长凳上谈着食品价格、絮叨仆人诸多不是的中年妇女，可能依旧是当年的中年妇女。然后我去了奥德翁酒店，看了看走廊里陈列的新书，我在那里看到的一些年轻人跟三十年前的我一样，在那些穿着长衫的侍应不耐烦的注视下，如饥似渴地大量阅读他们买不起的书。接着，我悠闲地走过肮脏却依旧亲切的街道，来到蒙帕纳斯大街，从那里前往“圆顶”咖啡馆。拉里已经在那里等候了,我们喝了一杯酒，便沿着马路走向一个可以在室外吃饭的餐馆。

拉里比我记忆中要苍白一些，这也让他那双深陷眼眶的黑眼珠更显眼了，但他身上仍然有着一般年轻人少有的沉着镇定，笑容依旧那么天真。在他点午餐的时候我发现他的法语说得非常流利，语调也很出色，便向他表示祝贺。

“我以前就懂点法语，”他解释道，“路易莎伯母给伊莎贝尔请了一位法国家庭教师，他们在马文的时候，总让我们跟她说法语。”

我问他喜不喜欢巴黎。

“非常喜欢。”

“你住在蒙帕纳斯大街吗？”

“是的。”他犹豫了一会儿说，我想他不大愿意把确切的地址告诉我。

“你只把美国运通公司的地址给艾略特，这把他气得够呛。”

拉里笑了笑并没答话。

“你成天做些什么？”

“游荡。”

“看书吗？”

“是的，看书。”

“你收到过伊莎贝尔的信吗？”

“有时候吧。我们两个都不大喜欢写信，她在芝加哥过得很快活。他们明年会来这里跟艾略特住些日子。”

“那对你来说是个好消息啊。”

“我想伊莎贝尔应该从没来过巴黎，到时候带她逛一逛应该挺好玩的。”

他好奇地想知道我的中国之行怎么样，我便跟他说了，他听得非常认真，但我希望他谈谈自己的情况时，却碰壁了。他的嘴捂得很严实，最后我得出结论，他邀我跟他一起吃饭只是喜欢我陪陪他。我倒也乐意，心中却有谜团。刚喝完咖啡，他就叫人拿来账单，付了钱，站了起来。

“唔，我得走了。”他说。

我们分了手，跟以前一样，我仍然不知道他在做什么。后来我再没见过他。

三

直到转年春天，我才重新回到巴黎。布拉德利太太和伊莎贝尔比原来预计的早到巴黎，跟艾略特住在一起，他们在巴黎待了几个礼拜，我不得不运用想象力补上那段时间发生的事。他们在瑟堡上的岸，艾略特向来考虑周全，还去那里接她们了。他们通过了海关检查。火车发动了。这个时候，艾略特才得意地告诉她们，他叫了一个非常贴心的女仆照顾她们。布拉德利太太说没有必要，因为她们不需要女仆，艾略特还急眼了。

“别刚到这里就叫人烦，路易莎。连女仆都没有会很丢人，我雇下安托瓦妮特不仅仅是为你和伊莎贝尔，也为了我自己。你们穿得不体面，我也没面子。”

他轻蔑地看了一眼她们的穿戴。

“你们一定得去买些新衣服，想来想去还是香奈儿最合适。”

“我以前一般去沃斯买。”布拉德利太太说。

她说了也等于白说，因为艾略特压根儿就没搭理。

“我跟香奈儿本人打过招呼了，为你们约了明天下午三点钟。还有帽子，当然得在勒布买。”

“我不想花太多钱，艾略特。”

“我知道。我打算所有的费用都由我来出，我豁出去了，你得替我把面子挣足了。噢，路易莎，我已经帮你安排了几次宴会，还告诉我的法国朋友，说迈伦生前当过大使，当然啦，如果他没那么快去世的话没准能当上，这样效果就不一样了。不过我想应该也不会有人提起，但我觉得还是提前跟你打个招呼好。”

"艾略特，这也太荒唐了。"

"才没有呢。我懂人情世故，知道大使遗孀的身份要比公使遗孀的身份高贵。"

火车行驶到巴黎北站的时候，伊莎贝尔站在窗前，大声喊道："拉里在那儿呢。"

火车几乎还没停下来，她就跳下车，跑向他。拉里张开双臂抱住了她。

"他怎么知道你们会来？"艾略特不悦地问道。

"伊莎贝尔在船上发了封电报给他。"

布拉德利太太热情地吻了拉里，艾略特伸出一只柔软的手给他握。那时候已经是夜里十点钟了。

"艾略特舅舅，拉里明天能不能过来吃午饭？"伊莎贝尔兴奋地说，挽着男朋友的胳膊，脸上露出急切的表情，眼里闪着光亮。

"我当然欢迎啦。但拉里以前告诉过我，他不吃午饭的。"

"他明天会吃的，对不对，拉里？"

"会的。"他微笑着说。

"那明天一点钟我等着你。"

艾略特再次伸出手，想把他打发走，但拉里厚着脸皮冲他咧嘴笑了笑。

"我来帮你们拿行李，叫出租车。"

"我的车子在等，行李交给我的用人就可以了。"艾略特神气地说。

“那好。那还等什么，如果我坐得下的话，就送你们到门口。”

“太好了，送送我们吧，拉里。”伊莎贝尔说。

他们一起沿月台走去，布拉德利太太和艾略特跟在后面，艾略特板着脸，很是不满。

“成何体统。”他用法语自言自语道，在某种情况下，他觉得讲法语能更加强烈地表达他的情绪。

第二天上午十一点钟，艾略特洗漱完毕后（他一向起得较晚），差用人约瑟夫和女仆安托瓦妮特给姐姐捎了一张便条，叫她到书房跟他谈谈。等她来了后，他小心地把门关上，将一支烟装在一根很长的玛瑙烟嘴上点上，坐了下来。

“难道伊莎贝尔和拉里还订着婚吗？”他问。

“据我所知，他们还有婚约。”

“我对那个年轻人可没什么好说的。”他跟姐姐说，然后他便告诉姐姐，他想怎样在社交界助他一臂之力，说他本来打算用一种适当的方法提携他。“我甚至为他相中了一处一楼的房子，对他来说再合适不过了。那房子本来是小马奎斯·德·雷特尔侯爵的，他被任命为马德里的大使，所以想把它租出去。”

但拉里谢绝艾略特的邀请，而且向他表明态度不需要他的帮助。

“如果你不想借着巴黎上位，那来巴黎又有什么目的呢，反正我搞不懂。我不知道他成天在干什么，好像谁都不认识，你知道他住在哪里吗？”

“我们知道的唯一一个通信地址就是美国运通公司转寄。”

“活像个四处乱跑的推销员，或是在度假的老师。如果他在蒙马特区的画室里跟一个堕落的女人住在一起，我一点也不会感到惊讶。”

“啊，艾略特。”

“他神秘兮兮地瞒着自己的住处，拒绝跟同等身份的人交往，难不成还有别的解释？”

“这不像拉里的作风。昨晚你也看到了，难道你不觉得他还是像以前一样爱伊莎贝尔吗？他不可能装得这么像的。”

艾略特耸耸肩，意思不言自明：男人骗人的招数层出不穷。

“格雷·马图林怎么样？还有戏吗？”

“只要伊莎贝尔答应，他明天就可以娶她。”

跟着，布拉德利太太便告诉他，为什么她们比原先计划的早来欧洲。她发现自己的身体出了问题，医生说她得了糖尿病，不过不是很严重，只要注意饮食，适当地用些胰岛素，完全可以再活好多年。但得知自己得了这种不治之症后，她便急着想看到伊莎贝尔的终身大事能够定下来。母女两个已经讨论过这件事情。伊莎贝尔很懂事，她答应母亲，如果拉里在巴黎待满了两年，还不按照他们以前商定好的回芝加哥找份工作，那她只能跟他分手。但布拉德利太太觉得等到约定的时间再到巴黎，像抓逃犯一样将拉里带回美国有损面子，她觉得那样做伊莎贝尔也脸上无光。不过夏天母女两个到欧洲度假却是极自然的事，伊莎贝尔只是小时候到过欧洲，自那以后就再没来过。等她们在巴黎待几日后，可以找处适合布拉德利太太养病的海滨，然后再去奥地利的蒂罗尔住上一段时间，再从那里悠闲地逛一逛意大利。布拉德利太太的意思是叫拉里陪她们去，也好让伊莎贝尔看看两人分别了这么久之后，感情有什么变化。在这段时间里，她们也能弄清楚拉里浪荡这么久后，是不是准备承担生活的责任。

“尽管上次拉里拒绝了亨利·马图林提供的工作，这让他很恼火，但格雷说服了父亲，只要他回芝加哥，马上可以去他们公司上班。”

“格雷这小伙子人真是不错。”

“没错，”布拉德利太太叹气道，“我知道他会让伊莎贝尔幸福的。”

接着艾略特告诉布拉德利太太替他们安排了什么样的宴会。他明天打算请很多人来参加午宴，周末还要举行一场盛大的晚宴。到时候还会带她们去参加沙托·盖拉德的招待会，还替她们弄来了两张罗斯柴尔德家族即将举行的舞会的请帖。

“你也会邀请拉里，对吗？”

“他告诉我他连晚礼服都没有。”艾略特轻蔑地说。

“呃，还是照样请他吧。这孩子毕竟还不错，这样冷落他也没什么好处，反而会让伊莎贝尔的牛劲儿上来。”

“没问题，你说了算。”

拉里准时前来赴午宴了。艾略特接待客人的时候非常亲热，对拉里尤其周到。做到这样倒也不难，因为那天拉里非常开心，兴致也高，只有比艾略特的脾气坏得多的人才会不喜欢他。他们谈论的又是芝加哥以及他们在那边共同认识的朋友，艾略特没有法子，只能装出一副和蔼可亲的样子，假装对那些毫无社会地位的人感兴趣。他并没有刻意去听。说实在的，听他们谈论这对年轻的恋人订婚，那对相好的结婚，另一对年轻的夫妻离婚了，这档子事在他听来挺可悲的。谁听过这些人啊？他听说的可是漂亮的小德·克莱尚侯爵夫人服毒自杀，因为她的情人德·科隆贝王子抛弃了她，娶了南美一位百万富翁的女儿，这样的话题才有谈资嘛。看着拉里，他自己不得不承认，这个年轻人有种特别的魅力：他那深陷眼眶的黑眼睛、高高的颧骨、白皙的皮肤和灵活的嘴唇，总会让艾略特联想到波提切利[①]的一幅肖像画，他总觉得要是拉里穿上那个时代的服装，定是风流倜傥之人。他记得自己曾竭力想把拉里介绍给一位极有声望的法国女人，一想到礼拜六玛丽·路易丝·德·弗洛里蒙会前来赴晚宴，他不由得狡黠地笑了，此女交友甚广，却也没少干伤风败俗之事。虽说年过四旬，但本人看起来要年轻十岁。纳蒂埃[②]曾为她的祖先画过一幅肖像，那张画正是因为艾略特的关系，现在挂在美国一家大收藏馆中，玛丽·路易丝生得同她的那位祖先一

① 桑德罗·波提切利（Sandro Botticelli，1446—1510），意大利文艺复兴早期画家，也是意大利肖像画的先驱者。

② 让－马克·纳蒂埃（Jeam–Marc Nattier，1685—1766），法国人像画家。

样娇艳绝伦，但性欲旺盛，索取无度。艾略特决定让拉里坐在她身边，知道玛丽定会直奔主题。他还请了英国大使馆一位年轻的专员，他估摸伊莎贝尔会喜欢。伊莎贝尔天生丽质，那名专员是英国人，家境殷实，伊莎贝尔没有什么家财也不打紧。午宴上的是品质极佳的蒙哈榭葡萄酒，跟着是上等的波尔多酒，艾略特喝得飘然欲仙，想着事态发展的各种可能，他不免有些得意。如果事情的发展真如他所料，那亲爱的路易莎再也无须愁肠百结了。她对他一直颇有微词,可怜的人儿，她见的世面还是太少，但他喜欢姐姐，到时凭借圆滑的处世之道将所有的事情安排妥帖，也算了却自己的一桩心事。

为了不浪费时间，艾略特安排午饭后立即带母女两个前去买衣服，所以，他们从桌旁起身后，他立即用他最擅长的手段暗示拉里应该告辞了，但同时又殷勤地邀对方参加他已经安排好的两次盛宴，其实他大可不必如此费周章，因为拉里前两次都爽快地接受了邀请。

但艾略特的如意算盘落空了。拉里穿着一件非常体面的晚礼服来参加晚宴时，他倒也松了一口气，因为他先前有些担心拉里会穿午宴时那样的西装。晚宴过后，他把玛丽·路易丝叫到一个角落里，问她觉得他那位年轻的美国朋友怎么样。

“他的眼睛很漂亮，牙也很好看。”

“就这些啊？我把他安排在你身边，就是觉得他是你的菜。”

她满腹狐疑地看着他。

“他跟我说他已经跟你那个漂亮的外甥女订婚了。”

“亲爱的，即便某个男子已经属于另外一个女人，但也绝不妨碍你从那个女人手里把他夺过来，只要你愿意。”

“你是叫我干这事啊？呵呵，我可不会为你干这样的肮脏勾当，可怜的艾略特。”

艾略特咯咯笑了。

“我猜你的意思是说你已经施展过本事，结果却一无所获。”

“艾略特，我为什么喜欢你，就是觉得你的德行跟妓院的老鸨一样。你不愿意他娶你的外甥女，可是为什么呀？那个年轻人教养不错，挺有魅力的。但他真的太单纯了，我想他一点也没体会我的用意。”

“亲爱的，你应该更直白些。”

“干这事我有的是经验，知道自己只是在白白浪费时间。事实上，他的眼里只有你的小伊莎贝尔，这话我可只对你说，她比我年轻二十岁，还真是个可人儿。”

“你喜欢她的礼服吗？我亲自为她选的。”

“很漂亮，而且挺合身的。不过，当然啦，她身上可没有名门闺秀的气质。”

艾略特认定这话是在影射自己，不打算轻易放过德·弗洛里蒙夫人，决定挖苦她一番。他亲切地笑了笑。

“亲爱的，非得像你这样成熟的人才有那样的气质。”他说。

德·弗洛里蒙夫人手里拿的可是一根大棒，而不是细长的剑，她的反唇相讥气得出身弗吉尼亚寒门的艾略特血液都沸腾了。

“不过我相信，在你们那个匪帮横行的美丽国度里（votre beau pays d'apaches[①]），这种如此微妙，又完全没办法模仿的东西，他们是很难错过的。”

虽然德·弗洛里蒙夫人挑刺，但艾略特其余的朋友都很喜欢伊莎贝尔和拉里。他们喜欢伊莎贝尔身上的青春之美，喜欢她的活泼健康，喜欢她的勃勃生机，也喜欢拉里别致的外表，喜欢他的彬彬有礼，喜欢他淡然却带着几分讽刺的幽默。两人说着准确、流畅的法语，这点很是讨喜。布拉德利太太虽在外交圈子里生活过，法语也说得很准确，但她总带着一点无法掩饰的美国腔。艾略特盛情款待了他们。伊莎贝尔对自己的新衣新帽十分满意，艾略特安排的那些乐事让她很是快活，跟拉里在一起令她开心，她觉得从来没玩得这么尽兴过。

四

艾略特向来认为，除非是素不相识的陌生人，而且是情非得已，他是不陪人吃早饭的。所以，布拉德利太太和伊莎贝尔只得在卧室里吃早餐。布拉德利太太有些抵触，不过伊莎贝尔丝毫没觉得有什么。可是，等到伊莎贝尔醒来后，有

---

① 法语，译为阿帕奇人的国家。阿帕奇民族是一个美洲原住民民族。

时候会告诉安托瓦妮特，也就是艾略特从名门望族为她们雇来的女仆，将法式咖啡端到她母亲的卧室，这样她可以一边喝咖啡一边跟母亲聊天。她整天忙忙碌碌，一天只有这个时间才能跟母亲单独待在一起。她在巴黎待了将近一个月后的一个早晨，伊莎贝尔将头一天晚上发生的事情讲给母亲听，多半是她和拉里带着一群朋友逛夜总会的事，布拉德利太太问到了她来巴黎后一直想问的问题。

“他什么时候回芝加哥？”

“我不知道，他从没提起过。”

“你没问过他吗？”

“没有。”

“你是害怕问到这个问题吗？”

“不是，当然不是啦。”

布拉德利太太躺在躺椅上，穿着艾略特非给她买的时髦晨衣，正涂着指甲油。

“那你们单独在一起的时候成天聊些什么啊？”

“我们又没有成天说话，不过我们在一起挺开心的。你知道拉里向来不爱说话，我们聊天的时候，一般是我在说。”

“那他平常一个人的时候在干些什么？”

“我不是很清楚，反正不是什么了不起的大事，我觉得他过得挺开心的。”

“那他住在哪儿？”

“我也不知道。”

“他好像挺谨慎的，是不是？”

伊莎贝尔点了一支烟，从鼻孔里喷出烟雾，冷静地看着母亲。“你这话什么意思，妈妈？”

“你艾略特舅舅说他有间公寓，说是跟一个女人同居了。”

伊莎贝尔扑哧一笑：“你不会相信有这事吧？”

“这个我还真不信。”布拉德利太太若有所思地看着指甲说，“你难道没跟他说过芝加哥的事吗？”

“有啊，我经常说。”

“他有没有暗示过要回去？”

“应该没有。”

“到明年十月就算离开芝加哥两年了。”

“我知道。”

“亲爱的，这是你自己的事情，你认为什么是对的就做什么吧，老拖着也无助于解决问题。”她瞥了一眼女儿，但伊莎贝尔避开目光。布拉德利太太冲她深情一笑，“赶紧去洗澡吧，否则可赶不上午饭了。”

“我跟拉里一起吃午饭，我们要到拉丁区某个地方去。”

“玩得开心点。”

一小时后，拉里过来接她。他们搭乘出租车去了圣米歇尔桥，然后沿着熙熙攘攘的大街来到一家外观还不错的咖啡馆。两人坐在平台上，叫了两杯杜本内酒，跟着，他们又叫了一辆出租车前往一家餐馆。伊莎贝尔的胃口不错，很喜欢吃拉里给她点的东西，喜欢看紧挨着他们坐的食客，因为那里十分拥挤，看到他们的食欲是那样的强烈，她自己也笑了。但她最喜欢的还是跟拉里找张小桌子坐下来，她喜欢看自己快活地叽叽喳喳时拉里眼里欢愉的神情，跟他在一起是那样的自在。但她内心总有些许不安，因为他看上去也是那样的轻松惬意，她觉得他这种无拘无束的感觉并非她的缘故，而是周围的环境所致。母亲的话稍稍让她心烦，虽然她侃侃而谈的时候并无一丝一毫的心机，但她开始留心他的一举一动。他跟当初离开芝加哥时已有所不同，但她就是说不上来到底哪里不一样。他跟自己记忆中的没什么区别，还是那样年轻、率真，但神情却有了变化。倒不是说他变得更加严肃了，他在安静的时候就是这般严肃。拉里脸上那种平静如水的表情是她从未见过的，像是他已经想通了某些事情，像是他的心绪从未这样平静过。

他们吃完午饭后，他建议去卢森堡宫逛逛。

“不，我不想去看画。”

“那好吧，我们就去花园里坐坐。”

“不，我也不想去，我想去看看你住在哪里。”

“那里没什么好看的，我住在旅馆一间又矮又小的房间里。”

“艾略特舅舅说你有间公寓，跟一个画家的模特姘居在一起。”

“那你亲自去看看吧，”他哈哈大笑，“从这里去那儿只有几步远，我们走过去就行了。”

他领着她走过一条条弯弯曲曲的狭窄街道，尽管街道两旁的高楼能看到一抹蓝天，但光线仍然十分昏暗，过了一会儿，他们来到一家门脸矫饰的小旅馆前。

"我们到了。"

伊莎贝尔跟着他走进一条狭窄的走廊，走廊的一边有张桌子，后面坐着一个身穿长袖衬衣的人，外面套着一件细黑黄条纹背心，系着一条脏兮兮的围裙，正在看报。拉里向他取钥匙，那人立即从身后的架子上把钥匙拿给他。他好奇地瞥了伊莎贝尔一眼，心领神会地笑了笑。他显然认为她去拉里的房间准没什么好事。

他们爬上两段楼梯，楼梯上面铺着的红地毯早就破损不堪。拉里打开门，伊莎贝尔进入一间有两扇窗户的小房间。从窗口望去，对面是一幢灰色的公寓楼，一楼是个文具店。房间里只有一张单人床，旁边有个床头柜，还有一个笨重的大衣柜，上面镶着一张大镜子，一张装有软垫，椅背笔直的扶手椅，两扇窗子之前放着一张桌子，上面有个打字机和一些纸，还有几本书。壁炉架上堆着不少平装书。

"你坐扶手椅上吧。这椅子不大舒服，不过这是我最拿得出手的座椅了。"

他拉过另外一把椅子，坐在上面。

"你就住在这里？"伊莎贝尔问。

他看着她脸上的神情，咯咯地笑起来。

"是啊，我到巴黎后就一直住在这里。"

"可是为什么呀？"

"这里方便，离国家图书馆和巴黎大学都近。"他指着一扇她先前没有留意的门说，“房间里还有洗手间，我可以在这里吃早餐，一般在我们刚才吃午饭的地方吃晚饭。”

“可这里也太脏了。”

“哦，不。这里挺好的。正是我想要的地方。”

“可都是些什么人住在这里啊？”

“噢，我也不知道。上面的阁楼里住着几个学生。还有几个在政府机关工作的老单身汉，奥德翁剧院一个退休的女演员，另外唯一一间带浴室的房间住着一个被包养的女人，她的男朋友每隔一个礼拜，每逢礼拜四来看她。我想还有几个暂住的客人吧。这里非常安静，是个很正经的地方。”

伊莎贝尔有些尴尬，知道拉里也注意到了她的表情，而且好像还很开心，她有点生气。

“桌子上的那本大书是什么？”她问。

“那本吗？噢，是我的希腊文字典。”

“什么东西？”她大声问。

“别这么大惊小怪，它又不会咬你。”

“你在学希腊文吗？”

“是的。”

“为什么？”

“我觉得我应该学。”

他面带微笑看着她，她也冲他笑了笑。

“你不觉得应该告诉我到巴黎这么久了你都干了些什么吗？”

“我看了很多书，一天看八到十小时。我还去巴黎大学听过课。我想法国文学最重要的作品我都看了，我还能看拉丁文的著作，至少散文没什么问题，难度跟我看法语书差不多。当然，希腊文要难一些。但我有个很好的老师，你来之前，我每个礼拜有三个晚上都会去他那里。”

“可是学这个到底有什么用啊？”

“求知呗。”他笑道。

“可我总觉得不大现实。”

“也许的确不怎么现实，但也说不准。反正特别有意思。你是不知道看《奥德赛》的原著多带劲儿。那种感觉就好比踮起脚，伸出手就能摸到天上的星辰。”

他从椅子上站了起来，像是兴奋得不能自已似的，在那个小小的房间里来回踱步。“我一两个月前还读了斯宾诺莎[①]的作品，尽管我看得不是特别明白，但那样的作品真叫人兴奋。就像你从乘坐的飞机上走下后，来到一片被崇山峻岭环抱的大高原上。四周万籁俱寂，纯净的空气如同美酒佳酿一样令人心醉神迷，你感觉像是拥有一笔巨大的财富。”

“你什么时候回芝加哥？”

“回芝加哥？我不知道，还没想过。”

“你说两年后还没找到你想要的东西，你就会放手。”

---

① 巴鲁赫·德·斯宾诺莎（Baruch de Spinoza，1632—1677），荷兰哲学家，与笛卡儿和莱布尼茨一起被誉为三大理性主义者。

“我现在不能回去，我才刚刚摸到门槛。我看到浩瀚无垠的精神世界正在面前展开，在向我招手，我迫不及待地想去那里遨游。”

“可是你希望在那里找到什么呢？”

“我那些问题的答案。”他近乎顽皮地瞥了她一眼，要不是她那么了解他，说不定还以为他只是在开玩笑呢，“我想弄明白世上有没有上帝，想弄明白世上为什么会有罪恶。我想知道我的灵魂会不会不朽，是不是我死之后一切也就结束了。”

伊莎贝尔轻轻地倒抽了一口气。听拉里讲这些，让她很不舒服。但得亏他说得这般轻描淡写，就跟平日说话的语气一样，她才不那么窘迫。

“可是拉里，”她的脸上挂着微笑，“几千年来，人们一直都在问这些问题，如果有人答复，怕是早就有答案了。”

拉里轻轻一笑。

“别笑啊，好像我说了什么蠢话似的。”她生气地说。

“哪里，我觉得你这话说得很聪明。但从另一方面来看，你还可以这么说，既然这些问题都被问了几千年了，这就证明他们没法子不去问，而且还会继续问下去。再说了，你说谁也没找到答案这话并不对，许多人已经找到了自己非常满意的答案，比如吕斯布鲁克[①]。”

---

① 吕斯布鲁克（John of Ruusbroec，约 1293—1381），中世纪晚期神秘主义思想家。

“谁？”

“噢，只是一个大学里我不认识的人。”拉里随口答道。

伊莎贝尔不知道他这话什么意思，但她没有刨根问底。

“可我觉得这些事情都特别幼稚，这玩意儿只会让那些大学二年级学生感到兴奋，但只要他们离开学校，就会统统忘到脑后。那时候他们得为生计奔波。”

“这也不怪他们。你也知道，我幸亏还有点积蓄可以过活。要是没有，我也只能像别人一样去挣钱了。”

“可是钱在你眼里就一文不值吗？”

“一文不值。”他咧嘴笑道。

“你觉得这些到底要花上多少时间呢？”

“我也不知道。也许五年，也许十年。”

“然后呢？你准备把这些智慧派上什么用场？”

“如果我真有了这样的智慧，到时候准会知道怎么利用。”

伊莎贝尔情绪激动地攥紧了手，从椅子上探出身子。

“拉里，你错得太离谱。你是美国人，这里不属于你，美国是你该待的地方。”

“等我准备好了我就回去。”

“可是你会错过很多。我们的世界正经历一个从未有过的美好时代，你就真的忍心待在这一潭死水的地方？欧洲要完蛋了。我们才是世界上最强大、最了不起的民族，我们将大踏步地前进。我们什么都有。你有义务参与国家的建设。我看你是忘了现在美国人的生活多叫人振奋。你不参加国家的建设，是因为你没有勇气承担所有美国人都在承担的责任，你确定是这样吗？噢，我知道从某种意义上来说你也在工作，但你难道不觉得这恰恰是在逃避责任吗？表面上忙忙碌碌，其实不是在偷懒吗？要是所有人都像你这样逃避责任，那美国会成什么样子？”

“亲爱的，你好苛刻，”他面带微笑，“我的回答是，并不是所有人都和我有一样的感受。也许他们很幸运，大多数人都能遵照寻常轨迹走下去。可是你忘了，我学习的激情就好比，呃，好比格雷想赚很多很多钱一样。难道我花几年时间自学一些东西就成了背叛祖国的卖国贼了吗？说不定等我学成后，还能拿出些人家喜欢的东西来。当然，这只是一个机会，但即使失败了，也不见得比做生意到头来却没赚到钱的人差。”

“那我呢？我对你难道就一点都不重要？”

“你当然是最重要的，我希望你嫁给我。”

“什么时候？十年后吗？”

“不是，就现在，越快越好。”

“那用什么结婚？妈妈什么也给不了我。再说，她即便有什么钱财也不会给的。她会觉得帮助你这样一个游手好闲的人是错误的。”

“我可不想要你妈妈一个子儿，”拉里说，“我一年有三千美元的收入，这在巴黎已经够用了。我们可以住一套公寓，请一个全职女佣。我们可以过得很快活，亲爱的。”

“可是拉里，一年三千美元是没法生活的。”

“当然可以。许多人比这少得多都能过活。”

“可是我不想一年靠三千美元过活，我没有理由这么做。”

“我是靠这一半的钱来生活的。”

“可瞧瞧你是怎么过的！”

她看了一眼肮脏昏暗的小房间，厌恶地耸了耸肩膀。

“也就是说我攒了一些钱，我们可以去卡普里岛度蜜月，到了秋天，我们再去希腊。我特别想去那里看看。你不记得了吗，我们以前常说要一起周游世界呢？”

“我当然想去旅行了，可不是像这样。我不想坐二等舱出游，不想住在连浴室都没有的三流旅馆，也不想在廉价的小饭馆里吃饭。”

“去年十月我就是这样游遍了整个意大利，玩得很开心。我们可以靠每年三千美元游历全世界。”

“可是我还要生孩子呢，拉里。”

“这没关系啊，我们可以带上孩子一起旅游。”

“你太天真了，”她大笑道，“你知道养孩子要花多少钱吗？维奥莱·汤姆林森去年生了个孩子，尽管十分节省，结果还是花了一千二百五十美元。你知道请个保姆要多少花费吗？”随着问题越想越多，她也越来越言辞激烈，“你也太不切实际了。你都不知道你要求我做什么样的人。我这么年轻，想生活得有滋有味的。别人可以做的事情我一样都不能少，我想去参加宴会，参加舞会。我想打高尔夫，骑马。我想穿漂亮的衣服，要是一个女孩子穿的衣服没有周围的人好，你能想象得到有多难堪吗？你知道吗，拉里，要是买了你朋友穿腻了的衣服，或者别人可怜你送你一件新衣服，那种滋味有多难受吗？我甚至都没钱去一家像样的理发店做个好看的头发。我可不想坐电车和公共汽车到处乱跑，我想拥有自己的汽车。你要是成天在图书馆看书，指望我每天做什么？满街溜达看橱窗，还是走在卢森堡公园里看着自己的孩子不胡闹？到时候我们连一个朋友都没有。”

“不是这样的，伊莎贝尔。”拉里打断她的话。

“反正不是我们过去交往的那种朋友。噢，对了。艾略特舅舅的朋友有时会照顾他的面子请我们过去，但我们去不了，因为没有合适的衣服，我们也没办法去，因为没钱回请他们。我可不想我的朋友净是些穷酸的下等人。我对他们可没什么话说，他们对我也没什么话说。我得生活，拉里。”她突然察觉尽管他的眼神还是那样的温柔，却带着一丝逗乐的表情，“你觉得我很蠢，是吗？你觉得我婆婆妈妈，觉得我很讨厌是吗？”

“没有，我没这么认为。我觉得你说的这些都是极其自然的事。”

他背对着壁炉站着，这时，她起身朝他走了过去，跟他面对面。

“拉里，如果你一个子儿也没有，却找了份年薪三千美元的工作，我会毫不迟疑地嫁给你。我会替你做饭，收拾床铺。我不会在乎自己穿什么衣服，我可以什么都不要。反而觉得这样生活挺有意思的，因为我知道你迟早有一天会发迹。但现在这种情况我跟你结婚，那我这辈子都只能过这种穷困潦倒的日子，什么盼头都没有了。这样的话我只能苦哈哈地过一辈子。可这是为什么呢？就为了让你花这么多年寻找那些问题的答案，你自己都说那些问题根本没有答案。于情于理都说不过去啊。男人应该找份事做，这是他来这个世界的使命，他理应造福社会。”

“总之，他有责任在芝加哥安顿下来，进入亨利·马图林的公司。你觉得把我的朋友都劝来买马图林的债券就叫大大造福社会了吗？”

“世上总得有经纪人，这是一种非常体面，也非常值得尊敬的谋生方式。”

“你将巴黎中等收入人群的生活描绘得这么惨不忍睹。你看，其实并不是这个样子。即使不去香奈儿的店里买衣服也能穿得很好，那些生活得有滋有味的人也不都是住在凯旋门和福煦大街。事实上，那些过着精彩生活的人很少住在那里，因为他们一般没多少钱。我认识这里的很多人，有画家、作家、学生，有法国人、英国人、美国人，形形色色的人都有，我觉得这些人比艾略特那些毫无生气的侯爵，比那些长鼻子的公爵夫人有趣得多。你心思敏捷，而且幽默感十足。尽管他们喝的只是廉价的葡萄酒，也没有管家和男仆在一旁伺候，但听他们一边吃饭一边谈天说地绝对是一件很开心的事。”

“不要说这样的傻话，拉里。我当然愿意听他们说话。你知道我并不是个势利的人，我也乐意见到那些很风趣的人。”

“没错，你会穿着香奈儿的衣服去认识这些人。你觉得他们看到你这身打扮，会不会把你当成微服私访贫民窟的人呢？他们会不自在，你也会不自在，而且事后你除了告诉艾米丽·德·蒙塔杜尔、格雷西亚·德·沙托·盖拉德你在拉丁区认识了许多放荡不羁的文人外，再无别的收获。”

伊莎贝尔轻轻地耸了耸肩膀。“你说得一点也没错。他们跟我身边人的教养都不一样，跟我也没有一点共同的地方。”

“你这话是什么意思？”

“就是我之前说的呀。我自打记事起就住在芝加哥，我所有的朋友都住在那里，我的兴趣也都在那里。只有在那里我才会觉得自在。我属于那里，你也一样。妈妈病了，而且这病再也不会好了，哪怕我想离开那里现在也脱不开身了。”

“你的意思是说除非我准备回芝加哥，否则你就不打算嫁给我？”

伊莎贝尔犹豫了。她爱拉里，想嫁给他。她全心全意地想得到他，也知道拉里渴望得到自己。她不相信等到真正摊牌的时候他还会这么一硬到底，她有点害怕，但她必须冒险。

“没错，拉里。我就是这个意思。”

他在壁炉架上划了一根火柴——是那种气味直刺鼻腔的旧式法国硫黄火柴——点燃烟斗。接着，他从她身边走过去，站在一扇窗户旁边，望向窗外。他许久没有说话，似要永远沉默下去。伊莎贝尔仍旧站在先前面对他站着的地方，看着壁炉架上的镜子，但她看不见自己。她的心狂跳不止，一种担忧的感觉向她袭来。良久，他终于转身。

"我真希望你能明白我向你提供的生活比你想象的生活要充实得多，真希望让你明白精神生活是多么令人兴奋，那种经历是多么丰富。那样的生活没有止境，多么幸福。只有一件事情能与之媲美，好比你一个人坐在飞机上，飞机越飞越高，越飞越高，你周围只有无垠的空间，你会陶醉其中。你感觉那么的愉悦，就算用世界上所有的权力和荣誉来同你交换，你也会舍不得。我前几天在阅读笛卡尔[①]的作品，他的文字是那样安逸、优雅、清澈。天哪！"

"可是拉里，"她绝望地打断他，"你难道不明白你是在要求我做一件我无法适应、不感兴趣也不想感兴趣的事吗？还要我跟你说多少遍，我就是一个普普通通的女孩。我现在二十岁，十年后我就老了，我想趁现在有机会的时候过点好日子。噢，拉里。我真的非常爱你。你说的这一切都是无关紧要的东西，不会让你有任何出息的。就算为了你自己，我求求你了，放弃吧。拉里，成为一个堂堂正正的男人，做男人该做的事情。别人都在奋发图强时，你却在浪费宝贵的时间。拉里，如果你爱我，肯定不会为了一个梦而弃我于不顾的。你已经游荡过了，跟我们一起回美国吧。"

"我做不到，亲爱的。这样回去对我来说简直就是死亡，等于出卖了我的灵魂。"

---

① 勒内·笛卡尔（René Descartes，1596—1650），又译作笛卡儿，法国著名哲学家、物理学家、数学家、神学家。

“噢，拉里，你为什么要这样说话？那些歇斯底里、自我卖弄的女人才会这样说话。这样说有什么意义呢？没有，没有，没有丝毫意义啊。”

“我只是把内心的感觉说出来而已。”他答道，眼里闪着光芒。

“你怎么能笑呢？你难道没觉得这是件极为严肃的事情？我们现在走到了十字路口，现在的决定将会影响我们一辈子。”

“我知道，请你相信我，我是非常严肃的。”

她叹了口气。“如果我跟你讲道理，你仍旧充耳不闻，那我真没什么好说的了。”

“可我不觉得你这是在讲道理，我觉得你说的都是无聊至极的话。”

“你是说我？”要不是她那么伤心，早会笑出声来，“我可怜的拉里，你真是个十足的疯子。”

她慢慢把手指上的戒指取下来，放在掌心，望着它。一颗切割得四四方方的红宝石镶嵌在细细的白金指环上，她素来很喜欢。

“如果你爱我，就不会让我这般痛苦。”

“我真的爱你。可惜一个人做自己认为正确的事情时，难免会让别人不快乐。”

她把手伸了出去，那颗红宝石戒指就在掌心，颤抖的嘴唇勉强挤出一丝笑意。

“还给你，拉里。”

"它对我来说没有丝毫用处。你何不留着，当成我们友谊的象征可好？你可以戴在小指上，我们的友谊不需要这样决裂，对吗？"

"我会永远关心你，拉里。"

"那就留着吧，我也希望你戴着。"

有那么一瞬间，她迟疑了一下，然后戴在右手的小指上。

"太大了。"

"你可以改一改，我们去里兹饭店喝一杯吧。"

"好啊。"

这件事这么轻而易举地解决了，她感到些许惊讶。但她并没有哭，除了不会嫁给拉里外，她似乎没有任何变化。她几乎不相信一切就这样结束，再无挽回的余地。两人没有大吵大闹，她多少有些恼怒。他们从头到尾都聊得比较冷静，像是在讨论租房子的事。她感到失望，却又略感满意，因为两人都表现得非常文明。她很想知道拉里内心的真实感受是什么，但平常了解这个就很难。他平静的表情、乌黑的眼睛是一张面具，哪怕她跟他认识这么多年了，却始终无法猜透他的心思。她先前把帽子取下放在床上。这会儿，她站在镜子前面，又把帽子戴上。

"我只是好奇，"她一边整理头发一边问，"你原本就打算跟我解除婚约吗？"

"不是。"

"我觉得对你来说也许是种解脱。"他没有回答，她转身过来，脸上带着盈盈笑意，“好啦，我们可以走了。”

拉里把身后的门锁上，他把钥匙交给坐在前台的人时，那人用会意的眼神狡黠地看了他们一眼。伊莎贝尔自然不难猜出这人当他们在行苟且之事。

“这个老家伙一准认定我不是处女了。”她说。

他们坐出租车去了里兹饭店喝酒。两人说些不相干的事情，表面看起来自然得很，就像两个天天见面的老友一样。虽然拉里天生不大爱说话，伊莎贝尔却很健谈，喜欢天南地北地东拉西扯，而且她有意不让两人沉默下去，就怕到时很难打破这种沉默。她不希望让拉里觉得她对他心存愤懑，因为自尊心作祟，她得努力不让拉里瞧出她的伤心和痛苦。没过多久，她建议拉里送她回家，车在门口停定时，她愉快地对他说：“别忘了明天跟我们一起吃午饭。”

“放心好了，我不会忘记的。”

她让他吻了面颊，从车道走进屋内。

五

伊莎贝尔进入客厅时，发现已有客人在喝茶。有两个住在巴黎的美国女人，穿着极为讲究，脖子上戴着珍珠项链，腕上戴着钻石手镯，手指上则戴着价格不菲的戒指。虽然一个用散沫花把头发染成了深红褐色，另一个金黄色的头发也极不自然，但两人却非常像。同样涂上了浓浓的睫毛膏，同样嘴唇抹得鲜红，脸上打着同样的胭脂，身材也同样的苗条，而这苗条的身段显然是靠极为严苛的节制换来的。她们的五官生得同样突出，再加上同样饥渴不安的眼神，你不由得会去想，她们的生活就是为了保持这日渐凋零的风韵而苦苦挣扎。她们那有着金属质感的大嗓门在絮絮叨叨地说着废话，一刻也没有停歇，像是担心要是稍加沉默，机器就会停下，而她们的整个身躯就会散架。还有一位美国大使馆的秘书，那人温文尔雅，没怎么说话，因为他一句话也插不进去，看起来饱经世故。还有一位身材矮小、皮肤黝黑的罗马尼亚王子，不时点头哈腰，一副卑躬屈膝的模样，两只黑色的小眼珠溜来溜去，那张黑色的脸刮得干干净净，不是起身给这个端茶，就是给那个递蛋糕，还不时给人点烟，使出浑身解数厚着脸皮对在座的人溜须拍马。他这般阿谀奉承的目的无非是想说过去曾得到他们的热情款待，他日必将报答，希望将来多加关照。

布拉德利太太坐在茶几前履行女主人的职责，热情好客的态度一如往常，神情却有些泰然，为了投艾略特所好，相比平日，她打扮得艳丽不少，不过她却认为这样的场合无须穿得这般隆重。至于她是怎么看待她弟弟这些客人的，我却只能想象了。我跟她相交实在不深，而且她是个从不表露心迹的人。她并不是个蠢女人。她在外国首都住了不少年头，见过形形色色的人，想必她用她的故乡——弗吉尼亚那座小镇的标准对他们做过精明的评估，看到这些人乖张荒诞的行为，想来她会觉得非常好笑。我相信她对这些人装腔作势之态不会怎么放在心上，这就好比她阅读一本从一开始就知道结局圆满的小说（否则她也不会看），同样不会把小说角色的苦楚当一回事。艾略特对天主教的虔诚丝毫不会影响她对长老会的笃信，同样，无论巴黎、罗马还是北京也丝毫不会影响她的美国做派。

伊莎贝尔的青春活力、健康俊俏的外表给这种庸俗华丽的气氛吹进了一股新鲜空气，她如同一个年轻的大地女神一般飘然而进。那个罗马尼亚王子忙不迭地站起来，给她拉来一把椅子，还频频做出手势，竭力朝她奉承。两个美国女人一面扯着尖锐的嗓子跟她讲话，一面上下打量着她，将她的衣着打扮尽收眼底，目睹她勃勃的青春美貌，她们怕会沮丧得心中一痛。那位美国外交官瞧见在她的衬托下，那两个女人显得如此虚假、憔悴，不禁笑了。伊莎贝尔却觉得她们透着一股奢华之气，喜欢她们华丽的衣裳、昂贵的珍珠，对她们矫揉造作的姿态感到一丝嫉妒。她心里暗想，不知道将来自己会不会这般雍容华贵。那位罗马尼亚人当然可笑得很，不过他也相当讨喜，尽管他说那些恭维的话时言不由衷，但听到耳里却很舒服。先前被她进来所打断的谈话也恢复了，这会儿，他们正在兴高采烈地聊着天，深信各自说的都十分紧要，也会让外人差点就相信他们谈论的都是正儿八经的事情。

他们谈论着各自参加以及即将参加的宴会，他们交换最新听到的流言蜚语，把他们的朋友批评得体无完肤。他们一个个地说着那些大人物的名字，像是所有人都认识，像是什么秘密都瞒不住他们似的。他们几乎一口气不歇地谈论最新上演的戏剧，做衣服最时兴的女裁缝，最时髦的肖像画家，最近上台的首相新找的情人。外人定会认为世上就没有他们不知道的事情。伊莎贝尔如痴如醉地听着，她觉得这才是极有教养的事，这才是生活该有的样子，置身其中让她莫名地兴奋。这一切是那样真实。屋子里的布局也堪称完美，宽敞的房间，地上铺陈着萨伏内里地毯，镶嵌华丽饰板的墙上挂着精妙绝伦的画，他们落座的铺着刺绣坐垫的椅子，贵重的镶嵌家具，还有衣橱和茶几，都可当之无愧地进入博物馆。那个房间的陈设一定花了不少钱，却完全值得。她从未像今天这样感觉到房子是那么美，布局是那么精巧，因为旅馆那个寒酸的小房间，那张铁床，那张硬邦邦、坐上去一点也不舒服的椅子仿佛历历在目。那个光秃秃的房间毫无生气，甚至让人觉得恐怖，现在想起来还会让人不寒而栗。

宴会结束后，只剩下伊莎贝尔和她母亲、舅舅三个人了。

“真是风情万种的女人。”艾略特说，这会儿，他已经把那两个浓妆艳抹、死气沉沉的女人送走了，“她们刚到巴黎落脚时我就认识了，压根儿就没想到她们的境遇会这般好。我们国家的女人适应能力着实让人惊叹。你们几乎瞧不出她们是美国人了，而且还是中西部来的。”

布拉德利太太蹙起眉毛，也没说话，只是看了他一眼，但以艾略特的机警早就明白那眼神的含义了。

“可怜的路易莎，谁也不会这样说你。”他半是讥讽，半是关切地说，“但你的的确确有机会。”

布拉德利太太抿着嘴唇。

“恐怕我令你失望透顶了，艾略特，不过，跟你说实话，我对我现在的状况还是非常满意的。”

“各有所好罢了。”艾略特用法语咕哝道。

“我想我应该告诉你们，我已经跟拉里解除婚约了。”伊莎贝尔说。

“哎呀，”艾略特叫道，“那明天午宴的安排可就出乱子了。这么短时间叫我再去哪里找个人来呢？”

“噢，他还是会来吃午饭的。”

“在跟你解除婚约后吗？这可不大合规矩。”

伊莎贝尔咯咯地笑了，眼睛盯着艾略特，因为她知道母亲正看着自己，她不愿跟母亲四目相对。

“我们没有吵架，今天下午我们好好谈了谈，觉得我们之前有点误会。他不想回美国，决意留在巴黎，还说要去希腊。”

“去希腊干什么？雅典又没有社交活动。说真的，我对希腊的艺术从来都看不上。某些希腊风格的艺术品有种颓废的魅力，倒也挺吸引人的。但菲狄亚斯[①]的东西不行，真不行。”

“看着我，伊莎贝尔。”布拉德利太太说。

---

① 菲狄亚斯（Phidias，约前480—前430），古希腊伟大的雕塑家，建筑设计师。

伊莎贝尔转过头来，嘴角掠过一丝浅笑望着母亲。布拉德利太太仔细端详着她，却只吐了一个字："唔。"她家的姑娘可没哭过，这点她还是瞧得出的，一副泰然自若的样子。

"我觉得你解除婚约是好事，伊莎贝尔，"艾略特说，"我原本还想努力促成这事，不过，我一直都觉得你们不般配。他真的配不上你，他在巴黎的种种所为无不表明他将来会一事无成。凭你的长相和社会关系，完全可以找一个比他好的。我觉得这件事情你处理得非常明智。"

布拉德利太太瞥了女儿一眼，眼神中带些焦虑。

"你解除这桩婚事不是因为我吧，伊莎贝尔？"

伊莎贝尔果断地摇了摇头。

"不是的，亲爱的，我完完全全是为了自己。"

六

那时，我已经从东方回来，在伦敦住了一段时期。大约在上述事情发生两个礼拜后，一天早上艾略特打电话给我。听到他的声音我并没有觉得奇怪，因为他习惯在社交季节即将结束的时候到英国玩乐一番。他告诉我布拉德利太太和伊莎贝尔同他一起来了。要是今天傍晚六点钟我能过去喝杯酒，她们定会很高兴。他们当然住在克拉里奇酒店。当时我住的地方离那里并不远，于是，我漫步走过公园巷，然后经过梅菲尔区安静、庄严的街道来到酒店。艾略特还是住在以前的套房。房间里镶嵌着褐色的木板，如同雪茄烟盒的那种木头，恬静中带着一种奢华。我被领进去的时候发现只有他一个人在。布拉德利太太和伊莎贝尔去购物了，随时都可能回来。他告诉我伊莎贝尔同拉里解除了婚约。

艾略特对于在什么环境下人们应该怎么做，有他自己浪漫而极为传统的见解。他对这两个年轻人的行为颇为不满。他们解除婚约后的第二天，拉里不仅如约赴宴，而且还表现得像没事人一样，跟往常一样随和、体贴，平静中透着快乐，对待伊莎贝尔也跟老友一样亲热。他看上去既没有心烦意乱，也没有沮丧着脸，伊莎贝尔也没有表现出一副垂头丧气的样子。她看起来很快活，笑起来很轻松，嘻嘻哈哈地开着玩笑，一点也不像忍着巨大的伤痛做出了人生中最重要的一项决定。这下艾略特彻底糊涂了，他从他们谈话的只言片语中推断他们无意取消以前定下的任何约会。所以，一瞅准机会他就去找姐姐聊这事了。

“这也太不像话了，”他说，“他们可不能像订婚的时候到处乱跑了，拉里真应该懂点规矩。再说了，这样下去伊莎贝尔找对象也难。英国大使馆那个叫小福瑟林汉姆的小伙子显然挺喜欢她的。他有钱，而且社会关系也很好。如果他知道伊莎贝尔解除了婚约，他向她求婚的话我一点也不会觉得奇怪。我觉得你应该跟她谈一谈。”

“亲爱的，伊莎贝尔已经二十岁了，她有办法叫你不要管她的闲事，还不会惹你生气，我一直拿她没办法。”

“那就是因为你对她太娇生惯养了，路易莎。再说了，这事你本来就该管管。”

“在这点上，你跟她的看法肯定不一样。”

“你这是在考验我的耐心，路易莎。”

“可怜的艾略特，如果你也有个这么大的姑娘就会知道她比一头使劲蹦跶的牛犊还要难驯服。至于她内心在想什么，你干脆装那种什么都不懂的老糊涂蛋得了，反正我估摸着她十有八九也是这么看你的。”

“可是，你不是跟她谈过这事吗？”

“我想谈来着，可她大笑一通，跟我说实在没什么好说的。”

“那她伤心吗？”

“我也不知道，只知道她能吃能睡。”

“呃，你记住我的话，如果你继续容忍他们这样下去，总有一天他们会私奔，到时候一声不响地就结婚了。”

布拉德利太太忍不住笑了。

“我们现在待的这个国家，在性方面倒是大开方便之门，但要结婚的话就阻碍重重了，放心好了。”

“没错。婚姻是极其严肃的事情，牢靠的家庭关系、稳定的社会秩序都维系在这上面。但只有在婚姻之外的关系得到容忍和许可时，婚姻才靠得住，说到娼妓这个行当，我可怜的路易莎……”

“别说了，艾略特，”布拉德利太太打断他的话，“我对你那些乌七八糟的男女关系构成的社会价值观和道德价值观没有丝毫兴趣。”

这时，艾略特提出了一个阻止伊莎贝尔和拉里交往的计划，因为这种不合规矩的行为令他极为反感。当时，巴黎的社交季节已经接近尾声，所有上流社会的人都准备去海滨，或是去多维尔，然后再去都兰、安茹或者布列塔尼他们祖上留下的城堡里休息、避暑。六月末的时候艾略特一般会去伦敦，但他对家族的感情颇深，而且对姐姐和伊莎贝尔的感情又是那样的真挚。他原本打算，即使巴黎的名人雅士都走光了，只要她们愿意，他也可做出一番牺牲留在巴黎，现在他发现情况正合自己的心意，既能迎合别人又方便了自己。于是他向布拉德利太太提议，他们三个应该立即动身去伦敦，这会儿伦敦的社交季节正值高峰，新的兴趣和新的朋友会让伊莎贝尔忘记她和拉里这段剪不断理还乱的关系。而且根据报纸上的消息，那位名头不小的糖尿病专家这会儿正在伦敦，到时候正好给布拉德利太太瞧病，这也给她们尽快离开巴黎找了个合理的借口，即使伊莎贝尔不愿离开也找不到由头了。布拉德利太太也同意这个计划，但她吃不准伊莎贝尔的心思，不知道伊莎贝尔是真的如表面看上去的那样毫不在意，还是因为伤心、愤怒、沮丧故意装出一副满不在意的样子来掩饰内心的痛苦。布拉德利太太只得同意艾略特的建议，说不定认识新朋友、到新地方对伊莎贝尔有好处。

艾略特一直在忙着打电话，等到伊莎贝尔和拉里在凡尔赛宫玩了一天回家的时候，艾略特才告诉她，已经帮她母亲约好了名医，三天后瞧病，说他已经在克拉里奇酒店订好了套房，后天便动身。艾略特有几分得意地把这个消息告诉伊莎贝尔的时候，布拉德利太太在一旁观察女儿，但她的表情没有任何变化。

“噢，亲爱的，你可以去看那个医生了真叫人高兴。”伊莎贝尔跟往常一样上气不接下气地喊道，“你当然不能错过这样的机会，可以去伦敦了，真是太好了。我们要在那里待多久呢？”

“反正没必要再回巴黎了，”艾略特说，“再等一个礼拜，这里一个人都不会有了。我希望你们跟我住在克拉里奇酒店，一直住到社交季节结束。七月总是会有些不错的舞会，当然还有温布尔登网球赛、古德伍德公园的赛马会、考斯的赛船。我相信艾林汉姆一家肯定会欢迎我们坐他们的游艇去考斯，班托克一家总会在古德伍德举办盛大的宴会。”

伊莎贝尔看起来挺高兴的，布拉德利太太悬着的心总算放了下来。伊莎贝尔好像压根儿就没把拉里放在心上。

艾略特刚跟我讲完这些，母女两个便进来了。我有十八个多月没见过她们了。布拉德利太太比以前稍微瘦了点，而且脸色更显苍白了。她看起来有些倦意，气色不是很好。但伊莎贝尔却容光焕发，她面色红润，深褐色的头发，一双栗色的眼睛闪着光亮，洁净的皮肤，给人一种青春无敌的感觉，就好像她单是活着就很快乐，让人心情大好忍不住要笑出来。她让我生出一个相当荒唐的想法，觉得她是一个熟透了的梨，黄澄澄的梨是那样甘甜可口，只等着人来品尝了。她散发着温暖的气息，让人觉得只要伸出手就会感到非常舒适。我觉得她比我上次见的时候高了些，不知是因为穿了高跟鞋的缘故，还是聪明的裁缝将她的连衣裙剪裁得十分巧妙，遮掩了她桃李年华特有的丰腴。她的举止中透着自幼从事户外活动的优雅气质。总之，她绝对称得上是一个性感撩人的年轻女子。如果我是她的母亲，肯定会觉得她该尽快结婚才好。

我很高兴有机会聊表心意，答谢我在芝加哥时布拉德利太太对我的热情款待，所以请他们三位晚上一起去看戏。我还请他们吃了一顿午餐。

“老兄，可真有你的，没想到这么快就下手了，”艾略特说，“我已经把我们来这儿的消息告诉朋友了，不出一两天，说不定这个季节的活动就都排满了。”

我自然明白艾略特的意思是说他们没时间应酬我这样的人，不由得笑了。艾略特瞥了我一眼，眼神中透着一丝傲慢。

“不过当然啦，如果你六点钟来找我们的话，一般不会落空，我们无论什么时候见到你都会很高兴的。”他亲切地说，但用意也很明显，我这个作家的身份并不高贵。

但兔子急了也会咬人。

“你一定得跟圣奥费尔德家联系下，”我说，“我听说他们想卖掉康斯特布尔[①]那幅《索尔兹伯里大教堂》。”

---

① 约翰·康斯特布尔（John Constable，1776—1837），英国风景画家。

“我现在才不想买什么画呢。”

“我知道，我就是觉得你能帮他们处理掉。”

艾略特的眼神里闪出一道铁青的光。

“老伙计，英国是个伟大的民族不假，但他们画画的本事可不怎么样。本人对英国画派可没什么兴趣。”

七

在接下来的四个礼拜中，我很少见到艾略特和他的亲戚。他给母女两个挣足了面子，这个周末带她们去萨塞克斯一幢富丽堂皇的宅子里做客，下个周末又去了威尔特郡一座更加奢华的人家。他还把她们当成温莎皇室一个小公主的客人，带她们坐在皇家包厢里看戏。他带她们去跟那些有头有脸的人参加午宴、晚宴。伊莎贝尔参加过几场舞会。艾略特还在克拉里奇酒店轮番招待客人，这些人的名字第二天便会出现在报纸上显眼的位置。他在吉罗酒店和大使馆举行晚宴。事实上，他把该做的事情都做了，伊莎贝尔要是不想被艾略特安排的这种派头十足、风雅尽显的大排场迷得眼花缭乱，那她还真得比现在多见世面才行。艾略特完全可以自我吹嘘，说他费了这么大的周章毫无私心，完全是为了让伊莎贝尔忘记这场不幸的恋爱。但是我感觉他是为了让姐姐亲眼见到他跟那些达官贵人、高雅之士来往密切，自己对此极为满意。他将客人照顾得极好，有时还喜欢卖弄一下他左右逢源的本领。

我也去过艾略特举行的一两次宴会，有时还会在六点钟去克拉里奇酒店看望他们。我发现伊莎贝尔常被一群穿着漂亮衣服的年轻近卫军和外交部的年轻人簇拥着。有一次正好碰上这样的场合，伊莎贝尔把我拉到一边。“我想问你点事，”她说，“你还记得有天傍晚我们去药店吃冰淇淋苏打水的情形吗？”

“当然记得。”

“你人很好，还挺乐于助人。你能再帮我一次吗？”

“我尽力而为。”

“我想跟你谈谈，哪天我们一起吃个午饭可以吗？”

“随便哪天都成。”

“找个安静的地方就行了。”

“你觉得开车去汉普顿宫，在那里吃饭怎么样？那里的园子正值最美的季节，你还可以看看伊丽莎白女王的床。”

她很喜欢这个提议，我们约定了日期。但到了那天，原本风和日丽的好天气突然变了，天上灰蒙蒙的一片，还淅淅沥沥地下起了雨。我打电话问伊莎贝尔，问她是不是更愿意在城里吃饭。

“我们没办法坐在公园里，而且那些画会非常暗，什么都看不出来。”

“公园我坐得多了，对那些老派大师的作品我也没什么兴趣，还是去吧。”

“那好。”

我去接她，一起坐车出去。我知道有家小旅馆，那里的饭菜还算凑合，于是径直去了那儿。一路上，伊莎贝尔跟平常一样兴致勃勃地谈着她参加过的宴会和认识的人。这段时间她玩得挺开心的，但是她对各色人等的评论让我觉得她十分精明，那些荒唐的事她一眼就能瞧出来。因为天气不好，饭店里除了我们两个之外再无别的客人。这家饭店最拿手的是英国的家常菜，我们要了份上好的羊腿肉配青豆和新鲜土豆，外加一大盘苹果派，上面浇上德文郡奶油。还叫了一大杯淡啤酒，这顿午餐还真是不错。吃完饭后，我建议去那个空无一人的咖啡室坐坐，那里有几把坐起来挺舒服的扶手椅。咖啡室里很冷，但柴火已经架好，我划了根火柴生好火，火苗令昏暗的房间惬意不少。

"好了，"我说，"现在可以告诉我，你想跟我谈什么了。"

"跟上次一样，"她咯咯地笑起来，"还是拉里的事。"

"看来我猜对了。"

"你知道我们已经解除了婚约。"

"艾略特已经告诉我了。"

"妈妈松了一口气，舅舅也很高兴。"

她犹豫了一会儿，跟着便把她和拉里的那次谈话告诉了我，谈话的内容我已经尽量忠实地向读者交代过。不过读者可能会有疑问，她为什么要跟我这样一个交情不深的人说这么多。我敢说我跟她见面的次数屈指可数，而且除了上次在药房那里，我从没跟她单独待过。但我并没有感到意外。首先，正如作家经常说的那样，一些原本不肯对别人说的事情，人们的确愿意告诉作家。个中缘由我并不知道，也许是因为人们读过作者的一两本书，对这个作家特别亲切，还可能是因为他们把自己戏剧化了，把自己当成了小说中的角色，他们觉得那些杜撰的人物在作家面前就知无不言，因此他们也乐意向作家推心置腹。我觉得伊莎贝尔感觉我喜欢她和拉里，他们的青春活力让我心动，我对他们的不幸深表同情。当初艾略特向拉里提供了一个进入社交界的绝佳机会，却被他拒绝了,她不可能指望艾略特会好好听她说话。母亲也不能帮她。布拉德利太太是个原则性很强的人，有她自己的常识，常识告诉她，如果你想在这个世界上站稳脚，就得接受墨守成规的处世哲学，而不是去做人人都认为不靠谱的事情。她信奉的原则就是男人就应该去公司上班，靠着自己的干劲和进取心多赚钱养活老婆孩子，让他们过上符合自己身份地位的生活，让孩子接受良好的教育，这样他们长大成人后能靠自己的本领过上体面的生活，即便离世后还能让自己的妻子过上衣食无忧的生活。

伊莎贝尔的记性很好，那次谈话的时间很长，但许多关键的东西她都记得非常清楚。我没有作声，一直等她把话说完，不过其间有次她自己打住话题，向我提了个问题。

“罗伊斯达尔是谁？”

“罗伊斯达尔？他是荷兰的风景画家，怎么啦？”

她告诉我拉里提到过他，说罗伊斯达尔针对他的问题至少找到过一个答案。她还向我重复了她问他罗伊斯达尔是什么人时拉里的话语中的轻描淡写。

“你觉得他是什么意思？”

我灵光一闪。

“你确定他说的不是吕斯布鲁克？”

“有可能，这又是什么人？”

“他是十四世纪弗兰芒神秘主义者。”

“噢。”她失望地说。

这个名字对她没有丝毫意义，对我却有。这是我第一次察觉拉里的思想发生变化的迹象。伊莎贝尔继续讲她的事情，我虽然仍然专心在听，但一半的心思却在想拉里提及那人到底什么意思。我不想过度猜测，因为他提到这位神秘学派的大人物可能只是为争辩某个观点而提出一个论证，也可能有着重要的意义，只不过伊莎贝尔没有听出来。拉里在回答她的问题时只说吕斯布鲁克是他大学的一个同学，显然是不希望她打破砂锅问到底。

“你说这到底是什么意思嘛？”她讲完之后问道。

我在回答之前想了想。

“你还记得他之前说要去游荡的事吗？如果他说的是真的，他所谓的游荡似乎要花费大量精力。”

“这我相信。但你难道就没明白吗？如果他把这样的精力放在富有成效的工作上，那他肯定能挣不少钱。”

“有些人天生就很奇怪。那些犯罪分子千方百计地谋划一些事情，结果只会让自己蹲大牢，可是他们刚从监狱里出来，又会重操旧业，然后落得同样的下场，如果他们在做别的正经事上也这么勤奋、聪明，这么随机应变，这么有耐心，那他们一准会过上体面的生活，获得重要的职位。可他们天性如此，就喜欢犯罪。”

“可怜的拉里，”她咯咯地笑起来，“你说他去学希腊文莫非是打算抢银行。”

我也笑了。

“不，我不是这个意思。我的意思是说有些人可能鬼迷心窍了，对某些特定的事情怀有强烈的欲望，连自己都控制不了，他们非把这事办成不可。为了满足内心的渴望，他们愿意牺牲一切。”

“连爱他们的人也要牺牲吗？”

“噢，是的。”

“这不明摆着是自私行为吗？”

“我也不知道。”我笑着说。

“那拉里学习那些全然无用的语言有什么用？”

“有些人为了求知而求知，并没有什么不光彩的目的。”

“如果你不把知识派上用场，那知识又有什么用呢？”

“也许他就是这样的人，也许单单了解知识就足以让他满足了，就如艺术家觉得只要把艺术创造出来就能获得莫大的满足一样。也许他想用这些知识进一步追求什么。”

“如果他真想追求知识，那他打仗回来后为什么不去上大学？当时尼尔森医生和妈妈都想让他念书的。”

“我在芝加哥跟他谈过。学位对他没什么用。他隐约觉得他对自己需要什么已经有明确的想法了，而且觉得大学里没有他想要的东西。你知道，在学习这件事情上，有的人喜欢做独狼，有的喜欢成群结队。我觉得拉里就是一个想独自摸索的人。”

“我记得有一次问过他是不是想写点东西，他笑着说没什么东西可写。”

“这是我听到的不肯动笔的人给出的最蹩脚的理由。”我笑着回答道。

伊莎贝尔做了个不耐烦的手势。哪怕这么个小小的玩笑她都没心情听了。

“我不明白他为什么会变成现在这样。战争爆发前，他和其他人没什么两样。你怕是不会相信，他不仅网球打得好，高尔夫球也打得相当不错。我们其他人做什么事情他都会做。他是个非常正常的男生，我觉得他没有任何理由变成一个完全不正常的人。你毕竟是个小说家，应该可以解释。”

“人性是极其复杂的，我又凭什么能够做出解释？”

“今天我就是想跟你谈谈这事。”她继续道，压根儿就没有理会我刚才说的话。

“你不开心吗？”

“不是的，也不是说不开心。拉里不在身边的时候我还好，跟他在一起的时候，我感觉自己是那样软弱。现在感觉好像有点痛，就像有好几个月没骑马了，冷不丁又骑了很长的一段路那样僵硬。并不是痛，也并非让人受不了，却会有这种实实在在的感觉。我总会熬过去的，但想到拉里这样糟践自己的生活，我很痛心。”

“他也许不会。他即将踏上的是一条漫长、艰苦的道路，但最后他也许会找到苦苦追寻的东西。”

“他追寻的到底是什么东西？”

“你还没想明白吗？从他跟你说的那些话来看，他表达得已经相当明显了，是上帝。”

“上帝啊！”她脱口而出，这个词从她嘴里说出来的时候相当惊讶。虽然我们用的是同一个词，意思却完全不同，产生的喜剧效果让我们忍不住都笑了。但伊莎贝尔很快再次变得严肃起来，我感觉她的整个态度带着一丝恐惧。“你为什么会这么认为？”

“我只是猜的。不过,你问我作为小说家要怎么看待这件事。可惜你压根儿就不知道他在战争中有过什么样的遭遇，对他产生了多么大的影响。我觉得这种突如其来的精神打击完全让他措手不及。我向你提供一个建议吧，不管拉里遭遇过什么，他脑海里充塞着一种想法，让他觉得人生无常，让他痛苦，但他深信世上的这种痛苦和悲伤总有一种补救的办法。”

我看出伊莎贝尔并不喜欢我把话题引到这上面来，这让她心生怯意，让她尴尬。“这难道不是病入膏肓吗？人必须正视现实，人生在世就得好好过日子。”

“你也许说得对。”

“我也没有刻意去装成什么人，只是一个非常正常、普普通通的女孩。我只希望快快乐乐地生活。”

“看起来你们的性情完全不合，幸亏你能在结婚之前发现这点。”

“我想结婚、生子，希望生活得……”

“顺从慈悲的上帝去过日子。”我笑着打断她的话。

“呵呵，这也没什么坏处，不是吗？这是一种舒适的生活状态，我自己也相当满意。”

“你们就像两个准备一起去度假的朋友，但是一个想去格陵兰爬雪山，另一个却想去印度的珊瑚礁钓鱼，这显然行不通吧。”

“不管怎样，我如果想去格陵兰的雪山上弄一件海豹皮大衣，没准还真可以，但我强烈怀疑印度的珊瑚礁是不是有鱼。”

“等着瞧好了。”

“你这话什么意思？”她问我，稍稍蹙起眉头，“你好像一直都有什么瞒着我。我当然知道我不是这部戏里的主角，拉里才是，他是个理想主义者，在做一个美丽的梦，即使这个梦不会成真，只要身处梦境中他就会兴奋得很。我演的是那种既狠心，又唯利是图的角色，特别实际的角色。按照常识行事的人从来都不大会引人同情，对吗？但是你忘了，我才是那个付出代价的人。拉里会驾着祥云四方翱翔，而我只能跟在他的屁股后面过着入不敷出的日子。我也得生活。”

“我还真没忘记。许多年前，那时我还年轻，认识一个医生，他医术不错，却从不给人瞧病。他耗费了数年时间在大英博物馆的图书馆里埋头看书，每隔很长一段时间，他就会写出一本既像伪科学，又像伪哲学的大部头出来，那样的书谁也不会看，他还得自己掏钱把书印出来。他在去世之前大概写了四五本这样的书，没有任何价值。他有个儿子想报考军校，但他没有钱送儿子去桑德赫斯特[①]，所以他只能报名参军，结果死在了战场上。他还有一个女儿，长得非常漂亮，连我都被迷住了。后来她去演戏了，但她没有这方面的天赋，只能在某些不入流的公司里演些小角色，全国各地到处跑，薪水微薄。他的妻子年复一年操劳家务，终于病倒了。最后，他女儿只好回家照顾母亲，把母亲再也干不动的脏活累活都揽下来。他把这些人的生活白白浪费了，可以说全都毁了，他做的这些事情毫无意义。当你想独辟蹊径做某些事情的时候，完全得看运气。很多人受到召唤，而被选中的却少之又少。”

“我妈和艾略特舅舅都赞成我这么做。你也赞成吗？”

“亲爱的，我同不同意对你有什么要紧的呢？对你来说我几乎完全是个陌生人。”

“可我把你当成一个没有偏见的旁观者。”她笑呵呵地说，“我希望你也能赞成。你觉得我做得对，是吗？”

“我觉得对你来说你做得对。”我说，相信她绝不会察觉

① 英国皇家军官学校所在地。

我回答中细微的区别。

“那我为什么总觉得良心不安呢？”

“是吗？”

她点点头，刚才脸上还挂着一抹微笑，但现在笑容变得有些苦涩。“我知道这只是一般的常识。我知道任何通情达理的人都会觉得我只能这样做。我知道无论从现实的角度看，从世俗的角度看，从一般人奉行的行为准则的角度看，从是非的角度看，我都应该这么做。但在我的内心深处，总觉得有些不安，如果我为人更好一点，如果我更加公正一些，更加无私一点，更加高尚一点，我就会嫁给拉里，过他那样的生活。如果我真的爱他，失去世界又何妨。”

“但是你也可以从另一个角度看待这件事情。如果他真的爱你，那他也会毫不犹豫地迎合你的意思。”

“这话我也对自己说过，可是并没有什么用。我想女人天性中自我牺牲的部分本来就比男人多吧，”她轻声笑了笑，“我想这就是路得在异乡拾麦穗之类的事情吧[①]。”

“你为什么不大胆试一下？”

我们一直聊得很轻松，好像是在随便谈论双方都认识的人，而他们身上发生的事情跟我们的关系都不是很大，甚至在跟我讲起她和拉里的那次谈话时，伊莎贝尔也说得轻松愉

① 出自《圣经·路得记》，路得年轻时丈夫便离世了，后来殷勤地在田间拾麦穗，供养婆婆。

快，还平添一点风趣，像是她并不希望我对她说的话太较真。但现在她的脸色忽然变得苍白。

“我怕。”

我们沉默半晌，一股凉意顺着我的脊椎而下，像是在面对深沉、真挚的人类情感时才会有的离奇反应。这种情感令人害怕，同时又使人感到敬畏。

“你是不是真有那么爱他？”良久，我终于问道。

“我也不知道。我对他很没耐心，会生他的气。但又会经常想他。”

我们再次沉默，我也不知道该怎么说。我们落座的咖啡室很小，厚厚的挑花窗帘遮住了外面的光线。墙上糊着大理石花纹的黄纸，上面贴着陈旧的体育图片。屋子还陈设着一些红木家具，残破的皮椅散发着一股霉味，让人莫名想起狄更斯小说里的咖啡室。这时，伊莎贝尔突然说道：“你知道，我原以为只要我一摊牌，他就会服软。我知道他的性格很软弱。”

“软弱？”我不由得叫道，“你为什么会有这样的想法？一个人在所有亲朋好友的质疑下，坚持了一年，因为他铁了心要走自己的路……”

“过去我叫他做什么他都会照办，我用根小指头就能指挥得他团团转。无论我们一起做什么事，他都没有主见，只会跟在大伙的屁股后面转。”

我点了一支烟，看着我吐出的烟圈，烟圈变得越来越大，最后消失在空气中。

“妈妈和艾略特觉得解除婚约后，我仍然跟着他到处乱跑，当什么事都没发生一样，这样是极其错误的，不过我觉得没什么大不了的。我一直到最后都觉得他会屈服。等他的榆木脑袋认定我并没有开玩笑后，他仍然不肯服软，我真的不愿相信。”她顿了顿，脸上露出顽皮的笑，带着一丝恨意，“我跟你说一件事吧，不知道你会不会震惊。”

“可能性极小。”

“我们决定去伦敦后，我打电话给拉里，问他是否愿意跟我在巴黎度过最后一晚。可当我告诉他们的时候，艾略特说这样的行为不成体统，妈妈则说没有必要，意思当然是绝不赞成。艾略特舅舅问我到底是怎么想的，我说我们打算找个地方吃晚饭，然后去夜总会逛逛。他叫妈妈禁止我去。妈妈是这样说的，‘如果我说禁止你去，你会听话吗？’‘不会，亲爱的，’我说，‘一准不会。’然后她说，‘我原本就是这么想的，既然这样，我说禁止你去也没多大意义吧。’”

“看来你母亲还真是个通情达理的女人。”

“我相信很少有什么可以逃脱她的眼睛。拉里来叫我的时候，我到她的房间里跟她道别。当时还稍微打扮了一下，你知道，在巴黎还真得收拾一下，要不看起来像是光着身子一样，她从头到脚打量着我，看得我直发毛，她的眼睛真的很毒，一看就知道我想干什么。但她什么也没说，只是亲了我一下，说希望我玩得开心。”

“你本来打算干什么呢？”

伊莎贝尔怀疑地看着我，像是还没决定好该向我坦白到什么程度。

“我觉得自己那天看起来还不错，那也是我最后的机会。拉里在马克西姆餐厅预订了位置。我们点了很多好吃的东西，都是我最喜欢吃的，还喝了香槟。天南地北地聊个没完，至少我一直在聊，引得拉里哈哈大笑。我最喜欢拉里的一点是我总能把他逗乐。后来我们还跳舞了。跳够了后，我们去了马德里宫，在那里碰到几个熟人，跟他们一起又喝了香槟。然后我们又去了阿卡西亚。拉里舞跳得很好，我们配合得也很好。那天有点热，在音乐和酒的助兴下，我感觉我的头轻飘飘的，胆子也完全放开了，我跟拉里贴面跳着舞，知道他想要我，我当然也想要他。当时我有个想法，我觉得这个想法一直在我脑子里萦绕，我想把他带回家，只要回家那就生米做成熟饭了。”

“我敢说你这样的安排真是绝了。”

“我的房间离艾略特舅舅和妈妈的房间很远，我知道这样做很安全。等我回到美国之后，就说我怀孕了。那他就只能乖乖地回来跟我结婚了，而且只要把他骗回来，我敢说把他留下来并不难，特别是妈妈还生着病。‘我真傻，以前怎么没想到，’我自言自语道，‘这样一来不就什么都解决了。’音乐停下来后，我仍然靠在他的怀里。过了一会儿，我说天色不早了，我们明天中午还得赶火车，所以我们得走了。我们上了一辆出租车，我紧紧地依偎在他身上，他将我揽在怀里，吻我，他不停地吻我——啊，那一刻简直太美妙了，我感觉像是一眨眼的工夫车就到了门口。拉里付了车钱。

“‘我走路回去。’他说。

“出租车隆隆地开走了，我搂着他的脖子。

“‘要不要上去最后再喝一杯。’我说。

“‘好啊，听你的。’他说。

“他按了门铃，门随即开了。我们进去的时候他打开电灯，我看着他的眼睛，他的眼神是那样的信任，那样的坦诚，那样的天真无邪。他显然一点也没防备我在设套。我觉得我不能对他玩这么卑鄙的手段，好比把孩子手里的糖骗过来一样。你知道我后来都是怎么做的吗？我说：‘呃，你还是别上去了，妈妈今天不是很舒服，如果她睡着了，我不想把她吵醒，晚安。’我仰着脸再次亲吻了他，跟着便把他从门里推出去了。事情就这样结束了。”

“你难过吗？”我问。

“既说不上高兴，也说不上难过。我只是控制不了自己。那件事情并不是我自己要做的，我的所作所为只是一时冲动。”她咧嘴笑道，“我想你会说这是我性格中善良的一面。”

“我想你可以这么说。”

“那这种善良的性格却只能让我自食其果。我相信将来我一定要小心点，不能轻易表现出来。”

我们的谈话到这里其实就结束了。伊莎贝尔可以在我面前畅所欲言，也许对她来说算得上是一种安慰，但是我能帮得上忙的也就这些了，我总觉得自己没有尽力，便想说点什么安慰安慰她。

“你知道吗，人在恋爱的时候，”我说，“倘若所有的事情都不能如愿，心里肯定不好受，而且这种感觉像是永远也甩不掉似的。但要是你知道大海是怎么做的，肯定会非常惊讶。”

“这话什么意思？”她笑着问道。

“爱情好比一个蹩脚的水手，只要在海上航行，它立马就蔫了。到时候你和拉里之间隔着一个大西洋,你会吃惊地发现，起航之前再怎么无法忍受的痛苦，都会变得微不足道。”

“这是你的经验之谈吗？”

“可以算是从大风大浪中总结出来的经验吧。我要是在单相思中受挫，就会立即搭上一艘远洋班轮。”

雨丝毫没有停下来的迹象，于是我们决定还是不要去看汉普顿宫那些华丽的建筑群，甚至也不要去看伊丽莎白女王的床了，对伊莎贝尔来说这并没有什么要紧的，于是，我们坐车回了伦敦。后来我还跟她见过两三次，但是每次见面都有别人在场。我在伦敦待上一段时间后便离开了,去了蒂罗尔。

第三章

一

这以后的十年里，我既没见过伊莎贝尔也没见过拉里。艾略特倒是经常见到，而且因为某种原因，我比以前见他的次数更多了，至于何种原因我以后再告诉读者。所以，我不时从他口中得知伊莎贝尔的近况，但关于拉里的情况，他却一句话都没有说。

“我只知道他仍然住在巴黎，但我不大可能遇见他。我们的圈子不一样，”他又说，话里颇有些得意，“他堕落成现在这样真的令人非常遗憾。他出身很好，如果把他交给我来调教一番，我敢说他一定能混出个样子。不过伊莎贝尔没有嫁给他真是幸运。”

我交往的圈子并不限于艾略特认识的那些人，我在巴黎认识不少艾略特认为不成体统的人。我去巴黎的次数不少，但每次逗留的时间却不长。我向那些相熟的人打听过，问他们有没有见过拉里，或是有没有听说过他的消息。有几个人跟他偶尔相识，但都谈不上深交，所以我找不到任何人问及拉里的情况。我还去过他经常吃饭的那家饭馆，但是发现他好久没去了，他们也都觉得他肯定离开了巴黎。我在蒙帕纳斯大街那些附近的人常去的咖啡馆里也从没见过他。

在伊莎贝尔离开巴黎后，拉里原本打算去希腊，但是后来并没有去。多年以后,他才亲口把这段时间所做的事告诉我。不过我觉得按时间顺序来叙述这些事情更方便些，所以我现在就讲述吧。他整个夏天都待在巴黎，一直待到深秋，这期间他一直在看书。

"我当时想应该放下书本休息一段时间了，"他说，"我一天看八到十小时的书，而且持续两年了，所以，我去了一家煤矿干活。"

"你去干什么了？"我惊讶地叫起来。

见我这样吃惊，他笑了。"我觉得干几个月的体力活对我有好处，这样也会让我有机会厘清头绪，让内心平复下来。"

我没有说话，不知道拉里走出这出乎意料的一步是否只是为了平复心情，或许这跟伊莎贝尔拒绝嫁给他也有关系。事实上，我压根儿就不知道他对伊莎贝尔的爱有多深。大部分人在恋爱的时候都会竭力说服自己，什么事情都得由着自己的性子来才好，我在想为什么会有这么多不幸的婚姻，原因恐怕就是如此吧。他们就好比把自己的事交给明知道是骗子的人去管，但那人恰好又是他的好友，他们一开始不愿相信骗子首先是骗子，然后才是朋友，而且他们深信那人尽管对别人不老实，但绝不会这般对自己。拉里硬着头皮拒绝为伊莎贝尔牺牲自己选择的生活，但失去伊莎贝尔后却觉得比自己预料的要痛苦，让他不堪忍受。这也许跟我们大多数人一样，他也想既要马儿跑，又要马儿不吃草。

“呃，继续讲吧。”我说。

“我把书和衣服放在两个箱子里，交给美国运通公司保管。然后在旅行包里放了一套换洗的衣服和几件内衣就出发了。我的希腊老师有个妹妹嫁给了朗斯附近一家煤矿的经理，他写了一封介绍信给他。你听说过朗斯吗？”

“没有。”

“在法国北部，离比利时边境不是很远。我在那边只住过一晚，是在车站旅馆里。第二天便坐慢车去了煤矿。你去过矿区的村庄吗？”

“去过英国的。”

“哦，我想应该差不多吧。村里有煤矿，经理的房子也在那里，还有一排排整齐的三层小楼，那些楼房样子很像，看起来一模一样，看到那单调的景色会让人心情沉重。那里有一座新建不久、模样难看的教堂，还有几个酒吧。我到达那里的时候天气又阴又冷，还下着毛毛雨。我去了经理办公室，把介绍信呈了上去。经理又矮又胖，面颊通红，一看就像个贪吃的家伙。矿上急缺劳动力，许多矿工都死于战乱，有不少波兰人在那里干活，我估摸有两三百个吧。他问了我一两个问题，见我是美国人，他不怎么喜欢，好像觉得这里有鬼吧。但是他大舅哥的信上把我说得很好，反正他还是乐意收留我。他本想在井上给我安排个活儿，但我告诉他我想到矿下面去工作。他说对于尚未习惯的人来说，矿下工作会有很大的难度，我说我早有心理准备，于是他说我可以做矿工的助手。这本是小孩做的事情，但小孩也不够人手。这人很不错，问我有没有找到住的地方，我说没有，他便拿一张小纸条写了个地址，说如果我去那里，那家的女人会给我个地方住。女人是个寡妇，男人本是矿工，在战争中死了，她的两个儿子都在矿里干活。

“我拎着包就去了，找到了那所房子，开门的是一个又高又瘦的女人，头发已经花白，一双黑色的大眼睛。她五官长得不错，年轻的时候一定很好看。要不是少了两颗门牙，看起来也不会像现在这样憔悴。她告诉我没有房间了，但又说租给一个波兰人的房间里有两张床，我可以睡一张。她的两个儿子睡在楼上的房间里，自己睡另一间。她带我去看的房间在一楼，我想那里原本用作起居室吧。其实我很想单独拥有一个房间，但那时觉得还是不要挑三拣四了。毛毛雨变成绵绵不断的小雨，我身上都已经湿了。我可不想变成落汤鸡。于是我说挺好的，便安顿了下来。现在他们把厨房当成了起居室。里面有几把摇摇晃晃的扶手椅。院子里有个煤棚，也用作浴室。两个男孩和那个波兰人带着午饭去了矿里，但她说我中午可以跟她一起吃。后来我坐在厨房里抽烟，她一边忙着屋里的活计，一边跟我说着她和她家里的情况。那三个人在换班的时候回来了。波兰人先进来，然后是两个男孩。波兰人进了厨房，房东告诉他我要跟他共住一间房，他也没说话，只是朝我点点头，从铁架上把一个大水壶拿了下来，径直去了棚子里洗澡。两个男孩虽然脸上满是煤灰，但身材颀长，长相英俊，似乎对我也挺友好的。因为我是美国人，他们把我当成了怪人。他们其中一个十九岁了，再等几个月就要去服兵役，另外一个十八岁。

“波兰人回来后，他们两个便去洗涮了。那个波兰人的名字属于波兰人中很复杂的那种，但他们都管他叫科斯提。那人是个大块头，比我高两到三英寸，身材魁梧。他面色苍白，脸上肉嘟嘟的，鼻子又短又宽，嘴巴很大。眼睛是蓝色的，因为没有把眉毛和睫毛上的煤灰洗掉，看起来跟化了妆一样。在那双黑睫毛的衬托下，蓝色的眼睛还真有点吓人。他生得很丑，就是个大老粗。两个男孩换上衣服出去了。波兰人则坐在厨房里一边抽烟斗一边看报。我的口袋里有本书，于是我掏出来开始看。我注意到他往我这边瞥了一两次，不久，他便放下报纸。

“‘你在看什么？’他问。

“我把书递给他，让他自己看。那是一本《克莱芙公主》[①]，

---

① 《克莱芙公主》(*La Princess Cléves*)，法国小说，匿名出版于1678年，作者为拉法耶特夫人(Madame de La Fayette)。被认为是现代心理小说的开端，同时也是一部伟大的经典作品。

是我在巴黎车站买的，因为书很小，可以放在口袋里。他拿过去瞧了瞧，然后好奇地看着我，又把书还给了我，嘴角泛起一抹讥讽的笑。

"'这书好看吗？'

"'我觉得很有意思，甚至可以说非常吸引人。'

"'我在华沙上学的时候读过，无聊得要死。'他的法语说得非常流利，几乎没有一点波兰口音，'现在我除了报纸和侦探小说什么都不看。'

"勒克莱尔太太，对了，这就是那位房东老太太的名字，一边看着为晚饭炖的汤，一边坐在桌前补袜子。她告诉科斯提是煤矿的经理介绍我来的，还将一些我先前觉得可以告诉她的话重复了一遍。波兰人抽着烟斗，听着房东太太说话，用两只湛蓝的眼睛盯着我，严厉的眼神中透着精明。他问了几个关于我个人的问题。我告诉他我从没在矿里干过活，他嘴角再次露出讥讽的笑。

"'你怕是不知道会吃什么苦头。要是有别的活儿干，谁也不愿意来挖煤。不过这是你自己的事，肯定有你的理由。你住在巴黎什么地方？'

"我告诉了他。

"'有段时期我每年都去巴黎，不过我住在林荫大道。你去过拉吕饭店吗？那可是我最喜欢的餐馆。'

"我有些惊讶，因为那里可不便宜。"

"一点也不便宜。"

“我想他也看出了我的惊讶，因为他再次露出那种讥讽的笑，但明显不想做进一步解释。我们这样东拉西扯地聊着，后来两个男孩进来了。我们吃了晚饭，之后科斯提问我要不要跟他去小酒馆喝啤酒。所谓的酒馆其实只是一个大房间，一头是吧台，一头有几张大理石面的桌子，周围摆放些木椅。还有一架自动钢琴，有人从槽口往里面投入一枚硬币，钢琴就会自动播放粗声粗气的舞曲。我们旁边只有三张桌子坐了人。科斯提问我是否要玩贝洛特牌①，我跟几个要好的学生学过，于是我说可以，他建议用啤酒做赌注。我同意后，他很快拿来牌。我输了一杯啤酒，跟着又输了一杯。然后他建议赌钱，他总是拿到好牌，我牌运不佳。虽然我们玩的赌注很小,但我还是输了好几法郎。赢了啤酒又赢了钱让他心情大好，他开始侃侃而谈。通过他的表达方式和言行举止，我很快猜出他是个受过教育的人。他再次提到巴黎时，问我是否认识某某，问的就是当初路易莎和伊莎贝尔住在艾略特家时我遇见的那两个美国女人。他好像比我还熟悉，于是我忍不住想他是怎样落到现在这般田地的。当时时间还早，但我们天一亮就得起床。

“‘我们走之前再喝一杯啤酒吧。’科斯提说。

“他一边抿着啤酒，一边用那双精明的小眼睛看着我。当时我就觉得他像一头脾气暴躁的猪。

① 法国流行的一种纸牌游戏。

"'你为什么会到这个破矿里干活？'他问。

"'想体验一下。'

"'你真是个蠢货，小伙子。'他说。

"'那你为什么到这里干活？'

"他耸了耸厚实笨重的肩膀。

"'我小时候就进了贵族军官学校，我父亲是沙皇麾下的一名将军，上次战争期间我是名骑兵军官，因为受不了毕苏斯基[①]，于是策划刺杀他，但有人把我们出卖了，抓到的都被枪毙了。我大难不死逃出了边境。那时候我什么都没有了，要么参加法国外籍军团，要么在煤矿里干活，这两条路都是鬼门关，我选了一条没那么要命的。'

"我先前已经将我要在矿里做的工作告诉科斯提了，他却什么也没说，但现在，他将胳膊肘放在大理石桌面上，说：'试试把我的手往后扳。'

"我会这种老式的角力法，于是，我叉开手掌握着他的手。他笑道，'再过几个礼拜你的手就不会这么软了。'我用尽全身力气掰他的手，但他的力气非常大，我根本掰不动，他慢慢把我的手扳倒在桌子上。

"'你力气挺大的。'他这么说是照顾我的情绪，'没有几个人能坚持这么久，听着，我的助手不行，是个法国小个子，

---

① 约瑟夫·毕苏斯基（Józef Klemens Piłsudski，1867—1935），波兰国家元首（1918—1922）、军事独裁者（1926—1935）。

手无缚鸡之力。你明天跟我走，我跟工头说，让你做我的助手。’

“‘没问题，’我说，‘你觉得工头会答应吗？’

“‘拿点人情就可以了。你有五十法郎吗？’

“他伸出手，我从钱包里拿出一张钞票，我们就回家睡觉了，折腾了一天，我睡得像猪一样。”

“你觉得矿里的活儿很辛苦吗？”我问拉里。

“开始的时候累得骨头散架，”他咧嘴笑道，“科斯提买通了工头，我做他的助手。那时候，科斯提干活的地方只有旅馆的浴室那么大，只能从一条特别矮的隧道爬进去。那里热得要命，我们穿着裤子在里面干活。看着科斯提又白又胖的躯干，叫人怪不舒服的，活像只超大的鼻涕虫。在那么一个狭小的地方，风钻的轰鸣声震得人耳朵都聋了。我的工作就是把他挖下来的煤拢到一起装在筐里，然后把筐拖到隧道口，运煤车每隔一段时间会从这里经过，把煤装进车皮，再运到升降机那儿。我这辈子就见过这么一个煤矿，所以并不知道那样采煤是否符合规范。在我看来好像挺业余的，累得要死。干到一半的时候，我们休息了一会儿，吃午饭，抽烟什么的。不过干完一天活儿后，我并没有觉得难受，天哪，洗澡的感觉真是太好了。我当时就想我的脚肯定这辈子都没办法洗干净了，就跟墨汁一样黑。当然，我的手都起泡了，酸得要命，但后来肯定好了。我也慢慢习惯了。”

“你坚持了多久？”

“这活儿只做了几个礼拜。将煤运到升降机的煤车是用拖拉机牵引的，司机不怎么懂机械修理，发动机老坏。有一次车子没法发动了，他一筹莫展。不过，我却很擅长修理机器，于是我看了看，半小时就搞定了。工头告诉了经理，经理差人把我叫去，问我是不是对车很在行。结果他让我做了技工，这工作虽然很单调，但是挺轻松的，因为发动机没再出毛病了，他们都很喜欢我。

“我离开科斯提时，他可不高兴了。我挺适合他的，而且他对我也已经习惯了。我每天跟他一起干活，吃完晚饭后一起去酒吧，又睡一个屋，慢慢也就非常了解他了。他是个有意思的家伙，这样的人你一准也会喜欢。他从来不跟波兰人混在一起，也不会去波兰人去的咖啡馆。他总也忘不了自己以前是贵族，还当过骑兵军官，他压根儿就瞧不起他们。波兰人当然也对他恨之入骨，但他们却奈何不了他。他壮得跟头公牛一样，真要是打起架来，不管动不动刀，五六个人一起上都打不过他。不过我还是认识了几个波兰人，他们告诉我他在一个很厉害的军团当过骑兵军官不假，但他说的因为政治原因离开波兰则是撒谎。他是因为打牌作弊当场被抓，被赶出了华沙的军官俱乐部，还被解除了军职。他们提醒我不要跟他打牌，还说他老躲着他们是因为他们对他知根知底，谁也不愿意跟他打牌。

“我老输给他，不过输得不多，一个晚上也就几法郎，但是他每次赢了钱后都会争着付酒钱，所以还真没什么。我还以为我只是牌运不佳，或是因为牌打得没他那么好。但是，在他们提醒后，我留了个心眼儿，可以肯定他在作弊，但他怎么作弊的我无论如何也看不出来。要说那家伙还真是聪明，反正我只知道他不可能每次都拿到好牌。于是我像山猫一样盯着他，可他跟狐狸一样狡猾，我猜他肯定知道别人跟我揭了他的老底。一天晚上，我们玩了一会儿牌后，他带着颇为冷酷而讥讽的笑，看着我说：‘要我教你几招吗？’

“他把牌拿过去，叫我说出一张牌的名字，他洗完牌后，叫我随便抽一张。我抽了一张，正好是我之前说的那张牌。他又表演了两三个戏法，问我会不会打扑克牌，我说会，他给我发了一手牌，我一看是四张A，一个老K。

“‘你手里拿了这样一副牌肯定会赌上很多吧？’他问我。

“‘我会把全部身家都押上。’我答道。

“‘你真是个傻子，’他放下手里自己的那手牌，是同花顺。我不知道他是怎么做到的。他看我这么惊讶,不由得哈哈大笑。‘我要是真耍手段，你现在连裤子都输掉了。’

“‘你也没让我输个底儿朝天。’我笑着说。

“‘一点小钱而已，还不够在拉吕饭店搓一顿的。’

“后来我们每晚还是继续玩牌，我算是看出来了，他作弊倒不是想赢钱，而是为了找乐子。能捉弄我让他觉得特别满足，而且他发现我明知道他作弊，却看不出里面的门道，觉得特别好笑。

“不过，这只是他的一方面，而让我感兴趣的是他的另一方面。我简直无法调和这两者之间的矛盾。虽然他吹嘘说除了报纸和侦探小说外什么都不看，但他是个很有文化的人。他很健谈，说起话来尖酸刻薄、愤世嫉俗，但听他说话绝对是一种享受。他是个虔诚的天主教徒，床头放着一个十字架，每个礼拜天都会去做弥撒。礼拜六晚上则会喝得大醉。我们去的那个酒馆礼拜六晚上总是人满为患，屋子里乌烟瘴气，有带着家人前来、不大说话的中年矿工，有成群结队的年轻人，他们的吵闹声差点没把酒馆的屋顶掀开，有的人满头大汗，围在桌旁打贝洛特纸牌，叫喊声不绝于耳，他们的妻子则坐在稍后一点的地方看着他们玩牌。拥挤的人群和吵吵闹闹的声音会对科斯提产生一种奇怪的影响，他会变得严肃起来，谈论你绝对想象不到的话题——神秘主义。我当时对神秘主义一无所知，只是在巴黎时看过梅特林克[1]和吕斯布鲁克的文章。但科斯提说的是普罗提诺[2]，古希腊雅典最高法院的丹尼斯法官[3]，鞋匠雅各布·伯麦[4]，还有爱克哈特大师[5]。听这个被社会抛弃的大块头用讥讽嘲笑的语气——措辞中带着穷困潦倒者的心酸，讲述世界万物的本质、讲述皈依上帝的

---

① 莫里斯·梅特林克（Maurice Maeterlinck，1862—1949），比利时剧作家、诗人、散文家。1911 年获得诺贝尔文学奖。

② 普罗提诺（Plotinus，约 204—270），新柏拉图学派哲学家。

③ 丹尼斯法官（Dionysius the Areopagite），5 世纪末、6 世纪初雅典最高法院法官，在使徒保罗布道时皈依基督教。

④ 雅各布·伯麦（Jakob Böhme，1575—1624），德国基督教神秘主义者、神学家。

⑤ 爱克哈特大师（Meister Eckhart，约 1260—约 1328），德国神学家、哲学家、神秘主义者。

种种福报是件非常开心的事。这些事情对我来说是全新的体验，我感到既困惑又兴奋。我就像躺在黑黢黢的房间里，突然间一道光从窗帘射了进来，他知道只要拉开窗帘，一片沐浴在朝霞中的田园风光就会展现在面前。但如果在清醒的时候，我再叫他谈论这个话题，他就会对我大发雷霆，眼露凶光。

"'我当时都不知道自己在谈论什么，我现在怎么知道跟你说什么呢？'他生气地说。

"但我知道他在撒谎。他清楚地知道自己当时在说什么。那家伙什么都清楚。尽管他当时喝醉了，但他的眼神，他那张丑陋的脸上显现出来的全神贯注的表情，并非只是喝醉酒的缘故，除了醉酒之外还有别的原因。他第一次跟我那样说话时，有些话我一辈子都无法忘记，因为那番言辞令我惊恐。他说世界并非是创造出来的，因为虚无生不出任何东西，世界是永恒自然的一种表现。这番言论倒也不算什么，但他跟着又说，善恶皆是神性的直接表现。在那家邋里邋遢、喧嚣不止的咖啡馆里，再加上自动钢琴伴奏的舞曲，他的话让人觉得不可思议。"

二

为了让读者休息片刻，我决定另起一节，但这么做只是方便起见，拉里的谈话并没有中断，我恰好可以借此机会告诉读者，拉里说话时从容不迫，措辞非常谨慎。虽然我不会吹嘘说我一字不差地记录了下来，但我不仅尽量描述了他谈话的内容，就连他说话的习惯也保留了下来。他语调丰富，如音乐般悦耳，听起来是一种享受。他说话时不会做任何手势，只会抽着烟斗，有时会停下来将烟斗重新点燃，盯着你看，乌黑的眼睛里透着一种愉悦，时常带着几分异想天开的神情。

“后来春天来了。在那荒凉而单调的乡间，仍旧是阴冷、多雨的天气，但有时也会碰上某个晴朗的日子，让人不愿离开地面，坐着摇摇晃晃的升降机到几百英尺的地下，和穿着肮脏工装裤的矿工挤在地球的肚子里。尽管已是春天，但在脏乱不堪的矿村，春日的景色却羞答答地姗姗来迟。它如贫民窟窗台上盆栽的水仙花或百合花，你搞不清它在那里干什么。一个礼拜天的早晨，我们躺在床上，每逢礼拜天的早上我们总是起得很晚，我会看书，科斯提突然对我说：

“‘我要离开这里，你跟我一起走吗？’

“我知道许多波兰人夏天都会回波兰收庄稼，但现在还早得很，再说了，科斯提不能回波兰。

“‘你去哪儿？’我问。

“‘旅行。先经比利时去德国，然后再沿着莱茵河往下。我们在农场找个活儿干，把夏天消磨掉。’

“我没怎么想就拿定了主意。

“‘主意不错。’我说。

“第二天我们便告诉工头不干了。我找到一个家伙，愿意用背包换我的旅行包。我把那些用不上或者拿不动的衣服都给了勒克莱尔太太的小儿子，因为他的身材跟我差不多。科斯提只留下一个包，他把需要的东西都放进背包里。第二天，喝过老房东煮的咖啡后，我们就出发了。

“我们并没有着急赶路，因为我俩知道至少得等到收庄稼的时候才能找到干活的农场，所以我们慢悠悠地经过法国，再由那慕尔和列日穿过比利时，然后从亚琛进入德国。我们每天一般顶多走十英里或者十二英里路。要是遇到哪个村子看上去不错，就会在那里住下来。我们总能找到有床位的旅馆，也总能找到吃饭喝酒的酒馆。总的说来天气还不错。在矿井下面干了好几个月的活儿后，来到空旷的地方实在令人心旷神怡，我以前从未觉得绿油油的草甸是那样的美，也没觉得尚未长出嫩叶，但枝头笼罩在一片淡绿色薄雾中的树是那样可爱。科斯提开始教我德语，我相信他的德语和法语说得一样好。我们一路走，遇到每样事物比如牛啦，马啦，人啦，他都会用德语告诉我，后来又要我跟他学简单的德文句子。这样不仅可以打发时间，等到了德国后，我至少会用德语跟人家说我想要的东西。

“虽然科隆并不顺路，但科斯提坚持要去那儿，说是为了那一万一千名殉道的处女[①]，可等我们达到科隆时，他却整日纵饮玩乐，我三天都没见着他的影子，等他终于回到有点像工人宿舍的房间时，却板着一副臭脸。原来他跟人打架，眼睛打青了，嘴唇也割了一道口子，我跟你说那样子真是狼狈极了。

---

① 相传科隆的圣乌尔苏拉教堂藏有为匈奴杀戮的一万一千名修女的遗骸。

他睡了一天一夜，后来我们沿着莱茵河的河谷朝达姆施塔特进发，他说那里的乡下不错，我们很快有机会找到活儿干。

“我从来没有这么开心过。天气一直很好，我们漫步穿过小镇和村庄。碰上宜人的景色，我们就会停下来欣赏。碰到合适的地方，我们就会住下来，有一两次我们还睡在阁楼的草堆里。我们在路边的小旅馆吃饭，到了盛产葡萄酒的乡下时，就不再喝啤酒，而是喝起葡萄酒来。我们在酒馆喝酒时还交了不少朋友。科斯提看起来有些大大咧咧，人也快活，赢得了他们的信任，他便跟那些人玩起了一种叫斯卡特的德国纸牌。他会出千，但看起来性情豪爽，还会迎合那些人的口味讲些粗俗的笑话，所以他们输些铜币给他也不在意。我还会跟他们学点德语。在科隆时，我买了一本英德会话语法手册，我的德语进步很快。晚上，在几升白葡萄酒下肚后，科斯提便会以一种病态的方式讲述逃离孤独与邂逅孤独，讲灵魂的暗夜，讲万物跟造物主成为一体时那份极致的喜悦。但是转天清早，我们行走在明媚的乡间，草地上仍然带着晶莹的露珠，我希望他再跟我讲讲，他却大动肝火，像是要揍我一顿。

“‘闭嘴，你这傻瓜，’他说，‘你要听那些无聊的东西干什么？来吧，我们还是一起学习德语吧。’

“你可不能同一个拳头跟汽锤一样，还动不动抡起拳头揍人的家伙争执。我见过他暴怒的样子。我知道他能把我打晕了，然后将我留在水沟里。他要是趁我昏过去的时候把我口袋里的钱掏光，我一点也不会感到惊讶。这个人实在让人摸不透。

当他喝醉酒打开话匣子，讲到那些妙不可言的东西时，就像脱掉他在矿井里那身污浊不堪的衣服一样扔掉平常挂在嘴边的污言秽语。他讲得极好，有舌灿莲花之才。我相信那些都是他的肺腑之言。我也不知道我怎么会有这样的想法，但我总认为他去矿井下面干那种艰辛、野蛮的劳动只是想抑制自己的肉体。我想他一定厌恶他那具笨拙不堪的庞大身躯，想折磨它，他的欺骗、他的愤世嫉俗、他的残忍统统都是他的意志对——噢，我不知道称作什么——对一种根深蒂固的神圣本能的反抗，是对那个使他既害怕又痴迷不已，让他心心念念的上帝的反抗。

“我们一路慢悠悠地逛着，春天就快结束了，树上长满了叶子。葡萄园里的葡萄也逐渐变得饱满。我们尽可能沿着乡间的土路行走，路上的尘土越来越厚。那时，我们已经到了达姆施塔特附近，科斯提说我们可以开始找活儿干了。我们的钱快花光了。我口袋里还有六张旅行支票。不过我早已打定主意，能够不用的话我尽量不用。我们每次看到有可能雇人干活的农舍时便停下来，问他们要不要两个帮手。我敢说我们的样子一点也不讨喜，风尘仆仆，浑身臭汗，脏兮兮的。科斯提活像个大流氓，我想自己也好不到哪里去。结果就是一次又一次地吃闭门羹。后来来到一个地方，农夫说他可以雇用科斯提，却不要我。科斯提说我们是兄弟，不会分开。我叫他一个人留在那里得了，他却不肯。我挺惊讶的。我知道科斯提喜欢我，不过我不知道原因，因为我当时对他已经没用了，但我从来没想过他为了我连工作都不要了 。我们继续上路的时候，我的良心有些不安，因为我并不喜欢他，说真的，我觉得他挺讨厌的。可是，等我想对他说我很高兴他这么做时，他又把我骂得狗血淋头。

“但我们的运气终于来了。我们刚刚经过一个位于山谷中的村庄，就来到一个外观看起来不错的大农舍前。我们敲了敲门，开门的是个女人。我们像平常一样自荐，说不要工钱，只要提供食宿就行了，出乎意外的是，她没有当着我们的面把门重重地关上，而是叫我们等等。她往屋子里喊人，不一会儿，一名男子出来了。他盯着我们看了好一阵，问我们打哪儿来的。他还要看我们的证件。发现我是美国人后他又看了我一眼。他好像不是很喜欢我的美国人身份，但他最后还是让我们进去了，还请我们喝了一杯葡萄酒。他把我们领进厨房，我们坐了下来。女人拿来了一个大酒壶和几个杯子。他告诉我他雇来的那个人被公牛顶伤了，现在还在医院躺着，怕是要等到庄稼收割完了才可以干活。战争死了很多男人，剩下的人又去莱茵河旁冒出来的工厂里做工，现在要雇人干个活真是太难了。这个我们早就知道，也是指望这一点。好了，长话短说吧，反正他雇用了我们。房子里面有的是地方住，不过我想他也不希望我们住在里面吧，不管怎样，他告诉我们干草棚里有两个床铺，我们就睡在那里。

“农场里的活儿不算重，喂牛、喂猪什么的。机器有不少毛病，我们得好好修理一番，但我还是有点空闲时间。我喜欢芬芳的草地，傍晚，我在草地上漫步、沉思。这样的生活还不错。

“这家人包括老贝克尔、他的妻子，以及他那已成寡妇的儿媳，还有几个孙儿、孙女。贝克尔身高体壮，头发已经花白，年近五十。他参加过世界大战，腿在打仗的时候受过伤，走路还一瘸一拐的。那条受伤的腿害得他痛得要命，只能靠喝酒止痛，每次都会喝得醉醺醺地上床。科斯提跟他处得不错，他们吃完晚饭后常会结伴去小旅馆玩斯卡特，一通豪饮。贝克尔太太原本是他家请来的女工，是他们从孤儿院里领出来的，贝克尔在妻子死后不久便娶了她。她比贝克尔要小不少，长得颇有几分姿色，挺丰满的，脸蛋红扑扑的，金色的头发，一副性欲得不到满足的样子。科斯提很快得出结论，可以搞点名堂。我叫他不要犯傻。我们现在找了份不错的工作，可不能丢了。他却嘲笑我，说是贝克尔不能满足她，是她自己要的。我知道叫他守规矩绝对是白费口舌，但我还是叫他小心点，贝克尔兴许瞧不出他在打什么歪主意，但还有他的儿媳呢，什么都甭想逃脱她的眼睛。

“他儿媳叫埃莉，是个生得五大三粗的年轻女人，也就二十来岁，黑眼睛、黑头发，一张蜡黄色的大方脸成天阴沉着。她仍在为在凡尔登[1]战死的亡夫戴孝。她非常虔诚，礼拜天一

① 凡尔登战役是第一次世界大战中破坏性最大、时间最长的战役，因死伤极为惨重，被称为“凡尔登绞肉机”。

大早就会到村子里做弥撒,下午还会去做晚祷。她有三个孩子,其中一个是遗腹子。除了骂孩子,她在吃饭的时候从不说话,农场里的活儿也干得很少,大部分时间都在照顾孩子。傍晚,她会独自坐在起居室里看小说,让门开着,这样孩子哭的话她就能听见了。婆媳俩关系很不好。埃莉看不起贝克尔太太,因为她是孤儿出身,还做过下人,更因为她是一家之主,家里的大小事务都是她说了算,埃莉对她恨得咬牙切齿。

“埃莉是一位家境富裕的农民家的女儿,嫁过来的时候带来不少嫁妆。她没在村里的学校上过学,而是读的附近茨温根贝格镇上的女子中学,她受过良好的教育。可怜贝克尔太太十四岁的时候就来到农场,顶多也就能识点字,看点书。这是两个女人不和的另一个原因。埃莉一有机会就会卖弄她的学问,贝克尔太太则会气得满脸通红,问这玩意儿对于一个农夫的妻子有什么用。埃莉则会看着用钢链绕在手腕上的亡夫的身份牌,满脸阴沉地说:

“‘我可不是什么农夫的妻子,而是农夫的寡妇,一个为祖国献出生命的英雄的寡妇。’

“可怜的老贝克尔为了让她们不再吵架,不得不停下手中的活计。”

“可是她们是怎么看你的?”我打断拉里的话。

“噢,他们觉得我是美国部队里的逃兵,不能回美国了,回去的话就只能蹲大牢。我不愿跟贝克尔和科斯提一起去小旅馆喝酒,他们认为就是这个原因,以为我不想引人注目,免得引来村里的治安官盘问。埃莉发现我在学德语，便把自己的旧课本拿了出来，说要教我。所以晚饭后我和她会来到起居室，把贝克尔太太留在厨房里，我会大声读给她听，她则会纠正我的发音，还会将我不认识的单词解释给我听。我估摸她与其是想帮我，还不如说是故意做给贝克尔太太看。

“那段时间科斯提一直想勾引贝克尔太太，但并没有什么进展。她是个快活的女人，成天笑呵呵的，一点也不介意跟他开玩笑，要说科斯提对女人还真有一套。我估摸她也知道他心里在打什么小九九，我敢说她自己也得意得很，但是当科斯提掐她的时候，她会叫他把手放老实些，还打了他一个耳光，我敢说那下打得可不轻。”

讲到这里的时候拉里有些犹豫，不好意思地笑了笑。

“我从来不认为自己是那种讨女人喜欢的人，可是我觉得……呃……贝克尔太太看上了我。这让我特别不安。首先，她比我大很多，再说，老贝克尔对我们礼遇有加。贝克尔太太负责分食物，我发现她分给我的食物总是比别人多，她好像老是找机会想跟我单独在一起。她还会经常冲我笑，我觉得你会说是挑逗吧。她问我是不是有女朋友了，还说像我这样的年轻人待在乡下，连个女朋友都没有肯定会很难熬。这档子事你应该明白的。我只有三件衬衫，还都穿破了。有一次她说我穿得这么破破烂烂太丢人了，叫我把衬衫拿给她，让她给我补补。这话让埃莉听到了。我们单独在一起的时候，埃莉对我说如果有什么东西需要缝缝补补的，交给她就行了。

我说没什么要紧的。但一两天后，我发现我的袜子和衬衫都补好了，放回我们阁楼放东西的长凳上，可到底是哪个补好的我也不知道。我当然没有把贝克尔太太当真。她是个和蔼可亲的长者，我觉得她这么做完全是出于母爱。可是有一天，科斯提对我说：

“‘听着，她的目标不是我而是你。我一点机会都没有。’

“‘别胡说了，’我对他说，‘她年纪这么大了，都可以当我妈了。’

“‘那有什么关系，小子，你只管上就是了。我绝不会坏你的好事。她兴许不那么年轻了，但身材还不错。’

“‘噢，给我闭嘴。’

“‘你还犹豫什么呢？我想你不会是因为我的缘故吧，我是个哲学家，自然懂得海中好鱼取不尽的道理。我不怪她。你还年轻，我也年轻过。青春稍纵即逝。’

“科斯提对我不相信的事情却如此自信，我并没有感到高兴。说实话，我实在不知道该怎样应付眼下的局面，后来我想起了许多当时没有想到的事情。埃莉讲的那些我当时也没怎么留意，但是我现在懂了。我敢说她也明白当时是怎么回事。贝克尔太太和我单独待在厨房时，她会突然闯进来，像是正在监视我们似的。我很不喜欢，觉得她是想把我逮个正着。我知道她恨死贝克尔太太了，要是抓到一点点把柄，她准会闹个天翻地覆。我当然知道她不可能抓到我们。但这个女人心肠狠，指不定会扯什么谎，往贝克尔的耳朵里灌。除了装聋作哑之外，我不知道怎么办，不明白这个女人到底想干什么。我在农场过得很开心，喜欢在那里干活，庄稼没收好之前我可不想走。”

我忍不住笑起来。我完全可以想象拉里当时的样子，穿着打补丁的衬衫和短裤，脸和脖子被莱茵河火辣的太阳晒得黝黑，再加上他那轻盈、修长的身体，深陷眼眶的黑眼睛，我敢说准会让贝克尔太太这种白肤金发、胸部丰满的主妇欲火中烧。

“那后来发生什么事了？”我问。

“呃，夏季一天天过去。我们拼命干活，收庄稼，再把庄稼垛起来。跟着樱桃熟了，我和科斯提爬上梯子摘樱桃。两个女人把樱桃放进大筐里，老贝克尔则会把果子拿到茨温根贝格出售。跟着又收黑麦。当然我们还得一直照料牲口。我们每天天还没亮就起床了，一直要干到天黑。我想贝克尔太太已经觉得在我身上只会白费力气，所以也不指望我了。我也会跟她保持一定的距离，尽可能不得罪她。晚上我实在太困了，也就没有读德文。每次刚吃完晚饭，我就会独自到阁楼上，倒头就睡。大多数晚上，贝克尔和科斯提都会去村子那头的小酒馆，等到科斯提回来的时候，我早睡熟了。阁楼上很热，我睡觉的时候脱得一丝不挂。

“一天夜里我突然惊醒了。开始我还不知道怎么回事，整个人在半睡半醒之间，感到一只滚烫的手捂住我的嘴巴，这才意识到床上还有个人，我奋力把手拿开，一张嘴巴迅速贴了上来，两只胳膊紧紧地搂着我，我感觉贝克尔太太的两只大奶子抵在我身上。

"'别出声，'她低声说，'别出声。'

"她紧紧抱着我，用她那丰满、滚烫的嘴唇吻我的脸，手在我的身上一通乱摸，两条腿紧紧地缠绕着我的腿。"

拉里没再往下说了，我咯咯地笑起来。

"那你怎么办？"

他不以为然地冲我笑了笑，脸甚至还有点红。

"那我还能怎么办？我能听见科斯提在旁边的床铺上鼾声大作。我过去觉得约瑟[①]的处境有些可笑。我当时只有二十三岁，不想当场闹起来，把她赶走。而且我也不想叫她伤心，只好依她。

"后来她溜下床，蹑手蹑脚地下了阁楼。我跟你说，当时我重重地吁了一口气。你知道吗，我当时吓得要死。'天哪，'我说，'好险！'我想贝克尔很有可能喝得酩酊大醉回来，昏头昏脑地睡在床上。可他们睡在一张床上，说不定他早就醒来，发现妻子没在床上。还有埃莉，她晚上总说睡不好。她要是没睡，肯定也能听见贝克尔太太下楼，从屋子里出去。然后我突然想起了什么，贝克尔太太跟我睡觉的时候，我感觉一

① 指《旧约·创世记》第39章中约瑟的故事，约瑟为埃及人管家，被埃及人妻子勾引，要和他同寝，约瑟不从，埃及人妻子拉住约瑟的衣裳，约瑟将衣服丢给她，跑到外边去了。她以衣裳为证，反诬约瑟勾引她。主人得知，将约瑟下狱。

块金属片碰在我的皮肤上，当时我没留意，你知道在那样的情况下，谁也不会注意那东西。但我一直都在问自己到底是什么东西。现在突然想起来了。我坐在床边对整件事情的后果左思右想，愁得要命，突然吓了一跳。那块金属片是埃莉亡夫的身份牌，就是她一直戴在手腕上的那块，那天跟我厮混的根本不是贝克尔太太，而是埃莉。”

我哈哈大笑，根本没法止笑。

“你也许觉得好笑，”拉里说，“我可没觉得。”

“呃，你现在回想起来，难道不觉得这件事情挺滑稽的吗？”

他嘴边勉强露出一丝笑意。

“也许吧。但当时的情况真是太尴尬了，我不知道会有什么后果。我不喜欢埃莉，觉得她是个非常讨厌的女人。”

“可是你怎么会把一个误会成另一个呢？”

“当时屋子里黑咕隆咚。她除了叫我不要吭声外，一个字也没说，而且这两个女人都是大块头。我原以为只有贝克尔太太在打我的主意，压根儿就没想过埃莉也对我有意思。她一直很想念丈夫。我点了一支烟，对当时的处境思前想后，越想越不对劲儿，看来还是溜之大吉的好。

“我常恨科斯提总也叫不醒。我们在煤矿的时候，为了及时叫醒他免得上班迟到，我得使劲把他摇醒。但那天我还真得感谢他睡得那么死。我点上提灯，把衣物什么的都装在背包里——其实我的东西不是很多，很快就打点好了——然后把胳膊滑进背带。我穿过阁楼的时候就穿着袜子，走到楼梯下面才穿上鞋。跟着，我吹熄提灯。那天晚上没有月光，天很黑。但我知道怎么上大路，来到大路后我便往村子的方向走去。我走得很快，因为我打算在村民起床走动之前穿过村子。从那里到茨温根贝格也就十二英里，我到达那里的时候，镇上的人刚刚起床。我一辈子也忘不了那次走夜路的情形。路上除了我的脚步声外，什么动静也没有，不时还能听到农场传来公鸡打鸣的声音。后来天上出现一片灰蒙蒙的光亮，既不是很白，也不是很黑，跟着，黎明的第一缕晨曦终于出现，太阳升起，鸟儿叽叽喳喳地唱起了歌儿，郁郁葱葱的乡间美景——草地、树林、在清晨的冷光中泛着银色光亮的麦田。我在茨温根贝格喝了一杯咖啡，吃了一个卷饼，接着去了邮局，给美国运通公司发了一封电报，叫他们把我的衣服和书寄到波恩。”

“为什么寄到波恩？”我打断他的话。

“我们沿着莱茵河游历的时候在那里停留过，我挺喜欢那里的。我喜欢照在屋顶和河流上的浮光，喜欢那里窄窄的旧街，喜欢那里的别墅、花园和栗树大道，大学的洛可可式建筑。当时我就觉得在那里住上一阵倒也不坏。但我转念一想，到达那里的时候我最好把自己收拾得体面一些，我看上去就像个流浪汉，要是我去找个公寓租房间，别人都不敢安排。于是，我先坐火车去了法兰克福，买了个旅行包和几件新衣服。我在波恩断断续续待了一年。”

“你从这些经历中有收获吗？我是说在煤矿和农场的两段经历。”

“有啊。”拉里颔首笑道。

但他没告诉我有什么收获，那个时候我就非常了解他，知道他如果愿意跟你说什么肯定会说的，但要是他不愿意说，就会半开玩笑地把话题岔开，你再问也是白搭。我得提醒读者，他跟我讲述这些事情的时候已经是十年之后了。那时，也就是我跟他再度重逢时，我压根儿就不知道他的行踪，也不知道他在干什么。在我看来说不定他已经不在人世了。要不是我跟艾略特的关系，他时常写信告诉我有关伊莎贝尔的情况，从而让我想起拉里，我肯定早就忘记世上有这么个人了。

三

早在伊莎贝尔跟拉里解除婚约后的那年六月，她便嫁给了格雷·马图林。当时巴黎的社交季节正值高潮，虽然艾略特极不情愿在这个时候离开巴黎、白白错过许多盛大的宴会，但他的家族观念很强，这种被他当成履行社会责任的事，他是决不会坐视不理的。伊莎贝尔的两个哥哥因为工作的地方离得太远脱不开身，所以只能由艾略特不辞辛劳地回到芝加哥，为外甥女举办婚礼。想到那些法国贵族都是穿着华丽的服饰走上断头台的，他专门去了一趟伦敦，买了一套新的晨礼服，一件浅灰色的双排扣马甲和一顶大礼帽。他回巴黎的时候还请我过去看他穿的这身行头。他当时挺恼火的，因为他为参加婚礼买的浅灰色领带令他平时别在领带里的灰色珍珠一点也不显眼。我建议他用那枚绿宝石和钻石镶嵌的别针。

“我要是客人的话当然可以，”他说，“但考虑到我在婚礼中的特殊角色，我觉得必须佩戴珍珠才行。”

他对这门亲事非常满意，无论从哪方面看，这桩婚事都符合他一直念叨的门当户对，每次提到这桩婚事时，他都会乐此不疲地提到一位公爵的遗孀说的事，拉罗什福科的后人娶了蒙莫朗西家族的女儿才是绝配。为了表明自己对这门亲事相当满意，他不惜重金买了纳蒂埃为法国王室一位公主画的上品肖像画，准备作为结婚礼物。

亨利·马图林好像为这对年轻的夫妇在阿斯特街买下一座宅子，这样，夫妻两个住的地方既离布拉德利太太近，又距他在滨湖路大道上那座如同皇宫一样的府邸不远。说来还真够巧的，不过我怀疑这件事是艾略特做了手脚，宅子被买下的时候，格雷戈里·布拉巴宗恰好在芝加哥，房子装修的事就顺理成章地交给了他。艾略特返回欧洲时并没有参加巴黎的各种应酬，而是直接去了伦敦，他把房子装修的价格给我看了，格雷戈里·布拉巴宗真是大展了一番拳脚，客厅全是乔治二世的风格，装修得非常豪华。至于格雷的休憩之所——书房的装饰风格则是格雷戈里受慕尼黑阿玛琳堡一间房子的启发，除了没地方放书之外，屋子的装修堪称完美。要不是因为两张单人床，格雷戈里将这对年轻夫妇的卧室也装饰得非常舒服，就算路易十五在这里拜访蓬帕杜夫人也会感到满意，但若是见到伊莎贝尔的浴室，他更会大开眼界：

四面全是玻璃——墙壁、天花板和浴缸统统都是；墙上，银色的鱼儿在金色的水草里游来游去。

“当然啦，房子不是很大，”艾略特说，“但亨利告诉我装修那座宅子花了他十万美元。对有些人来说是不小的开支了。”

婚礼在圣公会教会力所能及的范围内举办得极为奢华。

“跟巴黎圣母院举办的婚礼不同，”他得意地告诉我，“不过，按照新教婚礼的标准倒也气派。”

报纸也大费周章地报道了一番，艾略特随手将剪报扔给我看了。他给我看了伊莎贝尔和格雷的照片，伊莎贝尔身材高大，穿着礼服还真是挺漂亮的，格雷虽然块头很大，但身材也不错，穿着礼服稍微有些不自在。还有这对新婚夫妇和众多伴娘的照片，另外还有一张和布拉德利太太、艾略特的照片，布拉德利太太身着华服，艾略特优雅地拿着那顶新礼帽，优雅的姿势怕是只有他才摆得出来。我问他布拉德利太太的身体怎么样了。

“体重轻了不少，我觉得她的脸色也不好，但身体还不错。当然啦，整个婚礼让她挺劳累的，不过，现在事情总算办完了，她也可以好好休息了。”

一年后，伊莎贝尔生了个女儿，按照当年时兴的名字，取名叫琼，两年后她又生了一个女儿，也按照当时时兴的名字取名叫普里西拉。

后来，亨利·马图林的一个合伙人去世，另外两个也在重压之下隐退了，所以，这个一直以来都由他独断专行的生意完全归他掌控了。他长期以来的野心总算实现了，随即把格雷拉来跟他合伙。他们的生意从来没有这么兴旺过。

“老兄，我跟你说他们捞了大把大把的钞票，”艾略特告诉我，“呵呵，格雷才二十五岁，每年能赚五万美元，这还刚开始呢。美国的资源取之不尽，这种繁荣绝不是暂时的，而是一个伟大国家的自然发展。”

他突然满腔爱国热情，这极为罕见。

“亨利·马图林不可能永远活着，他有高血压，等到格雷四十岁的时候，他应该有两千万美元的身家了。了不得啊，老兄，真是了不得。”

艾略特定期跟姐姐通信，这么多年来，他也会时常把他姐姐信中的事告诉我，格雷和伊莎贝尔过着非常幸福的生活，两个孩子也很讨人喜欢。艾略特开心地承认他们的生活方式也极为适合他们的身份。请客的时候排场十足，被人宴请的时候自然也出手阔绰。他非常满意地告诉我，小两口一连三个月没有一次单独吃过饭。他们这种连轴转的奢靡生活因为马图林太太的去世暂时中断，马图林太太就是那个面色苍白、颧骨高耸的女人。当年亨利·马图林的父亲初到芝加哥的时候只不过是个乡巴佬，为了能在芝加哥有一定的地位，亨利·马图林娶了社会关系还不错的她。为了对马图林太太表示孝敬，这对年轻的夫妇在长达一年的时间里，请客吃饭的规模没有超过六个人。

“我常说，宴请八个人是最合适的。”艾略特说，决定从积极的一面看待这件事，“这样的话让大家觉得亲切，谈话的时候也能都顾及到，规模也足够大，够得上宴会的标准。”

格雷对妻子非常大方。他们第一个孩子出生的时候，他送给妻子一枚方钻戒指；第二个孩子出生时，又送给妻子一件黑貂皮大衣。他成天忙于生意，很少离开芝加哥，但要是他能休假，他们就会到亨利位于马文的那座豪宅去度假。亨利非常喜欢儿子，可以说是有求必应，有年圣诞节，他在南卡罗来纳州给格雷买了座种植园，让他可以在适当的季节去那里打两个星期的野鸭子。

“我们的商业巨头绝对能跟意大利文艺复兴时期靠经商发财的艺术品收藏家相提并论，比如美第奇家族[①]。就连两任法国国王都没觉得娶这种名门望族的女儿有失身份。我预计有一天，欧洲的皇室也会向我们的美元公主求婚。雪莱怎么说来着？‘世界上伟大的时代将重新开始，黄金时代将卷土重来。’”

这么多年来，亨利·马图林一直为布拉德利太太和艾略特打点投资，他们对他的敏锐眼光非常信任，而且这样的信任是有充足理由的。他从来不会用他们的钱做投机买卖，而会投到稳健的股票上，随着股票价值的大幅增长，他们发现原先投入的那笔相对来说不算太多的资金增加了很多，这让他们又惊又喜。艾略特告诉我，他连一根指头都没动，而他在一九二六年的财产几乎是一九一八年的两倍。他当时

① 美第奇家族，佛罗伦萨 13 世纪至 17 世纪在欧洲拥有强大势力的名门望族。

六十五，头发已经花白，脸上也布满了皱纹，眼睛下面有两个很大的眼袋，但他并不服老。他身形依然像以前一样苗条，腰杆挺得笔直。他在生活习惯上向来很有节制，而且十分注重仪表。他只要还能让伦敦最好的裁缝给他做衣服，只要还能让私人理发师给他理发、修面，只要还能让按摩师每天早上让他优美的体形保持良好状态，他就不会任凭时光摧残他的身体。他早已忘记自己也曾放低身段干过买卖，老喜欢暗示自己年轻那阵儿曾在外交界干过，但他从来不会直说，因为他很精明，从来不说可能被人揭穿的谎言。我得承认如果我有机会画一张大使的肖像画，我定会毫不犹豫地选艾略特做我的模特。

但时过境迁。当年提携艾略特的那些贵妇人尽管还在人世，但年事已高。而英国那些身居爵位的贵族夫人，在她们的爵爷过世后，只得将府邸让给儿媳，自己退居到切尔腾纳姆乡间的郊区住宅，或者摄政公园里的普通住宅。斯塔福德公馆变成了博物馆，寇松公馆则变成了一家机构的办事处，德文郡公馆也正待出售，就连艾略特在考兹常坐的游艇也转手了。眼下那些风云人物认为上了岁数的艾略特已无用处，他们觉得他既讨人嫌，又荒唐可笑。他们仍旧愿意出席艾略特在克拉里奇酒店精心举办的午宴，但艾略特是何等机灵的人，知道这些人来参加午宴只是互相见见面，而不是为了看他。以前写字台上摆满了请帖可以任由他挑挑拣拣，这样的情形早已一去不复返。如今他经常只能在酒店的套房里一个人吃饭，这种丢脸的事他很少会让人知道。英国有些有身份的女子，因为一件风流韵事再也进不了社交圈后，逐渐对艺术有了兴趣，将一批画家、作家和音乐家网罗在自己身边。艾略特自视甚高，不愿掉了身价。

“遗产税和发战争财的人把英国社会都给毁了，”他告诉我，“现在人们跟什么人交往一点也不在意。伦敦还有裁缝、鞋匠和做帽子的人，我相信我活在人世的时候这样的行当仍会存在，但除去这些人之外，伦敦已经完蛋了。老兄，你知道圣厄斯家都是女人伺候用膳吗？”

这是有一次我们参加完午宴后，一起离开卡尔顿府时说的，那天的午宴上出了一件不幸的事故。我们那个高贵的主人收藏了不少名画，一个叫保罗·巴顿的美国年轻人很想看看那些画。

“你这里有张提香[①]的画，对吗？”

“以前有，不过现在在美国。一个犹太老头出了一大笔钱买它，而那时候我们手头真他妈的紧，所以老爷子就把它卖了。”

我注意到艾略特一副怒气冲冲的样子，狠狠瞪了一眼那位正意气风发的侯爵，我估摸他就是那张画的买主。他这样一位出生于弗吉尼亚，祖先曾在《独立宣言》上签过名的名门之后居然被人说成是犹太老头，听到这样的描述他不由得火冒三丈。他这辈子都没受过这么大的侮辱。更让他受不了

① 提香·韦切利奥（Titian Vecellio，约 1488—1567），意大利文艺复兴后期威尼斯画派代表画家。

的是，他对保罗·巴顿一向深恶痛绝。他是在战争结束后来到伦敦的，当年二十三岁，金发碧眼，长得十分英俊，讨人喜欢，他很会跳舞，还很有钱。他带了封介绍信来见艾略特，艾略特天生有副好心肠，就把他介绍给好多朋友。不仅如此，他还给了他一些宝贵的暗示，教他如何为人处世。他还现身说法，只要对那些老太太献点小殷勤，名人讲话时，不管有多厌烦，都要装作很想听的样子，即便是一个初来乍到的局外人也能跻身社交圈。

但是保罗·巴顿步入的社交圈跟艾略特·坦普尔顿三十年前进入的社交圈是全然不同的两个世界。现在的社交圈以玩乐为主。保罗·巴顿意气风发、内外兼修，让他在短短的几个礼拜内就完成了艾略特苦心经营数年的成就。很快就不需要艾略特的提点了，而且也几乎对这一事实不加掩饰。两人见面时，保罗·巴顿倒也讨喜，但他那随随便便的做派令上了年纪的艾略特大为恼火。艾略特宴请他人时不会根据自己的喜好，而是因为他请的人可以活跃气氛，因为保罗·巴顿非常受欢迎，所以艾略特每个礼拜举行午宴时都会邀请他。但这个意气风发的年轻人一般都有人相约，有两次他在最后关头放了艾略特的鸽子。这种事情艾略特过去也没少干过，知道巴顿没来赴约的原因不外乎接到了更具吸引力的邀请。

“我不是叫你相信，”艾略特气呼呼地跟我说，“但这绝对是千真万确的事，现在我每次见到他，他都会在我面前摆出高人一等的姿态。在我面前啊，张口闭口就是提香，提香，”

他语无伦次地说，“就是有张提香的画摆在他面前，他也不认得。”

我从没见过艾略特发这么大的火，估摸他认为保罗·巴顿不知道怎么打听到了那张画的事，问及画的情况时没安好心，想利用那位贵族的回答取笑他一番。

“他就是一个卑鄙无耻的势利小人，世上最叫我深恶痛绝的就是势利。要不是我，谁瞧得上他啊。你想象不到吧，他父亲是个做办公家具的，做办公家具的呢！”他讲这几个字时语气中满是不屑，“我告诉人家，他在美国根本就是无名小卒，家世寒酸至极，可他们好像把我的话当成了耳边风。你记住了，老兄，英国社交界真算完蛋了。”

在艾略特看来，法国的情况也好不了多少。他年轻时那些地位显赫的贵妇人，即便还在人世，也要不把时间花在了桥牌（他最讨厌的一种游戏）上，要不花在了敬仰神灵上面，要不就是照顾孙子孙女。那些制造商、阿根廷人、智利人、跟丈夫分居或离了婚的美国女人都住在颇具贵族气派的豪宅里，宴请客人时奢华至极，但艾略特在他们的宴会上见到的都是法语发音俗不可耐的政客、吃相难看的记者，甚至还有演员，让他觉得很是讨厌。那些皇亲国戚的子孙娶了店主的女儿也不会被当成丢脸的事。巴黎自然还是热闹的场所，但这样的热闹是那么的粗俗！年轻人只会一味追求享乐，在他们看来，世上最快活的事情无非是从一家乌烟瘴气的小夜总会去另一家乌烟瘴气的小夜总会，喝着一百法郎一瓶的香槟，和城里一些不三不四的人搂在一起，一直跳到早晨五点。小夜总会里面的烟雾、燥热的空气和闹哄哄的嘈杂声害得艾略特头痛。这不是他在三十年前当成精神家园的巴黎，亦不是善良的美国人死后进入的巴黎。

四

但艾略特目光敏锐，潜意识地认为里维埃拉将再次成为上流社会的度假胜地。他过去在罗马教堂履职，或者去戛纳某个住在乡间别墅的朋友那里逗留，回来的途中他时常会在蒙特卡罗酒店住上几日，对那一带的海滨非常熟悉。但那都是在冬日里，他近来听说人们都在议论里维埃拉也是不错的避暑胜地。那些大旅馆仍在营业，《巴黎先驱报》的社会新闻栏上仍然登着夏季游客的名字，艾略特得意地看着那些熟悉的名字。

"我已经没办法适应这个世界了，"他说，"我现在已经到了该好好享受山水之乐的年纪了。"

这句话令人费解，其实并非这么回事。艾略特向来认为，山水是社交生活的障碍，艾略特实在没办法忍受那些对摆在他们面前的摄政时代的衣柜或者华多的画不去欣赏，却要不辞辛劳地去游山玩水的人。他当时恰好有一大笔钱，亨利·马图林一来是因为儿子极力劝说，二来是因为看到他的朋友买卖证券一夜之间就发了大财，终于向潮流屈服，逐渐放弃了以往保守的做派，认为自己没有任何理由不随大溜。他写信给艾略特，说他本人一如既往地反对赌博，但这事不是赌博，这只是证明他始终相信祖国的资源取之不尽。而他的乐观也是根据常识得出的，他看不出有什么能够阻止美国的进步。他在信的结尾处说，他为亲爱的路易莎·布拉德利用保证金购买了一些稳定的债券，很高兴地告诉艾略特她现在已经赚了两万美元了。最后他说如果艾略特想赚点小钱，并且允许他根据自己的判断行事，保管不会令他失望。艾略特总喜欢引用那些陈腔滥调，说什么他没办法抵御这种诱惑，这件事的结果就是，从那时起，当《巴黎先驱报》和他的早餐一起送来的时候，艾略特一改多年的习惯，不再先看社交方面的新闻，而是先把注意力放在股市的报道上。亨利·马图林代他做的那笔交易非常成功，艾略特什么也没干，就足足赚了五万美元。

他决定用这笔赚来的钱在里维埃拉买一座宅子，选择昂蒂布作为隐居之所，这里位于戛纳和蒙特卡洛之间，位置极佳，他也能很方便地去这两个地方。但是，他选择这个不久便名流云集的地方到底是天意，还是完全出于本能，谁也说不上来。住在带花园的乡间别墅里有些土气，跟他挑剔的品位格格不入，结果他在临海的老城区买了两幢房子，打通成了一幢，装上了中央暖气系统和浴室，以及美国强行推销给欧洲大陆那些顽固分子的卫生设施。当年流行酸洗，所以他房子里的陈设统统都是经过酸洗的古普罗旺斯家具，再布置了一些现代布艺，算是适当地迁就了新式风格。不过他仍然无法接受毕加索和布拉克[1]这样的画家——“不成体统，老兄，不成体统”，他认为这些人都是一些鬼迷心窍的狂热者大肆吹捧起来的。但过了很久以后，他终于觉得光顾一下印象派画家也未尝不可，所以他的墙上也装饰着一些非常漂亮的画。我记得就有莫奈的一幅人们在河里划船的画，一幅毕沙罗[2]画的塞纳河上的码头和桥，一幅高更的塔希提风景画，还有一幅雷诺阿[3]画的少女侧面像，金色的长发从背上倾泻而下，非常迷人。他的房子装修完毕后，给人一种清新、明快的感觉，超凡脱俗中带着一种简朴，而这简朴的效果如果不花费巨资绝无可能获得。

接着便是艾略特一生中最辉煌的一段时期。他把自己在巴黎的那个出色的厨子带了过来，不久，他家的菜便被公认为是整个里维埃拉最出色的。他还让他家的管家和男仆统统穿着白色的制服，肩佩金色饰带。他宴请宾客的时候菜式非常丰盛，却从来不落俗套。地中海沿岸到处都是来自欧洲的王公贵族。有的是对这里的好气候流连忘返，有的是被流放到此，有的是在国内声名狼藉，有的则是为了逃避不合适的婚姻，因而他们觉得住在国外更方便。这些人包括俄国的罗曼诺夫皇族、奥地利的哈布斯堡皇族，还有来自西班牙、两西

---

① 乔治·布拉克（Georges Braque，1882—1963），法国画家，野兽派的早期倡导者，立体主义的奠基人之一。

② 卡米耶·毕沙罗（Camille Pissarro，1830—1903），法国印象派画家。

③ 皮埃尔-奥古斯特·雷诺阿（Pierre-Auguste Renoir，1841—1919），法国印象派代表画家之一。

西里[1]和帕尔马的波旁皇族、温莎皇室和布拉干萨王族的王子，还有来自瑞典、希腊的皇室，艾略特都宴请过他们。还有来自奥地利、意大利、西班牙、俄国和比利时的非皇室血脉的王子、公主、公爵、公爵夫人、侯爵和侯爵夫人，艾略特同样宴请了这些人。冬季，瑞典和丹麦国王也会来到海滨小住，有时，西班牙的阿方索家族也会匆匆来访，艾略特同样也会款待他们。艾略特向这些皇亲国戚鞠躬时既表现得彬彬有礼，又能保持美国人所特有的公民生来平等的独立姿态，这点让我佩服不已。

这些年我到处游历之后，这时刚好在费拉角买了一幢房子，因而常能见到艾略特。我十分荣幸地发现，在他眼里我的地位也大大提高了，所以，有时候他也会请我参加他最隆重的宴会。

“就算帮我个忙，老兄，”他如是说，“我又何尝不知那些皇室成员会破坏宴会的气氛。但有人想见见他们，我想也得稍微关照一下这些可怜的人嘛。不过他们哪里配得上，那群人绝对是世界上最忘恩负义的人，他们就是想利用你，要是将来你对他们没用了，他们肯定把你当成穿得破破烂烂的衣服扔到一旁，哪怕接受你再多的恩惠，他们也不会过马路来帮你一点点小忙。”

艾略特煞费苦心地同当地政府搞好关系，因而地方长官、教区主教和副主教都会经常光临他的宴会。那位主教在

---

① 两西西里，意大利统一以前的最大王国，由西西里王国和那不勒斯王国两部分组成。

进入教会之前是一个骑兵军官，战争期间曾指挥过一个骑兵团，他脸色红润，身材略胖，讲话时还是军营那种雷厉风行的派头。那位一脸严峻、面色苍白的副主教则总是如坐针毡，生怕说了什么过分的话，他的那位上司讲那些得意的故事时，他脸上总是挂着自嘲的微笑。但那位主教在管理自己的教区时非常能干，他在布道坛上演讲时口才了得，逗乐的本领毫不逊色于他在饭桌前的俏皮话。他常称赞艾略特对教会的虔诚和慷慨，艾略特待人和气，常以美酒佳肴招待他，主教自然非常喜欢他，两人十分投缘。所以，艾略特曾扬扬得意地说他在两个世界都混得不错，容我冒昧地说一句，他在上帝和财神爷之间的确能够左右逢源。

艾略特对房子的装潢非常得意，迫不及待地想邀请姐姐看看他的新家。过去他总觉得姐姐对他的赞扬有所保留，很想让她看看他现在的生活方式，见识一番他把酒言欢的朋友。过去姐姐在夸赞他时不那么痛快，现在肯定能给他一个明确的答案。于是，他写信邀请她跟格雷、伊莎贝尔一同前来，不过不能住在他家，因为他家的地方不够，但可以跟他的宾客一起住在附近的卡普酒店。布拉德利回信说她年纪大了，已不再适合旅行，因为身体欠佳，她最好还是待在家里，而格雷也绝无可能离开芝加哥，因为他的生意太好了，正大把大把地赚钱，必须待在本地。艾略特对姐姐感情很深，她的信令他慌了。他随即写信给伊莎贝尔，她回的电报说，母亲虽然身体很不好，每个礼拜都得卧床一天，但她暂时没什么危险，只要悉心照料，她还能活不少日子。不过格雷倒是真需要休息，有他父亲在家打点一切，他完全可以出来度个假。不过，今年夏天肯定不行了，她和格雷明年可以过来。

一九二九年十月二十三日，纽约的股市崩盘了。

五

当时我在伦敦，一开始我们在英国并没有意识到形势有多严峻，也不知道这次股市崩盘的后果有多严重。就拿我本人来说，虽然因为损失了一大笔钱非常懊恼，但损失的多半是账面上的利润，等到尘埃落定后，我发现自己的现金并没有损失多少。我知道艾略特做了不少投机生意，担心他损失很大，但直到我们同时返回里维埃拉过圣诞节时才见到他。他告诉我亨利·马图林死了，格雷也破产了。

我对生意上的事向来懂得不多，我敢说单凭艾略特告诉我的这些事情，读者可能会觉得糊里糊涂的。据我所能弄清楚的情况看，他们公司之所以遭遇这么大的灾祸，一方面是因为亨利·马图林的固执已见，另一方面是因为格雷的鲁莽冒失。一开始，亨利·马图林不愿相信这次经济崩溃会这么严重，反而自我安慰说这只是纽约经纪人的阴谋，想摆小地方的同行一道，结果，他咬紧牙关拿出许多资金来支撑股市。看到芝加哥的经纪人被纽约的坏家伙吓得魂不守舍，他气得火冒三丈。过去他的那些小客户、有固定收入的寡妇、退休的军官等听从他的建议一分钱都没损失过，这件事情一直让他引以为傲。现在为了不让他们蒙受损失，他自掏腰包来弥补他们账户的亏空。他说他做好破产的准备了，到时他还可以东山再起，如果让那些信任他的散户赔个精光，那他就再也抬不起头来了。他自认为这样做是豪爽，其实只是太自负了，他千万家财很快散尽。一天晚上他心脏病发作了。他本来就六十多了，一直卖命工作、玩乐过度，饮食也向来没什么节制，折腾了几小时后他就因冠状动脉血栓去世了。

只剩下格雷一个人应付残局。他本来就没有父亲的本事，额外做了大量投机，也陷入了泥沼中。他想努力摆脱困境，结果失败了。银行不肯贷款给他，交易所的那些老人都劝他唯一的办法就是认输。余下的事情我不大清楚。按照我的推断，他无法偿还自己的债务，只能宣布破产。他早就把房子抵押出去了，现在把房子交到承押人手里倒也心安理得。他父亲在滨湖大道和马文的宅子也都卖掉抵债了。伊莎贝尔把首饰也卖了。现在，他们只剩下在南卡罗来纳的种植园了，那份产业是在伊莎贝尔名下的，但找不到买主。格雷变得身无分文了。

“你怎么样，艾略特？”我问。

“噢，我没什么好抱怨的，”他轻描淡写地说，“天无绝人之路。”

我并没有再问下去，因为他的经济状况跟我无关，但是不管他遭受了多少损失，我想他肯定跟我们其他人一样并没能全身而退。起初，经济大萧条对里维埃拉的打击不算严重。

我认识的两三个人损失不小，许多乡村别墅冬天没有开放，有的还被拿出来拍卖。酒店的住客很少，就连蒙特卡罗的赌场也抱怨生意冷清。但直到两年后，里维埃拉才真正体会到经济危机造成的冲击。后来一位房地产经纪人告诉我，从土伦到意大利边境的海岸线上，总共有四万八千所大大小小的房产等待出售。赌场股份暴跌。大酒店把价格压得很低也吸引不了顾客。唯一能看到的外国人也都是些穷得不能再穷的人，他们不会花钱，因为根本就没钱可花。店主都陷入了绝望之中。但艾略特既没有像大多数人一样辞退用人，也没有降低他们的工资。他继续用美酒佳肴招待那些王公贵族，不仅如此，他还买了一辆崭新的大车，车是从美国进口的，关税就收了不少。他还慷慨解囊，资助主教组织给失业人员家属免费提供饭食的慈善活动。还真别说，从他的生活方式看像是压根儿就没发生过经济危机,这半边世界没有被这场危机冲击得摇摇欲坠似的。

不过，我却无意中发现了个中缘由：那段时间，艾略特除了一年一度去英国购买衣服的两个礼拜外，他已经不去英国了，但五月、六月，以及秋季的三个月，他都会带着用人去巴黎，因为这几个时间段艾略特的朋友不会到里维埃拉来。他喜欢里维埃拉的原因，一部分是因为可以在海里游泳，不过我想主要的原因是炎热的气候让他有机会穿上花里胡哨的衣服，因为他是个恪守礼仪的人，向来不会穿这类衣服。那个时候他会穿上颜色艳得惊人的裤子，有红的、蓝的、绿的，还有黄的，再穿上色调与之对比鲜明的汗衫：淡紫色的、紫罗兰色的、紫褐色的，五颜六色的都有。人们恭维他时，他的态度就像一名女演员出色地扮演一个角色后，不以为然地摆出的优雅姿态。

那年春天，我在返回费拉角的途中恰好在巴黎待了一天，便邀请艾略特和我一起吃午饭。我们在里兹酒吧见的面，酒吧里已经不再挤满来此游玩的美国大学生，而是像一个剧作家遭遇了失败的首场演出后一般无人理睬。我们喝了鸡尾酒，艾略特终于向这个大西洋对岸盛行的习惯妥协了，我们还点了午餐。吃完饭后，他建议去古董店转转，我虽然告诉他我已经没钱买古董了，但还是很乐意陪他。我们步行穿过旺多姆广场，他问我要不要去夏尔凡服装店逛一会儿。他在那里定做了几套衣服，想看看是否做好了。他好像做了几件背心和几条内裤，还在上面绣上了他名字的首字母。背心还没做好，但内裤已经好了，店员问他要不要看看。

“行吧，”他说，趁店员去取内裤的时候，他又跟我说，“我吩咐他们按照我的要求做了定制的图案。”

内裤拿来后，跟我上次在梅西百货公司买的内裤一模一样，只不过是丝绸的，但我注意到两个缠绕在一起的首字母 E 和 T 上有个伯爵的饰冠，不过我什么都没说。

“不错，真不错。”艾略特说，“等背心做好后一起给我送过去吧。”我们离开了服装店，等到走远后，艾略特回过头来冲我笑了笑。

“你注意到那顶饰冠了吗？跟你说实话，刚才进夏尔凡服装店的时候，我都忘记这事了。过去我没有机会告诉你，教皇陛下帮我恢复了我祖上的爵位。”

“你的什么？”我说，惊讶得忘记了起码的礼貌。

艾略特不以为意地扬了扬眉毛。

“你不知道吗？从我母系的血统上来看，我是德·劳里亚伯爵的后代，他是随腓力二世到英国的，娶了玛丽王后的一个宫女。”

“是我们的老朋友‘血腥玛丽’[①]吗？”

“我觉得这是异教徒对她的称呼，”艾略特冷冷地回答道，“我想我从来没告诉过你，一九二九年的九月我是在罗马度过的。我觉得去罗马是一件特别无聊的事，因为当时罗马什么都没有，幸好我的责任感盖过追求世俗欢乐的欲望。我在梵蒂冈的朋友告诉我，经济危机就要来了，强烈建议我把美国的股票都卖掉。天主教已积累了两千年的智慧，所以我丝毫没有犹豫。于是我打电话给亨利·马图林，叫他帮我把股票全都抛了，换成黄金，跟着我又给路易莎发电报叫她也这样做。亨利·马图林回电问我是不是疯了，还说除非我再次发来电报确认，否则他什么都不会卖。我立即又发了一封电报，语气非常坚决，叫他照办，还叫他办完后给我回电。可怜的路易莎对我的建议置若罔闻，所以吃了苦头。”

“所以经济危机发生的时候，你就可以稳坐钓鱼台了？”

① 血腥玛丽，即英格兰与爱尔兰女王玛丽一世（1516—1558），曾努力将英国从新教恢复到罗马天主教，为此烧死了 280 名反对者，故被称为“血腥玛丽”。

“这是美国用语，老兄，我看你还是不要用的好，但用这句话来形容我的情况倒是再恰当不过。我的确一点损失都没有。事实上，按照你们的说法，我还捞了一点油水。后来我只用原价的小部分就把我的股票都买回来了。我把这一切都归功于上帝的直接介入，所以，我觉得我应该做点事情来回报上帝。”

“哦，那你是怎么报答上帝的？”

“呃，你知道元首[①]在彭甸沼地开垦了大片大片的地，我听说在那里定居的人没有做礼拜的地方，所以教皇非常担心。好吧，我还是长话短说吧。我在那里建造了一座罗马风格的小教堂，是完全按照我所知道的普罗旺斯教堂的风格建造的，连细节都一模一样。我觉得那座教堂简直就是一颗宝石，不过这话是我自己说的。我把它献给了圣马丁，那是因为我运气好，刚好淘到了一块旧彩绘玻璃，上面描绘的图案是圣马丁将自己的披风割成两半，一半给了一位没穿衣服的乞丐，因为这块彩绘玻璃有着非常鲜明的象征意义，所以我才买下来安放在祭坛上面。”

我没有打断艾略特的话，问他这位圣徒可歌可颂的行为跟他这次的行为之间有什么关系，他抓住时机靠卖股票挣了一大笔钱，然后像给经纪人佣金一样付给了比自己更有权势的人。不过对于像我这样的俗人来说，时常弄不清这样的象征手法。跟着，他继续道：

① 指墨索里尼。

"我荣幸地把这些照片拿给教皇看时，他非常亲切地对我说他看一眼就知道我这个人很有品位，还说他很高兴在这样一个世风日下的时代能看到我这样一个既对教会忠心耿耿，又具有非凡艺术天赋的人。这绝对是一次难忘的经历，老兄，这绝对是一次难忘的经历。但不久以后我便得到暗示，教皇乐意封我一个爵位，我比谁都意外。我觉得作为一个美国公民不用这样的头衔会显得更为合适，当然在梵蒂冈除外。我现在已经禁止我的约瑟夫称呼我为'伯爵阁下'了。我相信你一定会尊重我对你的信任，我不希望这件事情宣扬出去。但是我也不希望教皇觉得我不看重他赐给我的荣誉，所以，我把伯爵的头冠绣在贴身内衣上完全是出于对他的尊敬。我不介意告诉你，身为美国人，将伯爵头衔藏在素雅的细条纹衣服下面，我还真有点自豪呢。"

后来我们分开了。艾略特告诉我，他将在六月底到里维埃拉，不过他没能成行。他刚安排好将用人从巴黎转到这里，自己悠闲地开车过来，等到达的时候，一切也就安排妥当了，这时，他却收到伊莎贝尔的电报，说母亲的情况突然恶化。之前我也说过，艾略特不但很喜欢这个姐姐，而且他的家族观念也非常强。他第一时间乘船从瑟堡出发，经纽约到了芝加哥。他写信告诉我布拉德利太太病得非常厉害，瘦得不成样子了，他都吓坏了。她也就能活几个礼拜了，或者几个月。但不管怎样，尽管他也很痛苦，但他觉得有义务陪她走完最后一程。他说芝加哥的高温比他预计的要好受一些，但那里缺少意气相投的社交活动还能让他勉强过下去，只因为当时已经没了这样的心思。他说同胞对经济大萧条的反应令他失望，他原本希望他们能够以更加平和的心态看待这场灾难。我觉得灾难没落到自己头上，一切当然说得轻巧，正因为如此，我想艾略特现在比他一生任何时候都要富有，恐怕没有资格苛责他人吧。他在信的末尾叫我转告他的几位朋友，又吩咐我务必向碰到的每个人解释他的房子夏天关闭的原因。

一个月刚过，我又收到他的一封信，告诉我布拉德利太太去世了。他的信写得真挚感人。要不是我早就知道为人势利、矫揉造作到有些夸张的艾略特其实是个善良、重感情而又正直的人，我绝不会想到他能写出这般体面、真实而单纯的信。他在信中告诉我布拉德利太太的后事有些混乱。她的大儿子是名外交官，身在东京，因为大使不在，他得担当代理大使，自然无法脱身。而他的二儿子，我初识布拉德利一家时他还在菲律宾，后来在适当的时候调回华盛顿，在国务院担任要职。母亲病入膏肓之际，他曾带着妻子回到芝加哥，但葬礼刚一结束，他就不得不返回首都。正是鉴于这样的情况，艾略特觉得他必须留在美国，将事情安排妥当。布拉德利太太将财产平分给了三个孩子。不过她显然在一九二九年的经济危机中损失很大，幸好他们找到一个买主，愿意买下马文的农场。艾略特在信中提及农场时说那是亲爱的路易莎的“乡间住所”。

“一家人要离开祖屋总是感伤，”他在信中写道，“不过，最近几年，我看到许多英国朋友被迫离乡背井，我觉得我的两个外甥和伊莎贝尔必须以同样的勇气和忍耐力接受这不可避免的结果。地位越高，责任越重啊。[1]”

他们在处理布拉德利太太在芝加哥的房子时也很幸运。原本有人计划拆掉包括布拉德利太太的房子在内的那排房子，在原来的地方盖一座大公寓，但布拉德利太太非常固执，非得死在原先住的房子里。后来，布拉德利太太一断气，发起人立即跑来出钱买房，他们毫不犹豫地接受了。可尽管如此，伊莎贝尔还是入不敷出。

经济危机发生后，格雷也曾设法找过工作，即使在那些平安度过金融风暴的经纪人的办公室里做个文员也行，却连这样的工作都找不到。他还找他的老朋友,求他们给他点事做，也不管工作有多卑微，薪水有多低，但都是徒劳。他为了避免那场最终将他压垮的灾难曾疯狂地抗争过，因为焦虑、屈辱造成的精神压力，他的精神终于崩溃了，结果患了严重的头痛病，整整二十四小时内什么事都干不了，头不再痛的时候，他就像一块湿抹布一样，整个人都软塌塌的了。伊莎贝尔觉得他们最好带着孩子们去南卡罗来纳的种植园，等到格雷的病情好转后再做计较。那个种植园在最红火的时候，单是靠出产大米，一年都能有十万美元进账，但现在那里早就成了一片满是沼泽地和桉木的荒野，只对一些喜欢打野鸭的人还有用，哪里还能找得到买主。经济危机爆发后，他们断断续

---

① 此句原文为法语 Noblesse oblige。

续在那里住过一段时间，现在仍然计划回到那里去，等情况好转，格雷能找到工作后再说。

“我不同意他们这么做，”艾略特写道，“唉，老兄，他们的生活就跟猪猡一样。伊莎贝尔连一个女佣都没有，孩子也没有家庭教师，只有两个黑种女人照顾她们。所以我把我在巴黎的公寓给他们住，建议等到那个荒唐的国家情况好转后再回去。我给他们安排用人，我家的厨娘就做得一手好菜，我准备把她给他们用，我自己很容易就能再找一个。我准备承担所有的开销，这样，伊莎贝尔就能将她那点微薄的收入花在买衣服和家里的小娱乐活动上。这也意味着我大部分时间都得在里维埃拉度过，希望能比过去跟你多见面，老兄。现在伦敦和巴黎都成了这个样子，待在里维埃拉会更舒服。只有在那里我才能见到跟我有共同语言的人。我敢说我有时还会去巴黎住上几天，但即使我去那里，也丝毫不介意去里兹酒吧跟他们混一混。我很高兴总算说服格雷和伊莎贝尔接受了我的建议，只等做出必要的安排后，我就会把他们带过来。下下个礼拜就会把那些家具和画（老兄，那些玩意儿质量很差，连真伪都搞不清楚）卖掉。因为我觉得在那所房子里住到最后一刻会让他们伤心，所以我把他们带来德雷克饭店跟我一起住。等我们到巴黎后，我把他们安置好，再回里维埃拉。别忘了替我向你那有皇室身份的邻居问好。”

谁能否认艾略特这个极其势利的人同时也是一个最仁慈、最体贴、最大方的人呢？

第四章

一

艾略特把马图林夫妇安排在塞纳河左岸那所宽敞的公寓后，年末回到了里维埃拉。当初设计那幢房子的时候只是为了自己方便，容纳不了四口之家，所以，即便他愿意，也没办法留下他们跟他一起住。我觉得他并没有觉得遗憾，而且他非常清楚，他自己一个人总比带着外甥女和外甥女婿方便。至于他自己那些招待贵客的小宴会（他在这样的事情上往往煞费苦心），如果每次非得照顾家里的两个人，这样的宴会是很难安排的。

“让他们在巴黎安顿下来，习惯下文明生活绝对只有好处。再说了，两个女孩早就到了上学的年龄，我在离我公寓不远的地方找到一所学校，绝对没得说。”

正是因为这个原因，我直到转年春天才见到伊莎贝尔，当时，我在那里有些工作要处理，得待好几个礼拜。我到巴黎后，在旺多姆广场旁边一家酒店租了两个房间。那家酒店我经常光顾，不仅因为酒店所处的地理位置方便，还因为它有一种情调。那是一幢古老的建筑，当中有个院子，用作旅馆已经近两百年了。浴室远远谈不上奢华，里面的水管设施也远称不上令人满意。卧室带有漆成白色的铁床和装着玻璃的大型衣橱，式样都极为寒酸，但会客室却陈设着古色古香的家具。沙发、扶手椅都是拿破仑三世时代那种华而不实的样式，虽然谈不上舒适，色泽倒也讨喜。住在那样的房间里，我感觉如同生活在法国小说家描绘的过去中。我看着玻璃罩下的帝国摆钟，仿佛看到一位满头鬈发、身着荷叶边服饰的美丽女子正看着摆钟的分针，等着拉斯蒂涅来访，拉斯蒂涅是巴尔扎克小说中的人物，他本是贵族，为了上位不择手段，在巴尔扎克的众多小说中都有出现，从他出生于没落贵族家庭开始，一直到最后飞黄腾达。还有让巴尔扎克写活了的皮安训医生，以至于巴尔扎克在弥留之际都说："只有皮安训才能救我。"说不定他当年也会走进这个房间，替一位阔绰的富孀把脉、察看舌头，而这位阔太太是从外省来巴黎寻觅律师给她打官司的，身患小恙，因此找来医生看病。那张写字台前可能坐着一位头发中分、身着衬裙的痴情女子，正给她的薄情郎写一封情意绵绵的信；或者有一位脾气暴躁的老先生，穿着绿色的双排扣长礼服，戴着宽大的硬高领，正怒气冲冲地给他那挥霍无度的儿子写信。

我到达巴黎的第二天，就打电话给伊莎贝尔，问她如果我五点钟去她那里，能不能请我喝杯茶。我跟她已经十年没见过了。一位面色沉重的男管家领着我进入会客室时，她正在看一本法国小说，她起身握着我的双手向我问好，脸上带着热情、迷人的微笑。我跟她见面的次数顶多不过十一二次，而单独见面的次数也就两次，但她立即让我感觉我们并非泛泛之交，而是老朋友。十年的时光缩小了这位年轻女郎和我这位中年男子之间的年龄鸿沟，我感觉我们之间的年龄差距已经不那么悬殊了。此时，她已成为一个饱经世故的女子，对我说些奉承的话，像是把我当成了年龄相仿的人。不到五分钟，我们便无话不谈，像是经常见面的玩伴一样，丝毫没有拘束之感。她早已变得从容、沉着、镇定自若。

但最让我吃惊的是她外表的变化。我印象中她是一位漂亮、活泼的女子，随时可能会发胖——我不知道她是不是自己意识到了这点，狠心采取措施减肥，还是因为一些不同寻常却值得高兴的事，如生育孩子而造成的——现在她苗条的身材足以让任何人艳羡，而她的着装更是突出了这点。她一袭黑衣，我一眼就能看出她的这身真丝衣服既不朴实也不华丽，显然是巴黎最好的裁缝做的。她穿在身上透着一股若无其事的自信，像是她这样一名女子早已习惯这种华贵的着装。十年前，即便有艾略特帮她指点，她的衣裙看起来也有些花哨，不是十分自如，现在玛丽·路易丝·德·弗洛里蒙也断然不会说她身上没有名门闺秀的气质了。就连她涂成粉红色的指甲也透着一股大家闺秀的范儿。她的五官也变得清秀，我觉得我从没在哪位女子脸上见过这么秀美、笔直的鼻梁。她的前额和淡褐色的眼睛下没有一道皱纹，虽然她的皮肤不如少女时代那样鲜嫩，却也同过去一样细腻，这一切显然有润肤霜、面霜和按摩的功劳，它们让皮肤变得柔滑、娇嫩，具有一种异乎寻常的吸引力。她瘦削的脸颊上抹着一层淡淡的胭脂，口红也涂得恰到好处。一头色泽亮丽的棕色头发按照当年时兴的样子剪得很短，烫成了波浪卷。她没戴戒指，我记得艾略特跟我说过她把首饰都卖了。她的手虽然不是很小，但生得很好。那时候，女人白天都穿着短装，看得出她穿着香槟色丝袜的腿非常匀称，又长又瘦。许多标致的女人坏就坏在腿生得不好看。伊莎贝尔年轻的时候，那双腿原本是她最大的缺点，现在却变得异乎寻常的好看。事实上，过去她的魅力在于她的容光焕发、高昂的情绪和她那亮丽的肤色，现在她则成了美妇人。从某种程度上来说，她的美虽然是靠人为的作用、环境的磨炼以及肉体的节制得来的，但这似乎并没有多大关系，结果令人相当满意。她举手投足之间的那份优雅与落落大方或许是她煞费苦心装出来的，却无一丝一毫的矫揉造作。我心想，她在巴黎的这四个月给她这件经营多年的艺术品进行了最后的润色。艾略特即使在他最挑剔人的时候，也会对她赞许有加。我本来是个难以取悦的人，竟也觉得她是那样迷人。

格雷去莫特方丹打高尔夫了，不过伊莎贝尔告诉我，他马上就会回来。

“再说了，你还得见见我的两个女儿。她们去杜伊勒里宫玩了，但她们也很快会回来。两个小家伙挺可爱的。”

我们再次天南地北地闲聊起来。她喜欢巴黎的生活，住在艾略特的公寓里让他们觉得非常舒服。艾略特在离开之前，还把他认为他们会喜欢的朋友介绍给了他们相识，现在他们已经有了一群情投意合的朋友。艾略特逼着他们夫妇两个像他以前那样，对一干朋友盛情款待。

“一想到我们像相当富有的人家一样生活，实际上却穷得要死，真是笑死人了。”

“情况真有那么糟吗？”

她咯咯笑了，这让我想起了十年前她那种轻松、愉悦的笑，当时我觉得是那样的讨人喜欢。

“格雷现在一分钱都没有了。而我的收入几乎跟拉里当年的收入一样，那时他要我，我却不肯，当年我觉得这点钱我们根本不可能过活，现在我还多了两个孩子。真是太好笑了，不是吗？”

“我很高兴你还能拿这件事开玩笑。”

“你有拉里的消息吗？”

“我？没有。上次还是你们在巴黎的时候见过他。他过去相熟的一些人，有几个我还算认识，我还真向他们打听过拉里的情况。不过，这也是好多年前的事了。现在好像谁也不知道他的情况，他就这样凭空消失了。”

“我们认识芝加哥银行的经理，拉里的户头就在那里。他告诉我们，他偶尔会收到拉里从一些奇怪的地方寄来的汇票，什么中国啦，缅甸啦，印度啦。他好像到处跑遍了。”

我毫不犹豫地把到嘴边的一句话问了出来。要知道，如果你真想了解什么情况，最好的办法就是问。

“你现在会不会觉得早嫁给他就好了？”

她妩媚地笑了。

“我跟格雷在一起很幸福，他是个非常出色的丈夫。在经济危机发生之前，我们度过了一段非常美好的时光。我们喜欢同样的人，喜欢做同样的事情。他真的是一个很贴心的人，被人宠爱总是幸福的。他现在对我的爱还跟我们当初结婚时一样，认为我是世界上最出色的女子。你想象不到他有多宽容，多体贴，为人多么大方。你知道吗，他觉得我配得上任何东西。知道吗，结婚这么多年来，他从来没对我说过一句刻薄难听的话。噢，我真是太幸运了。”

我心里想，不知道她是否回答了我的问题。跟着，我便改变了话题。

“跟我说说你的两个女儿吧。”

就在我说话的当儿，门铃响了。

“她们回来了，你自己看吧。”

不一会儿，两个孩子进来了，后面跟着保姆。伊莎贝尔先是介绍了他们的大女儿琼，跟着又向我介绍了普里西拉。两个小孩跟我握手的时候分别向我行了个小小的屈膝礼。一个八岁，一个六岁，个头相对她们的年龄都挺高的。伊莎贝尔本来就不矮，我记得格雷是个大块头。但她们两个跟别的小孩长得一样好看，不过两个孩子看起来都很虚弱。长相遗传了父亲黑色的头发，母亲淡褐色的眼睛。在生人面前她们也没觉得难为情，兴致勃勃地跟母亲说着她们在花园里做的事。两人眼巴巴地望着伊莎贝尔的厨娘做的茶点，但谁也没动手拿。当母亲允许她们吃时，两人一时又不知道挑哪块好。她们对母亲流露出的真挚感情看着令人高兴，她们三个组成了一幅迷人的画面。两个女孩吃完选好的那块小蛋糕后，伊莎贝尔就把她们打发走了，两个孩子不发一言地离开了。我感觉她把两个孩子教育得很听话。

两个孩子走后，我照例在母亲面前夸赞了她们，伊莎贝尔听了我的恭维话后明显很高兴，不过态度倒也随便。跟着我问她格雷是否喜欢巴黎。

“非常喜欢。艾略特舅舅留了一辆汽车给我们，所以他几乎每天都去打高尔夫，还加入了旅行者俱乐部，在那里打桥牌。当然，艾略特舅舅让我们住在这所公寓里，还管我们吃喝，简直就是天大的恩赐。格雷的神经都崩溃了，他现在仍然还犯着严重的头痛病。即便他能找份工作，估摸也干不了，我自然很担心他。他想工作，觉得自己有义务去做事，结果却没人要，让他觉得很丢脸。他觉得工作是男人的责任，如果不能工作，那还不如死了好，他不想成为别人的拖累。于是我干脆劝他到这里来休息下，换个环境也好，这样他也许就恢复正常了。但是我知道，只有重新找到工作他才能高兴起来。”

“我想过去两年半你们的日子一定够难熬的。”

“呃，经济危机爆发的时候，一开始我压根儿就不信。我哪会相信到头来会破产。别人破产倒有可能，但我们……简直就不可能嘛。我一直觉得就算到了最后关头我们也会翻身。最后，打击终于降临到我们头上，我感觉再也没办法活下去了，觉得没办法面对将来，感觉前面一团漆黑。有两个礼拜，我简直痛苦得要命。天哪，这也太糟糕了，不得不将什么东西都放弃。我知道今后的日子再也没什么乐趣了，我喜欢的东西统统都与我无缘。两个礼拜结束后我说：‘唉，见鬼去吧，我再也不会去想这档子事了。’我跟你说实话，我以后不会再想这事了，而且我敢说我真的再也没有想过。过去我经历过许多开心的事，既然现在已经结束了，那就随它去吧。”

“很显然，住在上流住宅区的豪华公寓里，有一个能干的管家，一个饭菜做得极好的厨娘，而且一个子儿都不用花，瘦骨嶙峋的身体上穿着香奈儿，这种破产的痛苦显然更容易承受，不是吗？”

“不是香奈儿，是朗万。”她咯咯地笑起来，“我发现你十年都没怎么变，想来你不会信我的话，你这个愤世嫉俗的家伙。要不是为了格雷和两个孩子，我可能也不会接受艾略特舅舅的好意。我就是靠着那个种植园一年两千八百美元的收入，也能过得相当滋润了。我们可以种大米，种黑麦、玉米，还可以养猪。毕竟我本身就是在伊利诺伊州的农场出生、长大的。”

“这样说倒也无妨。”我笑道，我知道她是在纽约一家收费昂贵的诊所里出生的。

就在这时，格雷进来了。十二年前我确实只跟他见过两三回，但我见过他和新娘的照片（艾略特把那张照片装在一个精致的镜框里，同瑞典国王、西班牙女王以及德·吉斯公爵签名的照片一起放在钢琴上），因此我对他的相貌记得非常清楚。但见到他时，我吓了一跳。他双鬓头发已经脱落，头顶也秃了一块。松弛的脸红通通，还长出了双下巴。这些年好吃好喝的日子让他委实胖了不少，只是因为他本来个子就很高，才不至于成为一个臃肿不堪的大胖子。但最吸引我注意力的还是他的眼神。我记得特别清楚，当年他前途无量、无忧无虑的时候，他爱尔兰人特有的湛蓝色眼睛里透着信任和毫无顾虑的坦诚，现在，我似乎在他的眼睛里看到一种茫然无措的沮丧。即便我不知道发生过什么事情，也大抵能够猜出是什么摧毁了他的自信以及对事物惯有的看法。我在他身上察觉到一种怯意，像是做错了什么，尽管不是有意的，却羞愧难当。他的神经显然受到了冲击。他愉快地向我问好，态度很是真挚，像是把我当成了旧友，但我总觉得他这种咋咋呼呼的热情劲儿只是一种待人接物的习惯，恐怕并非内心情感的真实流露。

酒水端上来后，他给我们每人调了一杯鸡尾酒。先前他打了两场高尔夫球，对自己的发挥很是满意。他在讲他是怎么克服困难把球打进一个洞的时候，细节相当啰唆，伊莎贝尔似乎听得津津有味，过了几分钟，我约好请他们吃饭和看戏的时间后，便告辞了。

二

后来，我慢慢形成了习惯，每个礼拜有三四天，下午在完成一天的工作后我都会去看望伊莎贝尔。那个时候她一般一个人在家，很高兴跟人拉拉家常。艾略特给她介绍的人比她的年龄大得多，结果她发现自己没几个年龄相仿的朋友。我的朋友在吃晚饭之前大多很忙，而且我也觉得跟伊莎贝尔聊天比去俱乐部跟法国人打桥牌更有意思，那些满腹牢骚的法国人不怎么欢迎我这样一个外地人。伊莎贝尔会好心地把我当成跟她年龄相当的人，这让我们聊起天来也很轻松，我们会说说笑笑，互相打趣，有时候谈谈我自己，有时候又聊聊我们共同认识的人，不时聊聊书，谈谈画作。快乐的时光消磨得很快。我生性有个缺点，就是不习惯看那些相貌平平的人，不管朋友的性格有多善良，即使我们是多年老友，我却仍然看不惯他那口难看的牙齿或者歪斜的鼻子。但要是朋友长得清秀，那我就会百看不厌。哪怕跟旧友相识二十年了，我也会满心欢喜地看着她那漂亮的眉毛，线条柔和的颧骨。所以，每次见到伊莎贝尔时，她那张完美的瓜子脸，如奶油般细腻的皮肤，洋溢着活力的淡褐色眼睛总会让我的心情多多少少愉悦起来。

后来，一件意想不到的事情发生了。

三

在所有的大城市里，总有些自成一体、不通往来的圈子，他们是大世界里的小世界，过着各自的生活；只有圈子内的成员互相来往。他们如同居住在一个个孤岛上，彼此相隔无法通航的海域。在我看来，相比其他城市，这种现象在巴黎更甚。外人几乎很少能融入巴黎上流社会的圈子，政客也将自己拘囿在他们腐败的圈子里，大大小小的资本家互相往来，作家则跟作家聚集在一起。（在安德烈·纪德[①]的日记里，这点尤其突出，他似乎很少跟与他职业不同的人交往。）画家则跟画家亲近，音乐家跟音乐家交际。在伦敦，虽然也有这样的情况，但“物以类聚，人以群分”的现象则要少得多，在那里，你没准能在有十几家人的宴会上见到一位公爵夫人、一位女演员、一位画家、一位国会议员、一位律师、一位女装设计师和一位作家。

我的生活阅历使得我在不同的时间里，在巴黎的那些“小世界”里都做过短暂的停留，甚至（通过艾略特的关系）进入过圣日耳曼那个封闭的世界，比起现在被称为福煦大街的那个言行谨慎的小圈子，比起时常光顾拉吕饭店和巴黎咖啡

① 安德烈·纪德（André Gide，1869—1951），法国著名作家、诺贝尔文学奖获得者。

馆的那群没有地方偏见的人，比起蒙马特区那个成天吵吵闹闹、只知道寻欢作乐的圈子，我还是最喜欢活跃在蒙帕纳斯的那个圈子里。我年轻那阵儿，曾在贝尔福狮像附近的一个小公寓里住过一年，当年我住在六楼，视野不错，能将公墓[1]尽收眼底。在我看来，蒙帕纳斯仍有乡间小镇那种特有的恬静。当我穿过昏暗、狭窄的敖德萨街时，一丝惆怅的感觉会涌上心头,会记起当年聚餐的那家寒酸饭馆。那群人中有画家、插画家、雕刻家，除了阿诺德·贝内特[2]偶尔会来之外，我是那里唯一的作家，我们会坐到很晚，谈绘画，谈文学，时而兴奋，时而荒诞，时而愤怒。如今，我仍然喜欢沿着蒙帕纳斯大街漫步，看着跟我当年一样的年轻人，杜撰一些有关他们的故事。我无所事事的时候，会叫上一辆出租车到古老的圆顶咖啡馆坐坐。那家咖啡馆早已不复当年，不再是文人骚客专门聚集的场所，邻近的小商贩也会前来，还有塞纳河对面的陌生人，想看看这个早已不复存在的世界。当然，学生仍旧会到这里，还有画家、作家，但大部分都是外国人，坐在那里的时候，你听到的俄语、西班牙语、德语、英语绝不比法语少。但我总觉得他们谈论的话题跟我们四十年前的大抵相同，只不过他们现在谈论的是毕加索，而不是马奈[3]，谈

---

① 指蒙帕纳斯公墓，法国许多文艺、知识界名人埋葬于此。

② 阿诺德·贝内特（Arnold Bennett，1867—1931），英国作家。

③ 爱德华·马奈（Édouard Manet，1832—1883），法国画家，从现实主义向印象派过渡的关键人物。

论的是安德烈·布勒东[①]，而不是纪尧姆·阿波利奈尔[②]。我真是挺羡慕他们的。

我到巴黎待了大约两个礼拜后，一天晚上，我坐在圆顶咖啡馆里，因为露台上十分拥挤，我只得在前排找一张桌子坐下来。那天风和日丽，法国梧桐刚刚冒出新叶，空气中弥漫着一种巴黎特有的闲情逸致。我心情平和，不是因为慵懒，而是因为心情格外愉快。这时，一名男子从我身边经过，突然停了下来，冲我咧嘴笑着，露出一排洁白的牙齿："你好！"我茫然地看着他。他又高又瘦，没戴帽子，一头乱蓬蓬的深棕色头发早就需要修剪了，上嘴唇和下巴都被浓密的棕色胡须遮盖着，脑门和脖子也晒成了深褐色。他穿着一件破衬衫，没打领带，一件磨损不堪的棕色外套，灰色的裤子也破得不成样子了。他活像个流浪汉，我敢说以前肯定没见过他，我认定他是一个在巴黎自甘堕落的废物，猜想他会编一段不幸的身世，从我这里骗几个法郎去吃顿晚饭，找个睡觉的地方。他站在我面前，手插在口袋里，露出白色的牙齿，深色的眼睛里闪着逗笑的光。

"你不记得我了呀？"他说。

"我这辈子压根儿就没见过你。"

---

① 安德烈·布勒东（André Breton，1896—1966），法国作家、诗人、无政府主义者和反法西斯主义者，超现实主义创始人之一。

② 纪尧姆·阿波利奈尔（Guillaume Apollinaire，1880—1918），法国诗人、剧作家、小说家，最早使用"超现实主义"一词。

我准备给他二十法郎，可要是他说我们见过的鬼话我可不打算放过他。

“我是拉里。”他说。

“天哪！请坐。”他咯咯地笑起来，走上前来，在我桌旁的空椅子上坐下来。“来喝一杯。”我招呼侍应过来，“你这满脸胡子，叫我怎么认得出来？”

侍应来了以后，他点了一杯橘子水。现在我看着他，记得他那双特别的眼睛，他的眼神之所以特别是因为虹膜和瞳孔的颜色都是黑色的，使眼睛看上去既专注，又让人捉摸不透。

“你在巴黎待多久了？”我问。

“一个月。”

“你还准备待下去吗？”

“我会在这里住一段时间。”

我问这些问题的时候，脑子里却在想许多别的事情。我发现他的裤口都毛了。外套的两个肘部都是洞。他的样子就跟我在东方港口见过的那些流浪汉一样寒酸。我心想不知道是不是一九二九年的经济危机把他变得一文不名了。想到这里，我心里不好受，而我本来就是个不喜欢拐弯抹角的人，于是干脆直接问道：“你是不是穷困潦倒了？”

“不是啊，我很好。你怎么会这么想？”

“呃，你看起来很久没好好吃顿饭了，你身上穿的衣服只能扔到垃圾桶里。”

“情况有这么糟糕吗？我可从来没想过。事实上，我一直想给自己买点零碎的东西，可是我好像从来没能认真地去干这事。”

我觉得他这样说只是不好意思，或者放不下架子，不过我可不想由着他胡说八道。

“别傻了，拉里。我虽然不是什么百万富翁，但也不是穷光蛋。如果你真缺钱，我完全可以借你几千法郎，这不至于让我破产。”

他听到这话不由得哈哈大笑。

“真是太谢谢了，不过我并不缺钱。我自己的钱都花不完。”

“经济危机发生后还有钱？”

“噢，那档子事并没有影响我。我所有的钱都买了政府债券，不知道这玩意儿是不是也跌了，我也从来没打听过，但我知道‘山姆大叔’[①]还是像往常一样守规矩，每次收到息票都会乖乖地付钱。事实上，过去几年我都没怎么花钱，所以现在手头上还有不少现金呢。”

“你最近是从哪里回来的？”

“印度。”

“噢，我听说你去过那里。伊莎贝尔告诉我的，她好像认识你存款的那家芝加哥银行的经理。”

“伊莎贝尔？你上次见到她是什么时候？”

“昨天。”

---

① “山姆大叔”是美国的绰号，在美国文化中一直是美国政府的象征。

“她不会就在巴黎吧？”

“她在，住在艾略特·坦普尔顿的公寓里。”

“那太好了，我想去见她。”

我们说话的当儿我一直都在近距离观察他的眼睛，但那里除了该有的诧异和喜悦的神情外，再无别的复杂感情。

“格雷也在。你知道他们结婚了吧？”

“知道啊，鲍勃叔叔——也就是我的监护人尼尔森医生——写信告诉我的，可惜他几年前已经去世了。”

我想这也是他和芝加哥以及他在芝加哥那边的朋友唯一的联系，这个联系中断后，他对那边发生的事情也就一无所知了。我告诉他伊莎贝尔生了两个女儿，还告诉他亨利·马图林和路易莎·布拉德利都已经过世了。还将格雷破产的事和艾略特慷慨解囊的事都一五一十地告诉他了。

“艾略特也在巴黎吗？”

“他不在。”

这是四十年来艾略特第一次没在巴黎过春天，尽管他并不显老，但现在也已经年过七旬。人到了这样的年龄，觉得疲惫和不适是很正常的。除了散步外，别的运动他都慢慢放弃了。现在，他对自己的健康问题很是担心，他的医生每个礼拜都会来看他两次，给两边屁股轮番打时下流行的针剂。每次吃饭，不管在家里还是在外面，他都会从口袋里掏出一个小金盒，然后像履行宗教仪式一样，郑重其事地吞下一颗药丸。他的医生建议他去意大利北部的水疗场蒙特卡蒂尼疗养，疗养完后，他又提出去威尼斯，找一个适合他那座罗马式教堂的洗礼盘。因为巴黎的社交生活一年不如一年，他对那里也不那么留恋了。而且他也不喜欢上了年纪的人，讨厌每次聚会的都是跟他自己年龄相仿的人，但是那些年轻人他也觉得索然无味。于是，他的主要兴趣都放在装修自己建造的那座教堂上面，在这件事情上，他可以心安理得地购买艺术品，而且觉得这样做是在颂扬上帝，他从骨子里喜欢干这事。他还曾在罗马购得一个有些年头的蜜色石质祭坛，在佛罗伦萨花了半年时间讨价还价，买下一幅锡耶纳派[①]的三联画，放在祭坛上面。

后来拉里问我格雷是不是喜欢巴黎。

"他在这里恐怕还是相当失落。"

我试着向他解释格雷现在的样子有多让我吃惊。他听我说着话，眼睛眨也不眨地盯着我，陷入了沉思中，我总觉得——尽管我也不知道什么原因——他不是用耳朵而是用内心一种更灵敏的听觉器官在倾听。这种神情很奇怪，叫人怪不舒服的。

"不过你会亲自看到的。"末了我说。

"是的，我很想去看看他们，我想应该能在电话簿上找到他们的住址。"

"不过，如果你不想把他们吓个半死，把孩子们吓得尖叫起来，我建议你最好还是理理发，把胡子刮一刮。"

---

① 锡耶纳派（Sienese School），13 至 15 世纪盛行于意大利锡耶纳的美术流派。

他哈哈大笑。

“我也想到了，没必要让自己这样惹眼。”

“既然都到这一步了，最好也给自己买套新衣服。”

“我也觉得自己穿得有些破烂。我离开印度的时候，发现自己只有身上这套衣服了。”

他看着我穿的西服，问我是哪个裁缝做的。我告诉了他，不过我又说那个裁缝现在在伦敦，对他也没多大用。后来我们没再讨论这个问题，重新聊起了格雷和伊莎贝尔。

“我经常跟他们见面，”我说，“他们在一起挺幸福的。不过我从没跟格雷单独说过话，当然啦，他也不会跟我聊伊莎贝尔的事，但我知道他非常爱她。他静下来的时候，脸色很难看，眼神烦乱。但是，当他看着伊莎贝尔时，眼里满是柔情，令人动容。我觉得在他们遭遇磨难的那段日子里，她自始至终都像磐石一样立在他旁边，他也从来没忘记他有多亏欠她。你会发现伊莎贝尔变了。”我并没有告诉他伊莎贝尔从来没像现在这样漂亮过。我想他未必能看出以前那个高高大大的女孩现在已经变成了一个相当优雅、清秀、精致的女人。有些男人受不了人工包装出来的女人味。“她对格雷很好，现在，她正想方设法恢复他的信心。”

但那时天色已晚，我问拉里要不要和我一同到街上吃饭。

“不了，还是算了，谢谢，”他回答道，“我得走了。”

他起身，友好地点点头，随即上了人行道。

四

转天，我见到了格雷和伊莎贝尔，告诉他们我见到了拉里。他们跟我一样吃惊。

“能见到他真是太好了。”伊莎贝尔说，“我们马上去看他吧。”

这时我才想起我忘记问他住在哪里了。伊莎贝尔对我一通埋怨。

“即便我问他，他也未必告诉我。”我笑着为自己辩解道，“很可能是我下意识地想到了这点。你不记得了吗，他从来不喜欢将自己的住址告诉别人，这也是他的怪癖之一。他随时都可能来你们家。”

“这倒像他的风格。”格雷说，“即使放在过去，你也甭想在你指望的地方找到他。他今天在这个地方，明天说不定就不见了。你在某个房间看到他，想着去问候他一下，等你一转身，他就消失了。”

“他这人向来都能把人气个半死，”伊莎贝尔说，“这点不想承认都不行。我们还是等到他什么时候想出现了再说吧。”

那天他没有来，第二天也没来，第三天也没有。伊莎贝尔责怪我是编瞎话故意戏弄他们。我信誓旦旦地向她保证说我没有，还向她列举了他没有出现的原因，但多半讲不通。我心里暗想，说不定他考虑再三后不想见格雷和伊莎贝尔了，说不定他去别的地方游荡了，反正是离开巴黎了。我觉得他不会在任何一个地方安定下来，似乎随便找个好理由，或者只是一时心血来潮，他就会继续上路。

他终于还是来了。那是个下雨天，格雷没去莫特方丹。我们三个人在一起，我和伊莎贝尔在喝茶，格雷则抿着掺了毕雷矿泉水的威士忌，这时，管家开了门，拉里走了进来。伊莎贝尔尖叫着跳了起来，冲进他的怀里，一个劲儿地吻他的脸颊。格雷那张胖嘟嘟的红脸比以前更红了，也热情地握着他的手。

“天哪，见到你真是太高兴了，拉里。”他说，声音激动得有些哽咽。

伊莎贝尔抿着嘴唇，我看得出来，她强忍着才没有哭出来。

“来喝一杯，老兄。”格雷声音颤抖地说。

两人看到这位游子流露出的高兴劲儿让我为之感动。想必拉里看到他在他们心目中分量这么重一定也很开心。他笑容满面，然而我一眼就看出来了，他非常镇静，注意到了那些茶具。

“我还是喝茶吧。”他说。

“噢，天哪，你可不能喝茶，”格雷叫道，“我们得开瓶香槟。”

“我喜欢喝茶。”拉里微笑着说。

他的镇定在两人身上达到了预期的效果。两夫妻也冷静下来了，但仍然用欢喜的神色打量着他。我可不是说他以毫无教养的冰冷态度来回应他们发自内心的热情。相反，他也非常热情，让人由衷地喜欢。但我总觉得他的言谈举止中透着一份超然，却说不上来那意味着什么。

“你这个家伙，为什么不立马来看我们？”伊莎贝尔假装生气，大声说，“这五天我一直站在窗子前面张望，盼着你来，每次门铃一响，我的心都会跳到嗓子眼儿，得费很大的劲儿才能再次咽下去。”

拉里咯咯地笑着。

“毛姆先生说我样子太吓人了，你的用人不会让我进门。于是我飞到伦敦买了几件衣服。”

“你也用不着这样做吧，”我笑道，“你可以去春天百货或者美丽花园买几件现成的衣服。”

“我是这么想的，真要买衣服的话，那就买几件像样一点的。我已经十年没买过西装了。三天前我去见了你的裁缝，说要定一套西服。他说要两个礼拜,最后双方都让步改为四天。我是一小时前从伦敦回来的。”

他穿着一件蓝哔叽西装，跟他修长的身材很配，一件软领白衬衣，系一条蓝色的领带，脚穿棕色的鞋子。他的头发剪短了，满脸的胡子也刮了。人看起来很整洁，而且精心打扮过，整个人完全变了个样。他现在很瘦，颧骨比以前更加突出，两鬓也比以前陷得更深了。深陷在眼窝中的眼睛比我印象中的更大。但尽管如此，他看起来很帅气。他的脸晒得很黑，但一条皱纹都没有，显得特别年轻。他比格雷小一岁，两人都是三十出头的年纪，但格雷看起来比实际年龄要大十岁，拉里则要年轻十岁。格雷由于身形庞大，动作迟缓且十分笨重，但拉里身体轻盈。他举止有点孩子气，一副悠然快活的样子，同时又透着一种宁静，这种宁静的感觉如此明显，与我过去认识的这个小伙子有所不同。他们聊得很随意，丝毫不觉得尴尬，因为老朋友之间有这么多共同的记忆是再自然不过的事，格雷和伊莎贝尔时而插进一些芝加哥的消息，都是些琐碎的闲话，从某件事情聊到另一件事情，轻快的笑声不断。我总觉得尽管拉里笑得那样爽朗，尽管他乐不可支地听着伊莎贝尔谈笑风生，他的举止显得特别淡然。但我并非觉得他在敷衍，他的态度极其自然，是那样的诚恳。我感觉他内心有什么东西，我不知道该叫意识、感性还是力量，总之莫名给人一种超然脱俗的感觉。

孩子们也被带来跟拉里见面了，礼貌地朝他行了个屈膝礼。拉里伸出手来，看着她们，柔和的双眸里带着一种令人动容的温情，孩子们握着他的手，一脸严肃地望着他。伊莎贝尔乐呵呵地告诉他，孩子们的功课都很好，然后给了她们每人一块小甜饼，就把她们打发走了。

“你们上床后，我来给你们念十分钟的书。”

她见到拉里时的那份快乐不愿在此刻遭到打扰。小女孩向她们的父亲道了晚安。看到那个大块头将孩子们抱在怀里亲吻时那张红脸上泛起的慈爱，真是令人动容。谁都看得出来，他爱着两个孩子，为她们感到骄傲，两个孩子离去后，他转身对着拉里，嘴角慢慢泛起一丝甜蜜的笑，说：“她们还不赖吧？”

伊莎贝尔充满深情地看了他一眼。

“如果我由着格雷的性子来，他肯定把她们都宠坏了。这个大坏蛋每天把我饿得要死，却让孩子们吃鱼子酱和鹅肝。”

他面带微笑地望着她说：“撒谎，你故意这么说的吧。我对你可是崇拜得五体投地。”

伊莎贝尔的眼里含着笑意，算是回答。她心知肚明，心里觉得美美的。真是幸福的一对。

她一再坚持要我们留下来吃晚饭，我想他们只是想跟拉里独处，便推托了一番，但她根本不听。

“我叫玛丽在汤里加一根胡萝卜，这就够四个人吃了。家里还有只鸡，你和格雷吃鸡腿，我和拉里吃鸡翅，她还能做一份很大的蛋奶酥，也够我们四个人吃的。”

格雷似乎也愿意我留下来，其实我本来就不想走，听他们这么一劝，我干脆就不走了。

我们等待晚饭的间隙，伊莎贝尔又把我简单告诉拉里的话详细说了一遍。尽管她在叙述那段悲惨的遭遇时尽量讲得很轻松，但格雷面色阴沉，一副闷闷不乐的样子。她试图让他开心点。

“现在总算都过去了，尽管我们栽了跟斗，但未来还有希望。只要情况好转，格雷就能找一份很好的工作，到时候大把大把地赚钱。”

这时，鸡尾酒端上来了，两杯酒下肚后，这个可怜的人精神总算好一点了。我看着拉里，尽管他也拿了一杯酒，却几乎没喝，格雷没有注意，又叫他喝一杯，但他拒绝了。我们洗完手，坐下来吃饭。格雷吩咐下人开了一瓶香槟，但管家给拉里倒酒的时候，他说什么都不喝。

“噢，你一定得喝点，”伊莎贝尔叫道，“这可是艾略特舅舅最好的酒，只在招待贵宾时才拿出来。”

“说实话我宁愿喝水。在东方待了这么长时间后，我觉得喝到干净的水都是一种恩赐。”

“今天是特殊情况嘛。”

“那行，我就喝一杯。”

晚餐的味道非常不错，但我和伊莎贝尔都注意到拉里吃得很少。我想她意识到了一直都是她在说话，拉里除了在一旁听着，也没说话的机会。所以，她问拉里上次一别后这十年他都在干些什么。他回答得很坦诚，但也很含糊，没跟我们说太多。

“噢，我到处游荡。在德国待了一年，又在西班牙和意大利待了一段时间，然后又在东方漂泊了一阵。”

“你这是从哪里回来的？”

“印度。”

“在那里待了多长时间？”

“五年。”

“你过得开心吗？”格雷说，“打过老虎吗？”

“没有。”拉里笑道。

“你一个人在印度待了五年，都干了些什么？”伊莎贝尔问。

“到处玩儿呗。”他笑着答道，善意地开起了玩笑。

“通天绳[①]到底是怎么回事？”格雷问，“你见过没？”

“没有。”

“那你见过什么？”

“很多东西。”

这时我问了他一个问题。

“瑜伽行者真有我们所认为的超能力吗？”

“我不知道，我只知道印度人一般都这么认为。但那些智者并没有觉得这种力量有什么了不起，他们反而认为这会妨碍修行。我记得他们有个人告诉我，有个瑜伽行者来到河岸边，没钱付给摆渡者，摆渡的船夫不让他过河，结果他从河面踩水到了对岸。那个告诉我这件事的瑜伽行者不屑一顾地耸耸肩，‘这样的奇迹也只不过抵得上坐渡船过河的费用罢了’。他说。”

“可是你觉得瑜伽行者真的能在水面上行走吗？”格雷问。

“我从那名告诉我的瑜伽行者的话语中感觉他是相信的。”

听拉里说话让人觉得身心愉悦，因为他的声音格外悦耳，轻快、圆润却并不深沉，抑扬顿挫的声调很特别。我们吃完晚饭，便去客厅喝咖啡。我从没去过印度，急于想再听听那

① 通天绳（Rope Trick），一种印度戏法，通常魔术师使绳子飘浮在空中，再由他的助手爬上绳子。在更复杂的版本中，爬绳者达到绳子顶端后消失，而后重新出现在地面上。

边的情况。

“你接触过作家和思想家吗？”我问。

“你还真把这两者区别开了啊。”伊莎贝尔跟我开起了玩笑。

“我那趟就是专门去找他们的。”拉里答道。

“你是怎么跟他们交流的呢？用英语吗？”

“这也是最有意思的地方。他们就算会说英语，也说得不好，理解能力就更差了，所以我学了印度斯坦语。后来我去了南方，又学了不少泰米尔语，所以跟他们交流没什么问题。”

“你现在会多少种语言，拉里？”

“噢，我也不清楚，五六种吧。”

“我还想多了解了解瑜伽行者的情况，”伊莎贝尔说，“他们当中你有没有特别熟悉的？”

“熟得不能再熟了。”他笑道，“我在一名修行者的阿什拉姆住了两年。”

“两年？什么叫阿什拉姆啊？”

“呃，我想你可以把它叫作瑜伽隐修所吧。有些圣人独自生活在庙里、森林里或者喜马拉雅山的山坡上，有的瑜伽行者也会吸引一些门徒。比如，有些乐善好施的人被某个瑜伽行者的虔诚打动了，为了积功德，他会修造一间或大或小的房子让他住进去，门徒也会一同住在里面，有的住在阳台上，如果房子里有厨房的话，他们也会住在厨房里，有的则住在树底下。我在院落里有间小茅屋，刚好能够放得下我的那张行军床、一把椅子、一张桌子和一个书架。”

“在什么地方？”我问。

“是在特拉凡哥尔，那是个漂亮的乡村，青山翠谷，河流潺潺。山上还有老虎、豹子、大象和野牛，但那个阿什拉姆位于环礁湖上，四周是茂密的椰林和槟榔树林。离那里最近的小镇也有三四英里远，但是瑜伽行者准备布道的时候，远近镇子里的人要么步行，要么坐牛车到那里去听讲；即便不讲道，他们也会坐在他的脚边，在弥漫着晚香玉芬芳的空气中，彼此分享修行者身上散发的宁静和幸福。”

格雷在椅子上不安地挪了挪，想必是不大喜欢谈话的内容。

“喝一杯吗？”他问我。

“不用了，多谢。”

“那我可得喝一杯了。你也来一杯吗，伊莎贝尔？”

他庞大的身躯从椅子上站了起来，走到放威士忌、毕雷矿泉水和玻璃杯的桌旁。

“那里还有别的白人吗？”

“没有了，就我一个。”

“你怎么能在那里待两年？”伊莎贝尔叫道。

“两年时间一眨眼就过去了。我过去有些日子感觉比那两年还要长呢。”

“你在那里都干了些什么？”

“读书，远足。我坐船在环礁湖里航行，我还会冥想。冥想很辛苦，两三个钟头后，你会觉得就像开车走了五百英里一样筋疲力尽，除了休息，什么都不想干。”

伊莎贝尔稍稍蹙起眉头。她有些糊涂，也许是有点害怕。我想她肯定慢慢意识到几个钟头前走进来的那个拉里虽然外表并无变化，表面看来还和以前一样坦诚、友好，却已不是过去的拉里了，过去的拉里率真、从容、快乐，尽管任性不听她的话，却是那样的可爱。她曾经失去过他，这次跟他再度重逢，她仍然把他当成过去的拉里。伊莎贝尔有种感觉，不管环境如何变迁，他仍是她的拉里，现在，她像是试图将一抹阳光抓在手中，可她伸手去抓时，那道阳光却从她指尖溜走。她多少有些沮丧。那天晚上，我一直都在细细打量她，这向来都是一件赏心悦目的事，我看着她充满深情的目光落在拉里那修剪整齐的脑袋上，他的小耳朵紧贴着头骨，我也看到了她的目光落在他那凹陷的双鬓和清瘦的颧骨上时眼神的变化。她看着他那干净、修长的手，那双手尽管消瘦，却是那样的强壮有力。跟着，她的目光又在他那灵巧有形的嘴上逡巡，那张嘴虽然丰满，却无半点色欲之感。她又看着他那清秀的眉宇、轮廓分明的鼻梁。他穿着新衣，虽不如艾略特那般衣冠楚楚，却透着一份闲适，像是一年到头他都会穿着那身衣服。我感觉他像是激起了伊莎贝尔身上的一种母性的本能，在我看来，这种本能她在两个孩子身上也未曾有过。她已成为一名饱经世故的女子，而他仍然如孩童一般。我仿佛从她的眼神里看到了一名母亲因为自己长大成人的儿子谈吐不凡，令旁人由衷钦佩时的那份骄傲。我倒不认为拉里的谈话内容能叩开她的心扉。

但我的问题还没问完。

“你的瑜伽行者是什么样子？”

“你是指他的长相吗？呃，他个子不高，不胖不瘦，浅棕色皮肤，胡须刮得干干净净。一头白发剪得很短。向来只系着一条缠腰布，看上去却像布克兄弟[1]广告里的年轻人一样穿戴整齐、精心打扮过。”

“他最吸引你的地方是什么？”

拉里足足看了我一分钟才回答。他那深陷眼窝里的眼睛像是能刺穿我的灵魂深处。

“圣洁。”

他的回答让我稍感不安。在这样一间陈设着精致家具、墙上挂着名画的房间里，这声回答如同楼上浴缸溢出的水浸透了天花板，“啪嗒”一声滴了下来。

“我们会阅读圣徒的书，比如圣弗朗西斯，圣十字若望，但他们离现在都已经好几百年了，我从没想过能见着活着的圣徒。自打我第一眼见到他时，就从没怀疑过他是圣徒。那是一段非常美妙的经历。”

“你从中学到了什么？”

“平和。”他微微一笑，不经意地答道。跟着，他突然站起来，“我得走了。”

---

① 布克兄弟（Brooks Brothers），美国知名服饰品牌。

“噢，先别走，拉里。”伊莎贝尔叫道，“时间还早呢。”

“晚安。”他说，笑容仍挂在脸上，却并未理会她的请求。他吻了一下她的面颊，“一两天后我再来看你们。”

“你住在哪儿？我给你打电话。”

“哦，别麻烦了。你也知道在巴黎要接通一个电话有多难，而且，我们的电话三天两头出毛病。”

看到拉里这样干净利落地没将住址透露，我心里暗自发笑。不肯将住处透露给人，这向来都是他的怪癖。我建议后天晚上请他们都去布洛涅森林[1]吃饭。在这样一个芳香醉人的春日里，露天坐在树下吃饭绝对是一件极称心的事。到时候格雷可以用他的小轿车载我们去。我和拉里一同离开，本想跟他同走一段路，但我们走到街上后，他跟我握了握手，匆匆离去了，我则钻进了一辆出租车里。

五

我们约好在公寓见面，出发前先喝杯鸡尾酒。我比拉里先到。我准备领他们去一家非常高档的餐馆，本以为伊莎贝尔出席这样的场合时会精心打扮一番，因为去那里吃饭的女人都打扮得非常入时，我相信她不会愿意在别的女人面前黯然失色。可那天她只穿了一件素色的羊毛衫。

---

① 布洛涅森林（Bois de Boulogne），巴黎第二大公园。

“格雷的头痛病犯了，”她说，“他很痛苦，我不能这样撇下他。我吩咐厨娘给孩子们准备好晚饭后就可以走了。我得亲自为他做点什么，劝他吃了。你就跟拉里两个人去吧。”

“格雷躺在床上吗？”

“没有，他头痛病发作的时候从来不肯躺在床上。他真该躺下来休息，可他就是不肯。他现在在书房里。”

书房不大，为棕金两色，四周镶嵌木板，是艾略特仿照一座古堡的样式装饰的。书被放置在镀金的格子里，上了锁，防止人们翻阅。这样也好，因为大多数书都是十八世纪带插图的淫书。不过，那些书均用当代摩洛哥羊皮革装订，外观非常漂亮。伊莎贝尔领我进去，格雷弓着背坐在一条大皮椅上，身旁的地板上画报散落一地。他双目紧闭，那张素来通红的脸有些苍白，显然非常痛苦，他想站起来，但我制止了他。

“你给他吃了阿司匹林没有？”我问伊莎贝尔。

“这药一点用都没有。我这有个美国处方，可是吃了也不见效。”

“噢，亲爱的，不用这么麻烦，”格雷说，“我明天就好了。”他勉强笑了笑，“我给你们拖后腿了，”他对我说，“你们都去布洛涅森林吧。”

“得了吧，”伊莎贝尔说，“明知道你被这该死的病痛折磨，你觉得我还有心思玩吗？”

“可怜的婆娘，我想她还是爱我的。”格雷说着闭上了眼睛。

跟着他的脸突然变得扭曲，让人觉得那种刀割一样的痛正撕扯着他的脑袋。这时，门轻轻开了，拉里走了进来。伊莎贝尔将格雷犯病的事告诉了他。

“噢，真是抱歉。”他同情地看着格雷说，“有什么法子能让他减轻痛苦吗？”

“什么都没用，”格雷说，眼睛仍然闭着，“你们唯一能做的就是开开心心地去玩，把我一个人留在这里。”

我心想这个法子倒也合乎情理，但我觉得伊莎贝尔的良心肯定过不去。

“可不可以让我看看，也许我能帮帮你？”拉里说。

“谁也帮不了我，”格雷有气无力地说，“我的头真是痛得要命，有时候我会乞求上帝，让我一死了之得了。”

“我刚才说得不对，我说我也许能帮你的意思是，我能设法让你自己帮助自己。”

格雷慢慢睁开眼睛，望着拉里。

“你要怎么做呢？”

拉里从口袋里掏出一枚银币，放在格雷的手里。

“用手紧紧抓住，手心向下，别跟我拧着干，也不要用劲儿，只须用拳头抓住硬币。我用不着数到二十，你的手就会张开，硬币会掉出来。”

格雷照他说的做了。拉里坐在写字台旁边，开始数数。我和伊莎贝尔则一直站着。一、二、三、四……数到十五的时候，格雷的手仍然没动，跟着，他的手似乎轻轻抖了一下，我感觉——几乎不能说是看见——他握紧的拳头开始松动。先是大拇指松开了。我清楚地看见他手指颤抖着。拉里数到十九的时候，硬币从格雷的手里掉了出来，滚到我的脚边。我拾起硬币，看了看。那枚硬币很重，形状也很奇怪。硬币的一面是一个粗糙的年轻人头像，我认出是亚历山大大帝。格雷一头雾水地看着自己的手。

“不是我让它掉出来的，”格雷说，“是它自己掉落的。”

他坐在皮椅上，右臂放在椅子的扶手上。

“你坐在椅子上很舒服吗？”拉里问。

“我的头疼病严重的时候，坐在椅子上最舒服。”

“好，现在你全身放松，别紧张。什么都不要做，也不要抵抗。我不用数到二十，你的右臂就会从扶手上抬起来，然后举过头顶。一、二、三、四……”

他用银铃般悦耳的声音数着数，数到九的时候，只见格雷的手从椅子的扶手皮面上抬起来了，起初只是稍稍动了动，大概抬到一英寸左右的高度，手便停了下来。

“十、十一、十二。”

他的手突然颤了一下，跟着慢慢往上抬。现在，整个胳膊已经不在椅子上了。伊莎贝尔有些害怕，下意识地抓住我的手。那一幕很奇怪,不像有意识的动作。我从没见过人梦游，但我能够想象，梦游者的行为肯定跟格雷胳膊的动作是一样的。看起来那样的动作并非由本人的意志驱使，想通过自己的意识将自己的胳膊抬得这么慢，速率又这么均匀很难。我感觉那条胳膊像是被不受内心支配的潜意识力量抬起的，动作如同活塞正以非常缓慢的速度上下移动。

“十五、十六、十七。”

拉里数得很慢很慢，就像坏了的水龙头往盆里滴水一样。格雷的胳膊慢慢地上升、上升，最后，手举过了头顶。拉里数到二十后，手自然落到椅子的扶手上。

“手不是我抬起来的，”格雷说，“根本由不得我，手就这样抬起来了，完全是它自已抬起来的。”

拉里微微一笑。

“这件事情没有关系。我只是觉得这样做可能会让你对我有信心。那枚希腊硬币呢？”

我给了他。

“你把它拿在手里。”格雷接过硬币。拉里看了一眼手表。“现在是八点十三分。不出六十秒，你的眼皮将变得十分沉重，你会不由自主地把眼睛闭上，然后你就会睡过去。你会睡上六分钟，到八点二十分，你会醒来，头就不会痛了。”

我和伊莎贝尔都没有说话，只是看着拉里。他也没说话，眼睛紧盯着格雷，但又不像是在看他，而像是透过他，看着他身后的东西。一片沉寂笼罩在我们之间，似乎有些诡异，如同夜幕降临后花园里的花朵那般沉寂。我突然感觉伊莎贝尔的手抓得更紧了。我瞥了一眼格雷，他双眼紧闭，均匀、轻松地呼吸着，人已入睡。我们站在那里，时间像是变成了永恒。我很想抽支烟，却不愿点燃。拉里一动不动，目光凝视着我所不知道的远方。若不是他的眼睛还是睁开的，你没准会认为他已经处于一种昏睡的状态。这时，他好像突然放松下来，眼神恢复了常态，看了看手表。就在这当儿，格雷睁开了眼睛。

“天哪，”他说，“我刚才肯定睡了一觉。”跟着他吃了一惊。我发现他的脸不再像原先那样煞白了，“我的头不痛了。”

“很好，”拉里说，“抽支烟，然后我们一起去外面吃晚饭。”

“简直就是奇迹。我的精神好极了，你到底是怎么治好我的头痛病的？”

“不是我治好的，是你自己。”

伊莎贝尔去换衣服了，我和格雷喝着鸡尾酒。尽管拉里明摆着不想提这事，但格雷却坚持要问个究竟。他压根儿就不明白发生了什么事。

“先前我根本不相信你能帮我，”他说，“我之所以听你的是懒得跟你争辩。”

他继续说着头疼病发作时的情形，说是让他异常痛苦，头痛消失后半条命都没了。令他不解的是，这次头痛病好了后，他又跟平日一样变得精力充沛了。这时，伊莎贝尔回来了，穿着一件我从未见过的拖地长裙，上身穿一件白色的紧身衣，是用马罗坎平纹绉做的，衣摆镶着黑色薄纱，我不由得觉得她的这身打扮一准会给我们增光。

那日，马德里宫非常热闹，我们一行人情绪高涨，拉里净说些不着调的玩笑话，我从没听他这样说过话，把大伙儿都逗乐了。我总觉得他这样做只不过是想分散我们的注意力，叫我们不再去想他先前展现出来的魔力罢了。但伊莎贝尔可是个相当有主见的人，顺着她的脾性时，她准备什么都依着拉里。但她心里一直惦记着这件事，非得满足自己的好奇心不可。吃完晚饭，我们喝着咖啡和利口酒，伊莎贝尔认为既已酒足饭饱，加上刚才的谈话也十分投机，拉里的防备心已经没那么强了，她用一双明眸望着拉里。

“现在可以告诉我你是怎么治好格雷的头痛病了吧？”

“你之前不是亲眼瞧见了。”他微笑着说。

“这玩意儿你是在印度学的吗？”

“是的。”

“他被这病折磨坏了。你能帮他除根吗？”

“我不知道，也许可以。”

“真要是治好了，他的整个生活状态也就大变样了。每次一痛就是四十八小时，还能指望他找一份正儿八经的工作吗？他要是找不到工作，永远也不会开心。”

“我可创造不出什么奇迹。”

“可先前就是奇迹，那可是我亲眼所见的。”

“不，那不是什么奇迹。我只是将一种想法放进了格雷老兄的脑袋里，余下的事情都是他自己做的。”他转身面对格雷，“你明天有什么安排？”

“打高尔夫。”

“那我明天六点钟来，到时候我们谈谈。”跟着，他露出迷人的微笑，望着伊莎贝尔，“我都十年没跟你跳舞了，伊莎贝尔，你要不要试下，看我还会不会跳？”

六

之后的一段时间，我们经常见到拉里。接下来的那个礼拜，他每天都到艾略特的公寓来，跟格雷单独待在书房，关着门，一待就是半个钟头。他好像要说服格雷（他自己笑着说的）别再犯这种让他极度痛苦的周期性偏头痛，格雷则像个孩子一样，拉里说什么他都信。从格雷透露的只言片语判断，我感觉拉里在试图帮他重新找回失去的自信。大约十天后，格雷的头痛病又犯了，偏偏那天拉里得晚上才能来。这次痛得不是那么厉害，格雷非常相信拉里的妙招，他认为只要找到拉里，他的头痛病几分钟就会好。但伊莎贝尔不知道他住在哪儿，她还打电话问我了，我也不知道。等到拉里终于来了，治好格雷的头痛病后，格雷问他要地址，以便第一时间找到他。拉里笑了笑。

"给美国运通公司打电话，留个口信就行了。我每天早上都给他们打电话。"

后来伊莎贝尔问我拉里为什么不肯把住址告诉别人。他以前也这样，结果发现他只是住在拉丁区一家三流的旅馆里，并没有什么不可告人的秘密。

"我也搞不懂，"我回答道，"我也完全只是猜测，多半没有根据。可能是某种古怪的本能促使他将灵魂深处的秘密带到了住所。"

“你到底是什么意思啊？”她生气地叫道。

“你有没有发现，他跟我们在一起的时候，尽管很好相处，也很随和，人也挺好打交道的，却总给人一种超然的感觉，像是并没有把他的一切毫无保留地展现在人们面前，而是对灵魂深处的东西有所隐瞒。我也不知道是什么，或许是紧张，或许是什么秘密，或许是心里的抱负，或许是某种知识，让他超越于我们之外。”

“我打小就认识拉里。”伊莎贝尔不耐烦地说。

“有时候我觉得他就像一个伟大的演员，在一部无聊的戏里完美地演绎某个角色，就像埃莉诺拉·杜丝在《女店主》[①]里扮演的角色。”

伊莎贝尔想着我说的话，思索了一会儿。

“我想我大概懂你的意思了。我们玩得很开心，就会觉得他跟我们一样，跟其他人一样，然后你会突然感到他就像你想抓在手里的烟圈一样溜掉了。你觉得到底是什么让他变得这样古怪呢？”

“也许是那种极其普通的东西，我们根本不会去察觉。”

“比如呢？”

“比如善良。”

伊莎贝尔蹙起眉头。

---

① 《女店主》，意大利启蒙时期喜剧作家哥尔多尼（Carlo Goldoni，1707—1793）的作品。

"我希望你不要说得这么玄乎，这样的字眼让我反胃。"

"或许你的内心深处有些许痛楚吧？"

伊莎贝尔久久地看着我，像是想读懂我内心的想法。她从旁边的桌子上拿了一支烟，点燃，身子往椅背上靠了靠，看着烟雾在空中缭绕。

"你要我走吗？"我问。

"不是。"

我沉默了一会儿，看着她，用欣赏的眼光注视着她那俊秀的鼻子和线条优美的下巴。

"你非常爱拉里吗？"

"该死的，我这辈子就从来没爱过另一个人。"

"那你为什么嫁给格雷？"

"我总得嫁人吧。当年他疯狂地爱着我，妈妈也希望我嫁给他。所有人都说我跟拉里解除婚约是对的。我以前就很喜欢格雷，现在仍然很喜欢他。你不知道他这个人有多好，他是世界上最宽容、最贴心的人。他的脾气看上去很大，是不是？可他跟我在一起的时候，永远都像天使一样。我们有钱的时候，他希望我要一些东西，这样他就可以把那些东西买给我，他能从中得到乐趣。有一次他跟我说，如果我们能有一艘游艇周游世界该多好啊，要不是因为这次经济危机，他真就买了。"

"这样说的话，他真是太好了，听着简直不像是真的。"我嘟囔道。

“我们以前过得非常好。这点我永远感激他，他曾经让我非常幸福。”

我看着她，并没有说话。

“我想我并没有真正爱他，但是人即使没有爱也能好好过日子，在我内心深处渴望的是拉里。但是只要不跟他见面，我不会觉得有什么痛苦。你还记得吗，当时你跟我说只要我们之间隔着重洋，爱情的痛苦就完全可以忍受了？我当时觉得这是一句风凉话，当然，这话绝对是真的。”

“如果见到拉里让你这么痛苦，你会不会觉得不跟他见面更好呢？”

“但这种痛苦却是那样的快乐，而且你也知道他是什么样的人。说不定哪天他会像太阳落山时的影子一样消失，你可能好些年都见不到他。”

“你从来没想过跟格雷离婚吗？”

“我没有理由跟他离婚啊。”

“你们国家的女人想跟丈夫离婚哪里还需要什么理由。”

她哈哈大笑。

“你认为她们为什么要离婚呢？”

“你不知道吗？因为美国女人希望她们的丈夫十全十美，而英国女人则指望她们的管家十全十美。”

伊莎贝尔自傲地将头一甩，我真怀疑她这一甩得把脖子扭伤了。

“你觉得格雷不擅辞令，就认定他一无是处。”

“你错了。”我很快打断她的话，“我觉得他有令人相当感动的地方。他非常钟情。只须瞥一眼他看你的神情，就知道他对你的感情有多深，就知道他对你有多么忠诚。他比你更爱两个孩子。”

“我想你是想说我这个当妈的不好了。”

“相反，我觉得你是个很好的母亲。你也看到你的两个孩子有多好、多快乐。你非常注意她们的饮食，留意她们的肠胃是否正常。你教她们懂礼貌，读书给她们听，让她们祷告。要是孩子们病了，你会立即叫来医生，精心呵护她们，但你并没有像格雷一样将全部心思放在她们身上。”

“没必要那样做。我是个人,我也会把她们当成普通人看待。如果当妈的把所有心思都放在子女身上，那只会害了她们。”

“我认为你做得非常正确。”

“而且她们照样崇拜我。”

“我注意到了。她们觉得你是优雅、漂亮、高贵的化身，但她们跟你在一起的时候不如跟格雷在一起那样舒服自在。她们非常崇拜你，这是事实，但她们爱格雷。”

“他很讨人喜欢。”

她这样说我很喜欢。她最可取的一点就是从不会因为别人说了赤裸裸的事实发火。

“经济危机发生后，格雷整个人都崩溃了，有好几个礼拜他都工作到深夜。我常常坐在家里担惊受怕，生怕他怕没脸见人自寻短见。你也知道，那些人曾经为公司、为他的父亲、为格雷感到那样的自豪。他们的正直、可靠曾让那些人引以为傲。倒不是我们把自己的钱都赔光了，而是把那些信任我们的人的钱都赔光了，这让他不能释怀。”他认为他早就应该看出苗头。而我却无法让他看到事情并不怪他。

伊莎贝尔从包里取出一支口红，涂了涂嘴唇。

“但我想跟你说的并不是这个。那个种植园是我们剩下的唯一财产了，我感觉只有叫格雷离开才是拯救他唯一的办法，所以，我把两个孩子交给妈妈，跟格雷去了农场。他向来喜欢那里，但他从来没有单独去过，过去，我们总是带一帮人去，在那里玩得很开心。格雷的枪法很好，但当时他并没有什么心思打猎。过去，他经常一个人划一条船，到沼泽那边，一去就是好几个钟头，在那边看鸟儿。他经常在河道里划来划去，河两边是淡淡的灯芯草，头顶只有蔚蓝的天空。有时候，小河如同地中海一样湛蓝。回来时他不怎么说话，只是说太美妙了，但我能明白他的感受。我知道那里的美、那里的浩瀚、那里的寂静令他怦然心动。日落前有一段时间，沼泽地上闪着迷人的光。他时常站在那里观看，那幕景色令他内心狂喜。

“他常常骑着马在寂静、神秘的林子里自由驰骋，那些林子就跟梅特林克作品中的林子一样昏暗、沉寂，那样的神秘莫测。春天有一段时间——通常不超过两个礼拜——山茱萸盛开，桉树长出嫩叶，嫩绿色的树叶在灰色的西班牙苔藓的映衬下，如同一首欢快的歌曲。地上满是大朵大朵的白百合和野杜鹃。格雷讲不出内心的感受，但那是他的全部世界，他沉浸在迷人的景色中。噢，我知道我描绘得不好，但看到那个大块头被如此纯洁、美好的事物振奋，让我想哭，你不知道我有多感动。如果天堂里真有上帝，格雷一定离他非常近。”

伊莎贝尔跟我说这番话的时候心情有些激动，她掏出一块小手帕，小心地拭去两只眼角的晶莹泪珠。

“你有意说得这么浪漫吗？”我笑着说，“我觉得你只是想将你希望格雷有的想法和情绪强加到他身上。”

“如果他身上没有我怎能看得到？你知道我是什么样的人。如果不踩在人行道的水泥地上，如果看不到沿街的玻璃橱窗里陈放的帽子、毛皮大衣、钻石手镯和镶金的化妆盒，我是绝不会快乐的。”

我笑了。两人沉默了一会儿。跟着，她又谈到了我们先前的话题。

“我决不会跟格雷离婚，我们共同经历了很多事情。他也绝对离不开我，这事让我挺得意的。让人有一种责任感，而且……”

“而且什么？”

她斜眼瞥了我一眼，眼里闪着淘气的光。我感觉她拿不准我对于她想说的话会持什么态度。

“他的床上功夫不错。我们结婚十年来，他对我的激情还跟当年一样。你不是写过这样的剧本，说什么男人对同一个女人的爱不会超过五年，呵呵，你不知道自己在说些什么。

格雷还跟当年结婚时一样需要我，在这方面他让我非常幸福。不过光看我的样子你猜不出来，其实我是个性欲很强的女人。”

“你完全错了，我猜得到。”

“那不算什么缺点吧？”

“恰恰相反，”我仔细打量着她，“十年前你没嫁给拉里后悔吗？”

“没有。要是真嫁给他了，那才疯狂呢。但是当然啦，如果我当时就能预见现在的情况，我肯定会跑掉，跟他住上三个月，然后永远淡出他的生活。”

“幸亏你没有做这样的试验，说不定你会发现永远也没办法摆脱他的束缚。”

“我不相信，那只是一种肉体上的吸引力，而克服肉体欲望的办法就是让它满足。”

“你有没有想过你是个占有欲很强的女人？你先前告诉我格雷的内心深处绝不缺少诗情画意，你还告诉我他是个忠诚的爱人，我绝对相信这两者对你都非常重要，但你还没有告诉我比这两者加在一起还重要得多的是什么——就是抓在你那只漂亮，却不算小的手心里的感觉。拉里永远都不会被你攥在手心里。你还记得济慈的那首颂歌吗？‘鲁莽的恋人啊，虽然你逐渐接近目标，却永远、永远吻不到。’”

“你常以为你懂得很多，其实不然，”她有些刻薄地说，“女人只有一个办法可以抓住男人，这你是知道的。还是让我来告诉你吧，重要的不是第一次跟他上床，而是第二次。如果你在第二次抓住了那个男人，那他永远都是你的了。”

“你这话说得可真有水平。”

“我到处跑，可以说耳听八方，眼观六路。”

“我能问问你这条经验是怎么学来的吗？”

她非常得意地笑起来。

“是从服装展览会上认识的一个朋友那里学来的。售货员告诉我她是巴黎最时髦的情妇，于是我决心认识她。她叫艾德丽安·德·特罗耶，你听说过她吗？”

“从来没听说过。”

“你怎么这么孤陋寡闻！她四十五岁，长得甚至算不上漂亮，但比艾略特舅舅认识的任何公爵夫人都要高贵得多。我当时坐在她旁边，拿出了美国小女孩的那股冲动劲儿。我告诉她我忍不住一定要跟她说话，因为我这辈子从来没见过这么迷人的人。我告诉她，她简直就像希腊的浮雕一样完美。”

“你可真有勇气。”

“开始她的态度生硬、傲慢，但我继续天真地说下去，她的态度缓和了。然后我们谈了一会儿，聊得很开心。展览会结束后，我请她改天和我一起去里兹饭店吃午饭。我告诉她我一直都很欣赏她那非常高雅的做派。”

“你以前见过她吗？”

“从来没有。她不愿跟我一起吃午饭，说什么巴黎流言蜚语太多，反而会害了我，但她很高兴我能邀请她，她见我的嘴唇失望得发抖，便问我愿不愿意到她家吃饭，见我一副受宠若惊的样子，她拍了拍我的手。”

“你去了吗？”

“当然去了。她在福煦大街有座雅致的小房子，伺候我们的管家像极了乔治·华盛顿。我在那里待到四点钟。我们将头发披散下来，脱掉胸衣，谈论的都是女孩子之间的话题。那天下午我从她那里学到的东西可以写一本书。”

“那你为什么不写？那样的东西挺适合《妇女家庭杂志》的。”

“你个傻瓜。”她笑道。

我沉默片刻，想厘清头绪。

“我在想不知拉里当年是否真的爱你。”过了一会儿我说。

她坐起来，脸色都变了，眼神变得愠怒。

“你在胡说什么？他当然爱我。难不成你会觉得女孩连别人爱不爱她都不知道吗？”

“噢，我敢说他多多少少是爱你的。跟别的女孩相比，你应该是他最亲近的人。你们打小就在一起玩，他也觉得爱上你是理所当然的事。他有正常的性本能，你们结婚是顺其自然的事。你们之间的关系跟婚姻没有多大的区别，只不过结婚后你们会住在同一个屋檐下，睡在同一张床上而已。”

伊莎贝尔的情绪有所缓和，等着我继续说下去，我知道女人总喜欢听人谈论爱情，所以我继续说：

“道德家总是试图说服我们，说什么性本能和爱情没多大关系。他们认为性是一种附带现象。”

“附带现象到底是什么玩意儿？”

“有些心理学家认为意识是伴随大脑活动出现的，且由大脑活动决定，但意识并不会对脑活动产生影响。意识如同树在水里的倒影，离开树就不存在了，却对树没有任何影响。有人说没有激情也可以有爱，我觉得简直就是胡说八道。有人说激情没有了，爱仍然可以存在，他们说的可不是爱情，而是指别的东西，比如喜欢、友情、共同的爱好、兴趣和习惯，特别是习惯。两个人可能因为习惯发生性关系，就跟到了一定的时间，肚子饿了要吃饭一样。当然，没有爱情也可以有欲望。欲望不是激情，欲望是性本能的自然结果，并不会比人的动物属性的其他功能更重要。所以，做丈夫的碰上合适的时机偶尔放纵一下，做妻子的对这样的事情小题大做实在愚蠢。”

“这个说法只对男人适用吗？”

我笑了。

“如果你非要问的话，我承认这对男女都适用。唯一的区别是，对男人来说，这种露水之欢不会让他投入任何感情，女人会付出真情。”

“这得看是什么样的女人。”

我不希望我的话被打断。

“爱如果没有激情就不是爱，而是别的什么了。而且激情并不会因得到满足而变得强烈，而是因为受阻而变得强烈。你觉得济慈告诉希腊古瓮上[1]的恋人不要悲伤是什么意思？

① 指济慈名诗《希腊古瓮颂》。

‘你将永远爱下去，她也将永远秀美！’为什么？就因为他得不到她，不管恋人如何疯狂地追求，她仍能逃避他。因为他们都被囚禁在那件冰冷的大理石艺术品上。你对拉里的爱以及拉里对你的爱如同保罗跟弗朗西斯卡[①]的爱，如同罗密欧和朱丽叶的爱一样单纯、自然。幸运的是，你们的爱并没有带来悲惨的结局。你嫁给了一个有钱人，拉里则云游世界，想弄清楚塞壬海妖[②]唱什么歌。你们的爱情里没有所谓的激情。”

“你怎么知道没有。”

“激情是不惜任何代价的。帕斯卡说过心灵世界自有其道理，非理智所能企及。他说这话的意思跟我所理解的一样，就是说一旦激情控制了感情，就会编造出各种理由——不仅是花言巧语，而且是各种具有说服力的理由来证明为了爱情可以牺牲一切。激情具有毁灭性，它就这样毁灭了安东尼和克里奥佩特拉[③]，还毁灭了特里斯坦和伊索德[④]，毁灭了巴奈尔和基蒂·奥谢[⑤]。如果没有将人毁灭，那激情自己就会灭

---

① 保罗和弗朗西斯卡是但丁《神曲·地狱篇》中描写的一对情侣。

② 塞壬海妖是希腊神话中半人半鸟的女海妖，常用美妙歌声引诱水手，令船触礁沉没。

③ 克里奥佩特拉，指埃及托勒密王朝末代女王，即“埃及艳后”，安东尼为古罗马统帅，相传与克里奥佩特拉有情人关系，莎士比亚曾将这段故事改写为历史剧。

④ 特里斯坦和伊索德是中世纪传说中的人物，瓦格纳曾以此为题材创作歌剧《特里斯坦和伊索德》。

⑤ 查尔斯·斯图尔特·巴奈尔（Charles Stewart Parnell，1846—1891），英国议员，主张爱尔兰独立。因与奥谢（O'shea）上尉妻子有染而被告，政治前途被毁，在与奥谢之妻结婚四个月后死亡。

亡。到那时候，人才会万念俱灰，发现自己虚度了一生的光阴，含垢忍辱，平添嫉妒。到时，他只会将自己的全部柔情、心思浪费在一个愚蠢、邋遢的女人身上，他梦寐以求的只不过是个一文不值的女人。”

我的这番高谈阔论还没说完就清楚地知道伊莎贝尔并没有专心听我说话，而是一个人在沉思。但她接下来的言论出乎我的意料。

“你觉得拉里是处男吗？”

“亲爱的，他可是已经三十二岁了。”

“我敢肯定他还是处男。”

“你怎么断定的？”

“对这样的事情女人具有天生的本能。”

“我认识一个小伙子，他骗了很多漂亮的女人，他就是冒充自己从来没跟女人睡过觉，混得相当不错。他说这个法子屡试不爽。”

“随你怎么说，我才不管呢。我相信我的直觉。”

天色渐晚，格雷和伊莎贝尔要跟朋友一起吃晚饭，得去换衣服。我闲来无事，在那样一个春色宜人的傍晚，一个人沿着拉斯帕伊大街走着。我对女人的直觉从来都不大相信，她们的直觉只不过契合她们的愿望罢了，很难让我相信。我想起了先前我说的那段长篇大论末尾的那些话，不禁笑了。这让我想起了苏珊娜·鲁维埃，我好几天没见过她了，不知道她在干什么，如果没什么事情，没准会跟我一起吃晚饭、看场电影。我叫了一辆正在寻客的出租车，把她公寓的地址告诉了司机。

七

在本书的开头，我曾提到过苏珊娜·鲁维埃。我认识她有十年还是十二年之久了，我现在提到她的时候，她差不多已经四十岁了，人非但长得不算漂亮，实际上还相当难看。她在法国女人中个子算是高的了，上身却很短，长胳膊、长腿，动作笨拙，像是不知道怎么处置她那过长的四肢似的。头发的颜色得看她的兴致了，随时都可能变化，通常是红棕色的。她长着一张小方脸，高高的颧骨上胭脂涂得格外鲜艳，一张大嘴上口红涂得很浓，这样的容貌扮相没有一点吸引人的地方，却偏偏有人喜欢她。没错，她的皮肤的确很好，长着两排雪白、坚固的大牙齿，两只蓝色的眼睛炯炯有神。这些确实是她相貌中长得最好的地方，所以她把睫毛和眼睑都上了妆，有意突出眼睛的美。她的两只眼珠子转来转去，人看上去既精明又和善。她性情温厚，性格却相当坚忍。她的坚强是过去的那些经历造就的。她母亲原本嫁给一个政府机关的小职员，丈夫死后，只得回到故乡安茹的那个小村子里靠抚恤金过活，苏珊娜十五岁那年，母亲把她送到邻镇的一个女裁缝那里学手艺，那里离家不远，她每个礼拜天都可以回家。十七岁那年，她放了两个礼拜的假，被一个来村子里避暑的风景画家引诱了。苏珊娜心里清楚得很，自己一个子儿也没有，谈婚论嫁的机会渺茫得很，所以，夏天快结束的时候，画家建议带她去巴黎，她欣然同意了。他带着她到画室林立的蒙马特找了个住处，跟着画家在那里快快活活地住了一年。

一年后，那个画家告诉她，他一张画都没有卖掉，再也养不起一个情妇。对这个消息她心里早就有数，所以并没有惊慌。他问她想不想回家，她说不想，画家告诉她同一个街区的画家要她。那人曾调戏过她两三次，不过都被她拒绝了，但她当时的态度很好，所以他并没有生气。她也并不讨厌那个人，所以心平气和地接受了这个提议。两个地方非常近，因此都不用叫出租车把行李箱搬过去。她的第二任情人年纪比第一任大得多，但人倒也长得体面。他让她摆出各种各样的姿势作画，穿不穿衣服的都有。她跟他度过了两年快活的时光。那名画家第一张成功的画里的模特就是她，这让她挺自豪的。她曾将报上登的那张画剪下来拿给我看，原画早被一家美国美术馆买去了。那是一张跟真人一般大的裸体画，她躺着的姿势跟马奈作的《奥林匹亚》有几分相像。画家很快发现她的身体比例既时髦，又有趣，于是将她本来就瘦的身体画得更加消瘦，腿和胳膊画得很长，颧骨更加高耸，蓝眼睛也画得格外大。当然，我自然无法从报纸上的那张复制品里瞧出是什么颜色，但我感觉得出画的构图非常雅致。那张画令他一下有了名声，让他娶了一名仰慕他的有钱寡妇，苏珊娜清楚男人必须为前途着想，也没有吵闹，欣然跟他断绝了这种亲密的关系。

那时她便知道了自己的价值，加之她又喜欢艺术生活，乐意摆些姿势让画家作画。一天的工作结束后，跟画家、画家的妻子和情人在咖啡馆坐坐，聊聊艺术，骂骂画商，说些下流的笑话让她觉得是一件惬意的事。这一次，她早就料到要跟那位画家分手，便拿定主意早早选定了一位没有相好、看起来有些才华的年轻画家。她找了个机会，看到那人一个人在咖啡馆里，便将自己的处境解释给他听了，开门见山地建议他们应该同居。

“我今年二十岁，是当家的好手。我会为你省钱，你还省了找模特的开销。你看看你的衬衣，真是不像样子，你的画室也乱糟糟的。你需要一个女人照顾你。”

他知道她是个好人，而且他觉得这个建议很好玩，她看得出来他有心接受这个提议。

“反正试一试又没有坏处，”她说，“如果到时不行，我们两个都不会有什么损失。”

他是个不具代表性的画家，用方块和长方形给她画肖像，只画一只眼睛，嘴巴都没有。还用黑色、棕色和灰色的几何图案给她画画。他用纵横交错的线条作画，只能勉强看出是人脸。她跟他在一起待了一年半，便主动离开了他。

“为什么？”我问她，“你不喜欢他吗？”

“喜欢。他是个很不错的小伙子。我只是觉得他没有任何进步，他老是在重复自己。”

她没费什么力气又找了个继承者，她对画家一直情有独钟。

“我一直都在画家的圈子里，”她说，“后来我又跟一个雕刻家同居了半年，但不知道为什么，我觉得一点意思都没有。”

无论跟哪个情人分手，都没闹过不愉快，这让她很得意。她不仅是个很好的模特，而且是个能干的家庭主妇。她喜欢在自己暂时栖身的画室里工作，将画室收拾得井井有条，这让她颇感自豪。她很会做饭，花极少的钱就能做出非常可口的菜肴。她会帮情人补袜子，钉衬衫上的纽扣。

“为什么画家就非得邋里邋遢的，这点我永远都搞不懂。”

她只失败过一次。那次跟她同居的是个年轻的英国人，那人比她以前认识的画家都要有钱，他还有辆车。

“但我们的关系没有维持太久。”她说，“他经常喝得醉醺醺的，喝完酒后特别讨厌。如果他是个不错的画家倒还算了，可是亲爱的，他的画真是太奇怪了。我说我要离开他，他居然开始哭哭啼啼。他说他爱我。

“‘我可怜的朋友，’我对他说，‘你爱不爱我根本不重要，重要的是你没有天赋。你干脆回国开个杂货铺得了，你适合干那个。’”

“听了这番话后他是怎么说的？”我问。

“他的肺都要气炸了，叫我滚。但我给他说的可都是肺腑之言。我希望他能听得进去，其实他人不坏，只不过是个蹩脚的画家。”

对于风尘女子来说，如果能有一定的常识，再加上敦厚的性格，谋生并不算难事。苏珊娜选的职业和别的行当一样，皆有成败得失。比如，她曾碰到过一个斯堪的纳维亚人，苏珊娜一不小心爱上了他。

“他简直就是神，亲爱的，”苏珊娜如是告诉我，“他个子很高，如同埃菲尔铁塔一般，宽阔的肩膀，胸脯非常壮硕，腰细得两只手几乎都可以合起来，肚子是平的，就跟我的手掌一样，肌肉跟专业的运动员一样，一头金黄色的鬈发，蜂蜜色的皮肤。他画得也不差。我喜欢他的画法，遒劲有力，色彩也用得非常鲜明。”

她拿定主意要跟他生个小孩。他不愿意，但她说她负责养小孩。

“孩子生下来后他非常喜欢。啊，真是个可爱的孩子，粉红色的皮肤，金色的头发，蓝色的眼睛很像她爸爸，是个女孩。”

苏珊娜跟他一起生活了三年。

“他这人有点傻，有时候他挺让我厌烦的，但他人很好，而且长得很帅，所以我也就不在意了。”

后来他收到一封来自瑞典的电报，说他父亲病危，他必须马上回去，答应一定回来。苏珊娜有个预感觉得他永远不会再回来，他把所有的钱都留给了她。走了整整一个月他音信全无，后来才收到他的一封信说他父亲病故，留下一大堆烂摊子，他觉得有责任留下来陪伴母亲，处理木材生意。他随信寄来了一张一万法郎的支票。苏珊娜不是那种容易悲观绝望的女人。她很快拿定主意，认为将孩子带在身边会成为累赘，便将小孩送到她在乡下的母亲那里，还把那一万法郎留给她，叫她照料孩子。

“我很爱那个孩子，所以这件事让我伤心欲绝，但在现实生活中有时必须得务实一点。”

“后来发生什么事了？”我问。

“噢，我熬过来了，又找了个朋友。”

可后来她得了伤寒。她提到这件事时总说“我的伤寒”，就像百万富翁喜欢说“我在棕榈滩的别墅”或“我的松鸡猎场”一样。她差点一命呜呼，差不多在医院里躺了三个月。出院后瘦得只剩下了皮包骨，身体虚弱得很，神经十分脆弱，动不动就哭。当时她对谁都没多大用处，就算做模特身体都吃不消，也没什么钱了。

“唉，”她说，“那时候真是够我熬的，幸好还有些好朋友。不过，你也知道画家的处境，不管怎样，他们的日子也是过得捉襟见肘。我从来都不是个漂亮女人，虽然倒也有几分姿色，但当时已经不是二十岁的年纪了。后来我碰到一个曾经同居过的立体派画家，我们分手后，他结过婚后来又离了。当时他已经放弃了立体主义风格，成为一个超现实主义画家。他觉得用得上我，说他很寂寞，还说只能为我提供食宿，跟你说实话，我高兴地接受了他的提议。”

在遇到那个制造商之前，苏珊娜一直跟他同居。那位制造商是一个朋友带来的，兴许能买下这位前立体派画家的画。

苏珊娜急于促成这笔交易，竭其所能取悦他。制造商对于买不买画并没有当场拿定主意，但他说还要来看看画。两个礼拜后，他果然再次来了，但这次她感觉他只是来看她，并不是来看画的。那次离开画室时，他仍然没有买。那人拉着她的手时显得过于亲热。转天，她去市场买当天的菜，那个带制造商前来买画的朋友拦住她，说制造商喜欢她，问她那人下次来巴黎时，愿不愿意跟他一起吃晚饭，因为他有个提议要告诉她。

“你觉得他到底看中了我哪一点？”她问。

“他是现代艺术的业余爱好者，见过你的肖像画，你让他非常感兴趣。他本是乡下人，还是个商人，在他看来，你代表巴黎，代表艺术和浪漫，这一切都是里尔没有的。”

“他有钱吗？”她理智地问道。

“多的是。”

“呃，我愿意跟他吃晚饭，听听他到底想说什么，也不会有什么坏处。”

制造商把她带到马克西姆饭店，她有点受宠若惊。那天她穿得十分淡雅，她环顾了一下四周的女子，觉得自己完全充得上一个体面的已婚女子。他点了一瓶香槟，这让她觉得他是一个很有教养的人。他们喝咖啡的时候，他把那个想法提了出来。她觉得主意相当不错。他告诉她，他每隔两个礼拜会定期来一次巴黎开董事会，晚上一个人吃饭很无聊，如果想找女人，就得上妓院。他已经结了婚，还有两个孩子，以他现在的地位老往妓院跑不合适。他们那个共同认识的朋友将她的为人告诉了他，他知道她是个很有分寸的女人。现在他已经不再年轻，不想跟那些轻佻的女子纠缠。他多少还是个现代派绘画的收藏家，而她也在这个圈子里，这让他心生好感。接下来他谈到最实质的问题。他准备给她租一间公寓，布置好家具什么的，每月还给她两千法郎。作为交换条件，每两个礼拜，她要陪他一个晚上。苏珊娜这辈子都没花过这么多钱，她很快在心里盘算，有了这笔钱以后，她不仅吃穿能跟得上潮流，而且还能养活女儿，到时候还能存一点钱以备不时之需。但她犹豫了一阵儿，用她的话说，过去她一直在“画画的圈子”里，她内心显然认为给一个生意人当情妇降低了自己的身份。

“你接不接受都没关系。”他说。

她并不讨厌他，他扣眼里的那枚玫瑰荣誉勋章说明他是个有头有脸的人。她笑了笑。

“我接受。”她说。

八

虽然说苏珊娜一直住在蒙马特区，但她觉得有必要跟过去划清界限，于是，她在蒙帕纳斯大街租下一套临街公寓。公寓只有两个房间，带一间小厨房和一间浴室。公寓在第七层，但是有电梯。对苏珊娜来说，公寓有浴室，还有电梯，尽管电梯只容得下两个人，而且跟蜗牛一样慢，下楼的时候还得步行，但这样的房间不仅代表奢华，而且派头十足。

在他们结合的头几个月里，阿希尔·高芬先生，这是那位先生的名字，每隔两个礼拜来巴黎时，都会住在一家旅馆里，晚上，在欲望的驱使下跟苏珊娜缠绵完后，他仍旧会独自回到旅馆睡觉，第二天到必须起床的时候才起来，然后坐火车回去处理生意，心安理得地享受天伦之乐。但后来苏珊娜告诉他，他这样做完全白白浪费钱。如果他能在公寓里睡到天亮再走，既省钱又舒服，他觉得这话说得很有道理。苏珊娜能想着法儿地让他过舒心点，他很感动。说实话，在寒冷的冬夜里跑到街上去拦出租车还真不是滋味。她不愿他无谓地浪费钱，这种做法让他很认可。她不仅为自己省钱，还为情人省钱，真是好女人。

阿希尔先生有充分的理由满意。他们一般会去蒙帕纳斯一些高档的饭馆吃饭，但苏珊娜有时也会在公寓里为他做晚饭。她做的饭菜十分可口，阿希尔很喜欢。天气暖和的晚上，他会只穿着衬衣吃饭，这种放荡不羁的生活方式让他甚为满意。他总喜欢买画，但要是哪张画苏珊娜看不上，就绝不会让他买，他很快发现自己应该相信苏珊娜的眼光。她从不跟经纪人打交道，总是带他去画家的画室，这样他就能省下一半钱了。他知道她在存钱，后来苏珊娜告诉他，她每年都在家乡买一点地时，阿希尔还觉得挺自豪的。他知道每个法国人的内心深处都渴望拥有土地，苏珊娜有了自己的土地，这让他更看得上她了。

苏珊娜这边也很满意。她对他既谈不上忠诚，也谈不上背叛，也就是说，她很小心，不会同一个人建立长久关系，但如果遇到她喜欢的人，也并不介意跟那人上床。但她绝不会让那人在公寓里过夜，这可是名誉攸关的事。她觉得她现在能过上这种无忧无虑的生活多亏了那个有权有势的人，这是她对他应尽的义务。

我是在苏珊娜与一位画家同居的时候认识她的，那位画家恰好是我的一位熟人。苏珊娜在他的画室里给他当模特时，我经常坐在旁边看。后来也偶尔看到她，但直到她搬到蒙帕纳斯后，我跟她的关系才逐渐亲密起来。当时那个阿希尔先生——苏珊娜在人前人后都称呼他这名——正在读我一两本书的法文译本，一天晚上，他邀请我跟他们去一家餐馆吃饭。他个子很矮，比苏珊娜要矮半个头，铁灰色的头发，灰白的胡子修得十分整齐。他身材肥胖，挺着个大肚子，但也不算过分，只是让人看得出有钱人的派头。走起路来有着矮胖的人那种趾高气扬的范儿。那天他请我吃了一顿非常丰盛的晚餐，为人彬彬有礼。他跟我说他很高兴我是苏珊娜的朋友，一眼就能看出我是个正人君子，还说我能看得起苏珊娜他很高兴。他说他公务缠身，不得不老待在里尔，这个可怜的女人常常非常寂寞，知道她能跟一个有教养的人接触，他感到很慰藉。他是个生意人，但一直都十分崇拜艺术家。

“啊，亲爱的先生，艺术和文学一直都是法兰西的双璧。

当然啦，法兰西军事力量也非常强大。我这种毛织品制造商都可以毫不迟疑地说，画家、作家和将军、政客在我眼里是同等重要的。”

没有谁能说出比这更中听的话了。

苏珊娜没有听从他的建议请个女佣料理家务，一方面是为了省钱，另一方面是因为（她自己很清楚原因）她不喜欢有人干涉她的事情。苏珊娜将那间小公寓按照当年最时兴的样式，收拾得又干净，又整洁。她的内衣裤都是她自己亲手缝制的。但是因为她当时已经不当模特了，日子实在无聊，加上她是勤快人，不久，她便想到了一个主意，既然过去她可以坐下来让那么多画家画她，她何不干脆自己也来画画。于是，她买了画布、画笔、颜料什么的，说干就干。有时候，我请她吃饭的时候去得早了些，就会发现她穿着工作服忙着作画。如同胎儿在子宫里简单地重新演绎人类进化史上各种生物的形状，苏珊娜也将她过去所有情人的风格重演了一遍。她画风景的时候像那个风景画家一样，画抽象事物的时候像那个立体派画家一样，还用一张明信片描绘抛锚的帆船，画风像那个斯堪的纳维亚人。她不会画画，但很会调色，即便画得不怎么样，她也在画画的过程中得到了不少乐趣。

阿希尔先生也鼓励她，想到自己的情人是个画家，他很满足。在他的一再坚持下，苏珊娜将一张画送到秋季沙龙的画展上，画挂出来时，两人都很自豪。

阿希尔先生还给了她一个很好的建议。

“不要试图像男人那样画画，亲爱的。”他说，“而应该像女人一样，不要画得那么用力，画得讨喜就成。要诚实一点，比方说做生意的时候，欺骗有时候会得逞。但在艺术上，诚实是唯一可行的办法。”

我写下这些的时候，他们两个人的关系已经维持了五年，而且双方都非常满意。

“显然这个人并不能让我动情，”苏珊娜说，“但他很聪明，地位也不错。我到了这样的年龄，有必要为自己的处境考虑了。”

她通情达理，阿希尔先生对她的评价颇高。每次他跟她谈论生意上的事和家庭事务时，她很愿意倾听。有一次阿希尔的女儿考试没及格，她跟他一样难过；他儿子跟一个有钱的女孩订婚，她跟他一样开心。阿希尔本人娶的就是一个同行的独生女儿，两个公司原本是竞争对手，合并后对双方都有好处。现在，阿希尔先生的儿子非常懂事，明白幸福的婚姻最基本的条件就是有共同的经济利益，这自然让他非常满意。他私下告诉苏珊娜，说是希望自己的女儿能嫁给贵族。

“为什么不可以？她本来就是个有钱人。”苏珊娜说。

阿希尔先生有意将苏珊娜的女儿送到一个女修道院，她在那里能接受良好的教育，他还答应等她的女儿到了适当的年龄，就由他资助让她接受适当的培训，当个打字员或者速记员什么的，以此谋生。

“她长大后一准是个大美人，”苏珊娜告诉我，“但受点教育、打打字显然没有坏处。不过现在她年纪还小，什么都不好说，也许她没有这种气质呢。”

苏珊娜人很精明，她让我靠我的聪明才智推断她话里的意思，我推断得一点也没错。

九

我跟拉里不期而遇之后又过了一个礼拜左右。一天晚上，我和苏珊娜一起吃完晚饭，又去看了电影，我们坐在蒙帕纳斯大街的精选酒店喝啤酒，这时拉里走了进来。她倒吸了一口气，惊讶地叫出了他的名字。他走到桌前，吻了她，跟我握了握手。我看得出来她几乎不敢相信自己的眼睛。

“我可以坐在这里吗？”他说，“我没吃晚饭，想吃点东西。”

“噢，见到你真高兴，亲爱的，”苏珊娜说，眼里闪着光芒，“你从哪里蹦出来的？这么多年了，你怎么连个面儿都不露？天哪，瞧你都瘦成什么样了！我还以为你死了呢。”

“呵呵，我没死呢，”他答道，眼里神采飞扬，“奥德特怎么样了？”

奥德特是苏珊娜的女儿。

“噢，她已经长成一个大姑娘了，很漂亮，她还记得你呢。”

“你从来没告诉过我你认识拉里。”我对苏珊娜说。

“我为什么要告诉你？我从来都不知道你们认识，我们是老朋友了。”

拉里点了鸡蛋和培根。苏珊娜把她女儿和她自己的情况都告诉了他。他带着迷人的微笑听苏珊娜讲着，她告诉他她已经安顿下来了，现在还在画画。然后她转向我。

“我有进步，不是吗？我又没把自己当成天才，但是我的才华跟许多我认识的画家相比一点也不差。”

“你的画卖出去过吗？”拉里问。

“我用不着卖画，”她快活地答道，“我有私人收入。”

“真是个幸运的姑娘。”

“不，这不叫幸运，这叫聪明。你一定要来看看我的画。”

她在一张纸上写下她的地址，叫他答应一定要来。苏珊娜很兴奋，叽叽喳喳地说个不停。然后拉里叫侍应来结账。

“你要走吗？”她大声问道。

“是啊。”他微笑着说。

他付了饭钱，朝我们挥了挥手便走了。我不由得笑起来。他的这种做法一直让我觉得很有趣，刚才还跟你在一起，但转眼间连解释都没有人就已经走了。这样的事情发生得非常突然，像是凭空消失了一般。

“他为什么这么快就走了？”苏珊娜苦恼地问道。

“也许有个女孩在等他呢。”我开玩笑道。

“你这不是废话。”她从手提包里拿出粉盒，往脸上扑粉，“要是真有哪个女人爱上他了，那可就倒霉了，唉。”

“此话怎讲？”

她盯着我看了足足一分钟，我很少见她的脸色这么严肃。

“我自己就差点爱上他了，这还不如爱上水中的倒影、一缕阳光，或者天空中的一朵云呢，我总算没陷进去。即使现在想起当时的险境，我还不寒而栗呢。”

我才不管要不要注意分寸，但凡是个人都想打听到底怎么回事。幸好苏珊娜本就不是个沉默寡言的人。

“你到底是怎么认识他的？”我问。

“噢，那是好多年前的事了。大概六七年了吧，我忘了。当时奥德特才只有五岁。他认识跟我同居的马塞尔，我给马塞尔当模特的时候，他常来画室坐。他有时候还会带我们出去吃晚饭，不过你绝对猜不出他什么时候会来。有时候他连着几个礼拜都不会来，但有时候一连两三天每天都会来。马塞尔以前也挺喜欢他过来的，说什么他在画室的时候他画得好些。后来我不是得了伤寒，出院后日子过得非常艰难。”她耸耸肩，“不过这些我以前都跟你说过了。呃，有一天，我去画室溜达，想找个工作，但谁也不要我。整整一天我只喝了一杯牛奶，吃了一块羊角面包，也不知道怎么付房租。正好在克利希大街遇见了拉里，他停下来问我怎么样，我把我得伤寒的事情跟他说了。他对我说：‘你看上去还真得好好吃一顿饭了。’他说话的声音和他的眼神让我很感动，我哭了。

“我们旁边就是玛丽埃特大妈饭店，他挽着我的胳膊，带我坐在一张桌旁。我当时真是饿坏了，连一只旧靴子都吃得下，可是，当煎蛋卷端上来的时候，我感觉什么都吃不下。他逼着我吃了一点东西，又给我点了一杯勃艮第酒。我总算感觉好些了，跟着我又吃了一些芦笋。我把我遇到的困难都跟他说了。当时我身体太虚弱，没办法做模特。人也瘦成皮包骨头，样子难看极了，也没指望找个男人。我问他能不能借我点钱，让我回老家，至少我在那里还有个女儿。他问我是不是真的想回去，我说当然不想。妈妈不想要我，现在物价这么高，她那点抚恤金都不够自己生活的，我寄给奥德特的钱也早就花光了，但要是我到了家门口，她也不大可能将我拒之门外，她瞅一眼就知道我病得有多厉害。他久久地看着我，我以为他会说他一个子儿也不会借给我，可他却说：

"'你愿意我带你去乡下我认识的一个小地方吗，我是说你和你的孩子一起去？我想去那里度个假。'

"我简直不敢相信自己的耳朵。我跟他认识有些年头了，他对我从来没有过轻薄的举动。

"'就我现在这样的身体？'我说，自己都忍不住笑了，'可怜的朋友，'我说，'眼下我对男人可是一点用处都没有。'

"他面带微笑望着我，你有没有注意过他笑起来真的很好看？跟蜜一样甜。

"'别傻了，'他说，'我可没这样想过。'

"我哭得稀里哗啦的，简直都说不出话了。他给我钱，把孩子接出来，我们一起去了乡下。哦，他带我们去的那个地方真是太漂亮了。"

苏珊娜向我描述了那个地方。那里离一个小镇有三英里远，镇子的名字我忘记了。他们坐汽车来到一家旅馆，旅馆是河边一幢摇摇欲坠的房子，一片草地一直延伸到水边，草地上长着法国梧桐，他们在树荫下吃饭。夏天，画家会来这里画画，但是当时还早，旅馆里就他们三个人。那里的饭菜非常有名。礼拜天的中午，四面八方的人会开着车来这里大吃一顿，但其他时间他们却很少受到打扰。因为休息得不错，再加上好酒好菜，苏珊娜很快就复原了，孩子在身边让她非常开心。

"他对奥德特很好，奥德特也很喜欢他。我得拦着奥德特别老烦他，但不管她多黏人，他似乎都不会厌烦。我常笑呵呵地看着他们，他们在一起活像两个孩子。"

"你们三个人都会干些什么？"我问。

"噢，总有事情可干。我们经常坐着船去钓鱼。有时候还会借老板的那辆雪铁龙到镇子里去，拉里很喜欢那个镇子，喜欢那里的旧房子和广场。镇子里很安静，走在鹅卵石铺就的路上，唯一能听到的就是自己的脚步声。那里有一座路易十四时期的市政厅和一座老教堂。小镇边上是一个城堡，城堡的花园是勒·诺特[①]设计的。当你坐在广场的咖啡馆里，会觉得回到了三百年前，路边停着的那辆雪铁龙似乎并不属于这个世界。"

---

① 安德烈·勒·诺特（André Le Nôtre，1613—1700），法国古典主义园林设计大师、路易十四首席园林师。

我在本书开头提到的那个年轻空军飞行员的故事，就是有一次他们在郊游的时候拉里告诉她的。

“我不知道他为什么告诉你。”我说。

“我也不知道。战争发生的时候，镇里有过一所医院；公墓里全是一排排的小十字架。我们去看了，但并没有在那里逗留多久，看得我毛骨悚然，好多可怜的年轻人都埋在那里。回家的路上，拉里一句话也没说。他向来吃得不多，但那天晚上一口都没吃。我记得很清楚，那天晚上天上繁星闪烁，夜色很美，我们坐在河堤上，白杨树映衬着黑暗的夜空，漂亮极了。他抽着烟斗，突然毫无缘由地将他朋友以及他朋友如何舍身救他的事情告诉了我。”苏珊娜大口喝着啤酒，“他真是个怪人。我永远也没办法理解他。那时候他常常读书给我听，有时候是在白天，在我给小家伙缝衣服的时候，有时候在晚上，在我打发孩子睡觉后。”

“他都给你读了什么书？”

“噢，什么都有。有德·塞维涅侯爵夫人[①]的书信和圣西蒙[②]的一些片段。你想象一下，我以前除了报纸外，什么都不看的。只会偶尔看一本小说，因为画室里的人会谈及，我可

① 德·塞维涅侯爵夫人（Madame de Sévigné，1626—1696），法国贵族，因其写给女儿的书信机智生动，而被尊为法国文学偶像之一。

② 圣西蒙（Saint-Simon，1675—1755 年），即圣西蒙公爵，法国政治家、作家。他创作有创篇巨著《回忆录》（*Memoirs*），详细记述了路易十四执政期间的内政外交。

不希望他们把我当成傻瓜！我不知道阅读会这么有趣。那些老派的作家也不是人们想象的那么愚钝。”

“谁会这样想？”我咯咯笑道。

“后来他要我跟他一起读书，我们看了《费德尔》和《贝蕾妮丝》[1]。他念男角色的台词，我念女角色的台词，你绝对想象不出有多好玩。”她天真地补充道，“我为可怜的角色恸哭的时候，他会用奇怪的眼神看着我。当然，那只是因为我的身体还没复原。你也知道，现在我手头上仍然有那些书。即便现在我读到他给我读过的塞维涅夫人的信时，也仍然好像能听到他那可爱的声音，好像能看到河水静静地淌过以及河对岸的白杨树，有时候我却读不下去，感觉心里好痛。我知道那几个礼拜是我一生中最快乐的一段时光。那个人如同天使般可爱。”

苏珊娜觉得自己有些感情冲动，担心我会笑话她（其实她想错了）。她耸耸肩，笑了笑。

“你知道，等我到了教会法定的年龄[2]，再也没有男人想跟我睡觉了，我就会跟教会握手言和，忏悔自己的罪行。但跟拉里犯下的罪行，我决不会忏悔，决不，决不，决不！”

“可就你刚才说的，我实在看不出有什么罪行要忏悔的。”

---

① 《费德尔》和《贝蕾妮丝》都是法国17世纪著名剧作家拉辛的诗剧。

② 罗马天主教会规定，人从出生起即应在特定的年龄承担特定的义务，享受特定的权利。

“我还有一大半没跟你说呢。你知道，我的体质天生不错，又整天在室外走动，吃得好，睡得好，世上的事都不用操心，三四个礼拜后，我就跟过去一样健壮了，面色也很好看，脸上有了血色，头发也恢复了光泽，我感觉自己就像二十岁的人。拉里每天早上都会在河里游泳，我在一旁看着他。他的身体健美，虽然不是像我的那个斯堪的纳维亚人那样的运动员身材，但也非常强壮，有无限的魅力。

“我身体虚弱的时候，他很有耐心，但现在我的身体已经完全康复了，觉得没有理由让他继续等下去了。我向他暗示过一两次，表示我什么都可以干了，可他好像根本不懂。当然，你们这些盎格鲁-撒克逊人怪得很，你们很粗鲁，却也多愁善感。你们绝不是什么好情人，这点不可否认。我对自己说：‘也许这就是他心细的地方，他为我做了这么多事，让我把孩子带到这里，他可能不好意思要我报恩。’所以，有天晚上，我们去睡觉前，我对他说：‘需要我今晚去你的房间吗？’”

我笑起来：“你说得很直接，对吧？”

“呃，我不能让他到我的房间，因为奥德特睡在里面，”她坦然答道，“他用和蔼的眼神看了我一会儿，然后笑了笑。‘你想来吗？’他说。”

“‘你觉得呢——你的身体这么好看。’

“‘好吧，那就来吧。’

“我上楼，脱掉衣服，沿着走廊溜进他的房间。他躺在床上一边看书，一边抽烟斗。他放下烟斗和书，把身子挪到一边，给我让出地方。”

苏珊娜沉默了一会儿，而这个时候向她提问也违背我的个性。过了一会儿，她又继续说。

“他还真是个奇怪的情人，非常亲切，充满热情，甚至非常温柔，刚猛却不激昂，如果你懂我意思的话，一点不下流。他的爱如同一个血气方刚的学生，非常好玩，也特别让人感动。我离开他时，觉得应该感谢他，而不是让他来感谢我。我关上门的时候，看到他拿起书，从他先前停下来的地方继续看下去。”

我笑了。

“我很高兴这样的事情把你逗笑了。”她有些冷酷地说，但她自己却忍俊不禁，开始咯咯地笑起来，“我很快发现如果我等着他来请，那可能得永远等下去，所以，我等到有需要的时候，干脆自己跑到他的房间，钻进被窝。他一直都很好，总之，他有人类天生的本能，但他就像心不在焉忘了吃饭的人一样，只要你将一顿好吃好喝端到他面前，他保管吃得津津有味。我知道男人有没有爱上我，我如果相信拉里爱上我了，那我就是个傻瓜，但我想他会习惯跟我在一起的。人在生活中必须得现实，我对自己说，如果我们回到巴黎，他要带着我跟他一起生活，我一定答应。我知道他会让我把孩子留在身边，这点我喜欢。但我的本能告诉我，要是真爱上他了那就太蠢了。你也知道女人真的太不幸了，一旦爱上别人，人家就会觉得你不可爱了。我下定决心一定要小心戒备。”

苏珊娜抽了口烟，从鼻孔里喷出烟雾。天色已晚，许多桌子已经空了，但仍然有一群人围在吧台边。

“一天早上，吃过早饭后，我坐在河堤上做针线活，奥德特在玩拉里给她买的积木，这时，他走了过来。

“‘我是来跟你道别的。’他说。

“‘你要去什么地方吗？’我惊讶地问道。

“‘是的。’

“‘不会是永远不回来了吧？’我问。

“‘现在你的身体已经完全复原了。这里有一笔钱，足够你过完夏天余下的时间，然后你就可以回巴黎重新开始了。’

“有那么一瞬间，我非常难过，真不知道说什么好。他站在我面前，像往常一样笑得特别真诚。

“‘我做了什么让你不高兴的事吗？’我问。

“‘没有的事，千万不要这么想。我有事情要做，我们在这里过得非常开心。奥德特，来跟叔叔说再见。’

“她还小，什么都不懂。他把她抱起来，吻了她，然后又吻了我，跟着便朝旅馆走去。一分钟后，我听见汽车开走了。我看着手里的钱，一共一万两千法郎，这一切发生得太快了。我还没来得及反应。‘去死吧。’我对自己说。至少有一件事我得感谢自己，我没让自己爱上他。但我自己都没弄清楚到底怎么回事。”

我不禁笑了。

“你知道吗，有一段时间，我只是简单地把真相说出来，结果却让人觉得我这人真是搞笑。对大多数人来说，这段往事简直太意外了，所以权当我是在讲笑话了。”

“我不觉得这两者有什么关系。”

“呃，在我认识的人当中，我觉得拉里是最没有私心的一位。这让他看起来非常古怪。有些人不相信，但他们的所作所为完全是为了上帝的爱，这种人让我们很不习惯。”

苏珊娜瞪着我。

“我可怜的朋友，你喝多了。”

第五章

一

在巴黎时，我拖拖拉拉地写作。春天天气宜人，香榭丽舍大道上的栗树开满了花，街上的灯光也很明媚。空气中夹杂着快乐的元素，一种稍纵即逝的快乐，一种并不粗俗的感官享受，使你的脚步更加轻盈，思想更为敏捷。我周围围绕着各种各样的朋友，我很开心，心里充满了对过去的美好回忆，我焕发了活力，至少在某些方面恢复了青春。我觉得要是允许工作打扰这大好时光，那我就绝对是个傻瓜，而我兴许再也不能如此彻底地享受了。

我、伊莎贝尔、格雷和拉里到有意思又不会很远的地方去旅行。我们去了尚蒂伊、凡尔赛、圣日耳曼和枫丹白露。不管到哪里，我们都会吃很丰盛的午餐。格雷是个大块头，吃东西在很大程度上是为了满足身体需要，而且，常常都会喝得有点多。不论是因为拉里的治疗还是仅仅因为时间的缘故，可以肯定的是，他的健康有了好转。他的头不再疼痛难忍，他的眼睛不再显得那么困惑——我第一次在巴黎见到他时，他的眼神是那样令人悲伤。他的话不多，只是时不时讲些冗长的故事；可要是我和伊莎贝尔说些无聊的话，他就会狂笑，他倒是挺自得其乐。他这个人称不上有趣，但脾气好，总是高高兴兴的，所以不喜欢他是不可能的。他就是那种人，要是与他共度一个孤独的夜晚，你肯定会犹豫，但你可能会很盼望和他一起度过六个月。

他对伊莎贝尔的爱显而易见，他爱慕她的美貌，觉得她是世界上最聪明、最迷人的生物；而他对拉里的忠诚，就跟狗对主人的忠诚一样，很让人动容。拉里似乎也玩得很开心；照我看，不管他心里想着什么样的任务，都把现在这段时间当作假期，并且要充分享受一番。他也不常说话，不过这并不重要，他的陪伴抵得上千万次对话；他是那样温和宽厚，和蔼亲切，让人感觉愉快，以至于除了他所做的，你绝不会要求他付出更多，我很清楚，要说我们在一起的这段日子很快乐，那全是他的功劳。他从未说过任何睿智的话，可要是没有他，我们一定过得很沉闷。

在一次旅行的归途中，我见到了令我震惊的一幕。那次我们去的是沙特尔，然后返回巴黎。格雷开车，拉里坐在他边上；我和伊莎贝尔坐在后座。经过了漫长的一天，我们都很累。拉里坐在那儿，手臂伸开，放在座位顶端。这样的姿势使得他的衬衫袖子卷了起来，露出他那很细却很强壮的手腕，还可以看到古铜色的小臂，上面长着细细的汗毛。被阳光一照，汗毛呈现出金黄色。伊莎贝尔这时候一动不动，吸引了我的注意，我瞥了她一眼。她是那样安静，会让人觉得她被催眠了。她呼吸急促，目光紧紧黏在拉里那结实且布满金色汗毛的手腕，以及那只修长、柔软却有力的手上，我从未在哪个人的表情中，见过我当时在她脸上见到的那种饥渴的情欲，她仿佛戴了一张写满欲望的面具。我简直不敢相信她的美丽面容上会露出如此放纵的淫欲。与其说此时的她是个人，还不如说她是一头动物。她的脸不再美丽，那样的表情使她显得很可怕，简直令人毛骨悚然，让人惊恐地想到她就像一只发情的母狗，弄得我直恶心。她并没有注意到我在看她，她的眼里只有拉里随意放在座椅边缘的那只手，满脑子只有她那疯狂的欲望。跟着，她的脸一抽搐，浑身一颤，闭上了眼睛，窝进车子一角。

“给我一支烟。”她说。她的声音是那么沙哑，我几乎认不出来。

我从烟盒里拿出一支烟，为她点上，她狠狠地吸了起来。在余下的车程里，她一直看着外面，没说一个字。

来到他们的家，格雷请拉里开车送我回旅店，然后把车开回车库。拉里坐进驾驶席，我则坐在他旁边。就在他们走过人行道的时候，伊莎贝尔挽住了格雷的手臂，依偎在他身边，我虽然看不到她看他的表情，却可以想象出她的感觉。据我猜测，那天晚上，格雷一定会得到一个热情的床伴，却永远都不知道她是出于怎样的良心谴责，才会对他如此温存。

就快到六月末了，我必须回里维埃拉。艾略特的朋友去美国了，便把他们在迪纳尔的别墅借给了马图林夫妇，等到孩子们一放假，他们就会带孩子们去别墅。拉里有工作，所以留在巴黎，不过他买了一辆二手雪铁龙汽车，并且答应在八月和他们一起待几天。在我于巴黎停留的最后一个晚上，我请他们三个人喝酒。就是在那天晚上，我见到了苏菲·麦克唐纳。

二

伊莎贝尔一直很想到那些下流娱乐场所见识一番，我对这些地方门儿清，她就请我充当他们的向导。我有些犹豫，毕竟巴黎的这些地方往往很不待见外国人，他们的敌意显而易见，一定会把人弄得败兴而归。可伊莎贝尔非要去。我只好提醒她，那种场所无聊得紧，还请她不要打扮得花枝招展的。我们很晚才吃饭，又去女神游乐厅混了一小时，这才动身。我先带他们去了巴黎圣母院附近的一处地下室，经常出入那里的都是些地痞流氓和他们的情妇，我认识那里的老板，他给我们在一张长桌边找了几个空位，那张桌边坐着几个混混，不过我还是请他们所有人喝了酒，还祝大家身体健康。地下室很热，烟雾缭绕，而且很脏。接着，我带他们去了斯芬克斯舞厅，在这里，女人们身着时髦俗丽的晚礼服，里面却什么都不穿，乳房呀，乳头呀，通通露在外面。她们在两张长凳上面对面坐着，乐队一演奏曲子，她们就无精打采地跳舞，目光则流连在那些坐在舞池周围大理石桌边的男人身上。我们点了一瓶香槟，不过是没冰过的。一些女人从我们身边走过时会看看伊莎贝尔，我不知道她是否知道那代表着什么。

下一站是拉普街。这里是一条肮脏狭窄的小巷，甫一进入巷子，淫秽的气息就扑面而来。我们走进一家小酒馆，还是平常的那个年轻人在弹钢琴，此人面色苍白，耽于玩乐；拉小提琴的则是一个年纪大的人，一脸疲态；另一个人吹着萨克斯风，只是他的乐声十分刺耳。餐馆里人头攒动，一眼看去，一张空桌都没有，不过老板看出我们兜里有钱，就毫不客气地让一对夫妇和别人拼桌，让我们坐在他们的桌边。这两个人被赶走，心里不痛快，对我们说了很多不中听的话。很多人在跳舞，水手的帽子上别着红色绒球，男人大都戴着帽子，脖子上系着手帕。有的女人很成熟，有的只是少女，她们涂着眼影，不戴帽子，穿着超短裙和五颜六色的衬衫。男人们和矮胖的抹了眼影的男孩子跳舞；憔悴、容貌粗陋的女人和染了头发的胖女人跳舞；男人和女人跳舞。烟味、酒味和汗臭味扑鼻而来。音乐没完没了，这些人鱼龙混杂，三教九流，看了就叫人讨厌；他们不停地跳动着，脸上布满了汗水，亮晶晶的，显得一本正经的样子，却透着一种可怕的感觉。有几个大块头一脸凶相，可大多数人都弱不禁风，一副营养不良的样子。我看着那三个演奏音乐的人，他们就跟机器人似的，表演得很机械，我琢磨着，是否有可能在某个时候，也就是在他们刚刚出道之际，他们以为自己会成为知名音乐家，吸引人们不远万里来听他们的演奏，为他们鼓掌。就算是小提琴拉得很糟糕，也是需要上课和练习的：那个小提琴手费了这么大的周章，就为了在这个臭气熏天又肮脏的环境里，演奏狐步舞曲到天明？音乐声停止，演奏钢琴的人用一块脏手帕擦了擦脸。跳舞的人或是没精打采，或是侧身，或是拖拖拉拉地走回座位上。突然间，我们听到一个带有美国口音的声音。

“老天。”

一个女人从餐馆对面的那张桌边站起来，和她在一起的那个男人想要阻止她，可她将他推到一边，踉踉跄跄地走了过来，她喝多了。她来到我们的桌边，站在我们面前，身体有些摇晃，露出了傻兮兮的笑容。她似乎觉得看到我们是一件特别愉快的事。我斜睨了一眼我的同伴。伊莎贝尔面无表情地盯着她，格雷蹙着眉头，一脸愠怒，拉里则注视着她，仿佛不敢相信自己的眼睛。

“你们好。”她说。

“苏菲。”伊莎贝尔说。

“不然你以为是谁呢？”她咯咯笑了两声，一把抓住走过的服务生，“文森，拿把椅子来。”

“你自己去吧。”他说着抽回了手。

“浑蛋。”她喊道，还冲他吐了口水。

“别着急，苏菲。”一个大胖子说，此人长了个大脑袋，头发很油腻，穿着衬衫，就坐在我们边上，“给你椅子。”

“在这里碰到你们真是太好了。”她说，依旧摇摇晃晃的，“你好，拉里。你好，格雷。”她坐在刚才那个人放在她后面的椅子上，“咱们一起喝一杯吧。老板。”她喊道。

我刚才就看到老板一直在瞄我们，这会儿，他向我们走了过来。

“你认识这些人，苏菲？”他问，用第二人称单数和她说话，显然与她很熟悉。

“闭嘴。”她醉醺醺地笑道，“他们是我小时候的朋友。开瓶香槟，算我账上。你可别拿那种跟马尿一样的香槟来，我要那些喝下去不会吐的。”

“你喝多了，我可怜的苏菲。”他说。

“去死吧你。”

他走开了，很高兴卖出一瓶香槟——为了安全起见，我们一直喝白兰地苏打水——苏菲没精打采地盯着我看了一会儿。

“伊莎贝尔，他是你朋友？”

伊莎贝尔把我的名字告诉了她。

“啊？我想起来了，你以前来过芝加哥一次，很是自命不凡，就是你吧？”

“也许吧。”我笑了笑。

我对她一点印象也没有，不过这也没什么可奇怪的，毕竟我那次去芝加哥已经是十几年前的事了，当时我见到了很多人，在那之后，我又见过很多人。

她的个子高高的，因为很瘦，站着时显得更高。她身穿一件亮绿色的丝绸衬衫，不过上面都是皱褶和污点，下身穿一件黑色短裙。她的头发剪得很短，发卷松松散散，蓬乱无比，用明亮的散沫花染发剂染成了明亮的颜色。她化着俗艳的妆，胭脂从脸颊一直涂到眼底，眼圈涂着深蓝色眼影，睫毛涂着厚厚的睫毛膏，眉毛用眉笔画得很黑，嘴上擦了大红色的口红。她涂了指甲油，一双手很脏。她比这里的所有女人都更像荡妇，而且，我怀疑她不仅喝醉了，还吸了毒。不过不可否认的是，她身上有种邪恶的吸引力；她傲慢地歪着脑袋，妆容衬托得她那双绿色的眼睛闪闪发亮。她醉得迷迷糊糊，一副伤风败俗的样子，我能想象得到，下流的男人全都吃她这一套。她冲我们讥讽地笑笑。

“看得出来，你们见到我不怎么高兴呀。”她说。

“我听说过你在巴黎。”伊莎贝尔冷冷地说，脸上露出一抹冷笑。

“那为什么不给我打电话？电话簿上有我的电话。”

“我们才刚来。”

格雷开口救场。

“你在这里过得愉快吗，苏菲？”

“不错。格雷，你破产了，是吧？”

他的脸腾的一下涨成紫红色。

“是的。”

“真可怜。我估计芝加哥现在的经济很糟糕，我早就走了，还算走运。老天，那个浑蛋怎么还不把酒拿来？”

“快了。”我说，看到那个侍应正端着酒杯和酒，穿过一张张桌子向我们走来。

我的话将她的注意力吸引到了我身上。

“我那些可爱的婆家人把我赶出了芝加哥。他们说我什么来着，对了，败坏了他们的名誉。”她疯狂地笑了起来，“我侨居国外，靠国内汇款过活。”

香槟终于送来斟好了。她用哆哆嗦嗦的手，把酒送到唇边。

“自命不凡的人都见鬼去吧。”她说着把杯里的酒一仰而尽，看着拉里，“你怎么一句话也不说，拉里？”

他一直冷漠地看着她。自从她出现以来，他的目光就从没离开过她。这会儿，他露出一个和蔼可亲的笑容。

“我这人不爱说话。”

音乐声又起，一个男人向我们走过来。这人身材颀长，体格健美，长了一个大鹰钩鼻，留着一头浓密闪亮的黑发，一张嘴很性感，很像满身邪气的萨伏那洛拉[1]。和这里的大多数人一样，他的衣服也没有领子，紧身外套扣着扣子，腰身很明显。

---

① 吉罗拉莫·萨伏那洛拉（Girolamo Savonarola，1452—1498），15世纪后期意大利宗教改革家。

“来吧，苏菲。我们去跳舞。”

“走开，我忙着呢。你没看到我和朋友们在一起吗？”

“谁管你那些朋友，让你的朋友们见鬼去吧。走，去跳舞。”

他一把抓住她的手臂，可她挣脱开了。

“别管我，骗子。”她喊道，突然露出了凶相。

“婊子。”

“猪猡。”

他们说的是法语，格雷听不懂，可伊莎贝尔深谙法语，我看到她带着品性最正直的女人对淫秽所具有的奇异了解，表情变得严肃起来，皱着眉，显得一脸不屑。那个男人扬起手臂，手掌张开，他的手粗硬，长着茧子，一看就是体力劳动者的手。这会儿，他要掌掴她，格雷立马从椅子上半站起来。

“滚开。”他带着口音喊道。

那个男人住了手，愤怒地瞪了格雷一眼。

“小心点，可可。”苏菲哈哈笑了两声说，“他会把你打得满地找牙。”

那个男人看了看格雷，注意到他人高马大，一定很有力气。然后，他愠怒地耸耸肩，冲我们骂了句脏话，便溜走了。苏菲醉醺醺地嘻嘻笑了起来。我们几个则一言不发，我给她倒满酒。

“你住在巴黎吗，拉里？”她喝光酒后问道。

“暂住几天。”

和醉鬼说话很难，而且不可否认的是，清醒的人处在不利地位。我们又这样沉闷尴尬地聊了几分钟。跟着，苏菲将椅子向后一推。

“要是我再不回去找我男朋友，他怕是要气坏了。他这人就是头爱生气的畜生。可老天，他这死鬼人还不错。”她摇摇晃晃地站起来，“再见啦，各位。我每天晚上都在这里，你们一定要再来呀。”

她穿过跳舞的人走远了，我们看不到她了。看到伊莎贝尔那精致面容上露出的冷漠和鄙夷，我差一点就笑了出来。我们全都没说话。

“这鬼地方太乌烟瘴气了，”伊莎贝尔突然说，“我们走吧。”

我付了酒钱，连苏菲的香槟钱也给了，我们走出小酒馆。舞池里的人密密麻麻，我们一言不发地走了出去。此时已凌晨两点多了，要我说就该解散回家睡觉，可格雷说他饿了，我就建议去蒙马特区的格拉夫餐馆吃点东西。在开车去的路上，我们都很沉默。我坐在格雷身边，为他指路。最后，我们来到了那家俗气的餐馆。依然有食客坐在露台上。我们走进饭馆，点了培根煎蛋和啤酒。过了一会儿，伊莎贝尔至少表面看起来恢复了镇定。她称赞我对巴黎声名狼藉的那部分竟然如此熟悉，我总觉得她是在讽刺我。

“可是你提出要去的。”我说。

“我很开心，今晚挺愉快。”

“真是见鬼了。”格雷说，“那些地方臭烘烘的，还遇到了苏菲。”

伊莎贝尔冷冷地耸耸肩。

“你还记得她吗？”她问我，“你第一次来和我们吃晚饭的时候，她就坐在你旁边。当时她还没留这可怕的红头发。她本来的发色是暗淡的米黄色。”

我努力回想，脑海中浮现出一个非常年轻的女孩子，有一双蓝眼睛，让人几乎以为她的眼睛是绿的，她还歪着头，很有吸引力。算不上绝色，却清新脱俗，十分天真，不失羞涩，还有点傲慢，她集这两种特质于一身，我觉得非常有意思。

“当然记得。我喜欢她的名字，我的一个阿姨就叫苏菲。”

“她嫁给了一个叫鲍勃·麦克唐纳的人。”

“那小子不错。”格雷说。

“他是我见过的长得最英俊的男人之一，真不知道他到底看上她什么了。我结婚后没多久她就结婚了。她的父母离婚了，母亲改嫁，继父在标准石油[①]中国分公司工作。她和她父亲家的人住在马文，我们以前经常见面，可结婚之后，她就和我们疏远了。鲍勃·麦克唐纳是个律师，不过赚得不多，他们住在北区一栋没有电梯的公寓里。但是，她不见我们可不是因为这个。他们谁都不想见。我从没见过像他们这样如胶似

---

① 标准石油（Standard Oil），美国石油公司，成立于1870年，曾是世界上最大的石油公司、世界第一大跨国公司，创始人兼董事长是约翰·D. 洛克菲勒 (John D. Rockefeller)。

漆的人。后来，他们结婚两三年了，也生了孩子，在去电影院的时候，他坐在那儿，还用手臂搂着她的腰，她把头靠在他的肩膀上，就跟刚谈恋爱的小年轻一样。在芝加哥，人们都把他们当笑谈。”

拉里听着伊莎贝尔滔滔而谈，没有发表任何意见。他的表情有点叫人难以捉摸。

“后来呢？”我问。

“一天晚上，他们开着他们那辆小敞篷车回芝加哥，把孩子也带在身边。没人帮他们看孩子，所以，不管他们去什么地方，都会带上孩子。苏菲一个人做所有事情，他们就喜欢这样。几个醉鬼开着车以每小时八十英里的速度迎头撞上了他们。鲍勃和孩子当场就死了，苏菲却只有脑震荡，外加折了两根肋骨。他们一直向她隐瞒鲍勃和孩子已死的消息，可到了最后，还是不得不将噩耗告诉她。他们说那场面真是太可怕了，她像是疯了一样，狂叫不停。他们只好日日夜夜守着她，有一次，她差点从窗户跳了下去。当然了，我们都尽了全力，可她好像特别恨我们。出院后，他们把她送去了一家疗养院，她在那里待了几个月。”

“真可怜。”

“他们让她出来之后，她就开始喝酒，喝醉后，谁找她，她就跟谁上床。她的婆家人当然受不了了。他们都是低调的好人，很讨厌这样的丑事。一开始，我们都尝试帮助她，可这根本就不可能。要是你请她来吃饭，她就会醉醺醺地来，晚饭还没吃完，她就醉得不省人事了。后来，她和一群混混厮混，我们就都不理睬她了。有一次，她因为醉酒驾驶还被抓起来。她当时和一个在非法酒吧里认识的外国佬在一起，事实证明，那人是个通缉犯。”

“可她有钱吗？”我问。

“她一直在花鲍勃的保险金；撞他们车的人上了保险，她得到了一些钱。不过那些钱很快就花光了。她花起钱来如流水，两年一过，她就穷得叮当响了。她的祖母不让她回马文。后来，她的婆家人说，如果她能到国外去，他们就定期给她钱花。我想，她现在就靠这些钱过日子。”

“真是风水轮流转呀。”我道，“从前，害群之马被从我的国家送到美国，现在，则是从你们的国家送去了欧洲。”

“我真替她难过。”格雷说。

“是吗？”伊莎贝尔冷冷地说，“可我不。这当然是个打击，没人比我更同情苏菲。我们从小就认识了。正常人都能从这样的事件中恢复过来。如果她振作不起来，那只是因为她这人心智不健全。她天生就很软弱，甚至就连她对鲍勃的爱都是夸大的。如果她性格坚强，就一定可以熬过去。”

“要是主观愿望都能实现，那就天下太平了……伊莎贝尔，你也太苛刻了吧？”我小声说。

“我可不这么觉得。我说的是常识，我觉得没有必要同情苏菲。天知道，没人比我更爱格雷和孩子们，如果他们在车祸中死了，我一定会发狂，只是我迟早能振作起来。格雷，你是希望我这样的吧。还是更愿意我每晚喝得不省人事，然后和巴黎的所有坏蛋上床？”

格雷给出了一个我所听他说过的最幽默的回答。

“我当然更希望你穿一套从慕尼丽丝女装店新买的衣服，纵身跳入我的焚尸之火中，不过现在不兴这么干了，所以我觉得你能做的最好的事，就是去打桥牌。而且，你要记住，除非有三个半到四个快速赢张，不然就是一手没将的牌。”

现在这样的场合，我可不想告诉伊莎贝尔，她对她丈夫和孩子的爱确实出于真心，却没有多少激情。或许她看懂了我此刻在想什么，便充满敌意地问我：“你想说什么？”

“我和格雷一样，很为那个女孩难过。”

“她算哪门子女孩子，她都三十了。”

“我想，当她的丈夫和孩子在车祸中遇难的时候，对她来说，这个世界已经终结了。我想她根本就不在乎她会变成什么样，开始堕落，酗酒，随便和男人上床，以此来报复对她如此残酷的生活。她曾经生活在天堂里，当她失去了这个天堂，却无法适应凡人的生活，绝望之下，她一头扎进了地狱。我能想象，她是那种宁为玉碎、不为瓦全的人。”

“你说的这些，不过是你在小说里写的情节而已，根本就是废话，你知道那都是胡扯。苏菲堕落了，是因为她喜欢这样。其他女人也会失去丈夫和孩子。她变坏可不是因为这个，恶不是由善突变而来的。恶就是恶，一直都在。那次车祸粉碎了她的防护网，她就露出了本来面目。不要把你的怜悯浪费在她身上，她本来就是个荡妇。”

拉里一直没开口，像是在沉思，我想他压根儿就没听到我们在说什么。伊莎贝尔说完，我们沉默了片刻。拉里就说了起来，不过他的声音很奇怪，没有丝毫的抑扬顿挫，仿佛他不是在对我们说话，而是在自言自语；他的目光似乎落在了遥远模糊的往昔时光。

“我还记得，十四岁时的她留着一头长发，从额头向后梳，后面打一个黑色蝴蝶结，脸上长着雀斑，表情严肃。那时候的她谦虚，高尚，有理想。她看过所有她能接触到的书，我们经常一起聊书里的内容。”

“那是什么时候的事？”伊莎贝尔微微蹙着眉问。

“在你和你母亲出去社交的时候。我经常去她祖父家，我们一起坐在一棵大榆树下，读书给对方听。她喜欢诗歌，她自己也写了很多诗。”

“很多女孩子在那个年纪都这样，没什么大不了。”

“当然，那是很久以前的事了，我敢说，我也分辨不出水平高低。”

“你当时顶多十六岁。”

“只不过是模仿而已，很多地方都有罗伯特·李·弗罗斯特[①]的影子。不过我知道，一个小女孩能写出这样的诗，可以

① 罗伯特·李·弗罗斯特（Robert Lee Frost，1874—1963），美国诗人，擅写新英格兰田园风光而展现复杂的社会和哲学主题，曾四次获得普利策奖。

说相当不错。她有一双灵敏的耳朵，很有韵律感。她喜爱乡间的声音和香气，对空气中第一丝柔软的春日气息充满感情，热爱雨后土壤的清香。”

“我并不知道她写诗。”伊莎贝尔说。

“这是她的秘密。她担心你们嘲笑她，她很害羞。”

“她现在可不会害羞了。”

“等我打完仗回来，她都长成个大姑娘了。她阅读了大量关于工人阶级状况的书籍，她在芝加哥也亲眼见识过。她迷上了卡尔·桑德堡[①]，写了大量自由体诗歌，描写穷人的悲惨生活和工人阶级受到的剥削。我敢说，她的诗歌很普通，却充满诚挚的情谊，尽是怜悯和抱负。那个时候，她想当社工，她的献身精神很令人动容。我想她是个能力卓绝的人。她并不傻，也不自作多情，而是让人觉得她是一个纯洁的人，一个奇怪却高尚的灵魂。那年我们经常见面。”

我看得出来，伊莎贝尔越听越恼火。拉里根本不知道他这是在往她心上捅刀子，每个字都会让她的伤口变得更深。可当她开口的时候，脸上却挂着笑容。

“她怎么会选你做她的好朋友？”

拉里用充满信任的目光看着她。

“不知道。你们很有钱，她却很穷，而我不属于你们那个

---

① 卡尔·桑德堡（Carl Sandburg，1878—1967），美国诗人、作家、编辑，曾三次获得普利策奖。

阶层。我会去马文，只是因为鲍勃叔叔在那里工作。我估摸她觉得这让我和她有了某些共同点。”

拉里没有亲属。我们大多数人至少有些堂表亲，虽然有些素昧平生，但起码能让我们感觉我们是某个家庭的一分子。拉里的父亲是独生子，母亲是独生女；他的祖父是贵格派教徒，年纪轻轻的，在一次出海后便再也没有回来，他的外祖父没有兄弟姐妹。在这个世界上，没有比拉里更孤独的人了。

“你有没有想过，苏菲有可能爱上你了？”伊莎贝尔问。

“没有。”他笑着说。

“她很喜欢你。”

“拉里打完仗回来，是个受伤的英雄，芝加哥一半的女孩子都对他魂牵梦萦。”格雷说，他还是那么直率。

“不是黏着你那么简单。她崇拜你，可怜的拉里。你是说你一直都不知道吗？”

“我当然不知道，也不相信。”

“我想你是认为她高不可攀吧。”

“我现在依旧能看到那个小女孩，头发上绑着蝴蝶结，面色严肃，读到济慈的颂诗时，为了优美的诗句而泪流满面，声音都颤抖了。我想知道那个女孩现在去哪儿了？”

伊莎贝尔有点惊讶，向他投去了怀疑且询问的目光。

“太晚了，我累了，走吧。”

三

转天晚上，我搭乘蓝色列车[1]去了里维埃拉，两三天后，我去昂蒂布看望艾略特，给他讲了我在巴黎的见闻。他看起来很不好。他在蒙特卡蒂尼的治疗没有取得他预期的效果，后来辗转各地，又弄得他身心俱疲。他在威尼斯找到了一个洗礼盆，随后去了佛罗伦萨，买下了他之前还过价却没买的三联画。他急于将这些东西安置好，就去了彭甸沼地，住在一家简陋的旅店里，那里热得让人难以忍受。他买的那些宝贝还在路上，要很久才能到，可他打定主意，不达目的决不罢休，于是他住了下去。最后，一切都安排妥当，他相当满意，还骄傲地向我展示他拍的照片。教堂很小，却不失威严，内部装修尽显低调的奢华，由此证明艾略特是个品位很高的人。

“我在罗马看到了一副基督教早期的石棺，我一直想买下它，不过到最后还是放弃了。”

“艾略特，你要基督教早期的石棺，到底有什么用？”

“给我自己留着呀，我亲爱的朋友。石棺设计精美，我觉得把它放在入口的另一边，正好与洗礼盆交相辉映，只可惜那些早期的基督徒又矮又胖，我想石棺不合我的尺寸。我总

① 指在法国加来与里维埃拉之间运行的豪华夜间特快列车，因其卧铺车厢为蓝色而得名。

不能像个胎儿似的，把膝盖抱在胸前躺在里面，一直等到最后审判日的号声响起吧，太不舒服了。”

我哈哈笑了起来，可艾略特非常认真。

“我有个更好的主意。我做好了安排，遇到了一些困难，却都在我的预料之中，我要把我自己埋在圣坛前面，也就是高坛台阶的脚下，这样一来，彭甸沼地的穷苦农民来领取圣餐的时候，就会用沉重的鞋子踏在我的尸骨上。是不是觉得很别具一格？只在一块简单的石板上刻上我的名字和几个日期。Si monumentum quaeris, circumspice[①]。你知道的，意思是，要是想找墓碑，只要四下看。”

“艾略特，我的拉丁文还算过关，所以这样一句陈词滥调，就用不着解释了。”我尖刻地说。

“很抱歉，我亲爱的朋友，我见惯了上流社会的愚昧无知。我都忘了我是在和一位作家说话。”

这次嘴仗他赢了。

“不过我要告诉你的是，”他继续说，“我在遗嘱中留下了指示，不过我希望你来监督执行我的遗嘱。我才不要葬在里维埃拉，和一大群退伍军人和中产阶级法国人埋在一起。”

“艾略特，只要你愿意，我乐意效劳，可我觉得，在未来

① 艾略特在此引用英国著名建筑师克里斯托弗·M. 雷恩爵士（Sir Christopher Wren，1632—1723）的墓志铭，后者指导重建了伦敦圣保罗大教堂，死后葬于圣保罗大教堂唱诗班席位下的地穴内。

许多年里，我们都用不着为了这种事操心。”

“你知道的，我的年纪越来越大，说句老实话，离开人世，我并不遗憾。兰多[1]那首诗怎么说来着？‘我用生命之火……’”

我不擅长死记硬背，不过那首诗很短，我能背下来。

我不与人争，和谁争我都不屑。
我热爱自然，艺术次之；
我用生命之火，烘烤双手；
火焰逐渐熄灭，我已准备离去。

“对，就是它。”他道。

我情不自禁地想，艾略特竟然用这首诗来形容他自己，实在太夸大了。

“这首诗准确地道出了我的心情。”他说，“我唯一要添加的，就是我一直是欧洲上流社会的一员。”

“把这样的内容挤进四行诗里可不容易。”

“社交已死。有那么一段时间，我曾希望美国能取代欧洲，创建一个所有人都尊重的贵族社会，可后来发生了经济大萧条，没这个可能了。我可怜的国家越来越向着中产阶级方向发展，太叫人绝望了。简直不敢相信，我的朋友，但我上次

① 沃尔特·S. 兰多（Walter S . Landor，1775—1864），英国作家、诗人。

回美国，一个出租车司机竟然管我叫‘老兄’。”

里维埃拉依旧处在一九二九年经济大萧条的余波下，始终没有恢复，艾略特却依旧在举办聚会，参加聚会。他从不与犹太人交往，著名财阀罗斯柴尔德家则除外，可惜现在规模最大的派对都是这些上帝的选民[1]举办的，而且只要有派对，艾略特就一定会到场。他周旋于这些聚会，优雅地与这人握握手，与那人贴贴脸，却带着绝望悲惨的超然，好像一个流亡的皇室成员发现自己与这样一班人为伍，感觉有点尴尬。然而，这些流亡贵族却乐不思蜀，能结交电影明星似乎是他们最大的野心。现在时兴和电影圈的人交往，艾略特很不以为然；不过一个息影的女演员就住在他家隔壁，住处豪华，门庭若市。内阁成员、公爵和贵妇人会在她家一住好几个礼拜。艾略特成了她家的常客。

“当然了，什么样的人都有。”他告诉我，“不过要是你不待见某个人，大可以不和他说话。她是我的同胞，我觉得我应该为她捧捧场。她家的客人如若发现有人能说他们的母语，一定会很欣慰。”

有时候他身体很不好，我就问他，为什么不多休息休息。

“我亲爱的朋友，到了我这个年纪，要是掉队了，后果不堪设想。如果很久不露面，谁还记得你是谁。你该不会以为，我都在上流社会待了快五十年了，却还不明白这个

---

① 指犹太人。

道理吧。”

我很想知道他是否意识到了他这话有多凄惨。我再也没有心情去嘲笑艾略特了，在我看来，他就是个可怜人。社交就是他活着的目的，参加派对就和呼吸一样重要，没有受邀参加派对对他而言就是侮辱，孤独会让他觉得很没面子，他现在上了年纪，对此尤为害怕。

夏天就这样过去了。艾略特则从里维埃拉一端匆匆赶到另一端，在戛纳吃午饭，在蒙特卡罗吃晚饭，拿出全部天赋周旋于茶会或鸡尾酒会，不管他有多累，都强忍着表现得和蔼可亲、风趣健谈。他知道各种小道消息，对于最新的丑闻，除了有直接关系的人外，没人比他知道得更早，而且他还清楚每一个细节。若是你说他这是在虚度光阴，他就会惊奇又坦诚地看着你。他或许会觉得你只是个悲惨的小老百姓，不懂他的生活。

四

秋天到了，艾略特决定去巴黎小住，一方面是为了去看伊莎贝尔、格雷和孩子们，另一方面则是按他所说，到首都活动一下。然后，他打算去伦敦定制几件新装，顺便看望老朋友。我则计划直接去伦敦，不过他要我开车带他去巴黎，这么做倒也挺惬意，于是我答应了，而且要是这么做了，我也就没有理由不在巴黎待几天。我们一路上轻松愉快，时不时停下来享受美食。艾略特的肾功能不好，只喝维希矿泉水，却总是坚持为我挑选葡萄酒，虽然我只能喝半瓶，他这人太和善了，不会因为他自己不能享受，就不情愿给我这样的乐趣，而且看到我品尝好年份的美酒，他打心眼儿里觉得满意。他为人慷慨，我很难说服他让我付我自己那份的钱。我有点厌烦他总是说他从前认识某某大人物，不过我喜欢这段旅程。我们开车走遍了大半个法国，彼时正值初秋，景色极为宜人。我们在枫丹白露吃了午餐，下午才抵达巴黎。艾略特送我到我常住的那家普通的老式旅店，便绕过街角，去了里兹酒店。

我们已经通知伊莎贝尔我们到了，所以，看到她给我留了字条，我并不惊讶，不过看到字条里的内容，我倒是大吃一惊。

见字条速来，出了一件可怕的事。千万别带艾略特舅舅来。老天，赶快来。

我挺好奇，可我必须洗个澡，换件新衬衫；然后我坐上出租车,去了他们位于圣纪尧姆街的公寓。管家把我领到客厅。伊莎贝尔一见到我就站了起来。

“你到什么地方去了？我等了你好几个钟头。”

现在是五点，我还没回答，管家就端上了茶点。伊莎贝尔的双手紧紧绞在一起，不耐烦地看着他。真想不出到底出了什么事。

“我刚到。我们在枫丹白露吃了午饭，耽搁了一会儿。”

“老天，他可真慢。真能把人逼疯！”伊莎贝尔说。

管家把摆有茶壶、糖罐和杯子的浅盘放在桌上，不慌不忙地在这些东西周围摆上面包、黄油、蛋糕和饼干，看了真叫人起火。然后，他走到外面，关上了门。

“拉里要娶苏菲·麦克唐纳。”

“谁？”

“别傻了。”伊莎贝尔喊道，她的眼睛里闪动着怒火，“就是那次你带我们去那个肮脏的酒吧，遇到的那个醉鬼、荡妇。天知道你为什么偏要带我们去那个地方。格雷气坏了。”

“你是说那个你在芝加哥的朋友？”我说，没有理会她那不公平的责备，“你是怎么知道的？”

“我应该怎么知道呢？他昨天下午过来亲口说的，从那以后我一直很生气。”

“我觉得你应该坐下来，给我倒杯茶，讲讲事情的经过。”

“你还是自己倒吧。”

她坐在茶桌另一边，气呼呼地看着我给自己倒了杯茶。我舒舒服服地坐在壁炉边上的一张小沙发里。

“最近，我们和他不常见面，我是指自打从迪纳尔回来之后。他去那里和我们一起待了几天，不过没和我们住在一起，而是住在旅店里。他常来海滩陪孩子们玩，她们都很喜欢他。我们在圣布里亚克打了高尔夫。有一天，格雷问他是不是又见到了苏菲。

"'是的，我见过她几次。'他说。

"'见她做什么？'我问。

"'她是老朋友。'他说。

"'如果我是你，就不会把时间浪费在她身上。'我说。

"跟着他笑了。你知道他那种笑，仿佛他觉得你说的话很有意思，事实上却根本没意思。

"'可你不是我。'他说。

"我耸耸肩，改变了话题。之后再也没有想过这档子事。你可以想象一下，当他跑到这里，告诉我他们要结婚了，我有多震惊。

"'你不能这么做，拉里。'我说，'不能。'

"'我已经决定了。'他说这话时很冷静，好像是在说还要一份土豆。'而且，伊莎贝尔，我希望你对她好点。'

"'你这就是强人所难了。'我说，'你疯了。她这人这么堕落，她是个坏女人。'"

"你怎么会这么认为？"我打断了她的话。

伊莎贝尔对我怒目而视。

"她从早到晚喝得跟一摊烂泥似的。那些混混只要找上她，她就跟他们上床。"

"但这并不意味着她是个坏女人。很多受人尊敬的人也会喝醉，而且非常下流。这不过是坏习惯而已，就跟咬指甲一样，仅此而已。在我看来，一个人撒谎、欺骗、无情，这才叫坏。"

"你要是敢向着她，我就杀了你。"

“拉里是怎么又碰到她的？”

“他在电话簿里找到她的地址，然后去找她。她病了，不过这也没什么可稀奇的，毕竟她一直过那种生活。他请了个医生，又雇了人去照顾她。事情就是这么开始的。他说她戒酒了，那个该死的傻瓜竟然认为她的病治好了。”

“你忘了拉里为给格雷治病的事了吗？他把他治好了，不是吗？”

“那不一样。格雷想要治好病，她可不想。”

“你怎么知道？”

“因为我了解女人。一个女人堕落到这种地步，就彻底玩完了，再也不可能恢复。苏菲变成现在这样，是因为她自甘堕落。你认为她会对拉里一心一意吗？当然不会。她迟早会甩掉他，她就是这样的性子。她要的就是肉欲，她觉得这很刺激，她就是要当个婊子。她会把拉里带入地狱的。”

“我觉得这很有可能，但我不知道你能做什么。他心甘情愿。”

“我是什么都做不了，但你能。”

“我？”

“拉里很喜欢你，一定会听你的劝。你是唯一一个对他有影响力的人，你了解这个世界。去找他，告诉他别做傻事，告诉他这会把他毁掉。”

“他准会说，这不关我的事，而且，他说得对。”

“可你喜欢他，至少你对他感兴趣，你绝不能坐视不理，任由他把生活搞得一团糟。”

“格雷是他最好的朋友，他们认识的时间最长。虽说我不觉得这能有多大作用，可我觉得，找他谈这事，格雷是最好的人选。”

“噢，格雷。”她不耐烦地说。

“你知道的，事情兴许不如你想象的那么糟糕。我认识两三个朋友，一个是西班牙人，另外两个在东方，他们都娶了妓女为妻，而她们都是很好的妻子。她们对丈夫心存感激，我是说，他们给了她们安全的生活，而且她们很清楚如何讨好男人。”

“你真是烦死我了。你认为，我牺牲了我自己，就为了将拉里送到一个丑恶的慕男狂怀里吗？”

“你怎么牺牲你自己了？”

“我放弃了拉里，唯一的原因是我不愿意妨碍他。”

“得了吧，伊莎贝尔。你放弃他，是为了方钻和貂皮大衣。”

我刚一说完，一盘黄油面包就朝我的脑袋飞了过来。算我运气好，我一下子接住了盘子，可黄油面包全都掉到了地上。我站起来，把盘子放回桌上。

“要是你打碎了皇冠德比[①]瓷盘，你的艾略特舅舅一定会叫你吃不了兜着走。这些盘子是为了第三代多赛特公爵烧制的，可以说是无价之宝。”

① 皇家皇冠德比（Royal Crown Derby），英国古老的瓷器制造商。

“把黄油面包捡起来。”她厉声道。

“你自己去捡吧。”我说着坐回沙发。

她站起来，气鼓鼓地拾起了散落的食物。

“亏你还说自己是英国绅士。”她凶巴巴地说。

“这话可不对，我这辈子就没这么说过。”

“你给我滚。我再也不想见到你了，一见到你我就讨厌。”

“对此我很抱歉，因为见到你我一直很开心。有没有人告诉过你，你的鼻子就跟那不勒斯博物馆里的普赛克[①]的鼻子一模一样，那可是现存的处女之美的最美代表。你的双腿是那样精致，修长有型，每次见到，我都会惊叹一番，因为当你还是个女孩子的时候，你的腿很粗，我真无法想象你是怎么得到这一双美腿的。”

“靠的是坚强的意志和上帝的恩赐。”她愤怒地说。

“不过你的手才是最迷人的，不仅纤细，而且精致。”

“我记得你认为我的手太大了。”

“和你的身高和体形一比，就不算大了。你手上的动作优雅迷人，风采不凡，我一直都赞叹不已。不管是天生的，还是你有意为之，反正你的手势一向充满了美感。有时候像是花朵，还有时候宛若飞翔的鸟儿。手势比你的语言更富于表现力。真好像见到了格列柯[②]那些画中的手。艾略特说你家祖

① 普赛克（Psyche），希腊神话中的人类女子，爱神厄洛丝（Eros）的妻子。

② 埃尔·格列柯（El Greco，1541—1614），西班牙文艺复兴时期画家、雕塑家、建筑师。

上有一个西班牙贵族，我本觉得这事不大可能，但当我看着你的手，我愿意相信艾略特说的是真的。”

她怒气冲冲地抬起头。

“你到底在胡扯什么？我第一次听说还有这样的事。”

我给她讲了德·劳里亚伯爵娶了玛丽王后的未婚侍女这件事，而艾略特说，从母系追溯，那个侍女就是他家的祖先。在我说话的当儿，伊莎贝尔则注视着她那修长的手指，看着她那修剪整齐、涂着指甲油的指甲，显得很是自鸣得意。

“人总有祖先。”她道。跟着，她轻笑一声，淘气地看看我，一点也看不出怨我的样子，然后又说，“你这个挨千刀的。”

瞧见了吧，只要告诉一个女人真话，就能让她讲道理，容易得很。

“有些时候，你这人倒也招人喜欢。”伊莎贝尔说。

她走过来，挨着我坐在沙发上，用一只手臂圈住我的手臂，探过身来要亲我，我连忙躲到一边。

“千万别把唇膏糊我一脸。”我说，“要是你想吻我，那就吻我的唇，仁慈的上帝创造了它们，就是用来接吻的。”

她咯咯笑了两声，用手扳过我的脸，在我的唇上轻轻印了一个口红印。感觉不错。

“做完了这件事，或许你可以告诉我你想要什么了。”

“我要你的建议。”

“我乐意效劳，不过我觉得一时间你肯定接受不了。要我说，你只有一件事可做，那就是顺其自然。”

她又火了，一把把手臂抽开，站起来，坐在壁炉另一边的一把椅子上。

“我绝对不会袖手旁观，任由拉里毁掉他自己的。只要能阻止他娶那个婊子，我什么都干得出来。”

“你什么也干不成。你知道的，他遇到的是最强大的感情之一，已经无法自拔。”

“你该不会是想说，他爱上她了吧？”

“那倒不是。相比起来，爱情根本不值一提。”

“你到底想说什么？”

“你看过《新约全书》吗？”

“就算看过吧。”

“你还记不记得，耶稣是怎么被引领到荒野之中，饿了四十天？他饥饿难耐，魔鬼就来找他，说：‘如果你是上帝之子，就把那些石头变成面包吧。’耶稣拒绝了这一诱惑。然后，魔鬼把他送到了圣殿的顶上，对他说：‘如果你是上帝之子，就从这里跳下去。’因为天使会对他负责，接住他。耶稣再次拒绝了。接下来，魔鬼将他带到一座高山上，给他看世界里的国家，说，只要他跪下，崇拜他，他就会将这一切都赐给他。但耶稣说，撒旦，走开吧。根据善良单纯的马太所说，这个故事到这里就结束了。但事实并非如此。魔鬼十分狡猾，他再次来找耶稣，说：‘如果你接受羞愧和耻辱，接受鞭挞，戴上荆棘做的王冠，被钉在十字架上而死，你就能拯救人类，因为你为朋友牺牲自身，是最伟大的爱。’耶稣果然受了魔鬼的迷惑。魔鬼笑得肚子都疼了，他知道，邪恶的人会以他们那位救世主的名义去作恶。”

伊莎贝尔愤怒地看着我。

“你从哪里听来的这套说辞？”

“哪里都没有，是我现编的。”

“我觉得这故事太蠢了，还很亵渎神明。”

“我只是想要你明白一个道理，自我牺牲是一种无可抵挡的热情，同它相比，欲望和饥饿根本不值得一提。在这种感情的支配下，亲历者会走向毁灭，以作为对其人格的最高肯定。目标并不重要，可以值得，也可以不值得。没有任何美酒可以如此醉人，没有任何爱情可以如此让人走向毁灭，没有任何邪恶可以如此引人投入。人牺牲了自己，有那么一刻，就比上帝还要伟大，因为，上帝虽然不受限制，无所不能，他却如何能牺牲他自己？充其量他只能牺牲他唯一的儿子。”

“老天，你可真烦人。”伊莎贝尔说。

我假装没听见。

“拉里深陷在这种热情中无法自拔，你怎么会认为跟他讲常识，或是叫他慎重考虑此事，就能让他回心转意呢？你不知道他这些年来都在追求什么。我也不知道，我只是在揣测而已。这么多年的辛劳，这么多年的经历，都无足轻重了，现在，他的欲望最重要，不不，不只是欲望，而是一种急切的在他心里呐喊的需要，他认识的一个天真女孩如今成了荡妇，他需要去拯救她的灵魂。我想你是对的，他是肩负起了一项毫无希望的使命；他是如此敏锐的一个人，他将承受一切折磨；不管他毕生的事业是什么，都将无法实现了。卑鄙的特洛伊王子帕里斯一箭射中阿喀琉斯的脚后跟，将他杀死[①]。拉里就做不到这样的残酷无情，可圣徒若要赢得光环，就得这么做。”

“我爱他。”伊莎贝尔说，“老天知道，我对他一点要求也没有，我没盼着什么。没人能像我那样无私地爱他了。他一定会很不幸的。”

她哭了起来，我觉得这样她能好受点，也就没劝她。一个念头突然钻进我的脑海，我开始琢磨起来，顿觉兴致盎然。照我看，看到基督教挑起了残酷的战争，基督徒相互施加迫害和酷刑，并且表现出冷酷、虚伪和偏狭，魔鬼一定会志得意满。当他想到，原罪这个苦涩的重担落在人类身上，就会为美丽的星空蒙上一层阴影，使得尘世间应该享受的短暂快乐夹杂了邪恶的元素，他必定会一面笑，一面说：这才叫公道。

这会儿，伊莎贝尔从包里拿出一条手帕和一面镜子，左照照右照照，小心地擦拭眼角。

“该死的，你竟然同情他们，是不是？”她喝道。

我沉思着看着她，但没有回答。她敷上粉，涂上口红。

---

① 希腊神话中，特洛伊王子帕里斯拐走斯巴达国王之妻美女海伦，引发特洛伊战争。阿喀琉斯是希腊联军第一勇士，除脚后跟外全身在冥河浸泡过，因而除脚后跟外全身刀枪不入。相传帕里斯放冷箭杀死阿喀琉斯，但《荷马史诗》未载。

“刚才你说了，你在揣测他这些年来都在追求什么。此话怎讲？”

“你知道的，我只是猜测而已，猜错了也说不定。我觉得他一直在追求一种哲学，也可以说是一种宗教，一种人生准则，既可以满足他的思想，也可以让他的心灵得到慰藉。”

伊莎贝尔想了一会儿，她叹口气。

“一个从伊利诺伊州马文来的乡下小子竟然有这样的追求，你不觉得很奇怪吗？”

“卢瑟·伯班克[①]出生在马萨诸塞州的一个农场里，他种出了无核橘；亨利·福特出生在密歇根州的一个农场，却发明了轻快小汽车，这些都很怪吗？”

“可那些都是实用的东西呀，这是美国的传统。”

我哈哈笑了起来。

“这世上还有比最好的生活更实际的吗？”

伊莎贝尔摆摆手，表示她都听腻了。

“总而言之，你不想失去拉里，是不是？”

她点点头。

“你知道他是个非常忠诚的人：如果你拒绝和他妻子往来，他也会拒绝和你往来。要是你能聪明点，就该和苏菲成为朋友。忘掉过去吧，要是你高兴了，就尽可能对她好点。她就要嫁人了，我想她需要买些衣服。你为什么不主动提出陪她去呢？

---

① 卢瑟·伯班克（Luther Burbank，1849—1926），美国农业科学先驱。

我看她一定会高兴坏的。”

伊莎贝尔眯着眼睛，听我侃侃而谈。她似乎下定决心要按我说的办。有那么一刻，她琢磨着，只是我猜不出她在想什么。跟着，她叫我大吃一惊。

“你能请她来吃午饭吗？昨天我对拉里说了那些话，所以我出面有点尴尬。”

“如果我按你说的办，你会按我说的办吗？”

“我一定打不还手，骂不还口。”她答，露出一个最迷人的微笑。

“我现在就办。”

客厅里有一部电话。我很快就找到了苏菲的电话号码，照常等了一会儿后（在法国打电话的人都学会了耐心忍受这段时间），电话接通了。我自报姓名。

“我刚到巴黎，”我说，“就听说你和拉里要结婚了，恭喜你。祝你们幸福。”这时候，站在我身边的伊莎贝尔在我胳膊上邪恶地轻拧了一下，我强忍着，这才没叫出来，“我只在巴黎待几天，想请你和拉里后天到里兹酒店吃午餐，不知道你们能不能赏光？我还要请格雷、伊莎贝尔、艾略特·坦普尔顿。”

“我问问拉里，他就在边上。”电话那头静了下来，“好吧，我们一定到。”

我说好时间，又聊了几句，这才挂断电话。然而，伊莎贝尔的眼神让我有些不安。

“你在想什么？”我问她，“你这样的眼神很瘆人。”

“对不起，我还以为你喜欢这样呢。”

“伊莎贝尔，你该不会要捣乱吧？”

她瞪大眼睛。

“我保证不会。事实上，拉里改造了苏菲，我特别好奇，很想看看她现在是什么样子。但愿她不会打扮得花枝招展到里兹酒店来。”

五

我组织的这次小聚会还不赖。伊莎贝尔和格雷最先到；拉里和苏菲·麦克唐纳迟到了五分钟。伊莎贝尔和苏菲亲切地互吻，伊莎贝尔和格雷又恭喜她订婚。我注意到伊莎贝尔在打量苏菲。看到苏菲此时的样子，我很是惊讶。当初在拉普街那家低级酒馆见到她，她化着浓妆，染着头发，穿着一件亮绿色上衣，放荡无礼，还喝得大醉，颇具挑逗意味，显得很下贱；可再看看现在，她整个人身上没有一点色彩，虽然她比伊莎贝尔小一两岁，却显得大很多。她依然骄傲地歪着头，可现在，我也不知道为什么，却觉得这个动作极其楚楚可怜。她恢复了自然的发色，当初她染了发，任由其疯长，也不打理，一副邋里邋遢的样子，这会儿她的头发还是一样乱糟糟的。她只涂了口红，此外没有化妆，皮肤十分粗糙，有种病态的苍白。我记得她那双绿色的眸子亮晶晶的，此刻却毫无光彩。她身穿一件红裙，显然是全新的，帽子、鞋子和手袋都是配套的；我并没有假装对女人的服装很在行，可我有种感觉，那就是对于今天这个场合，她这身服饰太过讲究、太过精致了。她在胸口戴一枚俗丽的人造珠宝，像是从里沃利大街买到的那种货色。伊莎贝尔穿的是一套黑色丝绸服装，戴了一串珍珠项链和一顶很时髦的帽子，和她相比，苏菲那身行头就显得廉价和不入时了。

我点了鸡尾酒，不过拉里和苏菲没喝。艾略特来了。他穿过巨大的门厅，却遇到了不少熟人，走几步停下来和人握手，又走了几步，停下来亲吻别人的手。瞧他那副派头，好像里兹酒店是他的私人住宅，他正告诉他的宾客，他们能大驾光临，真是他的荣幸。我们把一切都瞒着他，只告诉他苏菲的丈夫和孩子都在车祸中丧生，现在要改嫁给拉里。过了一会儿，他总算来到我们身边，便像个主人似的，优雅地恭喜了他们。我们走进餐厅，由于我们是四男两女，我便让伊莎贝尔和苏菲在圆桌边面对面坐下，而我和格雷坐在苏菲两边；好在桌子很小，说话大家都听得到。我点好了食物，斟酒的服务员便拿着酒单走了过来。

“我亲爱的朋友，你对酒一无所知。”艾略特说，“把酒单给我吧，阿尔伯特。”他翻看起来，“我自己只喝维希矿泉水，但我无法容忍看到别人喝不合适的酒。”

他和斟酒侍应阿尔伯特是老朋友了，经过了一番愉快的讨论，他们决定了我该请我的客人喝什么酒。然后，他扭头看着苏菲。

“你们打算到哪里度蜜月，亲爱的?”

他扫了一眼她的衣服，几乎叫人难以察觉地扬了扬眉毛，我看得出来，他觉得她的品位太差。

“希腊。”

“十年了，我一直想去那里。”拉里说，“却一直没能如愿。”

“这个时候希腊的风景很美。”伊莎贝尔说，表现出一副热情的样子。

我和她都记得，那个时候，拉里想娶她为妻，就是打算带她去希腊。拉里似乎铁了心要去希腊度蜜月。

我们的谈话进展得并不顺利，若不是伊莎贝尔，我一定会觉得很挠头。她拿出了最好的表现。一遇到冷场，我就搜肠刮肚，想找些新鲜话题来说，她却轻而易举地找到话题，我真感激她。除非有人找她说话，否则苏菲一句话也不说，好像说话对她来说是件难事，她一直没精打采。你或许会说，一部分的她已经死了，我则问我自己，拉里是否把她弄得太紧张了，已经超出了她的承受极限。如果我的猜测是对的，她不仅酗酒，而且吸毒，那么突然戒酒戒毒必然会使她陷入疲惫不堪的状态。有时候，我看到他们彼此对视。在他的眼神中，我看到了温柔和鼓励，可她的眼神则传递出恳求的意味，十分可怜。格雷是个善良的人，兴许是他本能地感觉到了我以为我看到的东西，便开始给苏菲讲，拉里如何治好了使他痛不欲生的头疼，又说他现在没有拉里不成，非常感谢拉里。

“瞧我现在的样子，简直生龙活虎，”他又说，“我一直在找工作，已经找到了几个不错的，希望不久之后就能定下来。老天，能回家的感觉真是太好了。”

格雷本是好意，然而，他所说的话并不得体，因为，按照我的判断，拉里治疗苏菲的严重酗酒，用的就是曾在格雷身上成功了的暗示法——在我心里，那种方法就该叫暗示法。

“你现在头不疼了吗，格雷？”艾略特问。

“三个月了，一次都没疼过，如果我觉得头要疼了，就握住我的护身符，就没事了。”他从衣兜里拿出拉里给他的那枚古钱币，“就算给我一座金山，我也不卖。”

我们吃完午餐，服务员端来了咖啡。斟酒侍者走了过来，问我们是否要利口酒。我们都说不要，只有格雷说要白兰地。酒送了上来，艾略特非要看看。

“不错，值得推荐。这酒不会损害你的身体。”

“先生，您要一小杯吗？”侍者问。

“我戒酒了。”

艾略特相当详细地给他讲了他的肾脏出了毛病，医生不允许他喝一滴酒。

“喝点野牛草伏特加不会对您的身体造成伤害。众所周知，这酒对肾脏有好处。我们刚刚从波兰订了一批。”

“真的？现如今这酒可是紧俏货，拿一瓶来让我看看。”

这个斟酒侍应身材魁梧，举止威严，脖子上戴着一条长长的银链。听到艾略特的话，立即去取酒。艾略特解释道，这可是波兰产的上等伏特加。

“那时候我住在拉齐维尔家，和他们一起打猎，就常喝这种酒。你们不知道，那些波兰贵族喝起这种酒来是什么样子；毫不夸张地说，他们一杯杯喝下这种酒，却面不改色。他们都有着高贵的血统；贵族的气质已经渗透到了他们的骨子里。苏菲，你真该喝一杯这种酒，你也是，伊莎贝尔。这样的体验绝对不容错过。”

侍应拿来了酒。我、拉里和苏菲都拒绝接受诱惑，不过伊莎贝尔说她很想试试。我很惊讶，她一向很少喝酒，可今天已经喝了两杯鸡尾酒和两三杯红酒。侍应倒出一杯淡绿色液体，伊莎贝尔闻了闻。

“啊，闻起来真香呀。”

“我说的不假吧。”艾略特大声说道，“你闻到的是里面加入的药草的香气，馥郁芬芳。我陪你喝一点吧。仅此一次，也没什么大不了。”

“真是美酒呀。”伊莎贝尔说，“就跟母亲的乳汁一样。我从没喝过这么好喝的东西。”

艾略特将酒杯送到唇边。

“喝了这酒，昔日的时光仿佛重现了！你们从来没和拉齐维尔家的人相处过，所以不知道什么是生活。气派，豪华，那才叫封建贵族。会让人以为回到了中世纪。有车夫驾驶六驾马车到车站接你。用餐的时候，每个人身后都有穿着制服的侍从服侍。”

他继续描述宅院有多奢华和恢宏，派对有多高档；我忽然产生了怀疑——当然，纯属胡猜乱想——今天这次聚餐，不过是艾略特和斟酒侍者的一个奸计，只是要给艾略特一个机会，讲这个贵族家庭过着怎样的奢华生活，讲他结识了哪些波兰贵族，去他们的城堡里做客。

他不说个尽兴是不会停下来的。

“再来一杯，伊莎贝尔？”

“不了，我可没这个胆子。不过这酒真好喝。我很高兴我知道了这种酒。格雷，我们一定得买点。”

“我让人送几瓶到公寓去。”

“艾略特舅舅，你说真的？”伊莎贝尔热情地大声喊道，“你对我们太好了。你一定得喝喝看，格雷；这酒有股刚割的干草和春天花朵的芳香，还有股百里香和薰衣草味。味道轻柔，十分爽口，就好像在月光下听音乐。”

伊莎贝尔一般不会这样滔滔不绝，我估摸她有点醉了。终于到曲终人散的时候了，我和苏菲握手。

“你们什么时候结婚？”我问她。

“两个礼拜之后。届时希望你赏光来参加我们的婚礼。”

“恐怕那时我不在巴黎，我明天就要去伦敦了。”

我和其余人道别，这时候，伊莎贝尔把苏菲拉到一边，说了几句话，然后转身看着格雷。

“噢，格雷，我不回家了。慕尼丽丝女装店今天有个时装展，我带苏菲去看看。她应该去看看新式样。”

“我很想去。”苏菲说。

我们分道扬镳。那天晚上，我带苏珊娜·鲁维埃去吃饭，转天早晨，出发去了英国。

六

两周以后，艾略特到了克拉里奇酒店，之后不久，我去看望他。他订了几套衣服，还详细地讲了他选择了哪些服装，为什么选。等终于轮到我说话的时候，我问他婚礼举行得怎么样。

"压根儿就没举行。"他说。

"此话怎讲？"

"在距离婚礼只剩下三天的时候，苏菲失踪了。拉里到处找她。"

"真是太不可思议了！他们吵架啦？"

"那倒没有，完全没这回事。一切都安排妥当了。我负责牵着新娘的手，把她交给新郎。等到婚礼一结束，他们就搭乘东方快车去度蜜月。要我说，我觉得拉里幸好没结成婚。"

估计伊莎贝尔已经把一切都告诉艾略特了。

"到底发生了什么事？"

"还记得那天我们和你在里兹酒店一起共进午餐吗？伊莎贝尔带她去了慕尼丽丝女装店。还记得苏菲穿的那件裙子吗？真是惨不忍睹。你注意到那衣服的肩膀了吗？衣服做得合不合身，全看肩膀处了。可怜的小姑娘，她可买不起慕尼丽丝女装店的衣服，你知道的，伊莎贝尔很慷慨，她们是打小的朋友了，伊莎贝尔就提出送她一条裙子，这样，她至少可以穿件体面的衣服结婚。她自然是欣然接受了。长话短说吧，有一天，伊莎贝尔请她在三点钟到公寓去，然后她们一起去最后试穿。苏菲准时来了，可很不巧，伊莎贝尔必须带孩子去看牙医，四点才回来，那时候苏菲已经走了。伊莎贝尔还以为她等得不耐烦，一个人去了服装店，所以她立刻就赶去了，然而，苏菲并没去过。伊莎贝尔没再找她，就回了家。那晚他们正好一起吃饭，到了晚饭时间，拉里来了，伊莎贝尔一见到他就问苏菲哪去了。

“他也不知道，于是打电话到她的公寓，却没人接听，他就说他亲自去看看。他们等了很久，拉里和苏菲都没出现，他们只好自己吃了饭。你自然清楚你们在拉普街遇到她之前，她过着什么样的生活；你带他们到那里去，结果真是太不幸了。拉里找了她一整夜，找遍了她常去的地方，却连她的影子都没看到。他去了她的公寓很多次，但是门房说她不在。他足足找了她三天，可她好像人间蒸发了一样。到了第四天，他又去了她的公寓，门房告诉他，她回来了一趟，打包了东西，坐出租车走了。”

“拉里是不是难过极了？”

“我一直没见过他。伊莎贝尔说他的确伤心。”

“她就没写过只言片语吗？”

“一个字都没有。”

我想了想。

“你怎么看？”我说。

“我亲爱的朋友，我和你的想法一样。她撑不住了，又开始酗酒了。”

这是明摆着的事，却非常奇怪。我搞不懂她为什么偏偏选择这个时间溜掉。

“伊莎贝尔怎么说？”

“她自然觉得很遗憾，不过她是个通情达理的姑娘，她对我说，她一直认为，若是拉里娶了那样一个女人，肯定会是一场灾难。”

“拉里呢？”

“伊莎贝尔一向对他很好，她说事情难就难在他不愿意开口谈这件事。他一定能振作起来，伊莎贝尔说他其实并不爱苏菲。他娶她，只是出于不正确的骑士精神而已。”

我仿佛能看到伊莎贝尔必定对于这叫她满意的转折表现得若无其事。我还知道，等我下次见到她，她一定会告诉我，她早就预料到这样的结局了。

但我下次见到她，已是差不多一年之后了。那个时候，我知道了一些关于苏菲的消息，本可以告诉她，让她好好思考一番，可在当时的情况下，我却不打算向她透露一个字。我一直住在伦敦，快到圣诞节时，我想回家了，就直接去了里维埃拉，中途没在巴黎停留。我正在创作一部小说，所以在接下来几个月里，一直过着隐居的生活。我时不时会与艾略特见上几面。他的健康明显日渐衰退，却还是参加社交活动，我看了很难过。就因为我不肯开车走上三十英里，去参加他常举办的派对，他很生我的气。看到我竟然更乐意坐在家里工作，他觉得我是个自命不凡的人。

“如今的时节多美呀，我亲爱的朋友。”他这么告诉我，“你把自己关在房子里，错过了一切，简直是犯罪。就算我活到一百岁，也不能理解为什么你选择住在里维埃拉那片老旧的区域。”

噢，艾略特，你真是可怜，又傻乎乎的。显而易见，他活不到一百岁。

到了六月，我写完了初稿，觉得该去度个假了，于是我打包行李，搭乘夏季载我们去福斯湾游泳的快艇，一路沿海岸向马赛驶去。只是不时才有微风吹来，所以大部分时间，我们不仅开着发动机，还扬着帆，嘎啦嘎啦声不绝于耳。我们在戛纳的港口住了一夜，第二夜住在圣马克西姆，第三晚住在萨纳里，随后，我们到了土伦。我一直很喜欢这个港口城市。法国的舰队为这里平添了一份浪漫和友善的氛围，我一向喜欢徜徉在这里的古老街道上。我能在码头上待好几个钟头，看着水手上岸，一对对地闲逛，或是带着女朋友溜达，市民悠悠漫步，仿佛享受这宜人的阳光是他们在世上唯一要做的事。这些大小船舶会把这些熙熙攘攘的人群送到这个大型港口城市的各个地方，会让你觉得土伦如同机场航站楼，整个浩瀚的世界都要在这里汇聚。坐在小咖啡馆里，看到碧蓝的大海、蔚蓝的天空、阳光明媚，你会觉得目眩，想象力要踏上金色之旅，飘到天涯海角。你会想象自己坐着一艘大艇，来到太平洋中的一片椰树环绕的珊瑚岛；你走下舷梯，踏上仰光的码头，坐上一部黄包车；又或者，你搭乘的船飞快地驶向太子港的码头，从上甲板上，你看到很多黑人，他们吵吵嚷嚷，还不停地打着手势。

我们上午晚些时候才到，我在下午三点左右上了岸，在码头上逛了逛，看了看商店，人们与我擦肩而过，还有些人坐在咖啡馆的遮阳伞下。忽然之间，我看到了苏菲，与此同时，苏菲也看到了我。她笑着和我打招呼，我停下脚步，与她握手。她正坐在一张小桌边，面前摆着一个空杯子。

“坐下来喝点东西吧。”她说。

“咱们一起喝。”我说着在椅子上坐下。

她穿一件蓝白条法国水手衫，一条亮红色宽松长裤，脚穿一双凉鞋，能看到涂了指甲油的大脚趾。她没戴帽子，留着短短的鬈发，发色是淡金色，有点像银色。她化着浓妆，与我们当初在拉普街碰到她时一模一样。从桌上的杯盘看，她已经喝了一两杯了，不过没到酩酊大醉的地步。看到我，她似乎并没有不高兴。

“巴黎的那些人怎么样了？”她问。

“我想他们都好吧。自从那天我们在里兹酒店吃完饭，我还没见过他们。”

她从鼻孔中喷出一大团烟，哈哈笑了起来。

“我并没有嫁给拉里。”

“我知道了。你为什么这么做？”

“亲爱的，到了紧急关头，我不能把我自己看成抹大拉的马利亚，把他当作耶稣·基督。这行不通。”

“到底发生了什么事，你才会在最后一刻改变主意？”

她用嘲弄的眼神看着我。她还是那样无畏地歪着脑袋，胸口扁平，腰肢纤细，外加这身装扮，活脱一个品行不端的小男孩；可我不得不承认，与上次我看到她穿那身红裙相比，此刻的她更有魅力,彼时,她很忧郁,穿着打扮土里土气。现在，她的脸和脖子都晒得黝黑，在黝黑皮肤的衬托下，她脸颊上的胭脂和黑黑的眉毛显得咄咄逼人，虽然粗俗不堪，却魅惑力十足。

“你想知道？”

我点点头。服务员端来了我为自己点的啤酒，为她点的白兰地和苏打水。她用刚刚抽完的烟卷又点了一根。

“一连三个月，我一滴酒都没沾，也没抽。”看到我微微有些吃惊，她大笑起来，“我不是说抽烟，是吸毒。我感觉糟透了。你知道的，有时候只有我一个人，我会歇斯底里地尖叫；我说，‘我撑不下去了，撑不下去了’。和拉里在一起的时候，倒也不算糟糕，可要是他不在，我就感觉像是进入了地狱。”

我看着她，在她提到吸毒的时候，我用更犀利的眼神瞧着她；我注意到她的瞳孔只有针尖大，由此可见她现在还在吸毒。她的眼睛绿得惊人。

“伊莎贝尔送了我一套结婚礼服。我很想知道那套衣服现在怎么样了，那套衣服很漂亮。我们本来约好了，我先去找她，然后我们一起去慕尼丽丝女装店。她选衣服很有品位。我来到他们的公寓，管家就告诉我，她带琼去看牙医了，还给我留了张字条，说她很快回来。于是我在客厅里等。桌上有咖啡，我就问管家，是不是能喝一杯。那时候我能撑下去，全靠咖啡。他说他去给我端，便收走了空杯子和咖啡壶。他把一个瓶子留在了托盘上。我看了一眼，原来是你们在里兹酒店说的那种波兰酒。”

“野牛草伏特加。我记得艾略特说他送了伊莎贝尔几瓶。”

“你们全都为这种酒倾倒，说它味道有多好，我很好奇。我拔开木塞，闻了闻。你们说得对，闻起来真是太香了。我点了根烟，几分钟之后，管家就端着咖啡进来了。咖啡很美味。人们都对法国咖啡大加赞赏，那他们就去喝好了，我还是喜欢美国咖啡。来到法国，我唯一想念的就是美国的咖啡。不过，伊莎贝尔的咖啡喝起来还不赖，我感觉很不舒服，但喝了杯咖啡后，就感觉好点了。我看着放在那儿的那瓶酒，真是个很大的诱惑，可我说，‘让它见鬼吧，我一点也不想喝’。我又点了根烟。我觉得伊莎贝尔随时都可能回来，但她没回来，我紧张到了极点，我讨厌等待，客厅里也没什么可看的书。我开始走来走去，又看看画，可我总是不由自主地去看那瓶该死的酒。后来我就想，我就倒一杯看看。毕竟这酒的颜色很美。”

“是淡绿色。”

“没错，很有意思，颜色美，闻起来很香，就好像有时候在一朵白玫瑰的花蕊中能看到的那种绿色。我一定得尝尝它的味道是不是配得上它的颜色和香气，我琢磨着，只喝一口，不会有什么影响；我只是打算抿一小口，跟着，我听到有动静，还以为是伊莎贝尔回来了，我就把整杯都喝了下去，我不想让她撞见我喝酒，只是回来的不是伊莎贝尔。老天，我感觉太好了，自打戒酒以来，我还没感觉这么好过。我觉得自己又活了过来。如果伊莎贝尔那时回来了，我想我现在已经和拉里结婚了。我不知道那会有怎样的结果。”

“她没回来吗？”

“没有，我很生她的气。她以为她是谁，竟然让我等这么久？跟着，我看到酒杯又满了，我想肯定是我下意识地把酒倒满了，可是，不管你信不信，我真不知道我倒了酒。要是把酒倒回去就太傻了，于是我把它喝了下去。无可否认，那酒太好喝了。我感觉自己变了个人，我很想大笑，我都三个月不想笑了。你还记得那个老家伙说的话吗，他在波兰见过那些人用平底玻璃杯喝这种酒，而且面不改色？我就想，波兰那些家伙都能喝，我也能喝，而且，一不做二不休，于是，我把咖啡倒进壁炉，把酒倒满。说什么母亲的乳汁，纯属废话。后来，我也不知道发生了什么事，可我想，等到我喝多了的时候，酒瓶里已经不剩多少了。我想我得在伊莎贝尔回来前离开。她差一点就看到我了，就在我走出前门的时候，我听到了琼妮[1]的声音。我跑上楼梯，等到她们进了公寓，我才冲下楼，上了一辆出租车。我告诉司机快点开，他问我要去哪里，我就看着他哈哈大笑起来，感觉好像我得到了一百万美元。”

“你回公寓了？”我问，不过我知道她没回去。

“你以为我是白痴吗？我知道拉里一定会来找我。我不敢去以前常去的地方，就去了哈基姆那里。我知道拉里在那里绝找不到我。再说了，我得抽一口。”

“哈基姆是谁？”

“哈基姆是个阿尔及利亚人，只要你有钱，就能从他那里买到毒品。他是我的好朋友。你想要什么，他就能给你弄到什么，男孩、男人、女人、黑鬼。他那里永远有六七个阿尔及利亚人供人差遣。我在他那里待了三天，和好几个男人睡了觉。”她说着咯咯笑了起来，“不同的体形，不同的身高，不同的肤色。我把失去的时间补了回来。可你知道，我很害怕。住在巴黎，我感觉很不安全，生怕拉里找到我，而且我也没剩几个钱了，那些家伙，你得给他们钱，才能让他们跟你上床，我只好离开。我回了公寓，给了门房一百法郎，告诉他要是有人来找我，就说我走了。我收拾好东西，当天晚上就乘火车来了土伦。来到这里之后，我才有了安全感。”

“从那以后你就一直住在这里？”

---

① 即琼的爱称。

“那还用说，我不打算走了。在这里，你想要多少毒品，就有多少毒品，水手从东方把毒品运来，真是好东西，比他们在巴黎卖的货色好多了。我在旅店找了个房间。你知道，就是贸易与海洋旅店。晚上在走廊里一走，全是毒品的味道。”她性感地做了个嗅闻的动作，“又香甜又辛辣，你知道他们在房间里吸毒，这会让你感觉十分舒服。他们才不管你带了什么人回来，他们凌晨五点来咚咚敲门，把水手叫回船上，所以根本不用担心。”跟着，她突然话锋一转，“我看到码头的商店里卖你的书，早知道能碰到你，我就买下那本书，让你签名了。”

在路过那家书店的时候，我曾停下来向橱窗里张望，注意到在其他新书之间，有一本我的小说的译本刚刚上市。

“我估计你不喜欢那本书。”我说。

“我看不出我为什么不喜欢。我识字，你知道。”

“我相信你也能写。”

她飞快地瞥了我一眼，哈哈笑了起来。

“不错，我小时候常写诗。现在想想真是太可怕了，可当时我还自我感觉良好，是拉里告诉你这事的吧。”她犹豫了片刻，“生活就是地狱，要是有些乐趣能让你摆脱它，而你却不去享受的话，那你绝对是个白痴。”她挑衅地向后一仰头，“我买你的书，你能给我签名吗？”

“我明天就走了。倘若你真喜欢，我买一本送给你，放在你的旅店。”

“那很好。”

就在此时，一艘海军汽艇靠港，一大群水手从船里出来。苏菲直用眼睛瞄他们。

“那个是我的男朋友。”她冲一个水手挥挥手，“你倒是可以和他喝一杯，然后最好赶快走人。他是科西嘉人，和我们的老朋友耶和华一样嫉妒心强。”

一个年轻人向我们走来，在看到我的时候犹豫了一下，不过他做了个打招呼的姿势，便来到我们的桌边。他个子很高，皮肤黝黑，胡子刮得很干净，有一双漂亮的深色眼睛，鹰钩鼻，留着一头乌黑的鬈发。此人看起来不超过二十岁。苏菲介绍我是她小时候在美国认识的朋友。

“挺笨，不过长得帅。”她对我说。

“你就喜欢他们那种粗暴的劲头，是不是？”

“越粗暴越好。”

“也许某天你的脖子会被人割断。”

“那没什么可惊讶的。”她笑着说，“死了好，一了百了。”

“说话要说法语，对不对？”那个水手厉声说。

苏菲对他嫣然一笑，却夹杂着一丝嘲弄的意味。她说一口流利的法语，会用很多俚语，有浓重的美国口音，这样一来，虽然她常说些粗俗污秽的语言，却显得滑稽可笑，会让你情不自禁地大笑起来。

“我告诉他，你很帅，不过我用英语说，免得你不好意思。”她对我说，“他很强壮，全是肌肉，就跟拳击手似的。你可以摸摸看。”

这番恭维下来，水手立马高兴起来，他露出一个得意的笑容，一蜷胳膊，露出二头肌。

“摸摸看呀。”他说，“快呀，摸摸看。”

我摸了摸，说我真羡慕。我们聊了几分钟。我付了酒钱，便站了起来。

“我该走了。”

“见到你真高兴，千万别忘了书。”

“绝对不会。”

我和他们握握手，便走开了。我在回去的路上去了趟书店，买了本小说，写上了我和苏菲的名字。跟着，我想到了一首很美的短诗，是龙沙[①]写的，只要是诗选，就会收录这首诗。不过我只记得头一句，便写在了书上：

宝贝儿，走，去看那玫瑰……

我把书留在苏菲住的旅店。那个旅店就在码头上，我经常住在那里，住在那里时，清晨，人们会被号角声吵醒，提醒上岸过夜的人回去当值，平滑的海上薄雾弥漫，太阳冉冉升起，将淡淡的光投到幽灵一般的船只上，颇有几分美感。转过天来，我们去了卡西斯，我想在那里买点红酒，然后去

① 皮埃尔·德·龙沙（Pierre de Ronsard，1524—1585），法国抒情诗人。

马赛，换了我们订购的新帆。一周后，我回了家。

七

我收到了艾略特的仆人约瑟夫给我的一封信，通知我艾略特卧床不起，很想见见我，于是转天我开车去了昂蒂布。约瑟夫在带我去见他的主人之前，便告诉我，艾略特得了尿毒症，医生认为他的病情很重。他撑了过来，现在病情已有好转，可他的肾脏有病，不可能完全康复。约瑟夫侍候艾略特四十年了，忠心耿耿，他表现得很难过，可显而易见，和他那个阶层的很多人一样，暗地里幸灾乐祸。

“可怜的先生，”他唉声叹气，“他这人是有些疯狂，可说到底，他是个好人。人总有一死。”

瞧他那个口气，好像艾略特马上就要断气了。

“我肯定他已经为你做好了安排，约瑟夫。”我冷冷地说。

“但愿如此。”他忧郁地说。

他引领我进屋，我惊讶地看到艾略特精神很好。他面色苍白，显出老态，但生气勃勃。他的胡子刮得很干净，头发梳理得很整齐。他穿着淡蓝色丝绸睡衣，口袋上绣着他名字的首字母，字母上方绣着他的伯爵饰冠。而掀开的被单上绣着更大的首字母和饰冠。

我问他感觉如何。

“非常好。”他高兴地说，“只是小病小灾而已，过几天我就能下床了。我约好与迪米特里大公爵在周六共进午餐，我告诉我的医生了，要他无论如何在那之前把我治好。”

我陪了他半个钟头，在离开的时候，我告诉约瑟夫，要是艾略特旧病复发，一定要通知我一声。一个礼拜后，我和我的一个邻居一起吃饭，艾略特也在，我不由得大吃一惊。他穿着派对服装，面色吓人。

“你该在家休息才对，艾略特。”我告诉他。

“那不是浪费嘛，我亲爱的朋友。弗里达正在等玛法达公主。从可怜的路易莎还在罗马在任时起，我和意大利皇室有很多年的交情了，况且，我一定要支持弗里达。”

我真不知道是该钦佩他这坚忍不拔的精神，还是该哀叹，他都这把年纪了，得了不治之症，却依然对社交充满热情。你绝对想不到他是个病人。他就像一个濒死的演员，等到上了妆，登上舞台，就会暂时忘却病痛。艾略特带着一贯的沉着镇定，周旋于众宾客之间。他和蔼可亲，时而恭维，时而殷勤，他妙语连珠，逗得人们发笑，这可是他最擅长的事。我觉得我从未见过他如此运用他的社交天赋。公主殿下终于起驾离开了（艾略特优雅地冲公主鞠躬，不光表现出对她尊贵地位的尊崇，还表现出了一位老人对一位标致女士的倾慕，这绝对是值得一看的场面），女主人告诉他，他是这个派对的灵魂和中心，我听了一点也不觉得奇怪。

几天后，他再次卧床不起，他的医生禁止他出房间。艾略特气坏了。

“为什么非要是这个时候，现在这个季节多美好呀。”

他一口气说了一长串要来里维埃拉避暑的大人物。

我每隔三四天就来看望他一次。他有时候躺在床上；有时候穿着华丽的晨衣躺在躺椅上，他好像有无数件这样的晨衣，我不记得见他穿重样过。有一次我去探望他是在八月初，我发现他不大爱说话。约瑟夫在引我进屋的时候曾告诉过我，艾略特好了一点，所以见到他这样没精打采，我不由得大吃一惊。我给他讲了几段我在沿海岸游玩时听说的奇闻趣事，想逗他一乐，可他显然不感兴趣。他微微蹙着眉头，一副不高兴的样子，他很少这样。

“你去不去艾德娜·诺威玛丽的派对？”他突然问我。

“当然不去。”

“她邀请你了吗？”

“她邀请了里维埃拉的每一个人。”

诺威玛丽王妃是美国人，十分富有，嫁给了一位罗马王子，这个王子可不是意大利那种遍地都是的普通王子，此人是一个大家族的族长，他的祖上是一位雇佣兵队长，这位祖先在十六世纪便为他自己开创了一个公国。诺威玛丽王妃年届六旬，一直寡居，法西斯政权向她索要她在美国收入的一大部分，引起了她的不满，于是，她离开意大利，在戛纳那一边为她自己建造了一座佛罗伦萨风格的奢华庄园。她从意大利带来了大理石，镶嵌在偌大会客厅的墙壁上，还请来了意大利的画家在天花板上作画。她的画和青铜雕像全都精致不凡，就连不喜欢意大利家具的艾略特都承认，她的东西件件精美绝伦。她家的花园美不胜收，游泳池造价不菲。她热情好客，在餐桌边就坐的人不少于二十个。她计划在八月月圆之夜举行化装舞会，虽然还有三个礼拜，可在里维埃拉，人们张口闭口说的都是这件事。届时将燃放烟花，她从巴黎请来了一个由有色人种组成的管弦乐队。流亡的贵族又是嫉妒，又是羡慕，说什么办这个派对，花费要比他们一年的生活费还多。

"太奢侈了。"他们说。

"真是疯了。"他们说。

"低级趣味。"他们还说。

"你打算穿什么衣服？"艾略特问我。

"我说过了，艾略特，我不打算去。我都这个年纪了，你该不会以为我还会穿着奇装异服去参加化装舞会吧。"

"她没邀请我。"他用嘶哑的声音说。

他看着我，眼神很受伤。

"她一定会的，"我冷静地说，"我敢说，她还在陆续发邀请函呢。"

"她是不会邀请我了，"他的声音都变了，"她这是在故意羞辱我。"

"艾略特，你这话就没有说服力了。我肯定只是疏忽而已。"

"我可不是那种会让人忽略的人。"

"不过你身体不好，也去不了。"

“我当然能去。那是这一季最好的派对了！就算我病入膏肓，我也要去。我可以穿我的祖先德·劳里亚伯爵留下的服装。”

我不知道该说什么才好，只得保持沉默。

“你来之前，保罗·巴顿来过。”艾略特冷不丁说道。

我并不指望各位读者还记得此人，我自己写到这里，也会回过头去看看我给这个角色起了怎样的名字。保罗·巴顿这个年轻人来自美国，由艾略特引入伦敦的社交圈，后来，此人觉得艾略特没有用处了，便不再搭理他，艾略特极为讨厌此人。近来，他出尽了风头，先是入了英国国籍，后来娶了报业巨头的女儿，而这位巨头早已加封了贵族爵位。背后有了这样的势力，再加上他自己的精明劲儿，很显然，他前途不可限量。艾略特真是恨透他了。

“每天晚上我醒过来，听到老鼠在护壁板里面乱爬，我就说，‘保罗·巴顿又在爬了’。相信我，亲爱的朋友，他一定会进上议院。谢天谢地，我是看不到那一天了。”

“他找你有什么事？”我问，我和艾略特都很清楚，这个年轻人是无事不登三宝殿。

“他来找我，”艾略特怒气冲冲地说，“是想借那套德·劳里亚伯爵留下的服装。”

“真是厚颜无耻！”

“你没看出他是何用意吗？他知道艾德娜没有邀请我，也不会邀请我，是她怂恿他来的，这个老贱人。要是没有我，她能有今天的风光。我为她举行派对，是我将她介绍给了她现在认识的那些人。她和她的司机鬼混，你自然知道这事。太恶心了！他坐在那儿，告诉我她把整个花园都装了彩灯，还会放烟花。我喜欢烟花。他还告诉我，有很多人缠着艾德娜，找她要邀请函，不过她拒绝了他们，因为她希望举办一次真正精彩绝妙的派对。听他那个语气，好像我一定会收到邀请。”

“你把衣服借给他了吗？”

“除非他先下地狱。我死的时候要穿那身衣服。”艾略特坐在床上，身体直摇晃，活像个发狂的女人。“他们太无情了。”他说，“我恨他们，我恨他们所有人。那时候我能招待他们，他们便乐得讨好我，可现在我老了，又得了病，对他们一点用也没有了。自打我生病，打电话来问候的人还不到十个，而且，这个礼拜，我只收到一束花，真是太惨了。我为他们做了一切。他们吃我的食物，喝我的酒。我为他们办事，为他们举办聚会，为叫他们满意，我倾尽所有。我得到了什么呢？什么都没有，什么都没有。他们没一个关心我的死活。啊，他们真是太残忍了。”他哭了起来。豆大的泪珠顺着他那憔悴的脸颊向下流，“要是我一直留在美国就好了。”

这个老人命不久长，坟墓的大门已向他打开，现在却因为没接到派对邀请，哭得像个孩子，真是可悲。在叫人惊骇的同时，又令人感到难以忍受的凄凉。

“不要紧的，艾略特，”我说，“没准那天晚上会下雨呢，到时候肯定一团糟。”

听了我的话，他就像个快溺毙的人突然抓住了救命稻草。

他哭着哭着竟然嘻嘻笑了起来。

“我倒是没想到会这样，我要向上帝祈祷那天下雨。你说得对，到时候什么派对都举办不成了。”

我使出浑身解数，总算让他不再琢磨这件无聊的事，在我离开的时候，就算他没有高兴起来，至少安静了一些。但我不愿意让此事就此打住，所以，一回到家，我就给艾德娜·诺威玛丽打了电话，说我转天要到戛纳去，询问是否能与她共进午餐。她传来消息说她很愿意，只是明天没有派对。然而，当我到她家的时候，却发现除了她本人之外还有十个人。她不是坏人，为人慷慨好客，唯一一个大毛病就是嘴巴恶毒。她总是说别人的坏话，就连她最好的朋友也不放过，但她就是改不掉这个毛病，因为她是个愚蠢的女人，不知道还能用什么法子显得自己有意思。她说的坏话都被传了出去，那些她诽谤的对象与她甚至都算不上泛泛之交，不过她举办的宴会实在精彩，所以这些人大都觉得可以在一段时间后原谅她。我不想直接请她邀请艾略特，免得他丢脸，只好先看看情况再说。她很为宴会的事兴奋，午饭期间一直在谈论这个话题。

“要是有机会穿上腓力二世的衣服，艾略特肯定会非常开心的。”我尽可能随意说道。

“我没邀请他。”她说。

“为什么不邀请他？”我佯装惊讶地问。

“我为什么要邀请他？他在社交界里已经不受欢迎了。他这人招人讨厌，是个势利眼，到处传播谣言。”

这些指责用在她身上正合适，我觉得她说得有些过分了。她真是个白痴。

“再说了，”她又道，“我希望保罗穿艾略特的那身衣服，他穿上必定英俊不凡。”

我没再说话，但我下定决心，就算不择手段，也一定要为艾略特弄到他渴望的邀请函。

午饭过后，艾德娜带朋友们去了花园。

这正是我梦寐以求的机会。曾有一次，我在她家住了几天，所以很清楚房子的布局。我估摸肯定还剩下很多请帖，而且一定在秘书的房间。我急急忙忙走到那里，打算偷拿一张请帖，写上艾略特的名字，再寄出去。我知道他病得很重，根本去不了，可他收到请柬一定很高兴。我打开门，就见艾德娜的秘书坐在书桌后面，不由得吓了一大跳。我还以为她仍在吃午饭。她来自苏格兰，人届中年，名叫基斯小姐，留一头浅黄色头发，满脸雀斑，戴着夹鼻眼镜，就是个老处女。我赶紧打起精神。

“王妃带大家逛花园去了，我就想着来和你抽根烟。”

“快请进。”

基斯小姐有很浓的苏格兰口音，带着粗喉音，她的幽默不动声色，不过只会在喜欢的人面前展示，每逢此时，她的声音更加粗哑，听起来有意思至极，只是当你被她逗得哈哈大笑之际，她就会诧异地看着你，如同她觉得你一定是疯了，才会觉得她说了什么可笑的话。

“基斯小姐，我看为了派对的事，你一定忙坏了吧。”我说。

“我已经忙得四脚朝天了。”

我知道我能相信她，因此直奔主题。

“为什么王妃不请坦普尔顿先生？”

基斯小姐那严肃的脸上露出了一丝笑容。

“你知道她这个人。她很讨厌他，她亲自在宾客名单中勾掉了他的名字。”

“他已经病入膏肓，这你是知道的，他再也不能下床了。这次没接到邀请，他很难过。”

“要是他愿意和王妃交好，就应该聪明点，不要逮谁跟谁说她和司机上床。毕竟，那个人有妻子和三个孩子。”

“那她有没有做过？”

基斯小姐透过夹鼻眼镜看着我。

“我做秘书做了二十一年，亲爱的先生，我有个规矩，那就是相信我的雇主们都冰清玉洁。我承认，有一次，一个女主人怀孕三个月，而男主人则在六个月前就去非洲猎狮子了，我无法坚持相信她，可她去了一趟巴黎，花了很多钱，问题便迎刃而解了。我和她都松了口气。”

“基斯小姐，我来这里不是为了和你一起抽烟，而是想要偷一张请柬，寄给坦普尔顿先生。”

“这并非明智之举。”

“的确如此。行行好吧，基斯小姐。给我一张请柬吧。他不会来的，我只是为了让那个可怜的老人高兴高兴。他没有招惹过你吧？”

“那倒没有。他一直对我彬彬有礼，他是 位绅士，对此我敢肯定，而大多数人来这里都是为了花王妃的钱填饱他们的大肥肚子。”

所有大人物都有一些与他们走得很近的手下。千万不能怠慢这些下属，要是他们觉得没有得到应得的待遇，就会不断在主人面前说招惹他们的人的坏话。所以，一定要和这些人保持好关系。艾略特比任何人都明白这个道理，所以，不管是穷亲戚、年老的女仆，还是颇受重用的秘书，他都好言相对，报以诚恳的微笑。我肯定他常与基斯小姐愉快地开玩笑，到了圣诞节，总是不忘送她巧克力、小化妆箱或是手袋。

“求你了，基斯小姐，发发善心吧。”

基斯小姐夹紧了她那大鼻子上的夹鼻眼镜。

“我很肯定，你并不希望我做出任何对我的雇主不忠的事，毛姆先生，况且，要是王妃发现我不听她的话，一定会解雇我的。请柬就在桌上的信封里。我现在要看看窗外，一方面，我坐得太久了，总是这一个姿势很累，所以要伸伸腿；另一方面，我也要看看美丽的风景。发生在我背后的事，是无论如何都怪不到我头上的。”

当基斯小姐再次坐下来的时候，请帖已经到了我的衣兜里。

“你是个大好人，基斯小姐。”我说着伸出手，“你要穿什么参加化装舞会？”

“我是牧师的女儿，亲爱的先生，”她答，“所以，还是把这种蠢事留给上流社会的人去干吧。看到《先驱报》和《邮报》的代表吃了上好的晚餐，喝掉一瓶我们第二好的香槟，我的任务就结束了，到时候，我就回寝室，看我的侦探小说。”

八

几天后，我去看艾略特，发现他笑容满面。

“快看，”他说，“我收到邀请了。今天早晨寄到的。”

他从枕头下面拿出邀请函，给我看。

“早就告诉过你了，”我说，“你看，你的名字以 T 打头。秘书小姐显然刚刚才写到这个字母的人名。”

“我还没回复呢，我准备明天回复他们。”

听到这话，一时间，我害怕起来。

“你是否愿意让我替你回信？我可以在离开的路上寄出去。”

“不不，为什么要你来做呢？我完全有能力自己回复别人的邀请。”

我琢磨着，幸好信件都是由基斯小姐来拆的，她肯定知道要把他的回复扣住。艾略特摇了铃。

“给你看看我的衣服。”

“你该不会真想去吧，艾略特？”

“这是当然。自从博蒙特家举办的舞会之后，我还没穿过那套衣服呢。”

约瑟夫听到铃声走了过来，艾略特让他把那套衣服拿来。

衣服放在一个又大又扁的盒子里，用薄纸包着。包括一双白色丝绸长筒袜，一条带有衬垫的短裤，短裤用金线织物制成，开衩处采用了白色缎子，一件配套的紧身上衣，一件斗篷，一条系在脖子上的拉夫领，一顶平顶天鹅绒帽，一条长长的金链，金链一端系着金羊毛勋章。看得出来，这是仿照提香画作中腓力二世所穿的那套华服制作的，而那张画就在普拉多，艾略特告诉我，德·劳里亚伯爵就是穿着这身衣服，参加了西班牙国王和英格兰女王[①]的婚礼，我觉得他完全是在胡诌。

转天早晨，我正在吃早餐，电话铃响了，是约瑟夫打来的，艾略特在夜里发病了，医生匆匆赶来，并且说他可能熬不过今天。我着人取来汽车，开车去了昂蒂布，等我到的时候，艾略特已经昏迷不醒。他一向都坚决反对用护士，不过我发现有个护士在场，是医生从位于尼斯和博利厄之间的那家英国医院请来的，见到她在，我很高兴。我连忙出去给伊莎贝尔发电报。她和格雷带着孩子们在拉博勒的海边度假村避暑，那里是个物美价廉的地方，距离此处很远，我真担心他们不能及时赶回昂蒂布。除了她那两个多年不曾见面的兄弟外，她是艾略特唯一还在世的亲人了。

然而，他的求生意志很强，也有可能是医生的药物起作用了，白天的时候，他竟然恢复了精神。他已经病入膏肓，

① 指西班牙国王腓力二世和英格兰及爱尔兰女王玛丽一世。

却面无惧色，还向那个护士打听起了她的性生活，借此自娱。下午的大多数时间我一直陪着他，转过天来，我又来看他，发现他虽然身体虚弱，却兴高采烈。护士只允许我陪他一小会儿。我发了电报，却没有得到回复，因此很担心。我不知道伊莎贝尔在拉博勒的地址，只好把电报发去了巴黎，却担心门房没有及时转发电报。两天后，我才得到回音，说是他们立即启程。真是不幸，格雷和伊莎贝尔正乘汽车在布列塔尼旅行，所以刚收到我的电报。我查了列车时间表，他们至少三十六小时之后才能到。

转天一大清早，约瑟夫又给我打电话，说艾略特夜里情况很糟，一直嚷嚷着要见我。我连忙赶去，我一到，约瑟夫就把我拉到一旁。

“先生，我有句话不知道当讲不当讲。”他对我说，“我这个人不信教，我认为所有宗教都是牧师的阴谋，妄图去控制人们，可先生您了解女人。我的妻子和女仆都坚持认为可怜的主人应该接受临终圣事，显然，主人的大限已近。”他满面羞愧地看着我，“人之将死，最好还是回归教会。”

我很明白他的意思。大多数法国人虽然嘲弄宗教，可到了垂死之际，都倾向于同深入他们骨髓的信仰言归于好。

“你希望我向他提起这件事？”

“那样最好。”

我不太喜欢这份差事，不过说到底，艾略特在很多年里一直是个虔诚的天主教徒，履行宗教信仰的义务，也说得过去。

我走到他的房间。他正仰面躺在床上，形容枯槁，面无血色，却意识清醒。我请护士让我们单独待会儿。

“艾略特，恕我直言，你的病很重了，”我说，“我想知道……我想知道你是否愿意请位牧师来？”

他看了我一会儿，没有回答。

“你的意思是，我就要死了？”

“但愿不是这样，不过有备无患。”

“我明白。”

他默不作声。讲出我对艾略特讲过的话，真是太叫人难过了。我甚至都不敢看他。我咬紧牙关，唯恐哭出来。我坐在床边，面对着他，用一只手臂支撑身体。

他拍拍我的手。

“别难过，我亲爱的朋友。你知道的，地位越高，责任越重。”

我歇斯底里地大笑起来。

“你这个人太荒谬了，艾略特。”

“那样更好。现在，去给主教打个电话，说我愿意忏悔，接受临终涂油礼。如果他能派查尔斯神父来，我将不胜感激。他是我的朋友。”

查尔斯神父是助理主教，我在前面提到过他。我下楼去打电话，和主教说了此事。

“是否紧急？”他问。

“非常急。”

“我立刻安排。”

医生来了，我把我所做的事情告诉了他。他和护士一起上楼看艾略特，我则在一楼的餐厅里等。开车从尼斯到昂蒂布只需要二十分钟。半小时刚过，就有一辆黑色汽车停在大门前。约瑟夫过来找我。

“来的是主教大人，先生。”他慌里慌张地说。

我出去迎接主教。和平时不一样，他并没有带着助理主教，不知道为什么，只带了一个年轻牧师，牧师提着一个小匣子，我估计里面装的是圣礼用具。司机提着一个破烂的黑色手提箱跟在后面。主教和我握了手，介绍了随行人员。

“我们那位可怜的朋友怎么样了？”

“他病得很重，大人。”

“请您找个房间，让我们换上法衣。”

“那边是餐厅，大人，客厅在二楼。”

“就去餐厅好了。”

我引领他们进了餐厅。我和约瑟夫在走廊里候着。过了一会儿，门开了，主教走了出来，那个牧师跟在后面，两只手捧着一只圣杯，杯子顶上覆盖着一个小盘，盘子里摆着一块圣饼。这些圣品上面盖着一块透明的细薄布。我只在晚宴或午餐会上见过主教，他饭量很大，还要喝上一大杯好酒，讲起故事来生龙活虎，他的故事很有趣，有时候还很粗俗。彼时，我觉得他身强体壮，中等身高。此时，他穿着白色法衣，身披圣带，不仅显得高大威猛，还很庄严高贵。他的脸红红的，一笑起来都是皱纹，他笑起来虽然怀着恶意，却十分亲切，此时则神色庄重。他曾是一名骑兵军官，但只看他的外表，绝看不出一点过去的影子；一见到他，就知道他是教会里的大人物。看到约瑟夫在胸口画了一个十字，我毫不惊讶，主教微微一颔首。

"带我去见病人吧。"他道。

我让开路，请他在我前面上楼，但他吩咐我先走。我们在肃静中走上了楼。我走进艾略特的房间。

"艾略特，主教亲自来了。"

艾略特挣扎着坐了起来。

"大人，这真是我的荣幸。"

"别动，我的朋友。"主教转身看着我和护士，"你们先出去吧。"然后对牧师说，"我准备好后会叫你。"

牧师环视四周，我猜他是想找个地方放圣杯。我把梳妆台上的玳瑁梳子推到一边。护士已经下楼了，我把牧师带进隔壁房间，平时，艾略特将那里用作书房。窗户开着，可以看到外面碧蓝的天空，他走过去，站在一扇窗边。我坐下来。很多艘帆船正在比赛，在碧空的映衬下，白色的风帆耀眼夺目。一艘巨大的纵帆船船体通黑，红色的风帆张开，正迎风向港口驶来。我知道那是一艘捕龙虾的船，他们从撒丁岛捕到了龙虾，为俱乐部中举办的盛宴供应海鲜美食。从关闭的房门里面传出了隐约的说话声。艾略特正在忏悔。我真想抽根烟，可又怕我点上烟，牧师见到会不高兴。他站在那里，一动不动，只是眺望窗外，他很年轻，身材瘦削，留着一头浓密的黑色鬈发，有一双漂亮的黑色眼眸，从他橄榄色的皮肤可知，他有着意大利血统。他的样貌中有着南方人的热情，我琢磨着，是什么样的强烈信仰与炽热的愿望，驱使他放弃了生活中的快乐、他这个年纪的乐趣以及感官的满足，成为上帝的仆人。

突然，隔壁的说话声停了，我看着房门。门开了，主教走了出来。

“快来。”他对牧师说。

只剩下我一个人了。我再次听到主教的声音，我知道，他是在祈祷，教会规定要为将死之人进行祷告。跟着，又是一阵沉默，我知道艾略特在吃圣餐。我想是因为从祖先那里继承来的某种感觉，尽管我不是天主教徒，但每次参加弥撒，听到仆人摇铃通知我举起圣饼，我都会情不自禁地颤抖，心生敬畏；现在，我同样浑身战栗，仿佛有冷风吹过一般，心中充满了恐惧与惊奇。门又开了。

“进来吧。”主教说。

我走进房间。牧师正将薄巾盖在圣杯和用来放圣饼的小镀金盘上。艾略特的眼睛闪闪发光。

“送主教大人上车吧。”他说。

我们走下楼。约瑟夫和女仆正在门厅里等候。女仆们都哭了。她们一共三个人，依次走上前来，跪倒在地，亲吻主教的戒指。他伸出两根手指为她们赐福。约瑟夫的妻子用手肘推了他一下，他走上前来，也跪倒在地，亲吻了主教的戒指。主教微微一笑。

“你并不信教，对吧，我的孩子？”

我看得出约瑟夫正在极力控制自己。

“是的，大人。”

“不必为此烦扰。你是一个出色的仆人，对主人忠诚可嘉。上帝将宽恕你在认识上的错误。”

我和他一起走到街上，为他打开车门。他向我一鞠躬，便上了车，并且从容地笑了笑。

“我们可怜的朋友身体非常虚弱。他的缺点只是表面上的；他性情忠厚，对人友善。”

九

我估摸艾略特在仪式进行完之后，想要一个人待会儿，于是我来到客厅，开始看书，不过，我还没坐稳，护士就进来告诉我，他想见我。我走上楼梯，来到他的卧房。兴许是因为医生给他打了一针，好让他撑过仪式，兴许是因为参加完仪式后他很兴奋，反正他这会儿很镇定，十分高兴，两只眼睛亮晶晶的。

“这真是莫大的荣耀，我亲爱的朋友。”他说，“我将带着教会重要人物给我的介绍信进入天堂。我想，所有大门都将为我打开。”

“恐怕你会发现，天堂里的人非常复杂。”我笑了笑。

“不要相信这个，我亲爱的朋友。《圣经》告诉我们，天堂里和尘世一样，都有等级差别。有炽天使、智天使，有大天使和天使。我一直是欧洲上流社会的一员，毫无疑问，我也将是天堂里上流社会的一员。我们的主说过：我父亲的家中有广厦万间。让民众住在全然不合适的地方，并不适宜。”

我猜艾略特把天国里的住所看作德·罗斯柴尔德男爵的城堡，墙壁上有十八世纪的护墙板，桌子和橱柜上带有精细镶嵌的装饰品，路易十五时代风格的家具上铺着原来的斜针绣巾。

“相信我，我亲爱的朋友，”停顿了一下，他接着说，“天堂里没有平等一说。”

说着说着，他忽然睡着了。我坐下看书，他时睡时醒。到了一点的时候，护士进来告诉我约瑟夫为我准备好了午餐。约瑟夫被驯服了。

“主教大人竟然亲自来了。对我们可怜的先生而言，这真是莫大的荣耀。您看到我亲吻他的戒指了吗？”

“是的。”

“若是为了我自己，我绝不会这么干！我是为了让我那可怜的老婆高兴。”

一整个下午，我都待在艾略特的房间。这期间我收到了伊莎贝尔的电报，说她和格雷搭乘蓝色列车，将在明天早晨到达。我不指望他们能及时赶回来。医生进来了，直摇头。快到日落的时候，艾略特醒了，吃了点东西。这之后，他像是暂时有了点力气。他向我招手示意，我走到床边。他的声音很虚弱。

“我还没回复艾德娜的邀请。”

“噢，艾略特，现在就别琢磨这种事情了吧。”

“为什么不呢？我始终是个出入上流社会的人，没理由因为我要走了，就不顾礼貌了。请柬呢？”

请帖就在壁炉架上，我把它放在他手里，可我怀疑他根本就看不到了。

“我的书房里有一沓信纸，请你把它拿来，我口述，请你写下来。”

我走进旁边的房间，拿着信纸回来，在他的床边坐下。

“准备好了吗？”

“是的。”

他闭着眼睛，不过嘴角挂着淘气的微笑，我很想知道他要说什么。

“艾略特·坦普尔顿先生与慈爱的主有约在先，因此，很遗憾不能接受诺威玛丽王妃的邀请。”

他咯咯笑了起来，声音很低，很可怕。他的脸色很诡异，白里泛青，看起来十分吓人，他呼出来的气令人作呕，是他这种病特有的恶臭。可怜的艾略特，他平时最喜欢喷香奈儿和慕尼丽丝牌的香水了。他依然抓着那张偷来的邀请卡，我估摸他拿着很不方便，就想把卡片从他手里抽出来，不过他抓得很紧。他突然大声说了句话，把我吓了一大跳。

“那个老贱人。”他说。

这是他最后的一句话，随即便昏了过去。护士照顾了他一整夜，看起来疲惫不堪，于是我让她去睡会儿，并且保证如有必要我会去叫她，还说我会照顾他。其实没什么可做的。我打开一盏带有灯罩的灯，看起书来，后来，我看得眼睛都疼了，便关掉了灯，坐在黑暗中。晚上很热，窗户一直开着。每隔一会儿，灯塔的灯光就会扫进屋子。月亮沉了下去，等到月圆之际，月光将照耀艾德娜·诺威玛丽举办的那空洞、喧闹而欢乐的化装舞会。此时，天空变成了深蓝色，无数颗星星闪烁着灿烂的光辉。我想我可能是睡着了，可我的意识依然清醒，我忽然清醒过来，只听到一声匆忙与愤怒的声音，是人所能听到的最令人敬畏的声音，那是死亡在怒吼。我走到床边，借着灯塔的光，摸了摸艾略特的脉搏。他已经死了。我打开他床边的灯，看着他。他的下巴下陷，双眼圆睁，在合上他的双眼之前，我就这么看着他的眼睛，看了一会儿。我不禁深受触动，感觉到泪水顺着脸颊滚落下来。他是我的老朋友，心地善良，现在他死了。一想到他的一生是如此愚蠢、无用和渺小，我不禁难过不已。他参加了那么多的派对，与王公贵族过从甚密，现在全都不重要了。他们早就把他抛诸脑后了。

我想没理由去叫醒那位疲惫不堪的护士，于是，我再次在窗边的椅子上坐下。早上七点，她走进来，而我睡着了。我任由她去做她觉得应该做的工作，自己吃了早餐，去车站接格雷和伊莎贝尔。我告诉他们艾略特已经过世，而且他家没有房间给他们住，便请他们到我家去，不过他们决定住旅店。我回家洗了个澡，刮了胡子，换了身衣服。

上午，格雷给我打电话，说约瑟夫交给他们一封艾略特写给我的信，艾略特生前将信交给约瑟夫保管。由于信中内容可能只让我一个人知道，我说我立刻开车赶去，就这样，不到一小时后，我又回到了艾略特家。那封信的信封上写着：在我死后立即送出。信中写明了他希望如何举办他的葬礼。我知道，他衷心希望葬在他建造的那座教堂里，而我早已把这事告诉了伊莎贝尔。他希望对他的尸体做防腐处理，还提到要找哪家商号。“我问过了，”他还写道，“听说他们的手艺很不错。我相信你会监督此事，以免他们草率从事。我希望穿上祖先德·劳里亚伯爵的衣服，将他的宝剑放在我的身边，将金羊毛勋章挂在胸前。我请你来为我挑选棺材。不要铺张炫耀，但要符合我的身份。为了避免不必要的麻烦，我希望托马斯·库克父子公司负责运送我的遗体，请他们派人护送棺材到最终的安葬地点。”

我记得艾略特生前说过他死后要穿那套衣服，当时我还以为他不过是一时突发奇想，没想到他竟然是认真的。约瑟夫坚持遵照他的遗愿，似乎没有任何理由去违背。他们为尸体进行了防腐处理，然后我和约瑟夫为他穿上了那套荒诞的衣服。这差事真是太可怕了。我们将白色丝绸长袜套在他那细长的腿上，又将金线短裤套好。我们费了很大的力气，才将他的手臂塞进紧身上衣的袖子里。我们弄好挺括的硬高领，将缎子斗篷披在他肩上。最后，我们把平顶天鹅绒帽子戴在他的头上，把金羊毛领圈绕在他的脖子上。负责尸体防腐的人将他的脸颊和嘴唇都涂红了。艾略特身体瘦弱，这套衣服穿在身上，显得过大，活像威尔第[①]早期歌剧中的合唱团成员。他就好像毫无价值又可悲的堂吉诃德。送葬者将他抬进棺材，我便把那把宝剑放在他的双腿之间，将他的双手放在剑柄的圆头上，我曾在一个十字军战士的石墓中，见过他们如此摆放宝剑。格雷和伊莎贝尔前往意大利参加葬礼。

① 朱塞佩·威尔第（Giuseppe Verdi，1813—1901），意大利歌剧作曲家，历史上最杰出的作曲家之一。

第六章

一

我觉得有必要提醒读者完全可以不看这一章，即便不看，也不至于漏掉故事的主线。这一章的大部分篇幅记述的都是我与拉里的对话。然而我要说，若不是为了这次对话，我也没有必要写这本书了。

二

那年秋天，也就是艾略特去世的几个月后，我在去英国的途中，在巴黎待了一个星期。格雷和伊莎贝尔伤心欲绝地从意大利回来后，便回到了布列塔尼，不过此时他们又回到了位于圣纪尧姆街的公寓。伊莎贝尔把艾略特遗嘱的内容向我详细介绍了一番。艾略特留下一笔钱，用来在他建造的那座教堂里为他的灵魂做弥撒，还留下一笔钱用作教堂的维护费。他将一大笔钱捐赠给尼斯主教，用作慈善用途，并把他那些难以理解的十八世纪色情书籍留给了我，还留给我一幅弗拉戈纳尔的美丽画作，画的是萨梯[1]与仙女干一件平时只会在私下里才干的事。那幅画太不体面了，没法挂在墙上，而我又不是那种私底下看淫秽画作的人。他留给仆人们很大一笔钱。他的两个外甥各得到一万美元，其余财产都由伊莎贝尔继承。这笔财产有多少，伊莎贝尔并没有告诉我，我也没问；不过看她那副满足的样子，就知道绝对不少。

很久以来，自从格雷恢复了健康，他就急于回美国再度工作，虽然伊莎贝尔在巴黎过得逍遥自在，但格雷的焦躁不安也影响了她。曾有一段时间，他一直与他的朋友联络，不过最好的开端则依赖于他拿出一大笔钱来。但那个时候他拿不出来。后来艾略特去世了，伊莎贝尔继承了大笔遗产，比投资需要的钱多得多；格雷征得了她的同意，又开始接洽，他认为，如果事情真如所说的那样顺利，他就会离开巴黎，亲自去察看一番。但在那之前，要做的事情很多。首先，他们必须就遗产税这个问题，与法国财政部达成合理的协议。其次，他们要卖掉昂蒂布的房子和圣纪尧姆街的公寓。再次，他们要在德鲁奥旅店举行一次售卖会，卖掉艾略特的家具和收藏的画作。这些东西都很值钱，明智之举是等到春天很多大收藏家来到巴黎再说。伊莎贝尔十分乐意在巴黎再过一个

① 萨梯（Satyr），希腊神话中半人半兽形态的山林之神。

冬天，孩子们此时把法语讲得和英语一样流利，她很希望让她们在法国的学校里再待几个月。三年来，她们长大了不少，双腿修长，身量纤细，活泼伶俐，虽尚未继承母亲的美貌，却很懂礼貌，还拥有不知疲倦的好奇心。大概就是这些。

三

我无意中碰到了拉里。我曾向伊莎贝尔打听过他的情况，她告诉我，自打他们从拉博勒回来，就很少见到他。她和格雷结识了很多朋友，这些人与他们是一代人，相比我们四个人一起的那段快乐时光，他们此刻要忙得多。一天晚上，我去法国大剧院看《贝蕾妮丝》。我看过原著，但没看过戏剧版本，这部戏并不常演，因此，我不愿错过这个大好机会。这部戏算不上拉辛最好的戏剧，毕竟这个主题太弱，不足以支撑五幕，但情节感人，有些节段很出名。这部戏是根据塔西佗[①]的一则短篇写成：提图斯[②]狂热地爱着巴勒斯坦女王贝蕾妮丝，并承诺娶她为妻，然而为了国家，他不得不违背自己对贝蕾妮丝的诺言，在登基伊始将她送出了罗马，因为元老院和罗马人都反对他们的皇帝娶一位外族女王。这部戏讲的是他内心的挣扎，是该选择爱，还是该选择责任。在他犹

① 塔西佗（Tacitus，约 56—117），古罗马历史学家。

② 提图斯（Titus，39 —81），古罗马弗拉维王朝第二位皇帝。

豫不决时，贝蕾妮丝让他确信他真心爱她，坚定了他的意志，并最终永远地离他而去。

我想，只有法国人能欣赏拉辛戏剧的优雅和恢宏，以及他的诗句的韵律之美，不过，即便是外国人，只要习惯了拉辛的浮夸风格，也一定会被他的柔情蜜意和高尚情操打动。拉辛了解人类的声音中包含着多少戏剧效果，而很少有人能像他这样。对于我来说，流畅的亚历山大体[①]诗歌足以代替情节，我发现，凭借高超的技巧，在大段的台词中将戏剧推向预料中的高潮，就跟电影里令人毛骨悚然的镜头一样刺激。

趁第三幕结束后的休息时间，我走到大厅抽烟，那里矗立着乌东[②]创作的伏尔泰雕像，伏尔泰张着没牙的嘴，讽刺地笑着。这时候，有人拍我的肩膀，我连忙转身，其实我心里有点不高兴，我只想一个人单独待会儿，享受铿锵有力的台词带给我的欣喜。不过我看到是拉里。和以往一样，我很开心见到他。我已经有一年没与他见面了，我建议等戏演完了我们一起去喝杯啤酒。拉里说他没吃午饭，肚子饿了，就提议到蒙马特区去。看完戏，我们碰了面，一起走到外面。法兰西喜剧院空气闷浊，有股特有的霉味。这股子气味又和无数代女引座员的体臭混杂在一起，她们板着脸，不爱洗澡，带你到座位上便盛气凌人地等着拿小费。呼吸外面的新鲜空

---

① 亚历山大体（Alexandrines），一种法国诗歌体裁，每句十二个音节。

② 让－安东尼·乌东（Jean-Antoine Houdon，1741—1828），法国新古典主义雕刻家。

气，真是太舒服了，夜色很美，我们徒步而行。歌剧院大街上的弧光灯投射出耀眼的光芒，像是挑衅一般，而天上的星子似乎太骄傲了，根本不屑与之争辉，将光芒隐没在遥远的黑暗中。我们一边走，一边聊刚才看的演出。拉里很失望。他觉得表演再自然一点就好了，应该像平时说话一样说台词，动作也不要那么戏剧化。我觉得他的看法不对。这部戏剧妙就妙在华丽的辞藻，我觉得就应该把台词说得夸张点。我喜欢时而出现的韵律，铿锵有力，也喜欢传统悠久的程式化动作，在我看来，这与这部正剧的氛围十分相配。我情不自禁地想，这种表演形式一定合拉辛的心意。我很欣赏演员们在种种限制之下，依然千方百计表演得真实，充满激情。当艺术可以利用传统实现其目的时，艺术就取得了胜利。

我们来到克利希大街，走进格拉夫啤酒屋。这会儿午夜刚过，餐馆里依旧人满为患，不过我们还是找到了一张空桌，点了培根煎蛋。我告诉拉里，我见过伊莎贝尔了。

“格雷一定很高兴回美国。”他说，“他在这里，就好像鱼儿离开了水。除非再度工作，否则他永远都开心不起来。我敢说，他一定能赚到很多钱。”

“如果他能赚到很多钱，也是你的功劳。你不仅治好了他身体上的病，还治好了他的心病，是你让他恢复了信心。”

“不过是雕虫小技而已，我只是告诉他如何自治。”

“你是怎么学会这雕虫小技的？”

“不过是碰巧罢了。那时候我在印度一直失眠，有一次，我无意中和我认识的一位修行瑜伽的长者提到了这件事，他说他很快就能治好我的失眠。他就像我治格雷那样治好了我，当天晚上我睡得特别香甜，几个月都没睡得这么好了。大约是在一年后，我和一个印度的朋友去了喜马拉雅山，他扭伤了脚踝，找不到医生，疼得厉害。我就想到试试那个长者的办法，结果真的奏效了。不管你信不信，他真的不疼了。”拉里哈哈笑了起来，“我可以向你保证，谁也不会比我更惊讶。其实并没有任何实质性的救治，只是将某种概念灌输到患者的大脑中。”

“说起来容易做起来难。”

“如果你的手臂自行从桌上抬起来，而你并没有想过要抬胳膊，你会不会惊讶？”

“当然。”

“的确如此。在我们回到文明世界之后，我那个印度朋友把我所做的事告诉了别人，还带了几个人来见我。我不喜欢这么做，因为我并不了解其中的诀窍，可他们一再坚持。我还是做了，而且效果不错。我发现这种方法不仅能免除人们的疼痛，还能驱除恐惧。说来也怪，很多人都心怀恐惧。我说的不是害怕待在封闭的空间，不是恐高，而是恐惧死亡，甚至更糟，恐惧生活。这些人往往身强体健，成功富有，没有任何烦心事，却受尽了恐惧的折磨。有时候，我觉得这是人类最无法摆脱的性格了，有一次，我就问自己，这是不是因为某种根深蒂固的动物本能，从原始人类在第一次感觉到生命的战栗时，这种本能便代代传袭下来了。”

我带着期待的心情听拉里侃侃而谈，毕竟他很少这样长篇大论，我开始明白，这一次，他愿意毫无忌讳地交流。兴许是我们刚刚看过的戏剧释放了某种感情的助力，铿锵有力的韵律如同音乐一般，超越了他那拘谨的天性。突然之间，我意识到，我的手有点不对劲。对于拉里刚才那个玩笑式的问题，我压根儿就没多想。这会儿，我才注意到我的手不是放在桌上，而是抬起了一点点，而我根本没想过要这么做。我吓了一大跳。我盯着我的手，只见它微微有些颤抖。我感觉手臂上传来一阵奇怪的麻刺感，微微地一颤，我的手和小臂自行抬了起来，而我既没有协助也没有抵制，最后，我的手和小臂抬起了几英寸，跟着，我的整个手臂都举过了肩头。

“真是太不可思议了。”我说。

拉里哈哈笑了起来。我的思想稍稍一动,手就回到了桌上。

“没什么大不了的，”他说，“千万别把这当回事。”

“那时候你第一次从印度回来，和我们说起过一个瑜伽行者，就是他教你的吧？”

“不是他，他最受不了这种事情。我不知道他是不是相信他具有某些瑜伽行者声称具有的能力，不过他认为运用这些能力十分幼稚。”

培根煎蛋送来了，我们开始大快朵颐，还喝了啤酒，不过谁都没说话。拉里想着我不知道的事情，我则在想他的事。吃完后，我点了根烟，他则点了烟斗。

“你一开始为什么想到去印度？”我突兀地问。

“碰巧吧，至少当时我是这么觉得的。现在我则倾向于认为那是我在欧洲逗留多年的必然结果。对于那些对我最具影响力的人，我几乎都是出于巧合遇到他们的，可回想起来，我遇到他们，都是必然的。这就好像他们一直等着，只待我在需要的时候与他们相遇。我去印度，是因为我想休息休息。我工作得很辛苦，希望能整理一下思绪。我跑到一艘环游世界的游轮上当水手。那艘船的目的地在东方，然后经过巴拿马运河前往纽约。我当时有五年没回家了，很想家，心情很不好。很多年前，我们初次在芝加哥结识，你知道我当时有多无知。我在欧洲读了很多书，增长了很多见识，可对于我追寻的目标，相比我刚刚出发的时候，并没有任何靠近。”

我很想问问他的目标是什么，可我感觉他只会笑笑，耸耸肩，说那根本无足轻重。

“你为什么要去做水手？”我只是这么问，“你很有钱。”

“我想要体验一番。每当我觉得心烦意乱，再也不能承受时，我就认为做做这样的事情有好处。那年冬天，伊莎贝尔和我解除了婚约，我就到朗斯附近的一个煤矿干了六个月。”

就是在这个时候，他给我讲了我在前面的章节中提到的事。

“伊莎贝尔提出分手的时候，你难过吗？”

在回答之前，他用那双漆黑的眼睛，盯着我看了一会儿，而他的眼睛像是要看穿他自己的心，而不是在看我。

“是的。我当时非常年轻，我一心以为我们会结婚。对于我们两个将要一起度过的人生，我制订好了规划。我以为我们会非常幸福。”他微微一笑，“不过，正如吵架需要两个人一样，结婚也需要两个人。我万万没想到，我为伊莎贝尔提供的生活会让她感觉到沮丧与失望。若是早有察觉，我一定不会那么做。她太年轻了，充满热情。我不能怪她，但是也不能退让。”

读者有可能还记得，他曾与寡居的农场主儿媳发生了一段荒诞的关系，在那之后，他逃离农场，去了波恩。我急切地盼着他说下去，但我知道必须小心翼翼，不问过多的问题，以免弄巧成拙。

“我之前从没去过波恩。”我说，“我小时候在海德堡上过学。我想，那是我这辈子最快乐的时光了。”

“我喜欢波恩，我在那里待了一年。我从一个大学教授的遗孀那里租了个房间，她收住了两个住宿生。她和她的两个人到中年的女儿负责做饭和打扫房屋。另一个住宿生是个法国人，一开始，我很失望，因为我只想说德语，可他是个阿尔萨斯人[1]，能说德语，相比他的法语，他的德语虽然算不上更为流利，但至少没有那么重的口音。他的穿着打扮如同牧师，一段日子之后，我惊讶地发现，他是个本笃会修士。他得到修道院批准，来大学图书馆做研究。他博学多才，但看

[1] 普法战争（1870—1871）后，战败的法国将阿尔萨斯割让给普鲁士，这次战争也促使普鲁士完成了德意志的统一。因此阿尔萨斯人通常会说两国语言。

起来和我对修士的一贯印象并无二致。他个子很高，身体结实，留一头浅黄色头发，有一双蓝眼睛，一张圆脸红扑扑的。他个性腼腆，为人拘谨，似乎不愿意过多地与我打交道，可他彬彬有礼，在餐桌上说话总是表现得很有教养。我只有在吃饭时才能见到他，吃完午饭，他就回图书馆工作了，而吃完晚饭，我就坐在客厅里，和不用洗碗的那个房东女儿聊天，提高德语水平，他就回房间了。

“一天下午，那时候我都在那里住了一个来月了，他问我是不是愿意和他一起出去走走，我听了很惊讶。他说带我到附近的几个地方瞧瞧，他觉得我自己很难找到那些地方。我喜欢散步，但他比我更能走。第一次散步，我们大概走了足足十五英里。他问我来波恩干什么，我说来学德语，还要学习德国文学。他侃侃而谈，颇具见地，他说他愿意尽他所能地帮助我。在那之后，我们每周都会散步两三次。我发现，他教过不少年的哲学。我在巴黎的时候读了很多哲学典籍，比如斯宾诺莎、柏拉图和笛卡尔，不过我没看过德国著名哲学家的著作，我只是乐于听他讲这些书。有一天，我们过莱茵河去远足，坐在一个露天啤酒店里喝啤酒，他问我是不是新教徒。

“‘算是吧。’我说。

“他飞快地扫了我一眼，我想我在他的眼里看到了一丝笑意。他开始谈到埃斯库罗斯①；你知道的，我一直在学希腊

① 埃斯库罗斯（Aeschylus，约前525—前456），古希腊三大悲剧家之一。

语，他对那些伟大的悲剧作家了若指掌，我永远都到不了他那个水平。听他谈学讲道，让人很受启发。我搞不懂他为什么突然问我那个问题。我的监护人鲍勃·尼尔森叔叔是个不可知论者，但是他经常去教堂，因为他的病人都希望他这么做，出于同样的原因，他还把我送到了主日学校。我们的用人是个死板的浸信会教友，她在我小时候常吓唬我，说是罪人要永远受地狱之火的折磨。她特别喜欢给我讲村里的人将受到哪些惩罚，而因为这样或那样的原因，她对这些人怀恨在心。

“到了冬天，我和恩斯海姆神父已经相当熟了。我觉得他是个特别出色的人，我从没见他生过气。他品行纯良和蔼，又为人宽容，胸襟十分广阔。他博学多才，而且他肯定清楚我是一个多么无知的人，但他与我说话，仿佛我和他一样学识深厚。他对我很有耐心，似乎只想帮助我。有一天，不知道为什么，我突然腰疼，房东格拉鲍太太坚持让我卧床休息，还给我敷热水袋。恩斯海姆神父听说我病了，晚饭后就来我的房间看我。除了腰疼，我并无大碍。你知道书呆子的个性，看到书就一定要弄个明白。看到他进来，我就放下了我当时看的那本书，他拿起那本书，看了看书名。那本书是讲爱克哈特大师的，是我在市中心一家书店里买的。他问我为什么要看这本书，我说我看了很多有关神秘主义的文学书，还和他说到了科斯提，以及我如何因为他对神秘主义产生了兴趣。他用那双湛蓝的眼睛端详着我，眼神温柔，我只能说，我觉得他认为我这个人很逗。我感觉他觉得我十分荒谬，但他对我怀着一颗慈爱之心，对我的喜欢不会减少一丝一毫。再说了，就算别人把我当傻瓜，我也不在乎。

“‘你要在这些书里寻找什么？’他问我。

“‘如果我知道答案，’我答，‘那我至少算是走在寻找的路上了。’

“‘还记得我问过你是不是新教徒吗？你说算是。此话怎讲？’

“‘我从小到大受的就是这样的培养。’我说。

“‘你笃信上帝吗？’他问。

“我并不喜欢涉及我个人的问题，我的第一反应是告诉他，这根本不关他的事。然而，他表现得很友善，我觉得不可能去冒犯他。我不知道该说什么；我不想回答我相信，也不想回答我不相信。也许是腰疼使得我愿意敞开心胸，也许是受到了他的影响，反正，我给他讲了我的经历。”

拉里迟疑了片刻，等他再次开口，我知道，他不是在对我说，而是在对那个本笃会修士讲。他忘记了我的存在。我不知道是出于怎样的原因，在我没有催促的情况下，他会一改往日沉默寡言的性格，滔滔不绝地说出了很久以来他一直隐瞒的故事。

“鲍勃·尼尔森叔叔是个非常民主的人，他把我送进了马文的高中。只是因为路易莎·布拉德利总是唠叨个不停，到了我十四岁时，他才把我送进圣保罗中学。我没有一点长处，功课不行，运动也不怎么样，不过我都应付过去了。我想我就是个普普通通的男孩子。我对航空特别着迷。那时候，航空还处在发展初期，鲍勃叔叔和我一样喜欢航空，他认识几个飞行员，我告诉他我想学习飞行，他就说一定满足我的心愿。我比同龄人要高，在我十六岁时，说我十八岁别人都会相信。鲍勃叔叔让我发誓保守这个秘密，他知道，因为让我学习飞行这事，别人一定会瞧不起他，不过他还是帮我去了加拿大，让我带着他的信去找他的一个熟人，最后，我在十七岁时，就在法国飞行了。

“我们当时开的飞机全都粗制滥造，每次飞行都有性命之虞。以现而今的标准来看，我们的飞行高度也很可笑，不过我们当时并不知道，还自以为很了不起。我喜欢飞，无法用语言来描述飞行带给我的美妙感觉，我只知道，我很骄傲，也很快乐。在天空中，我感觉自己是某个伟大而美妙之物的一部分。我不知道它是什么，我只晓得，我再也不孤独了，在两千英尺的高空，我有了归属感。我明白这话听起来很蠢，但当我在云端飞行的时候，白云宛若一群群绵羊在我下方，我感觉我了解了无限的奥秘。”

拉里顿了顿。他望着我，眼神令人费解，不过我不知道他看到的是不是我。

“我很清楚，有无数人被杀死，但我没有亲眼见到他们死去。因此，他们的死于我而言并不重要。后来，我亲眼看到一个人死，不由得心中充满了愧疚。”

“愧疚？”我情不自禁地问道。

“愧疚。那个男孩子只比我大三四岁，是那样的生龙活虎，胆色过人。片刻之前，他还充满生命力，是那样的出色；片刻之后，他就变得血肉模糊，好像从未活在这个世上。”

我没接话。我在医学院上学时见过死人，在战争期间，我见到了更多的死人。我之所以沮丧，是因为他们看起来如此渺小，没有丝毫尊严，仿佛表演者弃之不用的提线木偶。

“那天晚上，我一夜无眠，我哭了。不是为自己害怕，只是有些愤愤不平；死亡的邪恶打垮了我。战争结束了，我返回家乡。我一直对机械兴致盎然，要是我无法从事航空事业，就打算进汽车厂工作。我受过伤，养了一段时间的伤。后来，他们希望我去工作。我没法干他们盼着我去做的那些工作，毕竟看起来太没挑战了。我有很多时间思考,我一直问我自己，生活的目的是什么。我能活着，只是运气好而已；我要做出一番成就，可我不知道我想要怎样的成就。我从未思考过上帝这个问题。于是，我开始思考有关上帝的问题。我无法理解为什么这世上会有恶存在。我晓得我很无知；我认识的人中没有人可以指点我,而我想要学习,于是我开始胡乱地读书。

“我向恩斯海姆神父讲述了我的这些经历，他听后问我：‘你读书有四年了，是否有所收获？’

“‘没有。’我说。

“他那样慈祥地看着我，我糊涂了。我不知道我做了什么，竟会唤起这样一种感情。他用手指轻轻敲着桌子,像是在思考。

“‘我们古老而充满智慧的教会发现，’他说，‘如果你表现得好像你笃信宗教，那你就会得到信仰；如果你带着怀疑去祷告，但诚心实意，你的疑虑将会消除；如果你臣服于礼拜仪式的美，那么，平和就会降临在你心里，因为几个世纪以来，礼拜仪式对人类精神所具有的影响力已经得到了实践的证明。再过一段时间，我就该回修道院了。你为何不来和我们住几个星期？你可以和凡人修士一起在田里干活，在图书馆里看书。这样的体验不比在煤矿或德国农场里干活差。'

"'你为什么要提出这个建议？'我问。

"'我观察你三个月了。'他说，'或许，我对你的了解超过了你对自己的了解。你与信仰之间只隔着一张卷烟纸。'

"我对此没有发表意见。我产生了一种奇异的感觉，仿佛有人触动了我的心弦。最后，我说我要考虑考虑。他没再说起这个话题。在恩斯海姆神父留在波恩的余下的日子里，我们再也没有谈到宗教的话题，不过，他离开时给了我修道院的地址，并且告诉我，如果我决定去，只要给他捎去只言片语，他就会为我做好安排。我很想念他，程度之深，就连我自己都没想到。转眼就到了仲夏时节。我很喜欢住在波恩。我读了歌德、席勒和海涅，还读了荷尔德林[①]和里尔克[②]。然而，我仍然没有找到答案。我经常想起恩斯海姆神父说的话，最后，

---

① 弗里德里希·荷尔德林（Johann Christian Friedrich Hölderlin，1770—1843），德国著名诗人，古典浪漫派诗歌的先驱。

② 赖内·马利亚·里尔克（René Maria Rilke，1875—1926），奥地利诗人。

我决定接受他的邀请。

“他到车站来接我。修道院位于阿尔萨斯，田园风光美不胜收。恩斯海姆神父将我介绍给院长，然后带我去了分配给我的房间。房间里有一张很窄的铁床，墙上挂着耶稣受难像，只有必要的几件家具。午餐铃响了，我来到食堂。食堂非常大，建有穹顶。院长和两个修士站在门边，其中一个修士端着一个盆，另一个拿着一条毛巾，院长将几滴水洒在客人的手上，象征清洗，然后用修士递过来的毛巾把手擦干。除我之外，还有三个客人，有两个是牧师，路过修道院讨口饭吃；还有一个上了年纪的法国人，这个人满腹怨气，来修道院隐居。

“院长和那两位副院长——一个年轻，一个年长——坐在餐厅首座，在单独的桌上进餐；神父们坐在两侧的墙边，而新来的修士、凡人修士和客人则坐在中央的桌上。做完了谢恩祷告，我们开始吃饭。一个新来的修士坐在食堂大门附近，用单调的声音朗读一本有教化意义的书。吃完饭，我们又做了谢恩祷告。院长、恩斯海姆神父、客人和负责接待客人的修士来到一个小房间，我们喝了咖啡，聊了家常。然后，我回到了我的房间 。

“我一住就是三个月，我很快乐。修道院的生活很适合我。图书馆太棒了，我看了很多书。神父们并没有尝试对我施加影响，他们都很高兴与我交谈。他们的博学、虔诚、超凡脱俗，都给我留下了深刻印象。不要以为他们终日无所事事，他们忙得很。他们耕种自己的土地，很高兴接受我的帮助。我喜欢壮观的祷告场面，而我最喜欢的是晨祷。晨祷在凌晨四点举行。在暗夜之中坐在教堂里，会令人动容不已，身着独特服装的修士显得极其神秘，修士服的风帽遮着头，用雄浑的男声咏唱着礼拜的单声圣歌①。这种有规律的生活使人安心，尽管付出了极大的精力，尽管要不停地思考，却依然能获得持久的平静。”

拉里略带悲伤地笑了笑。

“和罗拉②一样，我生得太晚了，而这个世界太老了。我应该出生在中世纪，当时，信仰是理所当然的事；那样，我就知道我该走哪条路，我会加入教会。我无法相信，虽然我想要相信，但我无法相信不比普通的正派人更优秀的上帝。修士告诉我，上帝创造这个世界，是为了颂扬他自己。在我看来，这样一个目标并无价值可言。贝多芬创作出交响曲，就是为了颂扬他自己？我觉得并非如此。我认为，他谱写交响曲，是因为他灵魂中的乐曲需要表达出来，而他要做的，就是尽其所能，将它们完美地表现出来。

“我常听修士重复主祷文，我很想知道，他们怎么可以不断地祈祷，却不会对天父赐予他们每天吃的食物这事产生怀疑。孩子们会祈求他们尘世的父亲给予他们食物吗？他们期

① 单声圣歌（plainsong），一种用于西方教堂礼拜仪式的不分小节、无伴奏的圣歌。

② 罗拉（Rolla），法国诗人缪塞（Alfred de Musset，1810—1857）长诗《罗拉》中的主人公。拉里后面说的那句话，出自此诗。

望他这么做，为此，他们既不会感激，也觉得没有感谢的必要，我们只会责怪那些生了孩子却无力养活或不去养活孩子的父亲。在我看来，如果全能的造物主不向他创造出来的万物提供物质和精神方面的必需品，那他最好还是不要创造他们。”

“亲爱的拉里，”我说，“依我看，幸亏你没生在中世纪。不然的话，你准会被绑在火刑柱上的。”

他笑了。

“假使你是个成功人士，”他又道，“你愿不愿意让别人当面称赞你？”

“那只会叫人尴尬。”

“我就是这么认为的。我觉得上帝也不愿意被人当面恭维。在参军的时候，有个人用花言巧语巴结指挥官，得到了肥差，我们都很不以为然。我觉得，如果一个人通过阿谀奉承而得到救赎，上帝也会嫌弃他。我认为，上帝最满意的，是那种尽智而行的崇拜。

“不过，最让我烦恼的并不是这一点：我无法接受原罪一说，据我所知，修士心中始终怀有这一成见。我在空军里认识了很多人，他们一有机会，就会喝个烂醉，找女孩子上床，还满嘴脏话。空军里有一两个坏蛋：一个因为开空头支票被抓，判了六个月。其实也不全是他的错，他一向是个穷光蛋，可一旦他有了超乎他预料的钱，就昏了头了。我在巴黎见过很多坏人，回到芝加哥后，也遇到了坏人，可大多数情况下，他们的坏都是遗传，这是他们无法控制的，也有的是受环境影响，这也不是他们的选择，对于他们的罪恶，我并不确定社会的责任比他们自身的责任少。如果我是上帝，我就无法把他们打入十八层地狱，就连最作恶多端的也不行。恩斯海姆神父心胸开阔，他认为下地狱就意味着失去上帝的护持，可如果下地狱是这样一个令人无法忍受的惩罚，你认为，善良的上帝会施加这样的惩罚吗？毕竟是他创造了人类。如果他创造了人类，那他们犯罪，也是得到了他的首肯。如果我训练一条狗去咬闯进我家后院的陌生人的喉咙，那在它这么做之后，我打了它，就不公平了。

“如果是万能且善良的上帝创造了这个世界，为什么他要创造出恶这种东西？修士们说，这是为了让人们征服内心中的邪恶，抵制诱惑，接受痛苦和不幸，视之为上帝为净化他们而施加的考验，使他们有资格接受上帝的恩典。在我看来，这就好像派人到一个地方送信，为给他增加难度，就建造迷宫，还规定他必须穿过迷宫；然后挖一道护城河，让他必须游过去；最后又造了一堵墙，让他翻过去。我绝不相信充满智慧的上帝会没有常识。我不明白，为什么就不能相信上帝并没有创造世界；但尽其所能在逆境中减少损失，上帝比人类更优秀、更聪明、更伟大，他与并非由他创造出的恶做斗争，而且你或许可以希冀他到最后战胜了恶。可从另一方面来讲，我又不明白为什么要这样相信。

“对于困扰我的问题，那些优秀的神父给出的答案，既不能满足我的头脑，也不能满足我的心灵。我与他们的出发点不同。我去与恩斯海姆神父道别，他并没有问我是否从这段经历中有所收获，他认为这是必然的。他看着我，眼中的仁慈难以形容。

"'恐怕我让你失望了，神父。'我说。

"'并没有。'他答，'在你的内心之中，你是个极为虔诚的人，尽管你并不相信上帝。上帝将挑选你，你一定会回来。到这里，或是他处，唯有上帝知道答案。'"

四

"那年冬天剩下的时间，我是在巴黎度过的。我对科学一无所知，但我知道，是时候了解一二了。我看了很多书。我不知道我是否学到了很多，我只知道，我是个极为无知的人。不过我早就知道这一点了。到了春天，我去了乡下，住在河边的一个小旅店里，附近有个美丽古老的法国小镇，两百年来，那里的生活似乎从未变过。"

我估摸拉里和苏珊娜·鲁维埃正是在那里一起过了夏天，不过我没有打断他。

"那之后我去了西班牙。我想去看看委拉斯开兹[1]和格列柯。我很想知道，艺术能否为我指出宗教无法指出的路。我游荡了一段时间，然后去了塞维利亚，我喜欢那里，很想在

① 迭戈·委拉斯开兹（Diego Velázquez，1599—1660），西班牙画家。

那里过冬天。”

我二十三岁时去过塞维利亚，也很喜欢那个地方。我喜欢那里迂回曲折的白色街道，大教堂雄伟壮丽，瓜达尔基维尔河畔的平原广袤无垠；我也喜欢安达卢西亚女孩子，她们优雅迷人，性格欢快，深色的眸子闪闪发亮，头发上别着康乃馨，衬托得她们的发色越发乌黑发亮，康乃馨也显得更加鲜艳动人，我喜欢她们那丰润的肤色，性感无比的嘴唇。只要年纪轻，就好像置身于天堂。拉里去那里时只比我当时大一点，我不由得琢磨着，面对那些性感尤物，他是否依旧可以抵得住诱惑。他回答了我这个没有问出的问题。

“我遇到了一个我在巴黎认识的法国画家，他叫奥古斯特·柯泰特，曾与苏珊娜·鲁维埃交往过一段时间。他来塞维利亚画画，和一个他在当地认识的女孩子住在一起。一天晚上，他请我和他们一起去埃勒塔尼亚歌剧院听弗拉明戈歌手演唱，那女孩的一个朋友也来了。那个女孩娇小玲珑，只有十八岁。她和一个男孩子鬼混，怀了孕，不得不离开她的村子。那个男孩子正在当兵。她生下了孩子，把孩子交给保姆照料，自己就去香烟厂打工了。我带她回了家。她是个快乐的人，很可爱，几天后，我问她是否愿意和我住在一起。她答应了，于是我们在一家旅店里租了两个房间，一个卧室，一个客厅。我告诉她可以不用去上班了，不过她不愿意，这倒是很合我的意，这样白天的时间就归我自己所有了。我们可以用厨房，她经常在上班前为我做早餐，中午回来做午餐，到了晚上，我们就一起去餐馆吃，然后去看电影或跳舞。我有个橡胶浴缸，每天早晨我必须用冷水擦浴，她觉得我是个疯子。她的孩子在塞维利亚几英里外的一个村里，我们常常在周日去看望孩子。她很坦白，和我住在一起，就是为了赚钱，等她男朋友服役回来，就可以租个房子。她很可爱，我肯定她会成为帕科的好妻子。她性格开朗，脾性温和，温柔亲切。对于人们讳莫如深的性交，她却觉得是一种自然的身体机能。她从中获得欢乐，也给予对方欢乐。她是一头小兽，却异常可爱，富有魅力，而且是一头驯顺的小兽。

“后来，有一天晚上，她告诉我，帕科从他服役的西班牙属摩洛哥给她写了一封信，说他就要结束服役，几天后就能回到加的斯。转天早晨，她收拾好她的东西，把钱塞进长袜，我送她去了车站。我送她进车厢的时候，她给了我一个热吻，只是她只顾着为即将见到爱人而兴奋，根本没有顾及我，我很肯定，火车还没驶出车站，她就会把我忘到脑后。

“我依然留在塞维利亚，到了秋天，我动身离开，正是在那个时候，我去了印度。”

五

很晚了，客人越来越少，只有几张桌子还坐着人。那些无事可做而赖在那里的人，此刻都回家了。还有些看完了戏或电影，进来喝点酒或吃点东西的人，现在也都走了。时不时有几个晚归的人进来。我看到一个人走了进来，他个子很高，显然是个英国人，身旁还有个小混混。他的脸很长，一脸倦色，留着一头稀疏的鬈发，一看就是个英国知识分子，显然和很多人一样，也幻想着到了国外，国内的熟人就认不出你了。那个小混混两三口就解决掉了一大盘三明治，他的同伴则用慈爱的目光看着他。胃口真不错！我看到了一个熟人，在尼斯的时候，他与我在同一家理发店理过发。这人身材粗壮，上了年纪，头发花白，圆圆的脸红通通，眼下有很重的眼袋。他是美国中西部地区的一个银行家，经济大萧条后，他背井离乡，借此逃脱调查。我不知道他是否犯了罪；就算他真犯了罪，也是个小人物，因为当局并没有费力把他引渡回去。他举止傲慢，跟卑鄙的政客一样，假装一派热忱，可眼神中流露出恐惧和不如意。他从未喝得酩酊大醉，也从未完全清醒。他身边总有妓女相陪，她们显然都从他身上搜刮钱财。这会儿，有两个浓妆艳抹的中年女人陪在他身边，她们在嘲笑他，甚至不加掩饰，而他对她们所说的话只是一知半解，只知道傻笑。放荡的生活！我不知道，他若是留在国内接受应得的惩罚是否更好。有朝一日，他身边的那些女人将他榨干，那他就只有投河或吃安眠药自杀这条路可选了。

在凌晨两三点的时候，客人多了起来，我想这会儿夜总会都关门了。一群年轻的美国人拥了进来，他们都喝得醉醺醺的，非常吵闹，只待了一会儿就走了。两个忧郁的胖女人坐在距离我们不远的地方，穿着中性化的衣服，并排坐在一起喝威士忌苏打水，闷闷不乐，都不说话。一帮穿着晚礼服的人走了进来，在法语里，称他们为 gens du monde，意思是上流社会的人。他们显然随处乱逛，这会儿找个地方吃夜宵，作为最后一个节目。他们来了又走。一个小个子引起了我的好奇心，他衣着素净，在那里坐了一个多小时，面前摆着一杯啤酒，一直在看报纸。他留着整齐的黑胡子，戴着夹鼻眼镜。后来，一个女人进来，和他坐在一起。他冲她一颔首，没有丝毫亲昵之态，照我看，他等了这么半天，是生气了。那个女人很年轻，穿着寒酸，却化着浓妆，显得很疲惫。过了一会儿，我注意到她从包里拿出一个东西，交给了他。是钱。他看着那些钱，面色沉了下来，他和那个女人说了些什么，我听不到，不过看她的样子，我估摸她是挨骂了，这会儿正在解释。突然之间，他探过身，狠狠地给了她一巴掌，她号啕大哭起来。经理见出了乱子，便走过来看是怎么回事。看情形他告诉他们要举止得体，不然就出去。那个女孩子转身看着他，为了让所有人都听到，就大叫起来，满口污言秽语，让他不要管闲事。

“他打我又怎么样，我活该。”她喊道。

这些女人！我一直觉得，若是要靠女人的卖身钱过活，一定要身材魁梧，长相性感，身上带刀或带枪；可眼前这个人竟然如此瘦小，从外表看来可能是律师所的办事员，竟然可以在这个过度拥挤的行业里占有一席之地，真叫人瞠目结舌。

六

为我们送餐的服务员要下班了，为了拿到小费，他送来了账单。我们付了账，又点了咖啡。

“怎么不说了？”我道。

我感觉拉里还没说够，我很想听他继续讲。

“你不嫌烦吗？”

“不会。”

“那好吧。我们去了孟买。船在那里停了三天，让游客去看看风景名胜，游览一番。到了第三天，我下午休息，就上了岸。我逛了一会儿，看着往来的人群，真是大杂烩呀！有中国人，伊斯兰教徒，印度教徒，还有和你的帽子一样黑的泰米尔人；我还看到了长有肉峰的巨大公牛，长着长长的犄角，拉着车！跟着，我去了象岛石窟。一个印度人在亚历山大港上了船，要到孟买来，游客们都很瞧不起他。他很胖，个子又矮，圆脸晒得黝黑，穿一件黑绿格子的牧师领厚花呢外套。一天晚上，我在甲板上吹海风，他过来和我说话。当时，我不想与任何人说话，只想一个人静一静；他问了我很多问题，而我对他很不耐烦。我告诉他，我是个学生，要一路打工回美国。

“‘你真该去印度看看。’他说，‘东方能教给西方的东西，远比西方以为的要多得多。’

“‘是吗？’我说。

“‘无论如何，’他又道，‘你都要去看看象岛石窟，保证你不虚此行。’”拉里说到这里停顿了一下，问了我一个问题：“你去过印度吗？”

“没有。”

“嗯。我当时正看着那座巨大的三头佛像，那可是象岛最有名的石像，我琢磨着这座雕像代表什么，这时候，我听到有人在我身后说，‘看来你接受了我的建议’。我转过身，过了一会儿，我才认出和我说话的那个人就是那个穿厚格子外套的小个子，不过现在他穿了一件橘黄色长袍，后来我才知道，那是罗摩克里希那[1]教的大师穿的长袍；那个小个子一改以往的滑稽和聒噪，此时极为庄严高贵。我们都注视着那座巨大的石像。

“‘梵天是创造之神，’他说，‘毗湿奴是保护之神，而湿婆则是毁灭之神。他们是最高实在的三种表现形式。’

“‘恐怕我不太明白你的意思。’我说。

“‘这在我的意料之中。’他答，嘴角露出一抹微笑，眼睛闪闪发光，像是在嘲笑我，‘能被人了解的神就不算是神了。谁能用语言解释神呢？’

“他双手合十，微微颔首，便信步离开了。我则继续看着那尊拥有三个脑袋的神秘佛像。或许是因为我虚怀若谷，善于接受，才感觉到异常激动。你知道，有时候你拼命要回想

① 罗摩克里希那（Ramakrishna，1836—1886），印度神秘主义者、瑜伽行者。

起一个名字，它就在嘴边，可你就是想不起来，当时我就是那种感觉。我离开石窟，在台阶上坐了很久，眺望大海。对于婆罗门教，我所知道的只是爱默生的那些诗，我努力回想那些诗，却想不起来，我气坏了。在回孟买的时候，我去了书店，看是否有诗集里收录了爱默生的那些诗。最后，我在《牛津英语诗歌》中找到了我要的东西。你还记得那首诗吗？

那些人摒弃我，纯属失策；
他们逃离我，我是他们的羽翼；
我是怀疑者，也是怀疑。
我是婆罗门教僧侣们吟诵的经文。

“我在当地一家餐馆里吃了晚饭，十点前回船上就可以，于是我走到广场上，凝望大海。我觉得我这辈子都没见过天空中有这么多星星。白天天气炎热，这会儿暑气消退，凉爽的气候十分宜人。我找到了一个公园，在一张长凳上坐下。那里很黑，有白色人影默默地走来走去。我过了美妙的一天，阳光灿烂，人群穿着五颜六色的衣服喧哗吵闹，东方的气味充斥鼻间，辛辣而芬芳，让我心驰神往；如同画家用来创作的静物和颜料一样，梵天、毗湿奴和湿婆的三个巨大头像为这一切增添了神秘的气息。我的心开始狂跳，我忽然确信，印度具有我必须拥有的东西。这就好像我得到了一个机会，我必须立即抓住，不然它将永远不再出现。我马上做了一个决定，我决定不回船上了。我只留了一个小旅行箱在船上，里面只有几样东西。我缓步走回居民区，想找家旅店住下。过了一会儿，我总算找到了一家，订了个房间。我所有的只是身上这身衣服，一点零钱，护照和信用证；我感觉太自由了，不禁哈哈大笑起来。

“十一点开船，为了保险起见，我在房间一直待到了十一点。我走到码头上，看着船开走。然后，我去了罗摩克里希那教会，找到了那位在象岛与我说过话的大师。我不知道他的名字，不过我说，我要求见刚从亚历山大港来的大师。我告诉他，我决定留在印度，并请他给我一些指导。我们谈了很久，最后他说，他当晚要去贝拿勒斯，问我是否愿意同往。我自然乐意。我们坐的是三等车厢。车厢里挤满了人，他们吃东西，喝酒，说话，闷热难耐。我一夜没合眼，转天早晨，我已经筋疲力尽，那位大师却生龙活虎。我问他有何窍门，他就说：‘我冥想无形，在绝对中休养生息。’我不知道该思考什么，可我亲眼看到他神清气爽，犹如在舒适的床上美美睡了一夜。

“我们终于到了贝拿勒斯，一个和我年纪相仿的年轻人来接我们，大师请他给我找个住处。他叫马亨德拉，是大学教师，友善聪明，他很喜欢我，我也很欣赏他。那天晚上，他带我乘船游了恒河。于我而言，那是一次兴奋的体验，整座城市临河而建，看起来非常美丽，令人惊叹；不过转天早晨，他带我去看的风景更妙。天还没亮，他就来旅店接我，又带我来到恒河之上。我看到了令我无法置信的景象，在我眼前，成千上万人在河里洗浴驱邪并祷告。我看到了一个又高又瘦的人，头发蓬乱，胡子乱七八糟，只用布条遮住了私处，他站在那里，伸展着修长的手臂，仰着头，面向初升的太阳大声祷告。我说不出这给我留下了怎样的印象。我在贝拿勒斯住了六个月，无数次在黎明时分前往恒河，观看那奇异的景象，始终心怀赞叹。那些人的信仰不是半信半疑的，他们没有保留，也没有不安的怀疑，只有一颗纯粹的虔诚之心。

“每个人都对我很好。他们知道我不是来猎虎，也不是做买卖，而纯粹是为学习，他们就尽可能帮助我。我想学习印度斯坦语，他们知道了很高兴，还找了老师教我。他们借书给我，耐心地回答我的问题。你了解印度教吗？”

“知之甚少。”我说。

“我原以为你对印度教感兴趣。他们有这样一个概念，宇宙没有开始，也没有终结，只是处在一个无尽的循环中，成长，到达平衡点，衰退，解体，再成长，如此循环往复，没有尽头，还有比这更惊人的概念吗？”

“印度教徒觉得这种无限循环有何目的？”

“我看他们会说，这是绝对的本质。你知道的，他们认为现世只是一个阶段，要为前世的所作所为接受奖惩。”

“他们相信轮回转世。”

“世界上三分之二的人都相信轮回转世。”

“相信的人多，不代表这就是事实。”

“的确不能，但如此一来，就值得我们思考了。基督教吸收了很多新柏拉图主义的主张，或许也很容易吸收转世轮回这一概念，事实上，一个早期的基督教派就相信转世轮回说，但后来这一观点被定性为旁门左道。若非如此，基督教一定会像相信基督复活一样相信转世轮回。”

“所谓转世轮回，是不是根据前世的所做善恶，灵魂从一个肉体转移到另一个肉体，就这样无限循环下去？”

“我想是的。”

“可你想想，所谓我，不光包括我的灵魂，还包括我的肉体，谁能决定，我的肉体在多大程度上决定了我？如果不是生了一只畸形的脚，那拜伦还是拜伦吗？如果不是得了癫痫症，陀思妥耶夫斯基还是陀思妥耶夫斯基吗？”

“印度人不相信碰巧。他们会说，是你在前世的所作所为，决定了你的灵魂寄于一个并不完美的肉体里。”拉里懒散地敲着桌子，有些出神。跟着，他淡淡一笑，露出沉思的眼神，继续说了起来，“你有没有想过，轮回转世不仅是世间之恶的解释，也是恶存在的理由？如果恶是我们前世所犯罪孽的结果，我们就可以顺从地忍受恶，并且希望，如果在这一世我们努力向善，那么来世就能少受恶的折磨。然而，忍受自身的恶十分容易，只需要拿出一点勇气即可；使人无法忍受的是看到别人受到恶的折磨，往往表面上看来他们不应该有此遭遇。如果你能说服自己那是前世的必然结果，你就可以怜悯，可以尽你所能去减轻，你也应该如此，可你没有理由愤愤不平。”

“但是，上帝为什么不从一开始就创造一个没有痛苦和不幸的世界，那样的话，人们无论做什么，都不会有功与过了。”

“印度教徒会说，根本就没有起始，个人的灵魂与宇宙共存，永世存在，本性由前世决定。”

“相信转世轮回说，会对相信之人有任何实质的影响吗？毕竟，这是一种考验。”

“我想是的。我认识一个人，转世轮回就对他的生活产生了实际影响，我给你讲一讲。在我到印度的头两三年，大多数时间我都住在当地的旅店，不过时不时会有人邀请我去他们的家住。有那么一两次，我以大君宾客的身份，住进了他们那些富丽堂皇的宫殿。有一次，通过我一个在贝拿勒斯的朋友，我受邀住在了北部一个较小的邦里。该邦首府风景宜人，那是一个玫瑰花圃一样的古老城市，在别人的介绍下，我认识了财政部部长。他曾在欧洲求学，就读于牛津大学。与他交谈之后，你就会发现他是个进步人士，聪明，开明，大家都知道，他作为财政部部长能力卓绝，还是位精明的政治家。他穿欧洲的服装，整洁利落，相貌俊朗，和印度人一样，人到中年的他微微有些发福，留着剪得很整齐的短髭，非常整齐。他经常邀请我去他家，他家有一个大花园，我们坐在参天大树的树荫里谈天说地。他有妻子，两个孩子都已成年。你或许会以为他不过是个普普通通的英化印度人，甚至有点平庸。可是我惊讶地发现，在他五十岁那年，他竟然辞去了薪金丰厚的职务，将财产留给妻儿，当了一名托钵僧，外出云游了。然而，最叫人诧异的是，他的朋友们和邦主都淡定地接受了这件事，认为这很自然，没什么特别。

“有一天，我对他说：‘你思想自由，了解这个世界，又读了那么多的书，科学、哲学和文学无一不通，你是真心相信轮回转世吗？’

“他像是变了个人一样。那一刻，你会觉得他无所不晓。

“‘我亲爱的朋友，’他说，‘如果我不相信，生命于我而言就没有了任何意义。’”

“那你相信吗，拉里？”我问。

“你的问题很难回答。在我看来，我们西方人不可能像东方人那样，毫无保留地相信这一说法。对轮回转世的信仰已经深入他们的骨髓，而对于我们，那只不过是一个概念而已。我既不是相信，也不是不相信。”

他停顿片刻，用手托着脸，低头看着桌子。接着，他向后一靠。

“我给你讲一讲我的一次非常奇怪的经历。一天晚上，我在静修处我的小房间里，按照我的印度朋友教我的那样，练习冥想。我点了根蜡烛，将全部注意力都放在火焰上，过了一会儿，透过火焰，我清晰地看到了一长串的人，他们排成一队。站在最前面的是一个老妇，戴着一顶蕾丝网帽，灰白的长鬈发垂在耳边，她穿着一件黑色紧身上衣，一条黑色丝绸荷叶边裙子，我想是七十年代的那种式样，她站在那里，面朝我，和蔼可亲，态度谨慎，手臂笔直地垂在身体两侧，掌心对着我，布满皱纹的脸上露出和善的表情。她后面是个犹太人，又高又瘦，他侧身而立，所以我只能看到他的侧脸，他长了个鹰钩鼻，厚嘴唇，穿一件黄色宽松长袍，一头浓密的黑发上戴着一顶黄色的无边便帽。他一副学者派头，看起来勤奋好学，既让人觉得冷酷，又让人觉得他的严肃中充满了激情。他后面是个年轻人，这人面对着我，我能很清楚地看到他，仿佛在我和他之间没有任何人，他乐呵呵的，面色红润，一看就知道他是十六世纪的英国人。他站在那里，脚步稳健，双腿微微分开，表情英勇不凡，他穿着一身红色衣服，如同宫廷礼服一样华美，脚穿宽头天鹅绒鞋，头戴平顶天鹅绒帽子。在这三个人身后，还有一队数不尽的人，如同在电影院外排起的长队，不过他们面目模糊，我看不清他们长什么样子。我只可以勉强看清他们的体形和动作，他们一动起来，就好像夏季微风吹拂下的麦穗。过了一会儿，我不知道是一分钟、五分钟，还是十分钟，他们慢慢地消失在了漆黑的夜色中，只剩下稳稳燃烧的烛火。”

拉里微微一笑。

“当然这有可能是我睡着后做的梦，也可能是我把注意力都集中在微弱的烛火上，进入了某种催眠状态，而我像看你这样清晰地看到的那三个人，只不过是我潜意识中保留的影像而已，但也有可能他们就是我的前世。可能在不久之前，我是新英格兰的一位老太太，再之前是黎凡特的一个犹太人，再往前追溯，也就是塞巴斯蒂安·卡伯特[①]从布里斯托起航后没多久，我是威尔士亨利亲王宫廷里的一个时髦男子。”

“你那个在玫瑰花圃城市里的朋友后来怎么样了？”

“两年后，我南下去了一个叫马都拉的地方。一天晚上，在一座寺庙里，有人轻拍我的手臂。我转过身，看到了一个留着胡子、一头黑色长发的人，浑身赤裸，只围着缠腰布，拿着一根手杖和一个圣徒化缘用的钵。直到他开口说话，我才认出他是我的那个朋友。我太惊讶了，都不知道该说什么才好。他问我近况如何，我大致讲了讲；他问我要去何处，我说去特拉凡哥尔；他让我去见甘尼喀先生。‘他会给予你你一直在寻找的东西。’他说。我请他给我讲讲这个人，可他只是微微一笑说，等我见到他，自然就能了解我需要知道的一切了。那个时候，我已经学会不刨根问底了，就问他来马都拉干什么。他说他正徒步到印度的各个圣地朝圣。我问他吃得如何，睡得是否香甜。他告诉我，若是有人为他提供庇护之所，他就睡在游廊里，若是没有，就睡在树下或是寺庙中。至于食物，若是有人给他饭吃，他就吃，要是没有，他就饿着肚子往前走。我端详着他。‘你瘦了。’我说。他哈哈笑起来，回答说瘦了更好。然后，他向我道别，听一个只围缠腰布的人说‘再见，老朋友’，真可谓有趣至极，然后，他进了庙中闲人免进的那部分殿室。

---

① 塞巴斯蒂安·卡伯特（Sebastian Cabot，约1474—约1557），意大利探险家。

“我在马都拉住了一段时间。我估摸在印度，只有这座庙允许白人在除至圣所以外的地方随意走动。夜幕降临，庙宇中人头攒动。有男人、女人，还有孩子。男人们围着缠腰布，额头上涂着厚厚一层牛粪燃烧后的白色灰烬，往往胸口和手臂也涂有这种白灰。你能看到他们在一个又一个神殿前参拜，有时候面朝下趴在地上，行大礼。他们祷告，咏诵经文。他们呼喊彼此，打招呼，吵架，激烈地争辩。这样的吵闹声似乎不敬神明，可不知怎的，倒显得神明就在近处，生动活跃。

“那里有一条条长长的走廊，支撑屋顶的立柱饰有雕刻纹饰，每根柱子脚下都端坐一名托钵僧人，每个僧侣前面都摆着一个化缘用的钵，或是摆放一块小垫子，信徒会丢一个铜板到上面。他们有的穿着衣服，有的则几近赤裸，有的在你经过时会神情茫然地望着你，有的或是默默地看书，或是大声朗读出来，似乎并没有注意到熙熙攘攘的人流。我在他们之中寻找我的朋友，却再也没有见过他。我想他必定已经上路，去追寻他的目标了。”

“他的目标是什么？”

“不再受轮回之苦。他们管自我叫阿特曼，我们则称之为灵魂，《吠檀多》认为自我不同于肉体及其感官感觉，不同于思想及智慧；自我不是绝对的一部分，因为绝对是无限的，并不分为各个部分，只有绝对本身。灵魂不是创造出来的，它永恒存在，当它摆脱了七层无知的面纱时，便会回归它起源的无限之中。就好像一滴水来自大海，随雨落入水坑，随后流入小溪，汇入江河，穿过高山峡谷和广阔的平原，一路蜿蜒曲折，绕过横亘在路上的岩石和倒地的树木，最终抵达它起源的那片浩瀚的大海。”

“然而，当那滴水再次汇入大海，自然就失去了个性。”

拉里咧开嘴笑了。

“你想品尝糖的味道，却不想变成糖。个性除了表现我们的自我主义外还是什么？除非灵魂能彻底摆脱自我主义，否则不可能与绝对融为一体。”

“说到绝对，拉里，你很是在行，这个词令人印象深刻。你说实话，这个词对你而言有何意义？”

“现实。说不清绝对是什么，只能说它不是什么。用语言无法形容它。印度人称之为梵。它不在任何地方，又无处不在。它隐藏在万物之中，万物全都依托于它。它不是人，也不是物，不是因。它没有特性。它超越永恒与改变，凌驾于整体与部分之上，有限与无限之上。它是永恒的，因为它的完整与完美同时间无关。它是真理与自由。”

“老天！”这话是我对自己说的，而我对拉里道：“可一个纯智慧的概念，怎么能在人类受苦受难的时候慰藉他们呢？人类总是需要一个人格化的神，这样一旦遇到困难，他们就能向他寻求安慰和鼓励。”

“或许在很久以后，人类有了更加深刻的见解，就能知道，必须在他们自己的灵魂中寻找安慰和鼓励。我自己就认为，所谓神明崇拜，不过是对需要供奉的残酷神明的古老回忆重新出现而已。我相信，上帝只在我心里。如果是这样，我要崇拜谁？难道是我自己？人类具有不同的精神发展阶段，因此，印度人的想象力逐步发展出了绝对的表现形式，就是梵天、毗湿奴、湿婆和其他上百种不同的神明。绝对就是大自在天，即这个世界的缔造者和统治者，绝对也在卑微的物神里，在太阳炙烤的田地里务农的农民会向他们供奉一朵花。印度有多种多样的神明，他们只是手段，借以实现自我和最高自我的统一。”

我若有所思地看着拉里。

“我很想知道，这样一种一丝不苟的信仰，到底有何吸引你的地方？”我说。

“我想我可以告诉你。我一直认为创立宗教的人很可怜，因为他们规定，你必须信仰宗教，才能得到救赎。这就好像只有有了你的信仰，他们才能相信他们自己。看到他们，你会想到昔日那些异教神明，如果没有虔诚信徒供奉的祭品，他们就会变得苍白无力。不二论并不要求你相信什么，只是要求你应该怀有热烈的渴望去了解现实；它声称，你能像认识快乐或痛苦那样认识神明。现而今在印度有很多人都确信他们做到了，据我所知，足有数百人。在通过知识来了解现实这个概念中，我发现了一些很奇妙也很令人满意的东西。后来，印度的圣贤认识到人类具有弱点，承认通过爱或工作也可以得到救赎，不过他们从未否认，最高贵和最艰难的方式是通过知识，因为获取知识的工具是人类最珍贵的才能，也就是人类的理智。”

七

我必须解释一下，我并不打算在此讨论吠檀多派哲学体系。我对这个哲学体系了解不多，所以无从谈起，可即便我有这个能力，也不适合在本书中进行探讨。我们谈了很久，拉里说了很多，有些我并没有记录下来，毕竟这是一部小说，我关心的是拉里。我本不应该触及这样一个复杂的主题，然而在我看来，若是不稍稍提及他那有关哲学的思考和奇异的经历，他的那些行为就失去了合理性。他的声音和蔼可亲，就算是随随便便说话，也颇具说服力。他表情生动，随着想法而变化，时而严肃，时而欢快，时而沉思，时而滑稽，犹如数把小提琴在演奏一个协奏曲中几个不同的主题，而钢琴的旋律不时穿插其中。我很懊恼，因为我无法用任何语言将这些一一形容出来。尽管他在说严肃的话题，却说得非常自然，仿佛是在闲聊，或许还带着一点点的羞怯，但没有更多的局促，活像是在说天气或农作物。如果我的记述让你觉得他是在说教，那完全是我的错。他的谦逊与真诚显而易见。

餐馆里只剩下寥寥数人。喝酒吵闹的人早就走了，那些谈恋爱的可怜人回了他们肮脏的寓所。时不时会有一个一脸倦容的人走进来，喝杯啤酒，吃个三明治，或是半睡半醒的人进来喝咖啡。他们全是白领，一个人刚下了夜班，要回家睡觉；另一个被闹钟吵醒，心不甘情不愿地去开始一天漫长的工作。拉里好像对时间和周围的一切都无知无觉。我这一生中遇到过很多奇怪的情况，我不止一次与死神擦肩而过，也不止一次与浪漫牵手，品尝它的滋味。我曾骑一匹矮种马，沿着马可·波罗前往神奇中国的那条路穿越中亚；也曾在彼得格勒[1]一间整洁的客厅里，一面喝俄国茶，一面听一个穿黑西装和条纹裤子的小个子柔声细语地告诉我，他是如何刺杀了一位大公；我曾坐在威斯敏斯特的一间会客室里，听平静温和的海顿钢琴三重奏，外面爆炸声四起。然而，我认为我最奇异的经历莫过于此时，我一连好几个钟头坐在那家俗丽餐馆的红色丝绒座椅上，与拉里讨论神与永恒，讨论绝对和没有完结的轮回。

八

好几分钟了，拉里不发一言，我不愿意催促他，只是耐心等待着。过了一会儿，他冲我友善地一笑，仿佛他突然又注意到了我。

“当我来到特拉凡哥尔，我就发现，根本就不需要去打听甘尼喀先生，人人都知道他。很多年来，他一直住在一个山洞里，不过，他接受劝告，搬到了平原，一些善心人送给他

① 彼得格勒（Petrograd），即今圣彼得堡。1914 年改名彼得格勒；1924 年列宁去世后，又改称列宁格勒；1991 年，恢复其历史名称圣彼得堡。

一片土地，为他建造了一座小小的土坯房子。那里距离首府特里凡得琅很远，我先是乘火车，然后坐牛车，用了整整一天才到静修处。我在院子的入口见到了一个年轻人，问他是否能拜见大师。我带了一篮子水果，通常大家都会拿这样的礼物。过了几分钟，那个年轻人回来了，带我来到一个四周都是窗户的长廊。甘尼喀先生就坐在一角铺着虎皮的高台上，正在冥想。'我一直在等你。'他说。我大吃一惊，不过我觉得可能是我在马都拉的那个朋友和他说起过我。然而，当我提到他的名字时，大师摇了摇头。我送上水果，他命那个年轻人把水果拿走。这会儿只剩下我们两个，他端详着我，但没有说话。我不知道我们沉默了多久，可能有半小时。我给你讲过他的外貌，但没说过他散发出的那种宁静的气质，他显得那样善良、平和、无私。走了一天，我很热，也很累，可渐渐地，我开始感觉到精力充沛。在他再次开口之前，我就知道了，他就是我要找的那个人。"

"他讲英语？"我插口道。

"不是。可你知道，我能很快掌握一门语言，我学会了很多泰米尔语，在南方，可以听懂别人说话，别人也能听懂我说话。最后，他终于开口了。

"'你来此有何目的？'他问。

"我开始给他讲我为什么来到印度，如何度过了三年；我听说过很多圣贤，别人说他们充满大智慧，我便一一寻访，却发现没人能给予我正在寻找的东西。他打断了我。

“‘你说的这些我都知道了，无须重复。你来这里有何目的？’

“‘我希望你做我的导师。’我答。

“‘唯有梵天才是导师。’他说。

“他依旧用奇怪的热烈眼神注视着我，跟着，突然之间，他的身体发僵，翻白眼，我看到他进入了印度人所说的三昧状态，在这种状态下，主客二元性开始消失，你成了知识绝对。我盘腿坐在地上，与他面对面，我的心开始狂跳。不知道过了多久，他叹口气，我意识到，他恢复了正常的意识。他用慈爱的目光，看了我一眼。

“‘住下来吧。’他说，‘他们会带你去睡觉的地方。’

“他们让我住在一个小屋里，甘尼喀先生初到平原来时，就是住在那里。他现在住在那个长廊，由于信徒越来越多，很多人都慕名来参拜他，这才建造了那个长廊。为了不显眼，我穿上了舒适的印度服装，而且，我晒得很黑，若不仔细看，一定会认为我是本地人。我看了很多书，冥想，听甘尼喀先生讲道，他并不经常讲道，却随时愿意回答问题，他的话能给人启发，如同听到了美妙的音乐。他本人在年轻时进行了严格的苦修，却并不要求他的门徒也这样做。他只是要求他们摆脱私欲和情欲的控制，并且告诉他们，只要心态平和、克制、懂得放下、忍耐、心志坚定、渴望自由，就能获得自由。人们经常从三四英里开外的一个镇子赶来，那儿有座著名的寺庙，每年举办一次盛会，来的人不计其数。有的来自特里凡得琅，还有的来自更加遥远的地方，他们讲述自己受到的苦难，寻求他的建议，聆听他的教诲。他们离开的时候，灵魂得到了抚慰，心平气和。他教导的道理很简单，他教导人们，人都具有潜能，智慧是获得自由的手段。他教导人们，若要获得救赎，出家遁世并非必然的选择，割舍自我才是必须。他教导人们，不为私利的工作可以净化人的心灵，责任使人放弃自我，与宇宙合二为一。不过，不同寻常的并非他的教诲；他这个人，他的仁慈，他的灵魂之高贵，他的圣洁，才非同凡响。有他在，便是幸事。我很高兴在他身边，我感觉终于找到了我想要的东西。那段时间过得飞快。我本打算要么一直住下去直到他去世，毕竟他告诉过我们，他并不打算在他那具易腐烂的肉体中停留过久；要么等到我开悟，也就是终于突破了无知的桎梏，肯定地知道自己和绝对是一体的。”

“后来呢？”

“如果他们说的是实话，就没有以后了。灵魂在尘世的历程到了尽头，再也不会返回了。”

“甘尼喀先生死了吗？”我问。

“据我所知还没有。”

在他说话的时候，他看出了我这个问题的暗示，轻笑一声。踌躇片刻之后，他又说了起来，不过看他的态度，一开始我还以为他不想回答他知道我马上就要问出口的第二个问题，也就是问他到底有没有开悟。

“我并不是一直住在静修处。我很幸运，与当地一位林业员混熟了，他在山脚下的一个村子边有栋房子。他是甘尼喀先生的信徒，每逢放假，他就来和我们住上两三天。他是个很好的人，我们经常促膝长谈。他喜欢让我教他说英语。在认识他一段时间之后，他告诉我，林业部在山上有栋小屋，如果我想一个人上山，他可以把钥匙给我。此后，我便时不时去住上几天。到那里需要两天时间，首先乘巴士到那个林业员居住的村子，后面就只能步行了，可那里的壮丽与孤寂一定会让你觉得不虚此行。我把我能带的东西都装进背包，还会请个挑夫为我运送补给，一直住到把食物吃光为止。那其实就是个小木屋，后面有个地方可以做饭，至于家具，只有一张架床，可以铺上床席，一张桌子和两把椅子。山上夜凉如水，点上篝火很是舒服惬意。方圆二十英里内连个人影都没有，想想都让我紧张不已。到了夜里，我经常听到老虎咆哮，大象噼里啪啦穿过树林。我常到林子里远足。我很喜欢到一个地方坐坐，从那里，可以看到群山在我面前绵延不绝，下面有一个湖泊，黄昏时分，野生动物都会到那里喝水，有鹿、野猪、野牛、大象和豹子。

“当我在静修处住了两年的时候，我去了一趟林间隐居小屋，至于原因，说出来你肯定会觉得好笑。我想去那儿过生日，我在生日前一天到了小屋。转天早晨，天没亮我就醒了，想去我刚才说的那个地方看日出。就算闭着眼，我也能找到路。我坐在一棵树下等待着，那时天还是黑的，不过星光已经暗淡下来，太阳很快就要出来了。一种奇怪的焦虑感从我心底升起。光线开始缓缓地穿透黑暗，我竟然很难察觉，如同一个神秘人物在树林之间潜行。我的心狂跳，如同危险迫近时的感觉。跟着，太阳升起来了。”

拉里顿了顿，唇边漾起一抹悲伤的微笑。

“我这人笨嘴拙舌，不知道有哪些词可以形容那个场面，我无法绘声绘色地向你讲述我所见到的壮观日出场面。群山上草木葱绿，雾霭依旧在树梢萦绕不去，深不见底的湖泊在我脚下远处静谧无声。阳光从高山的缝隙中照射到湖泊之上，湖面犹如抛光的钢铁一样，闪烁光华。这个美丽的世界令我陶醉，我从未体会过这样的欣喜，从未体会过这样超然的快乐。我有种奇怪的感觉，一股麻刺感自我的脚底缓缓向上蔓延到大脑，我感觉仿佛突然远离了我的肉体，纯粹的灵魂带有一种我从未体会过的美好。我感觉到一种超越人类的知识掌控着我，使曾经混沌不堪的一切都变得明朗起来，使我曾经迷惑不解的一切都得到了解释。我太快乐了，甚至都痛苦起来，我奋力摆脱了这种状态，因为我感觉，再这样下去哪怕是多一秒，我必将死去；然而，我是那样狂喜，所以我已经准备好死去，而不是放弃这份欢愉。我怎么才能向你说清我的感觉呢？没有任何语言能准确形容出我的幸福。当我再次变成我自己，我感觉筋疲力尽，颤抖不已。我睡着了。

“我醒来时已是日上三竿。我走回小屋，感觉轻松至极，身体轻飘飘的。我给自己做了点吃的，老天，我饿坏了，还点了烟斗。”

说到这里，拉里也点了烟斗。

“我不敢相信这就是开悟，不敢认为，我，来自伊利诺伊州马文的拉里·达雷尔，一朝开悟，而其他人为之努力多年，禁欲苦行，却依然未能得偿所愿。”

“这兴许只是一种催眠状态，是你的思想状态，与世隔绝的氛围，神秘的黎明，如抛光钢铁一样的湖面组合在一起导致的状态。你凭什么认为不是这样呢？”

“因为那种刻骨铭心的真实感。这其实就是数个世纪以来，世界各地的神秘主义者都有过的体验。印度的婆罗门、波斯的苏菲派、西班牙的天主教徒、新英格兰的新教徒，只要他们能描述难以形容的状态，那他们所使用的词汇就差不多。无可否认，这种状态确实存在；唯一的难处在于如何将之描述出来。我不知道是真有那么一刻，我与绝对融为一体，抑或是人人都有的与宇宙精神的亲密联系从潜意识中涌入意识。”

拉里停顿了片刻，向我投来探寻的眼神。

“顺便说一句,你能用你的拇指碰到你的小拇指吗？”他问。

“当然了。”我说着哈哈一笑，并证明了我可以做到。

“你清不清楚，只有人类和灵长类动物能做这个动作？正是因为拇指与其他手指是对立的，我们的手才如此灵活。有没有可能，对生拇指，当然还是在初级形态，只存在于某些人类远祖和大猩猩身上，后来经过了无数代的发展，才成了一个普遍特点？是不是至少有这样一个可能，这种为不同的人所经历过的与现实合二为一的体验，就是人类意识中的第六感的发展，在很久很久以后，将会演变成人所共有的，这样他们就会对绝对产生直接的感觉，正如我们现在对物体的感觉一样？”

“你为什么认为那会对人类产生影响？”我问。

“我说不清，正如最早的人类发现能用拇指碰到小拇指时，也说不清这一微不足道的动作中所蕴含的无限结果。我只能告诉你，宁静、快乐和信心这些强烈的感觉，在那一刻令我心醉神迷，此时依旧与我同在，那份自然之美此时依旧鲜明生动，与我初见时一样令我眼花缭乱。”

“但是，拉里，你对于绝对的看法，肯定会迫使你相信，这个世界及其美好只是幻象，世界皆虚幻。”

“认为印度人将这个世界视为幻觉是不对的，事实并非如此，他们的说法是，这个世界的真实与绝对的真实并非处在相同的意义上。‘世界皆虚幻’这个概念只是那些热切的思想家推测出来的结果，用以解释无限如何创造有限。商羯罗①是他们中最聪明的，他认为这是一个无法解释的谜团。你也知道，很难解释为什么梵应该创造世界，梵是存在、幸福和智慧，是无可改变，它永恒不变，平静安宁，它无所缺，无所需，不懂指责，也不懂争吵，它是完美。如果你问这个问题，一般而言，你得到的回答是，绝对创造这个世界，没有任何目的。可当你想到洪水和饥荒，地震和飓风，折磨人类的所有

---

① 商羯罗（Samkara），可能是指8世纪印度哲学家。

疾病，你的道德感就会泛滥，因为你会想到，这触目惊心的一切，怎么就会开玩笑似的被创造了出来。甘尼喀先生善良仁慈，不相信这一点，他认为世界是绝对的表现，是绝对之完美的溢出。他教化人们，神明创世是必然的，这个世界是神明本性的体现。我问他，如果这个世界是一个完美存在之本性的体现，那世界为何如此可憎，以至于人类唯一合理的目标便是摆脱世界的束缚，从而获得自由，甘尼喀先生这样回答：这个世界中的乐事只是暂时的，只有无限能给予持久的快乐。但无穷无尽并不能使善更上一层楼，使白变得更白。如果中午的玫瑰在黎明时分便失去了美丽，那它在黎明时分的美则是真实的。世间没有任何东西是永恒不变的，只有傻瓜才会要求永恒不变，可要是在拥有的时候不及时享受，那我们就更傻了。如果改变是存在的本质，人们就会觉得，只有把改变作为哲学的前提，才合情合理。无人可以踏进同一条河流两次，可要是这条河水流淌不绝，我们踏进的另一条河的河水也很凉爽宜人。

“雅利安人初到印度时，认为这个世界只是我们所不知的那个世界的表象，然而，他们依然欢迎这个世界，因为它美丽妖娆。只是在数百年之后，东征西讨使他们疲惫不堪，使人衰弱的气候耗尽了他们的活力，在游牧部落入侵的时候，他们才成了猎物，正是在这个时候，他们才看到了生命中的邪恶，渴望不再受恶的折磨。可为什么，我们西方人，特别是我们美国人，在腐朽与死亡、饥饿和焦渴、疾病、年老、悲伤和幻觉的影响下，气馁畏缩呢？我们有着旺盛的生命力。当我坐在木屋里抽烟斗时，我感觉比以往任何时候都有活力，我感觉有种力量要从我的身体里迸发出来。到修道院里避世隐居并不适合我，我要居于繁华的世界里，爱这世上的一切，这不是为了它们，而是为了存在于它们身上的无限。如果在那些狂喜的时刻，我确实与绝对融为一体，而且他们说的是真的，那就没什么可以伤害我，那么，等我了结了这一世的因果报应，我就将不再受轮回之苦。这样的想法让我不安，我想转世，再转世，不停地轮回。尽管要承受痛苦和悲伤，我依然愿意接受各种各样的生活；我觉得，只有经历一世又一世，才能让我的渴望、活力和好奇心得到满足。

“转天早晨，我下山，再转过天来，我回到了静修处。甘尼喀先生看到我穿着西方人的衣服，不禁大吃一惊。我是刚上山时在林业员的小屋换上那身衣服的，那里比较冷，就没想到要把衣服换下来。

“‘大师，我是来与您辞行的。’我说，‘我要回家了。’

“他没说话，只是和往常一样，盘腿坐在铺着虎皮的高台上。他面前摆着一个火钵，里面燃着香，空气中弥漫着淡淡的香味。自打我第一次见到他，他就是一个人，现在也是如此。他用热烈的眼神注视着我，我感觉他像是要看到我的灵魂深处。我知道，他很清楚发生了什么事。

“‘好吧。’他说，‘你离开得够久了。’

“我跪下，他为我赐福。起来的时候，我的双眼噙满了泪水。他是个高贵的人，品格圣洁，能够认识他，是我的荣幸。我和信徒们道别。有些人已经在静修处待了好几年了；有些是在我之后来的。我把我的东西和书都留了下来，我觉得可能有人用得上，我背上背包，穿着我来时穿的裤子和棕色外套，头戴一顶破旧的遮阳帽，便回到了城里。一周后，我在孟买上了船，去了马赛。”

我们沉默下来，沉浸在各自的思绪中；我很累了，但我还有件事要问他，于是我开口打破了沉默。

“拉里，老伙计，”我说，“你的漫长征途是从恶这个问题开始的。正是恶这个问题迫使你前进。我们说了这么久，你都没说到，你找到了哪怕是尝试性的答案。”

“也许是根本就没有答案，也许是我不够聪明，所以找不到答案。罗摩克里希那认为这个世界是神的娱乐。‘就好像一种游戏。’他说，‘在这个游戏中，有快乐和悲伤，优点和缺点，智慧和无知，善与恶。如果从创世伊始，罪恶和痛苦就消失了，这个游戏也就继续不下去了。’我会尽全力否定这一说法。我能提出的最好建议，就是当绝对出现在这个世界中，恶自然而然就与善具有相互关系。若是没有恐怖的地震，就不会有喜马拉雅山的惊人之美。中国的工匠烧制出了他们称为薄胎瓷的花瓶，造型优美，设计精良，颜色迷人，光泽照人，可从本质上来说，花瓶十分脆弱。要是把花瓶掉到地上，它就会碎成无数碎片。是不是有可能，我们在这个世上珍视的一切有价值的东西，都必须与邪恶共存？”

“你这个说法很巧妙，拉里。我觉得，它还不能让人满意。”

“我也不满意。”他笑了，“我们只能说，当你认为有些事不可避免，那就只能在不利情况下尽力而为。”

“你现在有什么计划？”

“我在这里有工作，做完之后，就回美国。”

“回去之后干什么？”

“活着。”

“怎样活？”

他沉着地回答了我的问题，眼睛里却闪烁着顽皮的光芒，因为他很清楚，他的回答一定会让我大呼意外。“冷静，忍耐，同情，无私，禁欲。”

“这可不容易做到。”我说，“为什么要禁欲？人是一种动物，性欲与饥饿都是最强烈的本能，压抑这一本能，明智吗？”

“还算幸运，性欲对我来说只是寻求欢愉，而不是一种需要。通过我的个人经历，我知道，印度的智者说得对，节制欲望能强化精神力量。”

“我一直认为，在身体的需要和灵魂的需要之间找到平衡，才是大智慧。”

“印度人认为我们西方人没有做到这一点。他们认为，我们有了无数发明，有工厂、机器和它们制造出来的东西，我们是在物质中寻找快乐，但快乐不在物质中，而在精神。他们认为我们选择的方式将导致毁灭。”

“你认为，美国适合实践你说的那些美德吗？”

“我认为没什么不合适的，你们欧洲人对美国一点也不了解。就因为我们积累了大量财富，你们就以为我们满脑子只有钱。我们并不在乎钱，我们有钱，就会花掉，有好的时候，也有不好的时候，但我们还是会把钱花掉。钱对我们来说不算什么，它只是成功的象征而已。我们是世界上最伟大的理想主义者；我只是觉得我们设定错了理想，我认为，人能设定的最伟大的目标，就是自我完善。”

“这可真是个高尚的理想，拉里。”

“难道这是不值得实现的理想吗？”

“但是你是否能想象一下，单凭你一己之力，对焦躁不安、繁忙、无法无天、强烈个人主义的美国人，能有什么影响？你还不如用你的手去截断密西西比河的河水。”

“我愿意一试。轮子是一个人发明的，万有引力定律是一个人发现的。任何事都会产生影响。如果你将一块石头扔进池塘，宇宙就和从前不一样了。不应该认为印度的圣徒过着毫无意义的生活，他们是黑暗中的一抹亮光，他们代表着一种理想，对他们的同伴来讲，这种理想可以让人神清气爽；普通人永远也不会有这样的理想，可他们尊重这个理想，他们的生活始终受此影响。当一个人变得纯粹和完美，他的性格产生的影响力就会扩展开来，那些寻找真理的人自然而然就会受到吸引。如果我能过上我计划的那种生活，或许就可以影响别人；影响或许只是和丢进池塘的石子引起的涟漪差不多，可一圈涟漪会引起另一圈涟漪，无限扩大；有可能会有很多人看到我的生活方式能带来幸福和安详，那样一来，他们就会把他们学会的东西教给别人。”

“我很想知道你是否明白你反对的是什么，拉里。你知道的，庸夫俗子早就不用拷问台和火刑架来镇压令他们忌惮的思想了，他们发明了一种更可怕的毁灭武器——说俏皮话。”

“我这人很坚强。”拉里笑了。

“我只能说，你有私人收入，真是太幸运了。”

“这对我来说确实大有助益。若不是有了那些钱，我就不能随心所欲了。可我的学徒期结束了。从现在开始，那份收入对我来说只是负担。我不会要那份钱了。”

“这可不是明智之举。若是想过你那样的生活，必须以经济独立为前提。”

“正好相反，经济独立将使我计划的生活变得毫无意义。”

我摆摆手，表示我很不耐烦。

“那样的生活对印度那些云游四方的托钵僧或许很合适，他们可以睡在树下，虔诚的信徒会往他们的钵中填满食物，借此积功德。然而，美国的气候并不适合人在露天环境中过夜，尽管我并不是假装很了解美国，可我确实知道，要是你的同胞只认同一件事，那就是要想吃饭，就得工作。我可怜的拉里，到时候恐怕你还没着手过你的生活，便被当作流浪汉，送到济贫院了。”

他哈哈笑了起来。

“我明白。人们必须向环境妥协，我当然会去工作。等我回到美国，就去汽车修理厂找份工作。我是个不错的修理工，找份工作应该不难。”

“这难道不是把能好好利用的精力都浪费掉了吗？”

“我喜欢体力劳动。要是我学习不下去了，我就去干体力活儿，那样就能焕发活力。我记得看过一本斯宾诺莎的传记，作者写到，斯宾诺莎为了谋生，不得不去磨镜片，他觉得斯宾诺莎这是在受苦，我觉得这个作者真是太蠢了。我肯定这能对他的脑力活动有所助益，因为这可以在一段时间内让他不再苦苦思考。在清洗汽车或修补化油器的时候，我的思想是自由的，完成了这些工作，我会心情愉悦，觉得自己有所作为。当然，我并不想永远待在修车厂里。我离开美国有些年头了，我必须重新了解那里。我会去找个卡车司机的活儿，那样我就能在美国到处跑了。”

“你忘了钱有个最重要的用途，就是节省时间。生命短暂，要做的事情太多，所以连一分钟都不能浪费。想想你浪费了多少时间，比如不坐巴士而步行从一个地方到另一个地方，又或者明明可以坐出租车，却偏偏乘巴士。”

拉里笑了笑。

“你说得对，我没想过这个问题，可我会拥有我自己的出租车，来解决这个难题。”

“什么意思？”

“我最后会去纽约定居，最重要的原因是那里有个很棒的图书馆。我只需要很少的钱就能过活，我不介意睡在什么地方，一天只吃一顿饭就足矣。等我看过美国我想看的所有地方，我就会存钱买辆出租车，做个出租车司机。”

“别说了，拉里。你真是疯了。”

“我一点也没疯。我很清醒，也很实际。当个体户出租车司机，我只需要赚够食宿的钱和出租车的折旧费。在不开车的时间里，我可以干其他工作，如果我急着到某个地方去，就可以开我的出租车去。”

“可是拉里，出租车就和政府公债一样，属于资产。”我取笑他，“当上了个体户出租车司机，你就是个资本家了。”

他哈哈大笑。

“不能这么说。我的出租车只是我的劳动工具，等同于云游托钵僧的手杖和钵。”

调笑几句，我们的对话结束了。我早就注意到客人愈来愈多。一个穿着晚礼服的人坐在我们不远处，他为自己点了一份丰盛的早餐。他一脸疲态，却带着满足的表情，自鸣得意地回味着昨晚的风流时光。几位老者年纪大了，需要的睡眠时间少了，这会儿他们一面慎重地喝着法式咖啡，一面透过厚厚的镜片看晨报。年轻人有的打扮整齐，有的穿着破烂衣衫，匆匆走进来，吃掉小圆面包，喝掉咖啡，便赶往商店或办公室。一个老太婆拿着一沓报纸到餐馆里挨桌兜售，但就我看到的，她一份也没卖出去。我从巨大的平板玻璃窗望出去，就见天已经大亮。又过了一两分钟，电灯熄灭了，只有这家大餐馆里面的灯还亮着。我看看手表，已经七点多了。

“要不要来点早餐？”我说。

我们吃了热腾腾的香脆的牛角面包，喝了法式咖啡。我很累，没精打采的，样子肯定一团糟，拉里却像平常一样神清气爽。他的眼睛闪闪发光，平滑的脸上没有一条皱纹，看起来也就二十五岁。喝完咖啡，我感觉来了点精神。

“拉里，要不要我给你一点建议？我不常这么做。”

“我也不常接受别人的建议。”他笑着答。

“我希望你仔细考虑一下再放弃你那不多的财产。你放弃了，就永远都没有了。一定会有你急需钱的时候，可能是你自己需要，也可能是别人需要，到时候你就会后悔了。”

他回答的时候，眼睛里露出一抹嘲弄的眼神，但没有半点恶意。

“你比我更看重钱。”

“这倒是事实。”我尖刻地说，“你知道，你一向都很有钱，可我没有。钱能带给我我认为最重要的东西，那就是独立。我现在可以随心所欲地对别人说见鬼去吧，这感觉真是太爽了。”

“可我不愿意对别人说见鬼去吧，如果我想这么做，就算银行里没钱，我也会这么做。钱对你来讲意味着自由；于我而言，则是束缚。”

“拉里，你真顽固。”

“我知道。天性如此，我也没办法。不过时间多的是，要是我愿意改变，还可以改变。我明年春天才会回美国。我的朋友奥古斯特·柯泰特，就是那个画家，把他在萨纳里的一栋小屋借给了我，冬天我会住在那儿。”

萨纳里是个很不起眼的海边度假地，位于里维埃拉，在邦多勒和土伦之间，常有画家和作家因不喜欢圣特罗佩那些浮夸的哑剧表演而到那里去。

“如果不嫌那里枯燥无味，就一定会喜欢那个地方。”

“我有工作要做。我收集了很多素材，要写本书。”

“什么题材？”

“写完你就知道了。”他笑了。

“等写完了你可以给我寄一份，我想我能设法帮你出版。”

“就不麻烦你了。我的美国朋友在巴黎经营一家小出版社，我已经安排好了，他们会为我出版。”

“不过可不能指望这样出版的书能大卖，也不会有人写书评。”

“我一不在乎书评，二不在乎是不是畅销。我只是需要刊印几本，送给我在印度的朋友，我在法国认识的几个人可能感兴趣，我也会送给他们。这不是什么大不了的书。我写这本书，只是为了用掉那些素材，而我出版，则是因为只有刊印出来，才能知道那本书到底如何。”

“我明白。”

这会儿，我们吃完了早餐，我招呼服务生拿来账单。我从服务生那里接过账单，递给拉里。

“如果你不要你的钱了，那就请我吃早餐吧。”

他哈哈一笑，然后付了账。坐了这么久，我的身体都发僵了，我们走出餐馆，我的腰背都疼了。闻到秋天早晨的清新空气，感觉舒爽极了。天空湛蓝无比，克利希大街在夜晚只是一条肮脏的街道，此时却显得分外清新，犹如浓妆艳抹的憔悴女人迈着女孩子的轻快步伐，不过并不招人讨厌。我一伸手，一辆路过的出租车停了下来。

“要不要送你一程？”我问拉里。

“不必了。我步行去塞纳河，找个游泳池游个泳，然后去趟图书馆查资料。”

我们握握手，我看着他迈动长腿，穿过马路。我不及他精力充沛，便上了出租车，返回旅店。我走进客厅，发现已经八点多了。

“年长的绅士在这个时候回家正合适。”我不以为然地对（玻璃罩下那个）裸体女人道，自从一八一三年开始，她就躺在那个钟表的顶上，而我觉得她那个姿势很不舒服。

她继续注视着镀金青铜镜中她那张镀金青铜脸，而钟表只是说：嘀嗒，嘀嗒。我放了一缸热水，泡了很久，直到水不热了，才擦干身体。我吃了一片安眠药，拿着正好放在床头柜上的瓦雷里[1]的著作《海滨墓园》上了床，读着读着，便睡着了。

① 保尔·瓦雷里（Paul Valéry，1871—1945），法国诗人、随笔作家、哲学家。

第七章

一

六个月后，也就是四月的一个早晨，我在费拉角的房子的阁楼书房里正忙着写作，这时，用人上来说圣让（邻村）的警察来了，要见我。被人打断使我恼火不已，我不明白他们找我有什么事。我心中坦荡，还向慈善基金捐过款。我收到过一张捐款卡，把它放在车里，要是我超速了，或是停车停错了地方，就可以在拿驾驶证时，不露声色地露出那张卡片，那样，警察就会只警告我一下，不会重罚了。想来大概是我的仆人因为身份证明的事没弄妥，被人匿名告发了，而写匿名信可是法国人生活中的一件乐事。不过我和当地的警察关系很好，每次他们从我家走，我都会送他们红酒做礼物，因此我觉得不会有什么大事。警察每次行动总是两个人一起，这一次，他们的来意非常不同寻常。

我们先是握手，互问对方身体好不好，然后，两个警察中职务高的那个（此人人称旅长，留着我见过的最令人难忘的小胡子）从衣兜里拿出一个笔记本。他用脏兮兮的大拇指翻页。

“你认识苏菲·麦克唐纳这个人吗？”他问。

“我认识的人中的确有一个叫这个名字。”我谨慎地说。

“我们与土伦的警方通过电话，那边的总督察要你立刻动身，去那里一趟。”

“有什么事？”我问，“我与麦克唐纳太太只是泛泛之交。”

我知道，她肯定遇到麻烦了，八成是和毒品有关，可我想不通的是，她的事与我有什么相干。

“这我就不清楚了。毫无疑问，你和那个女人一定有牵连。看样子她失踪五天了，一直没回住处，有人在码头发现了一具尸体，警方怀疑是她。他们希望你去认尸。”

我情不自禁地打了个寒战。然而，我并没有特别惊讶。毕竟她过着那种生活，一旦抑郁，就有可能结束生命。

“不是可以通过衣着和身份证明确认她的身份吗？”

“她浑身赤裸，还被人割断了喉咙。”

“老天！”我太惊骇了，琢磨了一下眼下的情况。我知道，警方可以强迫我前往，所以还是主动点为好，“那好吧，我会搭乘最快的火车去。”

我查看了火车时刻表，看到我可以坐五点到六点之间的那趟火车前往土伦。旅长说他会把我的情况通知总督察，还让我一下火车直奔警察局。那天早晨，我没再写作，收拾好必要的物品，吃完午饭，便开车去了火车站。

二

一来到土伦警察总局，我就被带到了总督察的办公室。他坐在办公桌边，此人是个大块头，皮肤黝黑，神色阴郁，看样子是个科西嘉人。兴许是出于职业病，他用怀疑的目光看了我一眼，跟着他看到了我故意戴在扣眼上的荣誉勋章的绶带，便对我虚情假意地一笑，请我坐下，还连连道歉，说是给我这样的要人添麻烦，实在是出于工作需要。我也用差不多的语调告诉他，能为他效劳，是我的荣幸。然后，我们转入正题，他又摆出了那副无礼傲慢的派头。他看了一眼摆在他面前的文件，说道：

“这件事很不光彩。那个姓麦克唐纳的女人声名狼藉，是个酒鬼、瘾君子，而且作风淫乱。她不光和水手鬼混，还与城里的混混行苟且之事。像您这样年纪的贵人怎么会与这种人有往来？”

我本想说这根本不关他的事，可我啃过几百本侦探小说，我知道，最好还是礼貌地对待警察。

“我与她并无深交。她小时候我在芝加哥见过她，后来她嫁给了一个绅士。一年多前，我在巴黎又遇到了她，我和她有共同的朋友。”

我一直不明白他是怎么查到我认识苏菲的，不过这会儿，他把一本书推到我面前。

“这是在她房间里找到的。看上面的献词，就能知道，你和她的关系绝不像你说的那么简单。”

这是我的小说的法语译本，她在书店橱窗里看到了这本书，还要我签名。在我的名字下面，我写了“宝贝儿，走，去看那玫瑰”这句话，这是我想到的第一句话，的确有些亲昵。

“如果你认为我是她的情人，那就错了。”

“这不关我的事。”他答道，跟着眸光一闪，“我并非要冒犯你，但我不得不说，我听说过她的一些癖好，所以知道，你不是她喜欢的类型。可很显然，你不会管陌生人叫‘宝贝儿’。”

“总督察先生，这是龙沙一首名诗的第一句，我很肯定，像您这样受过高等教育的文化人，肯定十分熟悉这首诗。我写这句诗，是因为我肯定她知道这首诗，并且能想起其余的诗句，她或许能从中了解到，她现在的生活，可以说至少是很不得体的。”

“我上学时看过龙沙的诗，不过工作上忙忙碌碌，我承认，我忘记了你提到的诗句。”

我背了那首诗的第一节，我很清楚，在我提起之前，他压根儿就没听说过这位诗人，所以，我一点也不担心他会知道最后一节并没有劝人向善。

“她很明显受过教育。我们在她的房间里找到了几本侦探小说和两三本诗集。一本波德莱尔，一本兰波，还有一本是一个叫艾略特[①]的人写的英文诗集。这个诗人有名吗？”

“很有名。”

“我没时间看诗。我也不会英语。如果他是个优秀的诗人，那他不用法语写诗真是太遗憾了，不然，受过教育的人就都能看他的诗了。”

我想象着这位总督察读《荒原》的样子，感觉十分有趣。忽然之间，他把一张快照推到我面前。

“认识这个人吗？”

我一眼就认出照片里的是拉里。他穿着游泳裤，照片是近期拍摄的，我估摸就是那年夏天，他和格雷、伊莎贝尔在迪纳尔避暑时拍的。我的第一反应是说我不认识，毕竟我不希望把拉里扯进这桩丑事之中，可我转念一想，如果警方已经查到了拉里的身份，那我如此一说，倒显得我认为这里面有不可告人的隐情。

“他叫劳伦斯·达雷尔，是美国公民。”

“在那个女人的财物中，我们只找到了这张照片。他们是什么关系？”

“他们都来自芝加哥附近的一个村庄，是童年好友。”

“不过这张照片是最近拍的，我想应该是在法国北部或西

---

① T. S. 艾略特（T. S. Eliot, 1888—1965），出生于美国的英国诗人、散文家、出版人、剧作家和评论家。《荒原》为其代表作。

部的海边度假地拍的，要想找到确切地点很容易。请你详细介绍一下这个人。”

“他是个作家。”我大胆说。总督察微微扬了扬浓密的眉毛，我估摸他对我这行的人并没有多少好感，“他财产丰厚，不必靠稿费维持生计。”我又道，希望能让他显得更体面。

“他现在在什么地方？”

我很想说我不知道，可我还是认为要是我有所隐瞒，只会把事情弄糟。法国警察或许有很多不是之处，可他们有完善的体系，能够毫不迟疑地找到他们要找的人。

“他现在住在萨纳里。”

总督察抬起头，显然他很感兴趣。

“具体地点？”

我记得拉里告诉过我，奥古斯特·柯泰特把他的小屋借给了拉里，我圣诞节回来的时候，曾写信问他是不是要来和我住段时间，然而，和我预料的一样，他拒绝了。我把他的地址给了总督察。

“我会打电话到萨纳里，让他来一趟。他可能会提供有用的线索。”

我不禁想到总督察认为拉里是嫌疑犯，却觉得这个想法太过可笑；我相信，拉里轻轻松松就能证明他与这件事没有干系。我很想了解更多关于苏菲悲惨结局的细节，只可惜总督察介绍的情况比我已经了解的多不了多少。是两个渔民把苏菲的尸体捞上来的。我所在地的警察说尸体浑身赤裸，其实是有些浪漫的夸张。凶手留下了塑身衣和胸罩。若是苏菲的穿着与我见她时的一样，那么凶手只需要剥下裤子和上衣。她身上没有身份证明，警方只好在当地的报纸上发了一篇启事。后来，一个在偏僻小巷中经营小出租房的女人来到警察局，法国人管这种地方叫妓院，男人可以带女人或男孩回来鬼混。这个女人是警察的线人，负责向警方报告哪些人经常到她那里去，都干了什么。上次我碰到苏菲，她还住在码头上的那家旅店，只是她的行为太放荡了，一向对这些事睁一眼闭一眼的店主都忍受不了，把她赶了出去。随后她就住到了上面提到的那个女人那里，租了一个房间和一个小客厅。这种房子一个晚上分两三个时段租给不同的客人更赚钱，但苏菲出了大价钱，那个女人就同意租给她，按月计费。她来到警察局，说她的房客失踪了好几天。一开始，她觉得这事并不稀奇，以为她去马赛或维莱夫朗克玩了。最近，英国舰队在那里停靠，无论老少，整个海岸上的女人都忙不迭赶去了。后来，她看到了警方在报纸上登的启事，便觉得可能是她的房客。她去认尸，稍微犹豫了一下，便确认死者正是苏菲·麦克唐纳。

“死者身份都确认了，你们还叫我来做什么？”

“贝列特太太是一位高尚的人，品性正直，”总督察道，“可她认出死者，或许有我们不知道的理由，我认为应该找与死者关系更密切的人来认尸，以便查明真相。”

“你觉得抓到凶手的概率有多大？”

总督察耸了耸他那宽大的肩膀。

“我们自然在调查，已经查问过她常去的酒吧里的一些人。有可能是一个水手因为争风吃醋，失手把她杀了，而那个水手早就随船离开了，也有可能是某个混混图财害命。好像她身上总有大把钞票，对那种人来说，这是不小的诱惑。或许有人嫌疑很大，可在她的圈子里，除非有利可图，否则不会有人主动提供线索。她终日与坏人鬼混，落得如此一个结局，可以说并不意外。”

对此我无可置评。总督察让我转天早晨九点再来一趟，届时他应该已经见过“照片中的男人”了，然后会有警员带我们去停尸房认尸。

“如何安排她的安葬事宜呢？”

“确认死者身份之后，如果你们以死者亲友的身份承担丧葬费用，就可以得到批准。”

“我很肯定，我和达雷尔先生都很希望尽快得到批准。”

“我理解。这是一桩惨事，最好可以尽快让那个可怜的女人入土为安。这倒提醒我了，我这里有一张丧葬承办人的名片，他们收费合理，办事利落。我会在名片上写几句话，这样他们就会更尽心尽力了。”

我很肯定他能从中捞到好处，但我还是对他千恩万谢，他带着尊敬的表情，送我离开，出了门，我直奔名片上的地址。那个丧葬承办人生气勃勃，办起事来则有条不紊。我选了一口棺材，既不是最便宜的，也不是最贵的，并且接受了他的建议，从他相熟的一个花商那里买了两三个花圈，“这么做既可以免得先生您费力亲自去买，又可以向死者表示尊重”，他这么说。他还安排了一辆灵车，在转天下午两点去停尸房接尸体。我由衷钦佩他的办事效率，他告诉我，我根本用不着亲自去看墓地，他会为我安排好一切，他还说，“想来那位太太是个新教徒”，要是我愿意，他会请来牧师去墓地主持葬礼。因为我是个陌生人，又来自国外，他很肯定，若是要求我预付款项,我必定不会介意。他说出的数目比我预想的要多，显然他以为我会讨价还价，但我没有任何异议，只是掏出支票簿，开了张支票，这时候，我注意到他露出了惊讶的表情，甚至还有点失望。

我在一家旅店找了个房间，转天早晨又来到了警察局。我等了一会儿，然后被带到总督察办公室。拉里也在，他看起来神色肃穆痛苦，就坐在我昨天坐过的椅子上。总督察高兴地迎我进去，不知情的人准会以为我是他失散已久的兄弟。

“亲爱的先生，你的朋友坦白地回答了我依照职责提出的所有问题。我相信，如他所说，他已经十八个月没见过那个可怜的女人了。他讲了他在过去一个礼拜的行踪，并且说明了他的照片为何会出现在她的房间里，所言均令人满意。照片是在迪纳尔拍摄的，有一天，他和她一起吃午饭，正好随身带着那张相片。我收到了萨纳里警方的报告，说是这位年轻人行为端正，况且，我不是自夸，但我的确善于判断人，我相信他不会犯下这样的罪行。我向他表示了深切的同情，毕竟一位童年好友在健全的家庭中成长，最终却变得这么坏。

可生活就是如此。现在，亲爱的先生们，我的下属会陪同你们到停尸房，认尸之后，就不再需要劳烦二位了。你们可以去吃午餐。我这里有张土伦最好餐馆的名片，我会在上面写几句话，让店主照顾好二位。这段经历叫人痛心，一瓶上好的红酒能让你们好受点。”

他此时的笑容中充满了善意。一个警察带我们来到停尸房，这里十分萧索。停尸台上只有一具尸体。我们走到近前，停尸房服务员将尸体的头部露出来。尸体的状况可谓惨不忍睹。在海水的浸泡下，苏菲那头染过的银色鬈发已经变直，湿漉漉地贴在脑袋上，她的面部肿胀得厉害，看起来十分可怕，但确定无疑就是苏菲。停尸房服务员又把盖尸布向下拉，我们看到了宁愿不看的一幕：一道可怕的伤口横贯她的喉咙，一直延伸到两耳。

我们回到警察局。总督察很忙，不过我们把该说的话都告知了他的助手。他离开了一会儿,回来时带来了需要的文件。我们带着文件去见丧葬承办人。

“我们去喝点东西吧。”我说。

自从离开警察局到停尸房，拉里只是在回到警察局时说他确认死者就是苏菲·麦克唐纳，此外没再说过一个字。我带他来到码头，走进我曾和苏菲去过的那家咖啡馆。一阵寒冷的北风吹来，平日里风平浪静的海面此刻泛着白色泡沫。渔船轻轻摇晃着。阳光明媚，与每次刮北风的时候一样，所见到的一切都异常清晰，仿佛是通过聚焦的镜片看到的一样，都具有了鲜活的生命力。我喝了一杯白兰地苏打，拉里却碰也不碰我为他点的那杯酒。他坐在那里，一声不吭，情绪十分低落，我没有打扰他。

过了一会儿，我看看手表。

“我们最好去吃点东西，”我说，“两点还要去停尸房。”

“我饿了。我连早餐都没吃。”

看总督察的样子，就知道他很清楚哪里有美食。我带拉里去了他提到过的那个餐馆。我知道拉里很少吃肉，便点了一份煎蛋卷和铁扒龙虾，然后我要来了酒单，再次按照那位警官的建议，挑选了一瓶上等红酒。酒送了上来，我为拉里倒了一杯。

“喝了吧，”我说，“喝了你或许就能找到话题了。”

他顺从地喝了酒。

“甘尼喀先生常说沉默也是一种交谈。”他喃喃地说。

“我想到了剑桥大学那些学富五车的教授们举办的快乐社交聚会。”

“恐怕你要独自承担丧葬费了，”他说，“我一分钱都没有了。”

“我早有这个准备。”我答道。接着，我忽然明白过来他这话的含义，“你该不会真的那么做了吧？”

有那么一会儿，他没有回答。我注意到他的眼中闪过一丝嘲弄的怪诞神情。

“你真的把钱都送出去了？”

"只剩下一点点，够我支撑到船来的时候。"

"什么船？"

"我在萨纳里的邻居是货运公司在马赛的代理，他们的船往来于近东和纽约。他们从亚历山大港给他发来电报，说是到马赛的船上有两个水手病了，只能上岸，请他找两个人顶替。他是我的好朋友，保证能让我上船。我会把我那辆旧雪铁龙送给他，作为临别赠品。等我上了船，就只剩下身上这身衣服，和手提包里的几件物品了。"

"那是你自己的钱，随你处置吧。你现在自由了，没有任何身外之物能牵绊你了。"

"自由这个词不错。我现在感觉到从未有过的快乐和无拘无束。等我到了纽约，就有工资，有了那些钱，我就能撑到找到下一份工作。"

"你的书写得怎么样了？"

"写完了，也印了出来。我列了一份送书名单，一两天后你就能拿到了。"

"谢谢。"

言尽于此，我们吃完了饭，虽然沉默，氛围却还算亲切。我点了咖啡。拉里点着烟斗，我点了根雪茄，若有所思地看着他。他注意到了我的目光，便瞥了我一眼，眼神很是顽皮。

"要是你想说我是个白痴，那就说吧。我一点也不介意。"

"不是，我并不打算说你笨。我只是很想知道，如果你跟其他人一样结婚生子，会不会过上更为完美的生活。"

他笑了。我肯定说过无数次他笑起来很美，他的笑容亲切友好，发自内心，俊朗不凡，折射出了他那可爱个性中正直真实的一面；但我必须再次强调，除了这些优点，此时他的笑容中又多了一份悲伤和柔情。

“现在已经来不及这么做了。我只遇到过一个我想娶的女人，就是可怜的苏菲。”

我惊诧地看着他。

“发生了这么多事，你还这么说？”

“她拥有可爱的灵魂，为人热诚，有理想，慷慨大方。她的理想很伟大，就算是她寻求毁灭的方式，也具有悲剧性的崇高意味。”

我沉默不语，我不知道该如何看待他这些怪异的评论。

“你那时候为什么不娶她？”我问。

“她当时只是个孩子。实话实说，我那时常去她祖父家，我们一起在榆树下读诗，我却从未想到这个干瘦的小丫头心中却蕴藏着一颗具有灵魂美的种子。”

我很诧异，在这个当口，他竟然连一个字都没提到伊莎贝尔。他绝不可能忘记他曾与她订婚，我只好认为他把订婚当成一件荒唐事，两个年轻人心智不够成熟，才会干出这毫无结果的事。他绝不会想到，伊莎贝尔一直为他而伤心。

到出发时间了。我们走到拉里停车的广场，现在一看，这辆车已经十分破旧，我们开车去了停尸房。那个丧葬承办人果然说到做到。他的效率超高，把一切都安排妥当，阳光明媚，狂风吹动墓地里的柏树，为下葬过程增添了最后一点恐怖氛围。仪式结束后，丧葬承办人友善地与我们握手。

“先生们，进展顺利，希望你们满意。”

“非常好。”我说。

“请两位不要忘记，如果有用得着我的地方，我随时恭候差遣。距离不是问题。”

我谢过他。走到墓地大门前，拉里问我是否还有事情需要他做。

“没了。”

“我想尽快回萨纳里。”

“送我到旅店吧。”

一路上我们都没说话。到了目的地，我下了车。我们握了手，他便驱车离开了。我付了旅馆账，拿了我的包，便乘出租车赶往车站。我也想离开此地。

三

几天后，我动身回英国。我本打算直接回去，可发生了这样的事，我打算去看看伊莎贝尔，于是决定在巴黎停留一天。我给她发了封电报，问她我是否可以下午晚些时候去探望她，并共进晚餐。我来到旅店，收到了她的字条，她说她和格雷要外出就餐，但请我在五点半以后来，那时她已经试穿完衣服了。

天很冷，大雨时下时停，我估摸格雷不会去莫特方丹打高尔夫了。我并不希望如此，因为我想和伊莎贝尔单独待会儿，不过在我到达他们公寓的时候，她一上来就告诉我，格雷去旅行者俱乐部打桥牌了。

“我告诉过他，如果想见你，就不要回来太晚，不过我们九点才外出吃饭，也就是说，九点半到就成，所以我们有大把时间可以好好聊聊。我有很多事要对你说。”

他们将这栋公寓转租了出去，两个礼拜后，艾略特的藏品将被出售。他们想参加售卖会，所以准备搬进里兹酒店，那之后他们就要乘船回美国。伊莎贝尔卖掉了所有的东西，只留下艾略特挂在他位于昂蒂布家中的现代画。她并不很喜欢那些画，但觉得把它们挂在他们未来的家里，必定能彰显他们的显赫地位。她想得不错。

“可怜的艾略特舅舅不是个前卫的人。你知道的，毕加索、马蒂斯、鲁奥[①]。我觉得他的藏画不错，只可惜有些过时。”

“如果我是你，就不会为此烦心。再过几年，就会有其他画家出来，到时候相比你喜欢的那些印象派画家，毕加索和马蒂斯也就不会显得那么现代了。”

格雷的生意谈判进入了最后阶段，有了伊莎贝尔给他的资金，他要参与一个很红火的生意，当副董事长。是与石油有关的生意，他们将住在达拉斯。

---

① 乔治·鲁奥（Georges Rouault，1871—1958），法国野兽派和表现主义画家。

“我们要做的第一件事就是找栋合适的房子。我要个漂亮的花园，那样格雷下班回来，就有地方散步了，客厅要很大，我可以用来招待客人。”

“不明白你为什么不把艾略特的家具带走。”

“我觉得他的家具不适用。我要买现代的家具，也许要几样墨西哥式样的家具，为家里增添点情调。一到纽约，我就会打听现下最受欢迎的室内装潢师。”

男仆安托万端着一个托盘走了进来，上面摆满了酒瓶，伊莎贝尔一向圆滑老练，很清楚十个男人有九个都认为他们调起鸡尾酒来比女人好（这样以为很正确），这会儿，她请我调两杯来喝。我倒出杜松子酒和诺利帕特酒，掺了少许苦艾酒，这样一来，干马蒂尼酒就不再是毫无特色的鸡尾酒，味道堪比琼浆玉液，就连奥林匹斯山上的诸神都会放弃他们自酿的仙酒。我一直认为这酒喝起来很像可口可乐。我把酒递给伊莎贝尔，就看到桌上有本书。

“喔，是拉里的书。”我道。

“没错，今天早晨寄来的，不过我太忙了，午饭之前，我要做的事一桩接着一桩，随后到外面吃午饭，下午去了慕尼丽丝时装店。不晓得什么时候才能腾出空翻一翻。”

我惆怅地想，作家需要花费好几个月才能写出一本书，可以说是呕心沥血，可要等到读者没有其他事可做了，才会看他们的书。拉里的书有三百页，印刷精美，装帧整齐。

“我想你知道拉里整个冬天都住在萨纳里吧。你见过他吗？”

“见过，几天以前，我们还一起去了土伦。”

“啊？你们去那里做什么？”

“安葬苏菲。”

“她死了？”伊莎贝尔大声道。

“若非如此，我们怎么会去埋葬她呢。”

“你的话一点也不好笑。”她停顿片刻，“我可不会假装我很难过。她不仅酗酒，还吸毒，活该落得这样的下场。”

“这并非她的死因，她被人割断了喉咙，然后浑身赤裸地被扔进了海里。”

与圣让的那个旅长一样，我发现我自己也有些夸张。

“太可怕了！真可怜。她每天那样过日子，肯定不会有好结局。”

“土伦的总督察也是这么说的。”

“他们知道是谁干的吗？”

“他们不知道，但我知道。我觉得是你杀了她。”

她惊讶地望着我。

“你在胡说什么？”跟着，她怪里怪气地笑了笑，“你还是再猜猜吧，我有不在犯罪现场的证明。”

“去年夏天，我在土伦见过她，与她长谈了一番。”

“她当时清醒吗？”

“是的。她一五一十地讲了为什么在嫁给拉里的前几天，她会莫名其妙地失踪。”

我注意到伊莎贝尔面色一沉。我把苏菲对我说过的话给她讲了一遍。她警惕地听着。

“自从那个时候开始，我无数次回想她说的事。越琢磨，就越觉得可疑。我在这里吃过无数次午饭，你从不在午餐时上利口酒。你都是一个人吃午饭的，为什么那天会有一瓶野牛草伏特加摆在咖啡盘上？”

“那酒是艾略特舅舅送给我的，我想尝尝看，那时候在里兹酒店喝过，感觉味道好极了。”

“我记得你当时一直在赞美这种酒，我很诧异，你一直很在乎体形，从不喝利口酒。当时我就觉得你是想吊苏菲的胃口，我想你不怀好意。”

“多谢你的夸奖。”

“一般而言，你是个很守时的人。你本来在等苏菲去试结婚礼服，这件事对她来讲非常重要，对你而言很有意思，你为什么会出去？”

“她应该说过了吧。琼的牙齿很不好，我的牙医很忙，我只能迁就他的时间。”

“看牙医都是提前预约的。”

“我当然知道这一点。可他上午给我打电话，说他有事不能按预约接待我们，不过可以改在下午三点，我当然会去。”

“就不能让家庭女教师带琼去吗？”

“琼很怕，我觉得她更愿意我陪她去。”

“你回到家，看到那瓶酒就剩下个瓶底了，而苏菲已经走了，你就没觉得不对劲儿吗？”

“我以为她等得不耐烦了，一个人去了时装店。我赶去了商店，他们却说她没来过，我也不知道是怎么回事。”

“那瓶酒没了，你是怎么以为的？”

“我确实注意到多半瓶酒都没了，我还以为是安托万偷喝了。我很想教训他两句来着，只是他的薪水是艾略特舅舅给的，他又和约瑟夫是朋友，所以想想还是算了。他是个很好的仆人，就算他偷喝酒，我又有几斤几两，去斥责他呢？”

“伊莎贝尔，你真是个大骗子。”

“你不相信我？”

“一个字都不信。”

伊莎贝尔站起来，走到壁炉架边上。壁炉里烧着火，今天十分阴冷，烤着壁炉却暖意融融。她将一只手肘搭在壁炉架上，姿态优雅，她能装出一副漫不经心的派头，这可是她最有迷惑力的天赋之一。和大多数地位显赫的法国女人一样，她在白天也穿黑色衣服，黑色将她白皙的肌肤衬托得十分动人，今天她穿了一件奢华而低调的裙子，显得她的身材玲珑有致。有那么一会儿，她只是站在那儿抽烟。

“我没有任何理由蒙骗你。那天我不该出去，安托万也不该把那瓶利口酒和咖啡留在客厅。他应该在我出去的时候把它们都收走才对。我回来看到酒几乎被喝了个精光，我当然知道出了什么事，后来苏菲失踪了，我只以为她不过是喝酒去了。我没有提到酒的事，是因为我觉得那只会叫拉里难过，他已经快担心死了。”

“你肯定没叫人把酒留下？”

“百分百肯定。”

“我不相信你。”

“那就悉听尊便吧。”她恶狠狠地把烟丢进火里，双眼闪烁着怒火，“好吧，如果你想听真相，那我就告诉你真相，然后你就带着真相去死吧。是我做的，要是有必要，我还会这么做。我告诉过你，我要想尽一切办法阻止她嫁给拉里。不管是你还是格雷，你们只会袖手旁观。你不过是耸耸肩，说他这是犯了个大错。你压根儿就不在乎，可我在乎。”

“如果不是你，那她现在还好好活着。”

“要是她嫁给拉里，他就会陷入万劫不复的悲惨境地。他觉得他能改造她。男人都是蠢货！我早知道她迟早会支撑不住，这是明摆着的事。那时候我们一起在里兹酒店吃午饭，你也看到她有多紧张不安了。我注意到她喝咖啡时你看着她，她的手哆嗦得厉害，她生怕一只手拿不住，需要用两只手把杯子捧到嘴边。我注意到她盯着服务员给我们倒酒；她那双没精打采的眼睛就没离开过酒瓶，活像一条蛇盯着拍打翅膀的小鸡，我知道，只要能喝到酒，她会不惜一切代价。”

伊莎贝尔这会儿面冲我，眼神狂野，声音刺耳，一股脑儿地说了出来：

“那会儿，艾略特舅舅把那瓶该死的波兰利口酒夸得跟朵花似的，我就想到了这个主意。我觉得那酒难喝极了，可我还是假装第一次喝到这么好喝的酒。我很肯定，只要有机会，她一定抵制不住诱惑。因此，我带她去看时装展览，提出送她一套礼服做礼物。那天，她最后一次去试礼服，我就吩咐安托万，午饭后我要喝野牛草伏特，还告诉他，有位女士要来，让他请她等一等，并端上咖啡，还要留下那瓶酒，她想喝一杯可以自己倒。我真的带琼去了牙医那里，没有预约，所以没见到他，于是我带她去看了一部新闻纪录片。我下定决心，如果苏菲没喝那瓶酒，我就随遇而安，尽量和她交好。我发誓，这是我的真心话。只可惜等我回到家，看到那瓶酒，我就知道我是对的。她已经走了，我敢打包票，她这一走就不会回来了。”

伊莎贝尔说完已经气喘吁吁。

“事实与我想象的差不多。”我道，“你看，我说对了，你这样做，就好像亲手用刀割断了她的喉咙。”

“她是个坏女人，十恶不赦。现在她死了，我太开心了。”她跌坐在椅子里，“给我杯鸡尾酒，你这个浑蛋。”

我走过去，又调了一杯。

“你是个邪恶的魔鬼。”她一边说，一边从我手里把酒拿走。跟着，她笑了，就好像一个小孩子，明知淘气犯了错，却想着凭借天真无邪，能哄得你不冲他发火，“你是不会告诉拉里的，对不对？”

“不会。”

“我要你发誓。男人都不可靠。”

“我保证我不会。即便我想这么干，也没那个机会，我想我这辈子都见不到他了。”

她猛地坐直身体。

“这话是什么意思？”

“这个时候，他已经上了一艘货船，不是做水手就是当司炉工，他要去纽约。”

“此话当真？他真是个怪胎！几个礼拜前，他还来到这里，为了写书到图书馆查资料,却从未说过他要去美国。我真开心，这表示我们很快就能再见到他了。”

“我可不这么认为。他的美国和你的美国离得远着呢，就跟戈壁沙漠一样遥远。”

跟着，我给她讲了他所做过的一切，以及他打算做的事。她听得瞠目结舌，脸上露出惊愕的表情。她时不时惊呼几声“他疯了，他疯了”打断我的话。等我说完了，她垂着头，我看到两行清泪顺着她的脸颊流了下来。

“现在我是真的失去他了。”

她转身背对我，把脸靠在椅子背上，痛哭起来。她姣好的面容痛苦地扭曲着，她并没有掩饰她的悲伤。我什么都做不了。我不知道她本来怀着怎样徒劳而又自相矛盾的希望，却终被我的消息击破。我隐隐意识到，偶尔见到拉里，起码知道他仍是她世界里的一分子，就是他们之间情谊的纽带，虽然这个纽带并不结实，现在，拉里的举动割断了这个纽带，她知道她永远失去了他。我不晓得是怎样无济于事的悔恨在折磨着她，所以觉得任由她哭一哭也好。我拿起拉里的书，看起了目录。我在离开里维埃拉的时候尚未收到他送我的那本书，看现在的情形，我要到几天后才能看到。这本书的内容大大出乎了我的预料。这是一本散文集，篇幅与利顿·斯特拉奇[①]的《维多利亚名人传》差不多，写了很多名人。他选出的人令我不解。有一篇写的是罗马独裁者苏拉[②]，此人夺得了无上的权力，却又放弃，归隐田园；有一篇写的是创立帝国的莫卧儿征服者阿克巴[③]；一篇讲鲁本斯[④]；一篇讲歌德；还有一篇讨论了切斯特菲尔德伯爵[⑤]和他的信。显然写每一篇散文都需要进行大量阅读，现在我才知道拉里为什么用了这么久才写完这本书，可我不明白的是，他为什么认为这本书值得他花这么多时间，或是他为何独独选择这些人来研究。跟着，我忽然想到，这些人都以他们自己的方式，在人生中取得了巨大的成功，我想拉里感兴趣的地方就在于此，他很想了解一下这些人的成就。

我随便翻开一页，看看他写得如何。字里行间充满学者气息，文字却通俗易懂，没有丝毫外行人在写作时常有的自命不凡和卖弄学问。看得出来，就和艾略特常与显贵结交一

---

① 利顿·斯特拉奇（Lytton Strachey，1880—1932），英国作家、评论家。

② 苏拉（Sulla，约前 138—前 78），古罗马将军、政治家。

③ 阿克巴（Akbar，1542—1605），印度莫卧儿王朝第三代皇帝，著名的政治家和宗教改革家。

④ 彼得·保罗·鲁本斯（Peter Paul Rubens，1577—1640），荷兰巴洛克风格画家。

⑤ 指第四任切斯特菲尔德伯爵（Earl of Chesterfield），菲利普·道摩·斯坦霍普（Philip Dormer Stanhope，1694—1773），英国政治家、文学家，因写给儿子的书信集而闻名。

样，拉里则经常和最好的作家为伴。伊莎贝尔轻叹一声，打断了我的思路。她坐了起来，一脸难过地把此刻已经变得微温的鸡尾酒喝了下去。

“要是再哭，我的眼就要肿成桃子了，我们晚上还要出去用餐呢。”她从手袋里拿出一面镜子，焦急地左顾右盼，“看来得拿个冰袋在眼睛上敷半个钟头才行。”她擦了粉，涂了口红。跟着，她若有所思地看着我，“我干了这样的事，你会不会觉得我是个坏人？”

“你在乎我的看法吗？”

“你也许会觉得很奇怪，可我真的在乎，我希望我在你眼里是个好人。”

我咧开嘴笑了。

“亲爱的，我并不是一个道德先生。”我答，“若是我真正喜欢一个人，就算我强烈谴责他干的坏事，也不会影响我对他的喜欢。你不是坏女人，你优雅迷人，仪态万方。对于你的美貌，我的欣赏没有减少一分一毫，因为我知道，正是你那完美的品位和坚定的决心，才促成了你的美貌。你只不过缺少一样东西，使你成不了迷人的尤物。”

她笑了笑，等我说下去。

“一丝柔情。”

她唇边的笑意消失了，毫无仪态地瞪了我一眼，她还没镇定下来回答，格雷便缓慢吃力地走了进来。格雷在巴黎住了三年，发福了很多，一张脸红红的，头也秃了，不过他身体健康，精神头十足。他看到我打心眼儿里高兴。格雷满口陈词滥调，不管他的话有多陈腐，显而易见，他都相信他是第一个想到这么说的人。他从不说上床睡觉，张口必说倒头大睡，而且睡得十分香甜；要是下雨，必定是大雨倾盆，稀里哗啦，而且他总是认为巴黎是梦幻的。但他为人和善谦逊，无私正直，是个可靠的人，不可能不喜欢他，我是真心欣赏他。他为马上就要动身回国感到非常兴奋。

“天呀，又可以重新工作了，”他说，“我现在信心十足。”

“这么说，一切都弄妥了？”

“我还没签约，不过我有把握。与我合作的是我在大学时的室友，他是个好人，我打包票，他绝不会坑我。等我们一回到纽约，我就会飞去得克萨斯，检查一下设备，我一定不会让伊莎贝尔的钱打了水漂儿。”

“格雷是个出色的商人，这你知道。”她说。

“我可不是吃素的。”他笑着说。

接下来，他没完没了地讲了他即将参与的生意，只是我对此知之甚少，只弄懂了一件事，那就是他有机会大赚一笔。他越说越兴奋，过了一会儿，他转身看着伊莎贝尔，道：

“干脆不去那个无聊的派对了，我们三个人一起到银塔餐厅大吃一顿，好不好？”

“噢，亲爱的，这可不行。他们就是为了我们两个人，才举办的派对。”

“我去不了，”我插口道，“我听说你们晚上要出去，便联系了苏珊娜·鲁维埃，约好带她出去吃饭。”

“苏珊娜·鲁维埃是谁？”伊莎贝尔问。

“是拉里的一个女朋友。”我说，故意逗她。

“我一直都怀疑拉里有个秘密的小情人。”格雷说着哈哈笑了起来。

“胡说八道。”伊莎贝尔厉声道，“我很了解拉里的性生活，他根本就不像你说的那样。”

“好吧，分手之前，我们再来喝一杯吧。”格雷说。

我们喝了酒，然后我与他们道别。他们送我到门厅，就在我穿外套的时候，伊莎贝尔挽住格雷的手臂，头靠在他身上，看着他的眼睛，装出我刚才指责她缺乏的柔情。

“告诉我，格雷，你觉得我是个铁石心肠的人吗？要说实话哟。”

“你当然不是，怎么了，有人这么说你吗？”

“那倒没有。”

她面冲我，这样格雷就看不到她的脸，然后对我吐了吐舌头，要是艾略特看到，一定会说她此举很不淑女。

“根本是两码事。”我一面喃喃地说，一面走出去，关上大门。

四

等我再次路过巴黎，马图林一家已经离开，别人住进了艾略特的公寓。我很想念伊莎贝尔。她是个赏心悦目的美人儿，与她说话很愉快。她理解能力强，没有恶意。从那之后，我再也没有见过她。我不擅长写信，而且写起来拖拖拉拉，伊莎贝尔则从不写信。她若要联系你，只会发电报或打电话。那年圣诞节，我收到了她寄给我的一张圣诞卡，卡片上的图片很美，里面有一栋房子，门廊是殖民地时期的，周围橡树环绕，我想这就是大农场里的房子，那时候他们需要钱，却无法将之脱手，现在可能愿意把房子留下来。邮戳显示卡片是从达拉斯寄来的，应该是格雷做成了生意，他们去了那里定居。

我从未去过达拉斯，不过我觉得那里应该和美国的其他城市一样，从居住区乘车很快就能到商业区和城郊俱乐部，富人们都住在豪宅里，有很大的花园，从客厅窗户能看到山丘或山谷中的美景。伊莎贝尔肯定住在这样的住宅区的房子里，从地窖到阁楼，都由纽约最时尚的装潢师操刀，装修成最新的式样。我只希望她的雷诺阿、马奈的花卉、莫奈的风景，还有高更，不会显得太过时。餐厅无疑大小适中，可供伊莎贝尔定期招待女人们一起吃午餐，而且，她们喝上好的美酒，吃美味珍馐。伊莎贝尔在巴黎学会了很多。她选择一栋房子，前提是客厅能满足她的需要，可以供妙龄少女们跳舞，她的女儿们长大了，她便要安排这样的舞会。琼和普里西拉现在肯定到了适婚年龄。我很肯定她们有良好的教养，她们在最好的学校里上学，在伊莎贝尔的照料下，她们一定多才多艺，条件适合的年轻人必然会对她们倾慕有加。我估摸格雷现在脸色更红润了，双下巴更大，头更秃，也更胖了，不过我想伊莎贝尔肯定没有变化。她依旧比她的两个女儿还要美。马图林一家必然成为社区里的宠儿，我很肯定他们一定备受欢迎。伊莎贝尔风趣亲切，殷勤老练，而格雷则是个老好人。

五

我时不时依旧与苏珊娜·鲁维埃见面。后来，她的生活中出现了一个意外的转折，她便离开了巴黎，也淡出了我的生活。在上面这些事发生的大概两年后，一天下午，我在剧场的楼座里看了一小时的书，感觉非常愉快，然后，一时间没什么事可做，便想到去探望苏珊娜。那时我有六个月没见过她了。她打开门，只见她托着一个调色板，嘴里叼着一支画笔，工作服上都是颜料。

“是您呀，亲爱的朋友，快进来。”①

她使用如此正式的语言，让我有点吃惊，毕竟我们一般都说“你”称呼对方。尽管如此，我还是走进这个既是客厅也是画室的小房间。画架上摆着一张画布。

“我太忙了，真不知道该怎么办才好，你先坐吧，我要继续工作，一会儿工夫都不能浪费。你肯定不信，可我要在梅

① 原文为法语 Ah，c’ est vous, cher ami. Entrez, je vous en prie。

耶海姆画廊开个人画展了，要画三十张画。”

“梅耶海姆画廊？真是太棒了。你是怎么做到的？”

梅耶海姆可不是塞纳河街里不靠谱的画商，那些人开一家小店，随时可能因为缺钱付不起房租而关门。梅耶海姆在塞纳河富饶的一侧开了一家大画廊，是国际闻名的画商。他要是提携哪个画家，哪个画家就一定会成名发财。

“阿希尔先生带他来看过我的作品，他觉得我很有天赋。”

“À d’autres, ma vieille.”我说了句法语，我觉得最适当的翻译就是“骗鬼去吧，小姑娘。”

她瞥了我一眼，咯咯笑了起来。

“我要结婚了。”

“跟梅耶海姆？”

“别傻了。”她放下调色板和画笔，“画了一整天，该休息一下了。咱们去喝杯波尔图红酒，我详细给你讲讲。”

在法国生活，有很多不那么愉快的方面，其中之一便是在不适当的时间被迫喝下酸酸的波尔图红酒。可你也只好入乡随俗。苏珊娜拿出一瓶酒和两个杯子，把酒倒满，坐下来时长舒了一口气。

“我都站了好几个钟头了，浑身都疼。好吧，事情是这样的。阿希尔先生的妻子今年年初去世了，她是个好女人，出色的天主教徒，可阿希尔娶她，并非心甘情愿，而是因为他能从这桩婚姻中捞到好处，他尊敬她，但若说他为了她的死伤心欲绝，那就言过其实了。他的儿子有一桩美满的婚姻，工作干得风生水起，他的女儿也将嫁给一位伯爵。那个人虽然是比利时人，却是真正的贵族，在那慕尔一带有一座豪华的城堡。阿希尔先生认为他那可怜的妻子绝不愿意为了她的缘故，耽误两个年轻人喜结连理，因此，尽管还在守孝期，但一旦安排好财产，便会立即举行婚礼。显然阿希尔先生一个人住在里尔那栋大房子里，将会非常孤独，他需要一个女人照顾他、抚慰他，并且为他打理衬托他身份必不可少的重要生意。长话短说，他请我接替他那可怜妻子的位置，他的理由合情合理，'我第一次结婚，是为了消除两家公司之间的竞争，我并不后悔，但我第二次结婚，一定是要合我自己的心意。'"

"那就恭喜你了。"我道。

"我一定会想念从前的自由生活，我喜欢自由。可人必须考虑未来。实话告诉你，我已经四十多岁了。阿希尔先生正处在一个危险的年纪，要是他突然兴起，去追求二十来岁的小姑娘，我该怎么办呢？我还要为我的女儿打算。她现在十六岁了，遗传了她父亲的容貌，必定会出落成美人儿，我一直让她接受良好的教育。可否认摆在面前的现实则毫无益处，她既没天赋当个女演员，也没那个气质像她可怜的母亲那样做个娼妓。那我问你，她能有什么指望呢？只能当个秘书，或是到邮局里工作。阿希尔先生为人慷慨，他同意让她和我们生活在一起，还答应给她一大笔嫁妆，让她能找个好男人嫁了。相信我，我亲爱的朋友，人们想怎么说就怎么说，然而，婚姻依旧是女人能做的最令人满意的专业。显而易见，因为涉及我女儿的幸福，我便一口接受了他的求婚，虽然我要牺牲一些乐事，反正随着时间的推移，我觉得这些乐事越来越难以得到。我必须告诉你，我在婚后一定会谨守本分，毕竟长期以来的经验告诉我，幸福婚姻的唯一基础便是绝对的忠诚。”

“这是一项高尚的情操，亲爱的。”我说，“阿希尔先生还会每隔两周来巴黎出差吗？”

“噢，小宝贝，你以为我是什么人？那时候阿希尔先生向我求婚，我对他说的第一件事，便是：‘听好了，亲爱的，你若是来巴黎开董事会，我也要来，这是顺理成章的事。你一个人来这里，我可不放心。’‘我都这把年纪了，哪里还会干出蠢事来。’他答。‘阿希尔先生，’我对他说，‘你现在正值壮年，我比任何人都清楚，你生性奔放，你这么优秀，丰神俊朗。你的一切都能让女人对你巴着不放，总之，我觉得你最好不要受到诱惑。’最后，他同意把董事的位置交给他的儿子，这样一来，他就将代替父亲来巴黎开会。阿希尔先生假装以为我不可理喻，心里却受用得很。”苏珊娜满意地叹口气，“如果不是男人们那难以置信的虚荣心，对于我们这些可怜的女人，生活将变得更加艰难。”

“非常好，可这与你在梅耶海姆画廊开个展有什么关系？”

“我可怜的朋友，你今天的脑筋可不大灵光。这么多年了，我难道没告诉过你，阿希尔先生是个很精明的人？他要考虑他的地位，而且，里尔的人个个吹毛求疵。阿希尔先生希望，我作为他这样大人物的妻子，要在社会上有应有的地位。你也知道这些乡下人，他们就好探听别人的事，他们会问的第一件事就是：苏珊娜·鲁维埃是何方神圣？他们得到的回答就是，她是一位著名的画家，近来在梅耶海姆画廊开了画展，大获成功，可谓实至名归。'苏珊娜·鲁维埃女士的先夫是殖民地步兵团的一位军官，一直孀居，身具法国女性的不凡勇气，多年以来，一直依靠艺术天赋，来养活她自己和那个幼年丧父的漂亮女儿。我们很高兴得知，眼力非凡的梅耶海姆先生将在他的画廊里展出苏珊娜·鲁维埃女士的画作，届时大家可以欣赏到她细腻的风格和完美的技巧。'"

"你在胡说些什么？"我竖起耳朵说。

"亲爱的，这是阿希尔先生准备的前期宣传，将在法国各大报纸上刊登。他是个了不起的人。梅耶海姆提出了很多条件，可阿希尔先生一一接受了，仿佛那不过是小事一桩。预展时将召开香槟招待会，美术部长因为欠阿希尔先生的人情，所以将在展览开幕时发表讲话，他会说到我的妇德和我作为画家的天赋，并将在最后宣布，国家的职责和特权是奖才选贤，将购买我的一幅画，由国家收藏。届时，巴黎各界人士都将到场，梅耶海姆先生将亲自招待批评家，他保证让他们以洋洋篇幅赞美我的画。那些可怜的人，他们收入微薄，给他们一个机会赚点外快，也算是行善举了。"

"你理应得到这一切，亲爱的。你一向都是个好人。"

"你少评论别人的事。"她答道，"不过这还不算完。阿希尔先生以我的名义，在圣拉斐尔的海岸上买了一栋别墅，因此，进入里尔的社交界，我的身份不仅是一位杰出的艺术家，还是一个家底丰厚的女人。再过两三年，他就要退休，我们将与其他上流人士一样，住在里维埃拉。他可以泛舟海上，以捉虾为乐，我则可以画画。现在，来看看我的画吧。”

苏珊娜画画已有好几年了，她集她那些情人的特色于一身，渐渐形成了她自己的风格。她依旧不擅长线条，却很有色彩感。她给我看了她与她母亲住在安茹省时画的风景画，有凡尔赛宫的花园和枫丹白露的森林，还有巴黎郊外的街景。她的画虚无缥缈，给人一种不实在的感觉，却具有繁花一般的美，甚至有种不经意的优雅。我很喜欢其中一幅画，因为觉得她会高兴，便提出买下那幅画。那幅画可能叫《林中空地》，也可能叫《白色围巾》，我记不清了，后来我也查看过，不过至今仍无法确定。我问她卖多少钱，她说了一个合理的数目，我便说我买了。

“你真是个天使。”她大声说，“这是我卖出去的第一幅画。开过画展后，才能把画交给你，我会在报纸上登出来，说你买了这幅画。反正稍微宣传一下，对你也没有坏处。很高兴你选了这一幅，我觉得它是我最好的作品之一。”她拿出一面手镜，从镜子里看那幅画，“这幅画独有魅力。”她说着眯起眼睛。没人能否认这一点。画中的绿色是如此丰富，却雅致柔和！中间的白色是点睛之笔；它将整幅画结合在一起，别有一番风味。她确实有天赋，这一点毫无疑问。

我看得出来，她已经在职业画家这条路上走出去很远了。

“现在，亲爱的，我们聊得够久了，我必须接着工作了。”

“我该走了。”我说。

“对了，可怜的拉里依旧和红皮肤的印第安人住在一起吗？”

一提到上帝国度里的居民，她总是如此无礼。

“据我所知是的。”

“对他这么一个大好人来说，那种生活肯定非常艰难。要是电影可信，那里的生活定然十分可怕，毕竟那里有各种帮派，还有牛仔和墨西哥人。不过那些牛仔的身材可真性感。可是，要是在纽约上街，口袋里不揣着手枪就太危险了。”

她送我出门，吻了我的脸颊。

“我们一起度过了很多大好时光，不要忘记我哟。”

六

故事说到这里就接近尾声了。我没听到任何关于拉里的消息，也并不盼望得到他的消息。若无意外，他会按照计划行事，所以我觉得，他在回到美国后，会到修车厂找份工作，然后当个卡车司机，重新熟悉这个他离开多年的国家。在那之后，他就会执行他那个疯狂的计划，当个出租车司机：这只不过是我们在餐馆桌边的一句笑谈，可如果他真的付诸实践，我也不会惊讶；从那之后，每次我在纽约搭出租车，总是不忘注意一下司机，盼着看到拉里那双充满笑意的深邃双眸，只可惜未能如愿。后来战争爆发了。他的年纪太大了，不适合做飞行员，但他可能再去开卡车，也许是在国内，也许被征召到了国外；他还有可能去工厂里做工。我希望他会趁业余时间写书，阐述他的人生体验，传递他的经验之谈；如果他真的写书了，可能要很久才能写完。他有大把时间，岁月在他身上没有留下丝毫痕迹，实际上，他仍然是个年轻人。

他没有野心，不追名逐利，决不希冀成为公众人物，因此，他很可能满足于他选择的生活，只做他自己。他为人谦逊，并不会将他自己标榜为别人的榜样。但他也许会认为，一些人会如同飞蛾扑火一样受他吸引，与他分享他那闪闪发光的信仰，即只有在精神生活中才能得到终极满足，而且，他怀着一颗无私之心去追寻完美，就跟写书或发表演讲一样，有着深远影响。

然而，这些只是我的推测而已。我注重实际，他这样的人如同凤毛麟角，对于他的光辉，我只能欣赏，却不能接替他的位置，也无法走进他的内心深处，而有时候，对于某些更接近常人的人，我觉得我可以做到这些。拉里已经如愿以偿，融进了喧嚣的人世；在那个世界，人们为如此多的利益冲突而困扰，迷失在混乱中，渴望良善，表面过分自信而内心畏首畏尾，如此友善却又如此冷酷，如此真挚却又如此戒备，如此卑鄙又如此慷慨，这就是美国人。关于拉里，我能说的只有这些：我知道这难以让人满意，可惜我无能为力。在我完成这本书的时候，我不安地意识到，我肯定会让读者感觉有些摸不着头脑，却无力避免，我用心灵之眼，回顾这洋洋洒洒的长篇大论，想看看是否有办法设计出一个更为令人满意的结局，结果却惊讶地发现我在无意间竟写出了一个出色的故事。毕竟，所有我关注的人都得偿所愿：艾略特拥有了显赫的社会地位；伊莎贝尔继承了一大笔遗产，居住在活跃而有教养的社会里；格雷有了稳定的工作，收入颇丰，过着朝九晚五的生活；苏珊娜·鲁维埃得到了安稳的生活；苏菲告别了人世；拉里得到了满足。不管高傲且文化修养极高的人有多吹毛求疵，我们普通人在心里还是喜欢出色的故事。如此一来，我的故事结局或许倒也算令人满意。

图书在版编目（CIP）数据

刀锋 /（英）毛姆著；刘勇军译. -- 2版. -- 海口：
南海出版公司，2019.6
ISBN 978-7-5442-6650-5

Ⅰ.①刀… Ⅱ.①毛… ②刘… Ⅲ.①长篇小说－英
国－现代 Ⅳ.①I561.45

中国版本图书馆CIP数据核字（2018）第297317号

刀锋
〔英〕毛姆 著
刘勇军 译

出　　版　南海出版公司　(0898)66568511
　　　　　海口市海秀中路51号星华大厦五楼　　邮编 570206
发　　行　新经典发行有限公司
　　　　　电话 (010)68423599
经　　销　新华书店

策　　划　好读文化
责任编辑　李玉珍
装帧设计　林　丽
内文制作　一鸣文化

印　　刷　山东韵杰文化科技有限公司
开　　本　850毫米×1168毫米　1/32
印　　张　13.25
字　　数　280千
版　　次　2019年6月第2版
印　　次　2024年10月第8次印刷
书　　号　ISBN 978-7-5442-6650-5
定　　价　49.80元